CIDADEZINHAS

JOHN UPDIKE

Cidadezinhas

Tradução
Paulo Henriques Britto

COMPANHIA DAS LETRAS

Título original
Villages

Capa
João Baptista da Costa Aguiar

Foto de capa
Photograph © 2007 Carnegie Museum of Art, Pittsburgh

Preparação
Cacilda Guerra

Revisão
Ana Maria Barbosa
Carmen S. da Costa

Dados Internacionais de Catalogação na Publicação (CIP)
(Câmara Brasileira do Livro, SP, Brasil)

Updike, John
Cidadezinhas / John Updike ; tradução Paulo Henriques Britto. — São Paulo : Companhia das Letras, 2008.

Título original: Villages.
ISBN 978-85-359-1353-8

1. Ficção norte-americana I. Título.

08-10474 CDD-813

Índice para catálogo sistemático:
1. Ficção : Literatura norte-americana 813

[2008]
Todos os direitos desta edição reservados à
EDITORA SCHWARCZ LTDA.
Rua Bandeira Paulista 702 cj. 32
04532-002 — São Paulo — SP
Telefone (11) 3707-3500
Fax (11) 3707-3501
www.companhiadasletras.com.br

Amor, sejamos fiéis!
Pois neste mundo que se abre risonho
A nossa volta, qual país de sonho,
Tão múltiplo, tão belo e tão novo,
Não há felicidade, luz, amor,
Certezas, paz, nem cura para a dor.

Matthew Arnold, *Dover Beach*

1. Dorme mais, meu bem

Há muito tempo sua mulher acorda cedo, às cinco ou cinco e meia. Movida pelos ritmos de sua própria química, nem sempre iguais aos de Owen, Julia acorda cheia de afeto por ele, que foi seu companheiro de viagem imóvel sobre a cama durante toda aquela noite de sono imperfeito. Ela o abraça e, embora Owen reclame que ainda está dormindo, declara, com uma voz suave porém implacável, o quanto ela o ama, como se sente satisfeita com seu casamento. "Eu me sinto tão feliz com você."

Isso após vinte e cinco anos de vida em comum. Owen está com setenta anos, Julia com sessenta e cinco; aquela declaração, que para ela tem valor de notícia, o faz sentir-se ligeiramente insultado: mas como poderia ser de outro modo? Depois de tudo por que passaram, de todo o sofrimento que impuseram aos outros. Eles atravessaram o rio; agora estão na outra margem. Ela o puxa; vira-lhe a cabeça para o lado para beijar-lhe a boca. Porém os lábios de Owen estão inchados e entorpecidos de sono, e naquele estado anestesiado, com os nervos desalinhados, a impressão que ele tem é de que estão tentando sufocá-lo; o gesto o pegou no contrapé, como se dizia antigamente. Após mais alguns minutos de desajeitadas declarações de amor, durante as quais ele teimosamente se recusa a corresponder, protegendo a possibilidade de retomar seus preciosos sonhos, Julia desiste e se levanta, e Owen, aliviado, aproveita para espichar-se e ocupar o outro lado da cama que ela deixou vago, dormindo por mais uma ou duas horas.

Um dia, durante essa última hora de sono roubado, ele sonha que, numa casa que não conhece (tem uma aparência abandonada de prédio público, como se fosse uma pensão ou hospital), presenças oficiais sem rosto o levam até um quarto onde, numa cama semelhante à sua, duas camas de solteiro unidas para formar uma cama de casal, um homem — bem jovem, a julgar pelo corpo louro e liso, com nádegas bem arredondadas — está deitado sobre o corpo de sua mulher como se estivesse tentando reanimá-la ou (o que não é de modo algum a mesma coisa) ocultá-la. Quando, obedecendo a um gesto silencioso daquelas presenças autoritárias que o acompanham, o estranho se retira, Owen vê o corpo de sua mulher, também nu, estendido no leito: o ventre branco relaxado, os seios achatados pela gravidade, aquele sexo que ele ama e conhece tão bem recoberto por uma penugem suave. Ela está morta, ela se suicidou. Encontrou uma maneira de escapar da dor. Pensa Owen: *Se eu não tivesse me metido na vida dela, ela ainda estaria viva*. É tomado por uma ânsia de abraçá-la, injetar-lhe a vida de volta em seus lábios e sugar para dentro de si próprio todo o veneno que sua existência introduziu nela.

Então, aos poucos, relutante, como quem desvia a atenção de um enigma que ainda não foi resolvido, Owen desperta, e é claro que Julia não morreu; ela está no andar de baixo, de onde vem um cheiro de café e o ruído de um noticiário matinal: várias vozes bem-humoradas, masculinas e femininas. O trânsito, o tempo, Julia ama os dois, jamais perde o interesse por eles, essas contingências cotidianas crônicas, muito embora há três anos não vá mais diariamente a Boston para trabalhar. Owen ouve o ruído das sandálias de borracha azul que ela insiste em usar, como se fosse eternamente jovem, eternamente pronta para ir à praia, enquanto ela anda de um lado para outro na cozinha, da geladeira à bancada, à mesa da copa, depois até a pia, o compactador de lixo, a máquina de lavar pratos e a sala de jantar, regando as plantas. Ela ama as plantas, talvez com o mesmo órgão emocional com que ama o tempo. O ruído das sandálias de borracha e a ameaça que elas representam ao seu equilíbrio — volta e meia ela escorrega na escada — o irritam, porém ele gosta de ver seus dedos dos pés nus, ligeiramente separados, pés de mulheres asiáticas trabalhadeiras, as pequenas juntas embranquecidas pela tensão de manter as sandálias no lugar. Julia é uma mulher morena, pequena, de corpo denso; ao contrário de sua primeira esposa, quando se expõe ao sol ela pega um bronzeado belo e uniforme.

Há dias em que, um pouco excitado, Owen só consegue voltar a adormecer quando relembra uma das mulheres, Alissa ou Vanessa ou Karen ou Faye, que viveram com ele na cidadezinha de Middle Falls, Connecticut, nos anos 60 e 70. Com a mão na pica sonolenta, revive a experiência de ter uma delas debaixo de seu corpo, a seu lado, acima dele, jogando para o lado o cabelo enquanto aproxima o rosto do centro inchado de seu ser, todos os seus nervos ansiando por um contato úmido e eficaz; mas hoje não é um desses dias. O sol branco da primavera, a cada dia mais forte, brilha brutal abaixo da persiana. O mundo real, um tigre desencadeado por seu sonho, o aguarda. É hora de levantar-se e assumir o fardo de um dia muito semelhante ao de ontem, um dia que seu otimismo animal anteviu como o primeiro de uma seqüência que se estende infinitamente pelo futuro adentro, mas que seu cérebro — esse órgão hipertrofiado na espécie *Homo sapiens* — sabe que não passa de mais um num estoque finito, cada vez mais escasso.

A cidadezinha de Haskells Crossing desperta em torno daquele morro que é só deles; o ronco surdo e constante do trânsito atravessa as paredes de pinho e gesso da casa e a camada isolante do bosque que a envolve. Os jornais — o *Boston Globe* para ele, o *New York Times* para ela — já foram entregues. Os pássaros despertaram há muito tempo, os tordos estão à cata de minhocas, os corvos perfuram o gramado procurando larvas, as andorinhas abocanham mosquitos em pleno vôo, cada ave canta para seus semelhantes no seu código tão limitado quanto jubiloso. A caminho do banheiro, Owen grita para o andar de baixo: "Bom dia, Julia!".

O grito dela vem em resposta: "Owen! Você levantou!".

"Meu amor, é claro que levantei; meu Deus, já passa das sete."

Quanto mais velhos ficam, mais falam como crianças. A voz dela vem pelo vão da escada, arengando de leve, um pouco provocativa: "Você sempre dorme até as oito, agora que não tem mais que pegar o trem".

"Meu bem, você está ficando mentirosa! Eu *nunca* passo das sete; quem dera eu conseguisse", Owen prossegue, embora não saiba se ela continua perto da escada e ainda pode ouvi-lo, "mas isso é mais uma das coisas da velhice, a gente acorda junto com os pássaros. Não demora e a mesma coisa vai acontecer com você."

Bobagens conjugais: não são só os códigos dos pássaros que são limitados. Se o dia fosse um computador, pensa ele, seria assim que ele daria um *boot*, recarregando a memória principal. Na verdade, Julia dorme menos do que ele (tal como sua primeira esposa, Phyllis), mas o fato de que ela é cinco anos mais moça do que ele sempre foi para Owen uma fonte de orgulho e estímulo sexual, tal como ver os dedos de seus pés nas sandálias de borracha azul. Ele gosta também de ver, por baixo do roupão dela, seus calcanhares rosados se afastando, os traços verticais de seus tendões-de-aquiles se alternando, um passo rápido após outro, os pés virados para fora, como é característico das mulheres.

Eles travam essa conversa enquanto Owen aguarda, a bexiga doendo, parado junto à porta do quarto, ao lado da escada que dá na cozinha. A imagem de sua amada Julia nua e morta no sonho e a sensação de culpa que, no sonho, transformava aquele suicídio num assassinato cometido por ele ainda estão mais vívidas do que os fatos reais do cotidiano — o papel de parede com rosas sépia e brilho metálico atenuado, o carpete bege do corredor, novo, ainda felpudo, com um forro elástico grosso, o dia à sua frente com horas que terão de ser subidas como degraus de uma escada de mão muito velha, perigosa, rachada.

Enquanto faz a barba diante do espelho junto da janela, e seu rosto velho, inchado, marcado pelo sol, cruelmente ampliado, aceita de chapa aquela luz implacável, ele ouve o tordo-dos-remédios, instalado em seu poleiro favorito num galho do cedro mais alto, fazendo um sermão longo e emocionante a respeito de algum assunto, alguma questão crônica e insignificante. Todos esses níveis locais da natureza — os pássaros, os insetos, as flores, a fauna furtiva dos esquilos e marmotas a entrar e sair apressados de suas tocas, como se pudessem levar um tiro a qualquer momento — formam uma rede de preocupações e comunicações; para eles, o mundo humano é apenas uma agitação marginal, uma espécie de estática inescrutável, uma interferência intermitente que raras vezes tem efeitos mortais e não parece ter nenhuma relação com a fartura orgânica (o lixo, os jardins) que a espécie humana traz para a mesa da natureza. *Eles nos ignoram,* pensa Owen. Devíamos ser deuses para eles, porém lhes falta essa nossa capacidade de adorar — a capacidade de prever, bem como os terrores e a confusa abjeção mental que é a conseqüência dela, inclusive a invenção de uma vida após a morte. Os animais não fazem nenhuma distinção entre nós e os outros bichos, ou entre nós e as rochas e árvores, cada um com seu próprio cheiro e sua relevância para a luta pela sobrevivência. A terra oferece um refúgio para os escorpiões, as marmotas e quintilhões de formigas; as estrelas orientam os gansos selvagens e os trinta-réis árticos e as borboletas-monarcas em suas imensas migrações anuais. Nós não passamos de pequenos pontos sob suas asas, e nossas cidades são apenas interrupções imundas e áridas no discurso de predador e presa. Não, não interrupções, pois muitas espécies tomam nossas cidades como hábitat, não apenas os ratos no porão e os morcegos no sótão, mas também os gaviões e pombos nos parapeitos dos arranha-céus, e agora os veados que atravessam os quintais dos subúrbios, impudentes e imprudentes, ao mesmo tempo adoráveis e daninhos.

Owen estica o lábio inferior para passar de lado a lâmina, com sua cócega. Tenta barbear-se sem olhar para o próprio rosto, que nunca foi exatamente o rosto que ele desejava ter — excesso de nariz, escassez de queixo. Uma fraqueza convidativa, mas ao mesmo tempo uma cautela atenta. Mais recentemente, os cantos de sua boca estão formando pregas caídas, e as pálpebras estão rugosas como as de um réptil do deserto, tanto que suas dobras lhe pesam nos cílios quando ele desperta de manhã. Owen detesta aquela sensação familiar de que há alguma coisa em seus olhos, incômoda porém difícil de definir. Pólen. Um cílio. Um vaso capilar estourado. Atrás dele, filtrados pelo bosque, os sons de motores, canos de escape e caminhões em marcha a ré acusam a presença do ralo centro comercial, apenas um ou dois quarteirões, de Haskells Crossing; pode-se ouvi-lo, mas não vê-lo, daquela casa oculta no mato no alto de um morro. Embora ele veja as luzes da cidade nitidamente das janelas do andar de cima, jamais encontrou um lugar na cidade de onde se possa enxergar sua casa. Isso lhe dá uma sensação agradável; é como a sua consciência, invisível porém central.

Quando menino, parecia-lhe que de algum modo o mundo entrava em funcionamento quando ele despertava. O que acontecia antes desse momento era semelhante ao tempo decorrido antes de ele nascer, um vazio impossível de se imaginar. Owen sempre se surpreende ao constatar como começa cedo, nas cidadezinhas tanto quanto nas cidades grandes, a atividade matinal, não apenas entre os pássaros mas também entre os homens — o homem que corre para pegar o trem das seis e onze, o dono do hortifrúti na cidade que já está voltando em seu caminhão do mercado perto do túnel de Callahan, as jovens mães que já fizeram sua corrida matinal antes de levarem os filhos até o ponto de ônibus, os ociosos da vizinhança já sentados em seu banco junto ao memorial da guerra, perto do velho prédio de tijolo do corpo de bombeiros, em frente à padaria. O padeiro, um franco-canadense de barba malfeita e peito afundado por excesso de fumo, já está de pé desde as quatro da manhã, tingindo o ar frio com a fragrância de croissants, pãezinhos de canela e bolinhos recheados.

Owen vê tudo isso em sua imaginação enquanto raspa da pele os últimos vestígios de creme de barbear, empinando o queixo insuficiente para retesar a pele frouxa. O prédio do corpo de bombeiros, se você quer saber, é uma construção pomposa do século XIX, tão estreita que nela mal cabe o carro de bombeiro moderno, recentemente adquirido pelos vereadores de Cabot City, da qual Haskells Crossing é um distrito marginal; após cada chamada, em geral um alarme falso, o veículo entra de ré em sua vaga, emitindo ruídos ansiosos, tirando fino das duas paredes. O memorial da guerra é uma lista de nomes que admite acréscimos, letras brancas móveis sobre um fundo negro com fendas por trás de uma vidraça, os mortos de Haskells Crossing numa lista que se estende desde a Guerra dos Sete Anos. A que mais matou gente foi a Guerra de Secessão, seguida pela Segunda Guerra Mundial. Abaixo da Guerra da Coréia (dois nomes), da intervenção no Vietnã (quatro) e do conflito no Iraque em 1991 (um único nome, um soldado que morreu por acidente quando ajudava a descarregar um tanque de batalha Abrams M1A1 de dentro de um avião cargueiro Galaxy C-5 no campo de pouso Jabayl na Arábia Saudita), ainda há um espaço considerável para mortes futuras em conflitos futuros. A economia sensata da Nova Inglaterra: isso agrada Owen. Esta vai ser a sua última cidadezinha.

A primeira ficava na Pensilvânia: Willow, quatro mil habitantes, uma cidade horizontal que brotou, na virada do século XIX para o XX, de uma estalagem à beira-estrada, cercada por plantações de milho e fumo. A estrada, que margeava um rio em direção ao sudeste por setenta quilômetros, terminava chegando em Filadélfia, mas ali seu nome era Mifflin Avenue, em homenagem ao belicoso primeiro governador do estado. A cinco quilômetros, numa outra direção, ficava uma cidade de porte médio, Alton — Alton, com suas fábricas, prédios de tijolos enegrecidos, entremeados com fileiras de casas geminadas, onde a estrada de ferro separava o centro da cidade em duas partes, onde a zona de prostituição era conhecida como Beco das Bocetas, onde os bares tinham fachadas de Permastone, onde os cinemas eram palácios grandiosos em estilo pseudo-islâmico e os restaurantes eram barulhentos e sujos. "Roubalheira": era assim que seu pai caracterizava os restaurantes. Seu pai detestava comer fora; detestava ser servido, principalmente por garçons, que a seu ver eram mais caros e metidos que as garçonetes; detestava a comida pesada dos restaurantes, e às vezes vomitava depois, para manifestar seu desprezo; odiava sobremesas, o imposto sobre o consumo e as gorjetas. A mãe de Owen, que lhe aparece como uma mulher obesa em todas as suas lembranças dela que não as da primeira infância, adorava comer bem, e ficava em seu canto, humilhada e irritada, enquanto o marido estragava seu prazer de modo metódico. Pelo menos era essa a impressão do filho único do casal, que interpretava aquele drama matrimonial de um ponto de vista limitado: embora seu cabelo tivesse o tom castanho fosco e neutro do cabelo de seu pai — fios tão finos que se elevavam de suas cabeças quando tiravam o chapéu ou se sentavam perto de um ventilador —, Owen sempre tomava o partido de sua mãe ruiva. Porém o medo de empobrecer, herdado do pai, instalou-se em seu estômago, e lá ficou a corroê-lo. Talvez não fosse por acaso que a migração de sua vida o levara em direção ao nordeste, uma região de solo pedregoso e fino, onde as pessoas gastam pouco e com relutância.

Na Pensilvânia, as estalagens de arenito — que deram origem a aldeias, algumas das quais prosperaram e cresceram, enquanto outras murcharam e decaíram — se espaçavam em intervalos de cerca de cinco quilômetros, a distância que um homem podia caminhar em uma hora ou uma parelha de cavalos podia puxar uma carroça num dia de verão sem precisar beber água. O tempo ainda era controlado pela vida rural. Os velhos cochilavam no meio do dia. Na rua, vizinhos vendiam uns aos outros o aspargo, o feijão e o tomate que plantavam em seus quintais, e a Mifflin Avenue, com sua pista abaulada no meio, que fazia a água da chuva descer para as sarjetas em cascatas, ressoava nas manhãs com o som lânguido dos cascos dos cavalos que levavam carroças ao mercado dos fazendeiros a menos de um quilômetro dali, na extremidade oposta do logradouro central, Alton Pike, por onde corria a linha do bonde. Quando Owen nasceu, em 1933, e foi levado, por falta de outro lugar, para a casa dos avós em Willow, o governo Roosevelt ainda estava no início, e a cidadezinha, cujo nome aludia a um salgueiro velho e imenso que havia junto da estalagem, com raízes que bebiam as águas de um riacho sinuoso que seguia em direção a Filadélfia, já fora promovida a distrito de condado. Haviam brotado ruas secundárias paralelas à Mifflin Avenue — a Second Street, depois a Third e a Fourth, formando ladeiras que as crianças desciam em trenós, deslizando sobre a neve socada, passando a toda velocidade pelos cruzamentos interditados, terminando a corrida com uma explosão de fagulhas, numa camada de cinzas colocada sobre a neve por uma equipe da prefeitura, que as trazia de caminhão. As fagulhas, a neve socada, as árvores de Natal nas salas de visitas de todas as casas por que passavam as crianças a caminho da escola — essas coisas duravam apenas uns poucos dias, brilhando em meio a um inverno escuro e úmido, porém dando origem a lembranças que duravam o ano todo e faziam o tempo avançar, rumo à virtual eternidade antevista por uma criança.

De março a outubro não fazia frio. Descia uma névoa sobre Willow. O quartinho de Owen, com paredes forradas de lambris e uma única prateleira de livros, dava para um terreno baldio onde ele costumava brincar com as outras crianças do bairro, durante uma hora após o jantar no verão, numa penumbra leitosa, em que o capim crescido, já velho, arranhava as canelas. As meninas também jogavam beisebol e futebol americano e chutavam latas, porque havia mais meninas do que meninos na vizinhança. Uma vez, no capim do terreno baldio, achatado e úmido de orvalho — pois era outono e as aulas já haviam recomeçado —, Owen encontrou, dentro do estojo marrom, seus óculos, que haviam desaparecido alguns dias antes. Lá estavam eles! Owen os havia procurado por toda parte na casa, e sua mãe lhe confidenciara que seria um sofrimento para seu pobre pai ter de comprar óculos novos. Um milagre, pensou o menino ao abaixar-se e pegar o estojo, úmido após dias e noites esperando que ele o encontrasse. Lá dentro, sim, estavam aqueles discos de vidro com armação dourada que o faziam enxergar direito, as pequenas peças em forma de feijão que deixavam mossas em seu nariz, as hastes curvas de metal que lhe machucavam as orelhas. Quando lhe disseram, na segunda série, que ele teria de usar óculos para ler e ir ao cinema, Owen chorou. Algum dia, pensou, para consolar-se, ele haveria de crescer e não precisar mais de óculos. Talvez não fosse tão milagroso assim ele encontrá-los ali, pois costumava fazer aquele atalho pelo mato do terreno baldio todos os dias para se encontrar com seu amigo Buddy Rourke, que estava uma série a sua frente, e caminhar até a escola com ele, separados do bando de meninas da Second Street. Buddy não tinha pai, o que o tornava uma pessoa estranha e um pouco assustadora. Era um menino carrancudo, com pêlos entre as sobrancelhas. O cabelo liso e grosso estava sempre espetado para a frente, e seus lábios jamais sorriam, por causa do aparelho ortodôntico, tiras de metal reluzente com um quadrado prateado no meio de cada dente. Owen teve vontade de voltar para casa correndo para dizer à mãe que havia encontrado os óculos e que seu pai não teria de mandar fazer outros, porém não queria perder um encontro com Buddy, e assim seguiu em frente, apressando o passo, com o estojo recuperado umedecendo o interior do bolso de suas calças curtas, fazendo arrepiar a pele da coxa.

Desse mesmo lado da casa, depois do terreno baldio, numa manhã bem cedo, veio o som de um tiro. Owen estava dormindo. Teve a impressão de que despertara logo antes de ouvir, como se num sonho, o ruído que o fizera acordar. Já tinha visto muitos filmes de gângster e portanto conhecia bem o som produzido pela pólvora quando percutida; mas nos filmes aquele ruído vinha em ondas de metralhadora, e o que ele escutara fora um disparo único, solitário.

Também seus pais ouviram, pois se mexeram na cama, no quarto ao lado, e as duas vozes, a masculina e a feminina, entremearam-se e depois voltaram a se calar. Não estava mais totalmente escuro lá fora; as árvores no quintal lateral tinham silhuetas, e seus volumes já se embebiam daquela tintura de luz cinzenta que dava um toque pardacento ao céu, antes de começarem a cantar os pássaros. A rua estava silenciosa, vazia; não passava sequer uma carroça. Mais tarde Owen ouviu uma sirene, e horas depois, no café-da-manhã, ficou sabendo, através do pai, o qual havia saído à rua em busca de notícias, que um jovem da família dos Hoffman, duas casas antes do terreno baldio, havia se suicidado com um revólver militar, um Colt 38, que Wes Hoffman guardava desde o tempo em que lutara na Grande Guerra. Danny Hoffman não tinha ainda vinte anos, mas uma criança que estava sob sua supervisão numa colônia de férias havia mergulhado em água rasa e quebrado o pescoço; sua responsabilidade pelo acidente o atormentava desde então, embora a coisa tivesse acontecido no verão anterior. Danny nunca mais voltou a ser o mesmo; ficava em casa ouvindo as novelas do rádio e parou de procurar emprego.

Estava explicado. Após doze anos de depressão econômica e guerra, de 1933 a 1945, era o evento mais dramático que ocorria no bairro de Owen. A mulher que morava na casa em frente à sua, a sra. Yost, tinha uma bandeira de cinco estrelas na janela da frente, mas todos os cinco filhos soldados voltaram para casa em perfeito estado. Skip Potteiger engravidou a menina da casa ao lado, Mary Lou Brumbach, que só tinha dezessete anos, mas depois casou-se com ela, de modo que foi tudo resolvido — quando chegou o dia D Mary Lou já ia com o bebê no carrinho fazer compras no Acme, passando pelos regos rasos que levavam até a sarjeta a água de chuva que descia dos telhados, pisando nos quadrados de calçada que as raízes dos castanheiros-da-índia estavam entortando, provocando tombos nos meninos que andavam de patins. Nas noites quentes de verão, ouviam-se ruídos de brigas de família vindo das janelas teladas das casas geminadas que se amontoavam do outro lado da rua, o lado mais alto, a que se chegava subindo degraus de cimento nos muros de sustentação que se inclinavam, precários. Mas, que Owen se lembrasse, não havia divórcios. Ouviam-se desaforos, gritos e portas batendo no bairro, mas divórcios só aconteciam em outros lugares, em Hollywood e Nova York, e eram escândalos trágicos que geravam o que ninguém, principalmente nenhuma criança, queria: um lar desfeito. A expressão em si era pecaminosa, terrível, tinha um gosto ruim de desastre, como as casas bombardeadas, fumegantes, que se viam no cinejornal exibido no Scheherazade, o cinema local. O mundo estava cheio de destruição e maldade, e ao que parecia somente os Estados Unidos poderiam endireitá-lo. O país estava em guerra, e na fantasia de Owen o terreno baldio que se via da janela de seu quarto era uma cratera de bomba, coberta de mato.

O salgueiro original ainda estava vivo, preservado, como um velho dignitário, com injeções de pesticida e fertilizante, lançadas em suas raízes em buracos abertos a pé-de-cabra; a árvore sobrevivia desde o tempo em que havia ali uma fábrica de papel com uma roda-d'água, e um laguinho cheio de trutas, e uma pista de terra onde havia corridas de carroças, antes de traçarem a grade de ruas nas terras baixas ao norte da Alton Pike. A casa de Owen — que na verdade não era dele, nem mesmo de seus pais, pois pertencia aos pais de sua mãe, Isaac e Anna

Rausch — era uma das mais velhas e maiores da Mifflin Avenue. Fora comprada por seu avô quando ele julgou que ficara rico com o dinheiro que lhe rendera sua plantação de fumo durante a Primeira Guerra Mundial. Vendeu a fazenda e mudou-se para o distrito de Willow, a quinze quilômetros da fazenda, que estava se tornando um bairro elegante. Então, quando veio a Depressão, suas economias evaporaram e ele se viu obrigado a dar abrigo a sua filha, com o marido e o filho pequeno. Um dos casais tinha uma casa, o outro possuía a capacidade de ganhar dinheiro. O pai de Owen trabalhava como contador em uma das malharias de Alton. A mãe de Owen, ruiva e esguia naquele tempo, vendia cortinas numa loja de departamentos de Alton, até o dia em que seu filhinho lhe causou pontadas na consciência ao sair correndo atrás dela pela Mifflin Avenue, soluçando, quando ela ia pegar o bonde; largou o emprego para passar mais tempo com o menino. O pai de Owen, Floyd Mackenzie, era de Maryland. Owen recebera esse nome em homenagem a um avô doente que morrera antes de ele nascer, mas que, segundo a lenda da família, tinha uma inteligência brilhante, viva e inventiva, que lhes parecia tipicamente escocesa. Era dono de uma loja de ferragens em Mt. Airy, este primeiro Owen, e nas horas vagas inventava coisas, versões aperfeiçoadas das ferramentas que vendia — um mondador que podia ser usado sem que a pessoa tivesse de se abaixar, uma podadeira cuja manivela rodava sem exigir muito esforço —, mas nenhuma companhia se interessara em fabricar essas invenções e torná-lo rico. Morreu falido e tuberculoso. Porém seu neto herdara algo da sua esperança de conseguir triunfar naquele mundo impiedoso graças à inteligência. Os Mackenzie não eram ricos, mas eram espertos, matreiros. Uma vez o pai de Owen lhe disse: "Você puxou ao meu pai. Tem a curiosidade intelectual dele. Ele gostava de ficar pensando como é que as coisas funcionam. Já eu só paro para pensar como é que vou arranjar mais um dólar". Seu pai disse isso num tom um tanto desanimado, como se o legado dos Mackenzie não fosse algo inteiramente positivo — uma imaginação esperançosa combinada com certa fragilidade constitucional, bem como uma incapacidade de entender de que modo o mundo funcionava, pouco a pouco esvaziando os bolsos da gente.

Seu outro avô, o que morava com ele, também tinha algo de sonhador, pois vendeu a fazenda para investir em ações que acabaram não valendo nada. Era descendente de alemães, porém sabia adaptar-se, falava inglês perfeitamente, lia os jornais vespertinos religiosamente e ornamentava seu ócio com pensamentos elevados e pronunciamentos imponentes. Owen identificava naquele velho, com seu bigode amarelado, cabelo branco e mãos que esboçavam gestos graciosos, a melancolia do homem que nunca conseguiu ser aceito de todo pelas fontes do poder, que jamais chegou aos segredos decisivos, no único mundo que conheceu.

"O velho devia ter feito política, ele sabe falar muito bem", dizia seu genro; mas até mesmo Owen compreendia que seu avô era escrupuloso demais para a política, tinha uma mentalidade excessivamente passiva; gastava os dias entre o quintal dos fundos, onde cuidava de uma horta e fumava seu charuto, o quarto no andar de cima, onde cochilava, e o sofá de palhinha na sala de visitas, onde ficava aguardando que a vovó preparasse o jantar. A casa ficava em Willow, mas, fora a única criança do lar e a avó, ninguém era de lá. A avó era uma Yoder, a mais moça de dez irmãos, membro de um clã populoso que se espalhava por todo o condado. Willow era cheia de parentes dela, primos e sobrinhos; às vezes a avó ganhava um dinheiro a mais ajudando um deles a fazer uma grande arrumação de primavera, ou preparando e servindo um almoço para muitos convidados. Esses parentes tinham dinheiro: eram donos de pequenas empresas ou ocupavam cargos importantes nas malharias, usavam roupas finas e tiravam férias nos montes Poconos ou no litoral de

Nova Jersey. Quando Owen os ouviu falar carinhosamente sobre “a tia Annie”, naquele tom lento e sentimental que a gente do interior de antigamente adotava com tanta facilidade, de início ele demorou a se dar conta de que estavam se referindo à sua avó. Somos pessoas diferentes, compreendeu ele, para pessoas diferentes.

Depois que Owen se mudou de lá, sua cidadezinha de origem lhe parecia um lugar inocente e precioso, mas não era assim que ele a encarava quando morava nela. Para ele, era o mundo, com um passado sem fim e fronteiras que se estendiam além do horizonte. Havia cobras no capim e nas pilhas de pedras aquecidas pelo sol. O sexo e a religião tinham cheiros distintos, antiqüíssimos; as famílias ocupavam ninhos precários nos galhos emaranhados da história passada; e a morte podia dar o bote no meio da noite. Na época em que se suicidou o jovem Danny Hoffman, quando Owen ainda era um menino pequeno que dormia embaixo de uma prateleira onde havia uma coleção de livros infantis, um ursinho de pelúcia com um olho só chamado Bruno e um Mickey Mouse de borracha com peito nu preto e sapatos amarelos, uma cocheira grande nos arredores de Willow — na fazenda Blake, propriedade de gente rica que morava em Delaware — pegou fogo, e seu pai, que corria atrás das catástrofes como se fosse um menino, voltou contando que os cavalos, retirados do incêndio para não morrerem, voltavam apavorados para dentro, e havia um fedor terrível de carne e pêlo de cavalo queimado. Naquela noite, da janela do quarto de Owen via-se um brilho alaranjado no céu, contra o qual se destacavam as silhuetas do telhado e das chaminés da casa junto ao terreno baldio, e das árvores mais altas nos quintais do quarteirão. As sirenes do carro do corpo de bombeiros se ouviam repetidamente, imensos gritos zangados que não tinham resposta. Tal como na manhã do tiro, Owen virou-se para o outro lado e voltou a dormir, deixando que as torrentes de dor do mundo passassem por ele.

2. Sexo na cidadezinha — I

O suicídio era o maior dos pecados, dizia a Bíblia, segundo os professores de Owen na escola dominical; quem era mais rígido quanto a essa questão, e a várias outras, era o sr. Dickinson, o gerente do banco, um homem grisalho de rosto pálido. Matar a si próprio era pior do que matar o outro em legítima defesa, que era o que estavam fazendo os filhos da sra. Yost no estrangeiro. Era como se, na tranqüila Mifflin Avenue, onde as carroças de leite ainda enchiam as madrugadas com o som preguiçoso de ferraduras sobre o asfalto, uma cratera tivesse se aberto ao lado do quarto de Owen, uma cratera de possibilidades terríveis, uma negação de tudo, das árvores, das aves, do céu azul e de todo o resto da abençoada natureza. O pai de Buddy Rourke havia caído dentro dessa cratera, mas não fora de propósito, ou talvez — a coisa não estava clara, e Buddy não gostava de falar sobre o assunto — o pai ainda estivesse vivo, porém morando em outro lugar, com outra família. Ele havia "se extraviado" — era esse o termo.

Havia um outro tipo de pecado, que também causava vertigem. Na parede dos fundos do galpão em que era guardado o equipamento de playground de Willow, um creiom vermelho de criança havia rabiscado dois pênis (era essa a palavra apropriada) tocando-se nas pontas. Perto desse desenho, uma mão mais velha, mais bem informada, traçara a lápis, com tanta força que a grafite havia sulcado a madeira pintada de amarelo, o que parecia ser uma letra M inchada, mas que, visto de perto, era uma mulher nua, as pernas dobradas nos joelhos e abertas, revelando entre elas uma fenda, uma espécie de semente de abóbora partida, cercada de pêlos crespos, sob a qual havia um ponto escuro que Owen não ousava identificar nem mesmo para si próprio, no silêncio de sua cabeça, tamanha sua vergonha. Refinando essa idéia, o artista desenhara entre as coxas dois peitos com mamilos enegrecidos e eretos, e entre eles algo que Owen decifrou como sendo um nariz visto por baixo, com as duas narinas. A mulher estava se abrindo para ser (como diziam os meninos mais velhos) fodida: disso não havia dúvida. Por que ela estava fazendo aquilo? Não estava claro. Porém era certo que em algum lugar uma mulher deixara que a vissem dessa maneira e a desenhassem, para que aquela imagem pudesse ser reproduzida ali na parede. Ela não tinha braços nem cabeça, e os tornozelos terminavam sem pés; o artista julgara que tais detalhes não tinham importância. O que nela havia de essencial fora desenhado, e alguma coisa abaixo do ventre de Owen estremeceu, em reconhecimento de que, de fato, o mais importante estava ali. A fenda, os pêlos, o pequeno ponto, os mamilos apontados para o céu como se fossem duas pequenas armas antiaéreas.

No entanto, as meninas que o cercavam pareciam muito distantes desses elementos essenciais. Tinham pernas morenas, por passarem todo o verão no playground, e corriam tão depressa quanto ele. Gostavam de ganhar em todos os jogos — bola-no-telhado, hóquei de salão, xadrez chinês. Ginger Bitting, sua colega de turma, uma menina que morava na Second Street, se pendurava de cabeça para baixo no trepa-trepa, mantendo-se no lugar apenas com as pernas dobradas, enquanto os braços, magros e sardentos e recobertos de uma penugem esbranquiçada, se espichavam em direção à terra, e os cabelos compridos, vermelhos como barro e finos como pó, pendiam entre os braços. Se as pernas escapulissem, ela cairia e talvez quebrasse o pescoço, tal como o garoto na colônia de férias sob a responsabilidade do pobre Danny Hoffman. Mas isso nunca aconteceu. Ginger, com aquelas sardas, e aqueles olhos que pareciam vidros verdes atravessados por uma luz, era a garota mais ousada e mais musculosa da turma de Owen na escola primária, a que corria mais depressa, a que cantava melhor, a capitã do time de futebol das meninas quando este jogava contra o dos meninos na hora do recreio. Se ela roubava o boné ou a sacola de livros de Owen na volta para casa, ele só conseguia alcançá-la se ela quisesse. No balanço do playground, Ginger dava impulso e ia lá para cima; as cadeiras do balanço estalavam e repuxavam e sacudiam a armação de tubos, impedindo que ela caísse ao atingir a posição horizontal; e mesmo assim ela dava ainda mais impulso, mantendo esticadas as pernas morenas. Owen via seus pés apontando para o céu, dentro dos sapatos de couro amassados e arranhados. Naquele tempo, ele podia usar tênis de cano longo no verão, mas as meninas usavam sapatos de verdade, com cadarços e solas lisas.

Para chegar ao playground, tomava-se o beco atrás da casa de Owen, um caminho entre dois milharais, e depois seguia-se por uma espécie de estrada gramada entre as arquibancadas do campo de beisebol e uma fileira de cerejeiras de que ninguém cuidava. Ginger trepava nessas árvores com seus sapatos escorregadios, até os galhos mais altos onde Owen jamais ousava ir. Ele ficava olhando enquanto ela subia, porém nunca viu, dentro da calcinha da menina, nada daquelas coisas complicadas que estavam desenhadas na parede do galpão de equipamentos. Na hora tranqüila, de sombras compridas, que transcorria depois que a supervisora do playground e as outras crianças iam para casa e todo o equipamento — os tacos de hóquei, as raquetes de pingue-pongue e os tabuleiros de damas — era guardado, Owen explorava o trepa-trepa, pendurando-se pelos braços e os joelhos dobrados e criando coragem para soltar as mãos. Mas jamais o fez. Se caísse e quebrasse o pescoço, ficaria deitado ali a noite toda, coberto pela escuridão e pelo orvalho, e só seria descoberto na manhã seguinte, quando a supervisora, a srta. Mull, uma mulher mandona e engraçada, chegasse às nove horas para hastear a bandeira e recitar, acompanhada por todas as crianças reunidas, o juramento à bandeira.

Ginger tinha satélites, embora as meninas que a cercavam talvez não se considerassem tais. O mais provável, por mais difícil de acreditar que fosse, era que cada pessoa se julgasse o centro do universo, tal como o fazia Owen. Havia muitas Barbaras — Barbara Emerich, Barbara Jane Gross, Barbara Dolinski — e Alice Stottlemeyer e Georgene King e Carolyn McManus e Grace Bickta, todas elas da rua de Owen ou das ruas de cima, que se reuniam nas calçadas e caminhavam juntas para a escola e depois para casa. Foi Alice Stottlemeyer, que era mais baixa que as outras e, tal como Owen, andava sempre com um par de óculos espetado sobre o nariz, a primeira que lhe deu um beijo com um significado secreto, uma espécie de pressão com aquela boca tensa porém macia, quando brincavam de rodar a garrafa no aniversário de alguém, não de Owen. Suas festas de aniversário, quando a mãe as organizava, normalmente eram catástrofes que terminavam com Owen subindo para o quarto aos prantos, porque seus convidados estavam se divertindo mais do que ele, o aniversariante, que não recebera exatamente os presentes que esperava. Sua mãe jamais permitiria a brincadeira da garrafa. Seus óculos se entrechocaram, os dele e os de Alice, quando trocaram aquele beijinho, sob os aplausos e vaias das outras crianças, que de repente se calaram ao se darem conta de que o beijo era a sério. Então a garrafa voltou a girar, no centro do círculo formado pelas crianças, sobre o chão de linóleo ou concreto pintado do subsolo em que estavam, transformado em escritório ou quarto de brincadeiras.

Era essa uma das muitas distinções sociais que dividiam Willow: a que separava as pessoas que tinham subsolos convertidos em quartos de recreação, com paredes forradas de madeira, assoalho acarpetado e espreguiçadeiras, e aqueles que, tal como a família de Owen, os Rausch-Mackenzie, ainda tinham porões, com um saco sinistro de carvão imundo, prateleiras de compotas cheias de teias de aranha e uma velha máquina de lavar pintada a pistola, em forma de banheira, com um espremedor de borracha. As roupas molhadas emergiam dos dois cilindros de borracha branca como gigantescas línguas enrugadas, e lentamente caíam no cesto de roupas de palhinha. Owen, quando ainda era menor do que no dia em que Alice Stottlemeyer o beijou, e ainda não invejava as famílias que tinham espreguiçadeiras e alvos de dardos e pistas de trens elétricos montadas em compensados no subsolo, encantava-se com o funcionamento daquela máquina elétrica, aquele sacolejar poderoso, rítmico, de um lado para o outro, formando uma massa de bolhas, e com o cheiro dos flocos de sabão, tão forte que parecia penetrar sua cabeça e os seios nasais, e com o cheiro de madeira do cesto de palhinha, cujas alças eram tão separadas uma da outra que de início Owen não conseguia pegar nas duas ao mesmo tempo. Era inevitável que um dia ele enfiasse os dedos no espremedor. De repente, sentiu a pressão implacável subindo em direção ao pulso e gritou de terror. Foi um daqueles momentos em que se abre o abismo faminto que há por baixo da superfície ensolarada das coisas cotidianas, tal como o tiro de revólver antes do amanhecer, só que não tão sério; um dispositivo de segurança fez com que o espremedor se abrisse antes mesmo que sua mãe tivesse tempo de correr até a manivela do aparelho. Numa dessas confusões típicas da infância, o susto de sua mãe, a expressão de horror que distorceu o rosto dela ali, à luz da lâmpada nua pendurada no teto do porão, e o sermão que ela lhe passou depois, se associaram ao momento de dor, como se fosse sua mãe que o tivesse causado. Mesmo assim, Owen continuou a admirar aquele processo, a roupa lavada passando entre os dois rolos, caindo no cesto, sendo levada pela escada acima e chegando ao quintal, onde os lençóis brancos pendiam em torno do menino como se fossem paredes oscilantes de um castelo frágil, um palácio na selva que ele explorasse sozinho. Quando a brisa mudava de direção, todas as roupas se inclinavam para o outro lado, e de repente seu rosto entrava em contato com uma ampla superfície de algodão úmido e inundado de luz.

Uma das primeiras tarefas úteis que desempenhou foi entregar pregadores para a mãe ou a avó. A pequena cesta de pregadores não tinha aquele cheiro fresco de madeira, estava escura de tanto ser manuseada por mãos de mulheres ano após ano, desde antes do tempo de sua avó, que a herdara, uma alça de fibra presa a uma estrutura côncava dura como argila, feita de ervas, por escravos ou índios, ele não sabia direito. A cesta tinha aquela escuridão turva dos tempos antigos em que não havia carros, cinemas, rádios nem lâmpadas, muito antes de Owen nascer. Era um pouco mais pesada e dura do que a gente imaginava ao pegá-la, enquanto os pregadores eram um pouco mais leves. Com suas duas pernas e o arremate plano na outra extremidade que lembrava um chapéu de marinheiro, o pregador podia ser transformado, graças a alguns riscos de lápis de cor, num homenzinho sorridente, de olhar fixo, com chapéu de marinheiro e túnica azul. Era possível juntar um ao outro e fazê-los executar acrobacias.

Era uma pena Alice não ser mais bonita e mais alta, e também era uma pena ela, tal como Owen, tirar notas boas na escola. Alice era inteligente, o que a tornava desinteressante. Owen sentia-se atraído pelas garotas fortes e ousadas, que pertenciam a famílias desprezadas pela sua porque, comentava-se aos cochichos, tinham alguma mácula ancestral ou estavam envolvidas em algum escândalo, ou porque o pai bebia ou fazia trabalho braçal ou tratava mal a mãe. O que seria "tratar mal" — será que o pai batia na mãe, ou a xingava, ou fazia alguma outra coisa furtiva e indecente? Até mesmo em Willow, para não falar em Alton, havia lugares, bares e sinucas e boliches, que cheiravam a transgressão, a pecado. No beco sem nome, pavimentado com cascalho, que corria junto à sebe do quintal de Owen, virava num ângulo reto, atrás do galinheiro com telhas de amianto que seu avô construíra quando se mudou para Willow, passava por algumas garagens e celeiros pequenos no fundo dos quintais, por um casebre de papel alcatroado que era uma loja de armas, onde um homem caolho chamado Smokey Frye martelava metal nas horas mais impróprias, chegava-se a um prédio de concreto onde havia uma placa acima da porta em que se lia, em letras escritas à mão, Sociedade de Caça Gifford Pinchot, e de lá vinham ruídos de homens bebendo e jogando baralho. A gente grande de Willow também precisava de diversão, e para os jovens havia um salão de recreação, em frente à escola primária, onde meninos mais velhos do que Owen dançavam, jogavam flíper e fumavam do lado de fora. Dizia-se que uma garota duas séries à frente da sua, Carol Wisniewski, deixara que Marty Naftzinger a fodesse em pé, ali naquele espaço sombrio e sujo entre o salão de recreação e a fábrica de meias, que durante a guerra passou a produzir pára-quedas.

Durante a guerra, entre os oito e os doze anos de idade de Owen, Willow era como uma aldeia nas pradarias sobrevoada por nuvens negras que passam bem baixas mas não descarregam sobre ela seus tornados, embora no Scheherazade os cinejornais mostrassem aviões transformando cidades em um mar de fogo e soldados americanos desembarcando em praias sob o fogo cerrado de japoneses fanáticos que eram expulsos de suas cavernas com lança-chamas, como quem queima uma caixa de marimbondos. Enquanto o imenso continente eurasiano fervilhava de ponta a ponta com grandes massas humanas em deslocamento e mortandades extensas, e os oceanos engoliam navios torpedeados, a América do Norte prendia a respiração, uma terra de mulheres e crianças e velhos e preços controlados e cupons de rações e selos de guerra e comediantes de Hollywood no rádio. No entanto, a tensão dos riscos globais enchia o ar e deixava em suspense aquela ilha de paz: havia uma aceleração, a sensação de que o que estava em jogo agora era mais importante do que as velhas convenções. Carol Wisniewski deixou que Marty Naftzinger a fodesse em pé, e a mãe de Owen arranjou emprego na fábrica de pára-quedas e ficava no telhado do corpo de bombeiros avistando aviões inimigos, jogando paciência com um baralho especial, e o avô largou a aposentadoria e começou a trabalhar na equipe de estrada do distrito, e o pai passou a usar um capacete durante os exercícios de defesa antiaérea, procurando luzes acesas visíveis nas janelas da Mifflin Avenue. Owen arrancava os rótulos de papel das latas e pisava nelas, amassando-as no chão de cimento do galinheiro, para dar sua contribuição ao esforço de guerra, enquanto as galinhas, alvoroçadas, cacarejavam em seus poleiros ou nos buracos em que bolas de vidro as estimulavam a pôr mais ovos. Os ovos — pardos, sarapintados, sujos de esterco — eram vendidos pela avó, em caixas de ovos reutilizadas, para seus inúmeros parentes, e as latas achatadas acumulavam-se no quintal da escola, formando uma montanha reluzente que só Chub Kroninger, o general-de-exército do recolhimento de metal na quinta série, tinha permissão para escalar. Para se conseguir uma promoção, era necessário levar determinada quantidade de sucata para a escola, mas a família de Owen era pequena e pobre demais para gerar uma quantidade que lhe valesse um posto elevado. Seu pai passara a enrolar os cigarros que fumava numa maquininha engenhosa; antes, os maços que ele comprava na loja eram a sua principal fonte de papel laminado, juntamente com a goma de mascar.

Quando Owen sugeriu a Buddy Rourke que ele doasse seu aparelho ortodôntico para o esforço de guerra, o amigo não achou graça. Buddy era um menino sério, que se destinava a uma carreira em engenharia, construção ou eletricidade. Sabia consertar luminárias, sabia inserir e aparafusar pequenos ganchos de fio de cobre nos terminais de uma tomada, sabia consertar a fiação das lâmpadas de árvore de Natal quando um bocal defeituoso fazia com que todas elas se apagassem. Ensinou Owen a domar a corrente elétrica, que quando fluía numa direção tinha resultados mágicos instantâneos, mas que, se os contatos fossem invertidos, derretia os fios. Buddy era assinante de *Mecânica Popular*, e comprara pelo reembolso postal um kit de rádio que ele mesmo montou, e depois dava para ouvir um ruído de estática e uma voz muito fraca que sumia e voltava, num ritmo constante. Embora os dois meninos conseguissem se entrosar bastante quando trabalhavam juntos naqueles projetos, no porão de Buddy — que não chegava a ser uma sala de recreação, mas era mais iluminado do que o da casa de Owen, com uma bancada de trabalho bem equipada que fora montada e abandonada pelo pai desaparecido de Buddy —, havia sempre um potencial de constrangimento naquela relação, porque o amigo de Owen era um ano e meio mais velho que ele. Uma tarde, aguardando a chegada de Buddy, que ia à sua casa para jogarem Banco Imobiliário — durante algum tempo os dois meninos ficaram entusiasmados por esse jogo, a que se dedicavam entre partidas de buraco e xadrez —, Owen montou o jogo no tapete da sala com todo o capricho, arrumando as pilhas de cartões de Sorte ou Revés e Títulos de Propriedade em espirais, como as escadas nos musicais de Hollywood, e dispondo os hotéis vermelhos e as casas de madeira verde de modo a formar um desenho regular, uma aldeia perfeita, com cores natalinas, como se vista de um avião.

Buddy, ao entrar na sala, disse, com uma repulsa perfeitamente clara: "Ah, Owen!", e amontoou os cartões na pilha irregular de praxe, jogando os hotéis e as casas de volta na caixa. Owen ficou sentido, e pelo resto da vida tentou não correr o risco de demonstrar o quanto gostava de alguém e depois ficar com cara de bobo. É importante verificar se os circuitos estão bem formados antes de ligar na tomada: senão, tudo se derrete.

Uma vez, no meio de uma briga cujo motivo logo foi esquecido, ao sair do porão em lágrimas, Owen deu por si gritando para Buddy o maior insulto de todos: "Pelo menos eu tenho pai!".

Provocar seu amigo dessa maneira, mencionando o pai ausente — Owen ficou horrorizado consigo mesmo. A vergonha veio à tona como se fosse aquela água escura que subia quando seu pé atravessava gelo fino no pântano que ficava depois do quintal da escola secundária. Embora tentasse pedir desculpas no dia seguinte, jamais teve certeza de que a confiança tranqüila que havia entre ele e Buddy foi recuperada. Além dos experimentos com eletricidade e dos aeromodelos que montavam, os meninos passavam horas criando artefatos infantis cuja utilidade era duvidosa — personagens de Disney recortados em compensado, por exemplo. Owen prendia a respiração enquanto guiava com jeito a lâmina fina de sua serra tico-tico em torno de alguma protuberância frágil, como o focinho do Pateta ou as orelhas do Mickey. Criaturas de todos os desenhos animados de Disney, mais *gremlins* de pele verde, inventados para concretizar aquela expressão de gíria surgida durante a guerra, apareciam em centenas de insígnias das Forças Armadas; era quase como se Disney e Hollywood estivessem administrando a guerra, com milhões de atores. Buddy queria entrar para a unidade de engenharia do Exército e construir pontes para serem usadas pelos soldados; Owen queria ser piloto de prova, fazendo grandes mergulhos e voltando a subir no último segundo. Aliás, Owen havia conhecido Buddy quando brincava com um tanque M-4 com esteiras de borracha na caixa de areia do playground, e o menino mais alto aproximou-se oferecendo-se para lhe mostrar sua coleção de aeromodelos — aviões P51, Zero, Spitfire e Messerschmitt, uns de chumbo, outros de pau-de-balsa, que ele mesmo fizera — no subsolo de sua casa, do outro lado do milharal, apenas seis números ímpares após a casa de Owen, três depois da malfadada casa dos Hoffman. Os Rourke — Buddy, sua delicada mãe e sua irmã menor, ainda pirralha — moravam não exatamente numa casa, porém no primeiro andar e no subsolo de uma casa de dois andares, relativamente nova, de tijolo amarelo. Nela moravam ao todo quatro famílias, gente que não tinha condições de ter casa própria, e isso era mais ou menos como morar na Second Street, ou ter um pai que não tratava bem a mãe.

Owen dava graças a Deus por não morar em apartamento, tal como dava graças a Deus por não ter nascido menina nem canhoto. Imagine só, ter que escrever todo torto daquele jeito para não esfregar a mão na tinta ainda fresca! Era uma pessoa de sorte, concluiu quando ainda era bem pequeno. Sem dúvida que tinha sorte, se comparasse a sua situação com a das crianças de Londres ou Leningrado, ou, depois, Berlim e Tóquio.

Quando sua família apagava todas as luzes e se reunia, agachada, no patamar da escada, para ficar bem longe de qualquer estilhaço de vidro, era apenas um exercício de defesa antiaérea, um faz-de-conta, e se um ronco de avião se ouvia no céu, e Owen, o coração batendo forte, ficava à espera da bomba, era sempre, é claro, um dos nossos aviões, e não caía bomba nenhuma. Mas, afinal, por que Tojo e Hitler iam querer bombardear Willow? Por causa de uma mísera fábrica de pára-quedas?

Seus pais caminhavam nas tardes de domingo; foi só décadas depois que Owen se deu conta de que essas caminhadas eram para eles uma maneira de se afirmarem como um casal jovem, fugido de uma casa que não lhes pertencia. Mas Owen, o filho, pertencia a eles, e assim o levavam também, muito embora só de pensar naquele passeio suas pernas ficassem pesadas, de modo que cada vez era mais difícil para ele acompanhar o ritmo dos dois, até que seu pai por fim se abaixava e sentava-o sobre seus ombros. Lá no alto tinha uma sensação estranha, e a cabeça de seu pai parecia absurdamente grande e cabeluda, tanto que, depois de algum tempo, era com alívio que ele voltava a caminhar com suas próprias pernas.

Aquele passeio seguia diversos itinerários possíveis. Num deles, viravam à esquerda no beco sem nome que se estendia além da sebe, cruzavam a Alton Avenue, atravessavam o trecho mais novo de Willow, chegando ao Shale Hill e subindo. Ao sopé do morro havia hortas plantadas durante a guerra, mas no alto alamedas se estendiam por entre pinheiros e pedras chatas que o faziam pensar em pilhas de jornais enegrecidas e enrugadas pela chuva. Lá de cima toda a cidade era visível: o bairro novo era o mais próximo, com suas ruas curvas ladeadas por plátanos e choupos; em seguida vinha um trecho mais antigo, retilíneo, arborizado com bordos, de folhagem mais escura e densa; mais além, do outro lado da Alton Pike, ficava a parte mais velha de Willow, ao sul. A Mifflin Avenue se destacava, com castanheiros-da-índia altos dos dois lados da pista. Owen via sua própria casa — a casa de seu avô — com os tijolos amarelo-claros e os remates de madeira das portas e janelas pintados de verde-oliva; ao longe, na bruma, a avenida se transformava numa estrada cheia de curvas que atravessava a fazenda Blake e seguia em direção a Filadélfia margeando o rio, brilhando ao lado dele. Essa vista sempre interessava sua mãe, mas para Owen só tinha graça por dois segundos. O que se podia fazer com uma vista? Melhor procurar um pedaço de pau e tentar acertar as pedrinhas do chão, como quem maneja um taco de beisebol.

Ou então, surgindo debaixo do caramanchão junto à varanda lateral e seguindo pela alameda de tijolo, passando pelo canteiro de amores-perfeitos, podiam virar na direção oposta, à direita, e subir a Mifflin Avenue, passando pela sinistra casa dos Hoffman e o triste prédio de apartamentos em que morava Buddy Rourke, pelo lugar onde ficava o celeiro dos Baker que havia pegado fogo, pelos chiqueiros fedorentos e os pastos cercados das vacas, pelo riacho, onde havia trechos verdes de águas mais lentas cobertos de agrião que sua avó às vezes colhia, chegando a uma estrada que subia o Cedar Top, o morro que, juntamente com o Shale Hill, do lado oposto, formava o vale onde ficava Willow.

Além dos limites da cidade a estrada começava a subir. Havia casas sem pintura com carros enferrujados nos quintais tortos, e cachorros sarnentos que latiam e latiam quando os três Mackenzie passavam por eles. Em seguida vinha um trecho de bosque ininterrupto, e depois um cruzamento no alto de um morro onde fora abandonada uma sorveteria Dairy Queen. Owen jamais descobriu onde davam as duas outras estradas, a que seguia em frente e a que virava à esquerda. Seus pais viravam para a direita e desciam o morro, atravessando mais um trecho de bosque, passando pelo muro de arenito cheio de pregos da propriedade dos Pomeroy. Uma ou duas vezes Owen ouviu o som de bolas de tênis e o ruído de água de piscina sendo espadanada, mas normalmente a casa parecia estar vazia. Era difícil imaginar a vida dos ricos; pelo visto, era um tipo de vida em que ninguém parava em casa. Do outro lado da estrada, na fronteira mais alta de Willow, surgia o cemitério, com suas pedras de granito, rosa-claro e cinza-claro, deserto e muito nítido no sol. A estrada, após descer mais um pouco, se transformava na Washington Street, uma rua de casas com quintais laterais estreitos e gramados inclinados na frente, substituídas após três quarteirões pelo comércio do centro da cidade: o cinema, o banco, uma loja de bicicletas e, nas cinco esquinas em que a rua cruzava com a Alton Pike, a igreja luterana, a agência funerária Hess, a sede do distrito, com um pequeno parque, e o restaurante Leinbach's, especializado em ostras, no andar térreo do velho prédio de arenito onde outrora ficava a estalagem chamada The Willow, O Salgueiro. O coração de Owen sempre se animava, e suas pernas ficavam leves, quando ele e seus pais chegavam ao centro da cidade, que ele atravessava todos os dias ao ir e vir da escola, o cenário que ele era capaz de evocar, loja por loja, casa por casa, em sua imaginação, sessenta anos depois.

Foi nesse passeio até o Cedar Top, um dia, logo após passarem pela sorveteria abandonada, que Owen viu em meio às pedras da margem da estrada uma coisa branca, leitosa, que parecia um balão de ar esvaziado; era reluzente como um brinquedo. Ele abaixou-se para olhar mais de perto, quando então sua mãe, atrás e acima dele, disse, num tom de voz que só era usado em ocasiões de extrema urgência: "*Não toque nisso!*".

Qual poderia ser o perigo? Não era um ser vivo, mas a voz da mãe parecia dar a idéia de que era, de algum modo. "O que é isso?", ele perguntou.

"Uma coisa melenta", disse ela.

"Melenta" era uma palavra faz-de-conta, uma palavra só deles, que Owen inventara no tempo em que não conseguia ainda pronunciar os nomes das coisas e criava palavras sem querer, como "aianja" em vez de "laranja" e "nana" em vez de "banana". "Melento" tinha a ver com comidas de que ele não gostava, que lhe pareciam muito aguadas ou muito misturadas, ou que pareciam vísceras. Provavelmente seria uma mistura de "meleca" com "nojento"; a palavra pegou, como se tratasse uma realidade que não pudesse ser tocada por uma palavra de verdade. Titica de passarinho ainda mole na borda do chafariz de pedra do jardim, minhocas ressecadas pelo sol na calçada quente — essas coisas também eram melentas.

"O que era aquilo?", perguntou ele, com o verbo no pretérito, percebendo que se tratava de algo que fora jogado fora, cuja utilização, por misteriosa que fosse, era coisa do passado.

Seus pais caminharam em silêncio por algum tempo, afastando-se do fascinante objeto de borracha largado à beira-estrada. Ao contrário de alguns pais, eles achavam errado deixar sem resposta uma pergunta do filho. Owen percebeu que estavam se remoendo de culpa.

"Era um artigo de limpeza, Owen", disse seu pai por fim. "Como um lenço de papel."

"Era um espanta-cegonha", acrescentou a mãe, agora num tom mais bem-humorado, com um toque de cumplicidade juvenil. Owen sentia que aquele conhecimento secreto aproximara seus pais, atrás dele. Normalmente quem tinha segredos em comum eram Owen e sua mãe, pois passavam juntos muitas horas enquanto o pai estava no trabalho. O principal segredo era a infelicidade dela, muito embora ele não compreendesse direito qual o motivo. Ser filha, esposa e mãe ao mesmo tempo numa mesma casa era uma coisa difícil, disse-lhe ela, mas Owen não entendia muito bem por quê. Afinal, ele era filho e neto, colega de turma e companheiro de brincadeiras, tudo junto, e podia perfeitamente ser irmão de alguém além disso. Parecia que ser mulher por si só já era suficiente para causar infelicidade. Havia dias em que sua mãe ficava de cama, de olhos fechados; Owen se assustava quando a via assim, e não chegava perto dela. Havia dias em que ela parecia lhe dizer, com todo o seu ser: *Não me toque*.

O quartinho de Owen ficava ao lado do de seus pais, e não havia como ele não entreouvir o que se passava entre eles — os ágeis ataques e contra-ataques de uma briga, os suspiros e gemidos de cansaço à noite, as conversas alegres que davam início ao dia. Owen achava ótimo que a mãe o amasse mais do que amava seu pai, mas queria que as relações entre os dois adultos fossem amistosas e tranqüilas, para que depois de um de seus pesadelos eles pudessem confortá-lo deixando-o acomodar-se no espaço quente entre os dois na cama de casal.

À medida que crescia, Owen descobria mais lugares em Willow onde o pecado projetava sua sombra, a qual não deslizava lépida como a maioria das sombras, porém tinha algo de grudento e pungente. No alto do galpão de equipamentos do playground havia um espaço triangular sob o telhado onde só era possível chegar dando um salto, agarrando uma viga transversal, jogando os pés para cima, ficando perigosamente no ar por um segundo, e por fim puxando o corpo até a plataforma lá em cima. Depois que os olhos de Owen se adaptavam à penumbra, ele via ali outros desenhos, sobre os quais jamais havia sido passada uma camada de tinta, bem como mensagens e alegações a respeito de meninas e meninos muito mais velhos que Owen, que ele jamais conhecera. Ginger Bitting às vezes subia ali depois de freqüentar o playground; Owen gostava de esticar-se imaginando que ela estava a seu lado — aquele corpo musculoso, destemido, cheio de energia — e de olhar para baixo, vendo as tábuas das paredes e o chão de macadame onde apareciam aqui e ali um valete ou dama perdida, como um segredo, junto ao pé de uma daquelas mesas pesadas.

Na sétima série, Owen trocou a escola primária pelo prédio do secundário, que ficava a quase um quilômetro dali, na Alton Pike. Embora meninos e meninas pudessem entrar por qualquer uma das portas e usar o pátio sem a divisão sexual imposta na escola primária, havia uma atmosfera de escândalo em torno das janelas mais baixas do lado do colégio voltado para Alton, debaixo da sala de aula que ficava no canto do prédio. Eram as janelas do vestiário das meninas, reforçadas com tela de arame e pintadas de preto por dentro. No entanto, aquela tinta velha já estava descascada, e pequenos furos haviam sido produzidos nela, misteriosamente, do lado de dentro. Embora não houvesse nenhuma proibição escrita, os professores afastavam os meninos daquelas janelas, e o espaço junto a elas, aquele trecho de grama aparada e calçada estreita, ganhou uma pátina tão espessa de relatos de cenas avistadas pelos furos que Owen entrou na idade adulta com uma lembrança, tão luminosa quanto um harém pintado por Ingres, de garotas nuas vistas de um ângulo, por entre canos recobertos de amianto e armários de metal verde cobertos de poeira — garotas de ombros reluzentes e quadris molhados, Barbara Emerich e Alice Stottlemeyer e Babs Dolinski e Grace Bickta, mas por algum motivo não Ginger Bitting, meninas que haviam crescido com ele, movendo-se lentamente na flor de sua nudez, desapercebidas, como se debaixo d'água.

Embora sua mãe, uma seguidora devota da natureza, costumasse andar nua quando ia ou voltava do banheiro, e até mesmo levasse o filho ainda bem pequeno com ela para a banheira, Owen curiosamente não fazia uma idéia precisa da aparência de um corpo feminino, como se um véu espesso ocultasse o corpo dela, por ser sua mãe. Eram só as mulheres de sua geração que ele conseguia enxergar, e só elas podiam guiá-lo. Uma vez no final do verão, quando a srta. Mull já tinha embora do playground, lutando na grama quente com Doris Shanahan, uma menina de rosto quadrado da seção B da oitava série, que andava de bicicleta assobiando e gostava de jogar basquete com os meninos, Owen, caído no chão, olhou para cima e, dentro do short da garota, que estava em pé sobre ele, triunfante, com uma perna de cada lado de seu rosto, viu, por estar um pouco frouxa sua calcinha, alguns pêlos negros encaracolados: foi como se jamais tivesse visto pêlos pubianos. Ele ainda era totalmente liso. Ver os pêlos de Doris era pecado, ele sabia, porém aquilo o fez se sentir feliz, e era algo de verdadeiro. Era conhecimento, e o conhecimento — nesse ponto todos os adultos de Willow estavam de acordo — era uma coisa boa.

3. O marido

Quando Owen acorda e constata que Julia já se levantou, ele sai à sua procura, os dois representando um roteiro semicômico em que conscientemente flertam com a senilidade, como se desse modo fosse possível protelá-la.

"Onde é que você está, meu bem?", ele chama.

"Aqui, amor", ela responde, de algum cômodo longínquo; mas a audição de Owen já está tão deteriorada que ele não sabe se ela está no andar de cima ou no de baixo.

"Aqui onde?", Owen grita, irritando-se.

A audição de Julia não é mais como antes, nem tampouco sua necessidade de responder aos chamados do marido. Ela se cala, como um rádio de carro dentro de um túnel. *Mas ela continua muito criança*, ele pensa com seus botões, *de achar que "aqui" explica alguma coisa, como se ela fosse o centro do universo. Mas que egoísmo extraordinário!*

Por outro lado, se não fosse egoísta Julia não poderia lhe ter dado o que ele tanto desejava no momento em que a conheceu: um novo centro para sua vida. O ponto de partida de cada um deles fora identificar o autocentramento do outro. Sua primeira esposa não era muito autocentrada; dava a impressão de que havia esquecido seu próprio eu num outro cômodo, como se fossem os óculos de leitura.

É possível que Julia tenha saído da casa, com suas sandálias de borracha. Ela adora o mundo exterior, lugar do trânsito e do tempo. No verão, ela vai até o jardim e começa a arrancar ervas daninhas ainda de camisola; a barra da roupa fica encharcada de orvalho, as sandálias sujam-se de lama. Ele é obrigado a descer, de pijama e tudo, para arrancar dela uma resposta. Chega mesmo a ir descalço para a entrada de asfalto da casa, que de manhã cedo ainda não está tão quente que lhe queime os pés. No decorrer das duas décadas que já passaram ali, em uma ou outra pequena emergência (uma porta de carro deixada entreaberta, fazendo com que a luz do interior do veículo devorasse a bateria; ou um jornal jogado no meio dos arbustos pelo jornaleiro descuidado quando passou por ali, no escuro da madrugada; ou uma mangueira esquecida aberta quando foram se deitar, que o som dava para se ouvir do quarto, como se fosse um coração a murmurar), Owen saiu descalço no macadame em diversas circunstâncias meteorológicas variadas, até mesmo com alguns centímetros de neve recém-caída cobrindo o chão, e constatou que, por alguns passos, quase qualquer coisa é suportável; a neve e o calor proporcionam um choque natural revigorante aos nervos por tanto tempo entorpecidos dentro dos sapatos.

Owen quer contar um sonho a Julia. Muitas vezes ele desperta com esse desejo, embora há muito tempo Julia tenha manifestado seu total desinteresse pelas atividades noturnas do cérebro do marido. É importante agir imediatamente após acordar, antes que a delicada estrutura do sonho seja esmagada pelo peso da realidade trivial.

Essa noite Owen sonhou que, do gramado junto da casa

branca em que moram, do lado voltado para o mar, ele via Julia partir em seu BMW preto em uma de suas inúmeras idas ou fugas a Boston. Via o carro, que brilhava como couro, passar por ele, sendo imediatamente seguido pelo velho Mitsubishi grená de Owen, só que quem o dirigia não era ele, e sim a própria Julia, mais uma vez, com o rosto pálido preocupado, visto de perfil. Sua primeira esposa, Phyllis, também assumia essa postura tensa, que chamava a atenção, quando dirigia — ligeiramente inclinada para trás, como se aguardasse a qualquer momento a explosão do motor.

No sonho, não achou nada de estranho naquela duplicação de Julia, porém parecia-lhe haver algo de estouvado e perigoso na velocidade do carro. *Devagar, querida, devagar.* Agora havia diversos carros *entrando* no caminho da casa, que é estreito demais para automóveis. Para enfrentar esse problema, os motoristas faziam manobras inéditas — um fusca, aquele veículo dos anos 60, que se tornou famoso por oferecer pouca segurança e virou símbolo de rebelião contracultural e anticonsumismo conspícuo, engatou a marcha a ré, saiu da pista e desceu uma rampa gramada de cuja existência Owen jamais desconfiara. Um outro veículo vinha puxando um trailer barulhento; Owen se deu conta de que eram os homens que toda semana vinham cuidar de seu gramado. Mas a coisa não era tão simples; quando voltou para dentro de casa, encontrou na sala de visitas uma família chinesa de três pessoas, todas idênticas, disformes, como se fossem bonecos infláveis ou percevejos cinzentos inchados, sentadas, em silêncio, porém na expectativa. Os chineses, e também os homens do gramado — morbidamente queimados de sol, fumando o tempo todo enquanto se deslocavam em seus cortadores de grama barulhentos, deixando de lado vários cantos e raspando a zero os trechos mais altos do chão —, pareciam pensar, equivocadamente, que na ausência de Julia (ela fora para

Boston, em duplicata) ele saberia o que fazer, quais as cortesias cabíveis, quais as ordens que deviam ser dadas. Ele era o dono, o anfitrião, o proprietário, o patrão — um papel que nunca conseguiu assumir plenamente. Nascido jovem, Owen permanece jovem: a vida o poupou, mantendo-o assim. Perplexo, ele acorda.

Ele quer contar tudo isso à mulher, fazê-la rir. Quer analisar com ela as possíveis ligações entre o sonho e a vida real. Alguns anos atrás, os dois passaram três semanas na China — mais uma manobra espanta-senilidade. Todos os casais que eles conhecem em Haskells Crossing vivem viajando, naquela janela entre a aposentadoria e a morte que rapidamente se fecha. Como crianças que trocam figurinhas, eles intercambiam nomes de restaurantes e hotéis, museus e templos imperdíveis, guias locais que devem ser consultados. Todo o mundo foi colonizado por Haskells Crossing e sua comunidade vizinha, Haven-by-the-Sea, enviando peregrinos que trilham as mesmas sendas, cada leva pisando nas pegadas das anteriores, comendo nos mesmos restaurantes, contratando os mesmos guias, até mesmo encontrando as mesmas vendedoras de suvenires, de uma persistência memorável, à sombra da Grande Muralha. Além disso, a carreira de Owen na área de informática lhe deu muitos colegas de origem asiática, alguns deles tão pouco cooperativos e dotados de um ar de expectativa tão opaco quanto os chineses do sonho. Pensando bem, numa viagem a negócios a Chicago, no inverno passado, ele e Julia viram, no Art Institute, uma enigmática instalação de chineses artificiais, todos idênticos, sorridentes, de pijama, pintados com um spray cinza, em torno da balaustrada de mármore da majestosa escadaria central.

Owen imagina Julia rindo enquanto ele testa essas possíveis conexões com os imaginários visitantes orientais, que pareciam tão seguros de si, tão imperturbáveis e satisfeitos na sala de visitas dos Mackenzie, que havia sido transformada num recinto praticamente vazio, com assoalho curvo. Seria aquela curvatura uma referência onírica aos olhos oblíquos dos chineses, ou ao chão curvo do cine Scheherazade lá em Willow, onde ele havia assistido a tantos filmes de Charlie Chan?

Owen quer contar esse sonho em particular porque, apesar de todas aquelas descontinuidades, de algum modo ele tinha tudo a ver com Julia. No sonho, Owen desejava que ela não sofresse algum acidente na pista; seu coração batia assustado, com medo de que ela derrapasse nas folhas úmidas e sofresse um acidente fatal. A grande maioria de seus sonhos não tem nada a ver com Julia, porém exploram acima de tudo, enquanto na jangada do colchão os dois flutuam juntos em seus universos separados, um território tenso que ele deixou para trás há vinte e cinco anos — as confusões domésticas e os sofrimentos correspondentes vividos na cidade de Middle Falls, Connecticut, onde Phyllis representou, com um afeto muitíssimo comedido, o papel de sua esposa. Em seus sonhos, muitas vezes a figura da esposa é ambígua, o rosto é nebuloso, e poderia ser ou uma ou a outra. Phyllis, uma mulher majestosa, de cabelo loiro-escuro, era mais alta, e guardava desde os tempos de estudante um certo ar *blasé* de boêmia, enquanto Julia, uma morena compacta, de cílios compridos, com trechos grisalhos controlados em seu penteado bem cuidado, é mais elegante no jeito de se vestir e de andar: ambas, porém, em seus sonhos adquirem certo ar conjugal genérico, recessivo.

Tombos. Fragilidade. Se um psiquiatra ou um estranho intrometido lhe perguntasse por que ele ama Julia tanto, talvez Owen tivesse trazido à tona uma lembrança erótica gerada, alguns anos atrás, quando ela se recuperava depois de quebrar a perna — um osso do calcanhar e outro do pé — tentando ultrapassar o marido na escada dos fundos. Owen sentira a presença de Julia, como de um predador que o perseguisse, respirando, impaciente, atrás dele; então ouviu um monossílabo agudo — "Ah!" — e ela se projetou no ar, tendo pisado em falso na parte mais estreita de um degrau triangular — estava usando sapatos novos, de sola ainda lisa. Pairou em pleno ar por um segundo, passando por Owen deformada pela perspectiva, como um anjo despencando do céu ao mesmo tempo que se anuncia, e foi parar no carpete do corredor, onde ficou caída, imóvel. Owen correu para ela com o coração batendo forte. Um súbito desastre no palco da vida: que papel deveria ele desempenhar? Julia murmurou para seu segundo marido, ajoelhado a seu lado, tenso: "Ouvi dois estalos, quebrando. *Tloc-tloc*". Aquela precisão em plena emergência era típico dela: eficiência, sem frescuras. Deitada, exibindo o perfil silencioso, com ele ajoelhado impotente a seu lado, engolindo a enormidade súbita daquele acontecimento doméstico, Julia pediu: "Dá pra você tirar a minha suéter? Com jeito". Acrescentou: "Estou sentindo calor. Acho que vou desmaiar".

"O que é que a gente faz?", perguntou Owen.

Ela permaneceu calada, como se tivesse mesmo desmaiado.

Assumindo a iniciativa, já que ela não o fazia, Owen disse: "A gente tem que levar você pro hospital. Dava pra você ir pulando, agarrada ao meu ombro?". Conseguiram chegar até o carro e ir de lá para o pronto-socorro do hospital local, onde colocaram um gesso de qualquer maneira, e no dia seguinte fizeram uma viagem de uma hora até o Massachusetts General Hospital, em Boston.

Durante o mês que se seguiu, eles não fizeram amor, se bem que Owen demonstrou amor, ou ao menos julgou fazê-lo, servindo a Julia as refeições que preparava, aprendendo a lavar roupas e a cozinhar, jogando gamão e assistindo à tevê educativa com ela à noite. Passado aquele mês, resolveram tentar voltar a fazer sexo, mas ela teria de ficar deitada debaixo dele, e Owen teria de ter cuidado porque os ossos de Julia ainda não estavam totalmente soldados. No hospital, em vez de gesso os médicos lhe haviam receitado, segundo a mais recente moda terapêutica, uma bota plástica — parecia produto da tecnologia aeroespacial, camadas de azul e cinza e uma sola dentada, curva como a base de uma cadeira de balanço. Ela podia retirá-la por períodos curtos, porém não durante uma atividade frenética como uma trepada. Owen tentou não se encostar no corpo de Julia, sustentando-se sobre os cotovelos e joelhos, evitando que seu peso se apoiasse nela, e constatou, surpreso e deliciado, que ela se excitou ainda mais depressa do que de costume; apertou seu púbis contra o dele com firmeza e gozaram juntos — duas libélulas faiscantes copulando em pleno ar. Depois, ofegante, Julia olhou para ele, a cabeça pousada no travesseiro, com aquela expressão enevoada de desejo satisfeito que, por alguns instantes, faz com que o homem se sinta em paz com o universo, todas as dívidas pagas, todas as preocupações tendo se revelado ninharias.

Talvez fosse efeito da bota. Nos primeiros invernos que passaram naquela casa de madeira mal aquecida, construída cem anos antes para servir de casa de veraneio, eles dois se excitavam quando Julia não tirava as meias de lã. Elas de algum modo tinham o efeito de torná-la mais nua, e não menos. Marido e mulher tinham discordâncias políticas e freqüentemente seus preconceitos entravam em choque, porém tudo era compensado pelo alinhamento de seus sistemas nervosos. Julia era da costa de Connecticut, e sua família era "bem". Ia para seu externato particular dirigindo um MG conversível, passando por uma sucessão de cidadezinhas arborizadas, atravessando várias pontes de ferro. A escola em que ela estudava não tinha time de basquete nem de futebol americano; os esportes mais importantes eram tênis, golfe e equitação, além de pólo. Julia fingia não acreditar que essas modalidades não eram oferecidas na Willow High, que o grande programa de verão de Owen era caminhar pelo quintal dos fundos, passando pelo vinhedo cheio de ruidosas armadilhas para escaravelhos, pelo galinheiro de telhas de amianto de seu avô, fazendo atalho por um milharal e chegando a um playground, que ficava numa espécie de elevação artificial ao lado do campo de beisebol da cidade, onde Owen passava o dia matando o tempo com um bando de outras crianças pobres de pernas queimadas de sol. As colônias de férias estavam acima das posses da família, e mesmo que não estivessem a idéia de ficar numa cabana com outros meninos, andando de canoa num lago de águas negras e gélidas, para um menino tímido e dengoso como Owen, que morria de medo de água, era apavorante. Todo aquele mundo cruel e competitivo dos ricos, dos que nasceram para mandar, felizmente estava fora de seu alcance.

Owen tinha medo de água, de altura, de aranha, do escuro, da possibilidade de sufocar-se, de meninos brigões, de coisas melentas. Uma vez, num circo, um jovem empregado exausto o levantou sem muita delicadeza e o largou sobre o lombo de um pônei malhado e malcheiroso, e ele sentiu-se absurdamente longe do chão, pior do que quando ficava nos ombros do pai, porque o animal em que estava montado parecia menos inteligente e mais arisco — quase tão assustado quanto o próprio Owen. Quando Julia, no clube de golfe, tênis e equitação de Haskells Crossing, põe o pé no estribo e se transforma, com seu traje vermelho e seu capacete preto redondo, numa amazona de três metros de altura, ele sente por ela uma admiração mais sincera do que quando, sessenta anos atrás, levantava a vista, com a mão no coração, para a bandeira que a srta. Mull hasteava todos os dias no playground de Willow. A bandeira ia subindo, enquanto a roldana rangia, ao sol das nove horas, e era impossível ficar olhando para ela por muito tempo, pois o astro de fogo deixava uma mancha roxa e pulsante em sua retina que ele temia poder cegá-lo um dia. As telas de computador muitas vezes também deixam uma marca semelhante na vista, porém ele continua enxergando. Aos setenta anos, Owen continua enxergando, andando com as duas pernas e, tirando as vezes em que Julia o chama de um cômodo muito distante, escutando razoavelmente bem. Homens mais ousados da sua idade ficaram surdos por causa de disparos de armas de fogo ou mancos por acidentes em esportes violentos. Sua cautela natural, que foi mais forte que a vontade de se tornar piloto de prova, valeu a pena.

Levando-se em conta os inúmeros achaques que sofreu e o ambiente excessivamente protegido que os quatro adultos tentaram manter a seu redor na infância, chega a ser espantoso ele ter conseguido se sair tão bem na vida. Sua capacidade de se distrair sozinho, típica dos filhos únicos, sua paciência para resolver problemas que ele próprio se impunha, ou que ele e Buddy Rourke inventavam juntos, tiveram o efeito de prepará-lo para a nascente indústria da informática; mas até mesmo no plano social ele não é de todo inepto. Tem um jeito tímido, porém sedutor. As cidadezinhas em que Owen morou foram instrutivas para ele.

Em Willow, graças à imposição inescapável do Estado, todos os dias Owen escapulia de casa e ia para a escola, onde em todas as séries, até o início do secundário, praticamente todas as professoras eram mulheres maternais, que só propunham desafios suaves; ele ia para as aulas caminhando pelas calçadas com aquele bando de meninas sempre a falar e a mexer com ele, meninas que jamais adivinharam (não apenas Ginger Bitting, mas também Barbara Emerich, com aquelas tranças de palha de milho e aquele dente um pouco mais escuro bem na frente que ela exibia ao sorrir, e Grace Bickta, ágil, morena e de olhar sério) que ele as adorava. O pequeno Owen era maleável e crédulo. Acreditava em tudo que lhe diziam, e inspiravam-lhe uma tranqüilidade anormal as personalidades importantes da cidade: as professoras; a equipe de reparos da estrada, que de seu caminhão sujo de piche espalhava cinzas no inverno e cascalho fumegante no verão; os três policiais da cidade, um baixinho, o outro gordo e o terceiro, dizia-se, alcoólatra. Tranqüilizavam-no a velhinha de óculos pendurados no pescoço papudo que todos os meses recebia o pagamento da conta de luz no seu guichê gradeado na sede do distrito, e o carteiro, o sr. Bingham, que, com o heroísmo anunciado por toda parte no slogan do serviço de correios, heroicamente subia e descia a Mifflin Avenue duas vezes por dia, o corpo inclinado na direção oposta à bolsa de couro pesada, na qual às vezes trazia para Owen gibis do Mickey, anéis que desvendavam códigos secretos e fotos autografadas de estrelas do cinema. Se a felicidade difusa de sua infância se concentrava num único momento, era num dia de nevasca, já perto do Natal — uma tarde nublada, em que lá fora já estava escuro, e pedaços de ouropel e agulhas secas caíam do pinheiro instalado na sala de visitas sobre a paisagem em miniatura ali montada por Owen e sua mãe: algodão e flocos de sabonete Lux representavam a neve, palitos enfiados em pedaços de esponja pintada de verde eram árvores, e casas frágeis de papel machê compradas na loja circundavam o espelho manchado de uma lagoa. Na pista oval de três trilhos corria seu trenzinho Lionel, que mudava de velocidade, obediente, com um cheiro translúcido de óleo lubrificante. De repente — um ruído que galvanizava Owen —, o estalo na caixa de correio indicava que o sr. Bingham havia atravessado toda aquela neve e, pela segunda vez naquele dia, entregado a correspondência. A idéia de que os carteiros e os bondes andavam no meio da nevasca parecia confirmar a versão da realidade americana divulgada por Hollywood e as histórias em quadrinhos: nós éramos criaturas protegidas, contempladas amorosamente do céu, como aquelas figurinhas minúsculas, que jamais envelhecem, num peso de papel de vidro cheio de neve artificial.

Um pouco acima dos administradores da ordem local ficavam as celebridades nacionais. Na verdade, elas eram até mais acessíveis e familiares: Jack Benny e Fibber McGee contando piadas e passando por constrangimentos no pequeno rádio Philco na sala do piano, ao lado da espreguiçadeira de braços encardidos em que Owen comia biscoitos com creme de amendoim, num duplo êxtase de gargalhadas e mastigações; Tyrone Power, as sobrancelhas negras franzidas de tensão, e Joan Crawford, com lábios negros, enormes, trêmulos, audaciosos, e olhos ampliados, cada um contendo uma lágrima grande o bastante para encher um balde, na tela do Scheherazade; e os escritores de paletó de tweed e cachimbo na boca, e os inventores de óculos e jaleco, e os grã-finos de cabelos com brilhantina nas revistas de páginas reluzentes, *Life* e *Liberty* e *Collier's* e *The Saturday Evening Post*, expostas numa estante vertical de madeira na *drugstore* Eberly's, à disposição de qualquer pessoa que tivesse dez centavos para gastar. Havia algo de simpático e íntimo no modo como esse firmamento se curvava sobre o vale de Willow. As vozes de Bing Crosby, Lowell Thomas e Kate Smith não tinham aquele tom abrasivo e exigente das vozes de verdade — as vozes de sua mãe, das professoras, das meninas provocadoras — e no entanto aquelas celebridades, a acreditar-se nos roteiros dos programas de comédia do rádio, levavam vidas muito parecidas com as nossas, cheias de idas ao banco e ao dentista. Jack Benny chegava mesmo a ir pedir uma xícara de açúcar emprestada ao vizinho, Ronald Colman. Embora situadas a uma distância continental, aquelas estrelas levavam a mesma vida que se vivia no bairro de Owen, em meio a casas com varandas frágeis e muros de arrimo inclinados. Não havia maneira melhor de viver, não havia um país mais grandioso e virtuoso que os Estados Unidos, e nenhum estado era mais acolhedor que a Pensilvânia. No alto de tudo ficava Deus, a pedra angular inimaginável, mas felizmente muito longe, mais longe até que Hollywood e Beverly Hills.

"Ah, você está aí", diz ele à mulher quando, tendo decifrado o sentido de "aqui", a encontra em carne e osso — o cabelo agrisalhado, as sandálias de borracha azul — na varanda, lendo o *New York Times*.

Ele insiste em ler o *Boston Globe* — mais um desencontro. "Eu tive um sonho esquisitíssimo", começa Owen. "Você aparece nele em dobro."

"Por favor, meu bem", diz ela, sem se virar. "Não dava pra você me contar depois? Eu estou tentando entender o caso Enron — como foi que eles desviaram aquela fortuna toda pra eles."

"É que depois eu esqueço, mas tudo bem", diz ele, sentindo que aquelas imagens vivas em sua mente já começam a evaporar, por mais que brilhassem com o elixir de Julia, da vida em comum deles dois. "Tudo bem. Me diz qual a nossa programação de hoje." É sábado, seu dia predileto quando menino, porém um dia ameaçador, amorfo, agora em seus tempos de aposentadoria.

Julia, piscando de irritação enquanto mergulha na versão divulgada pelo *Times* daquele extraordinário exemplo de corrupção privada, diz: "Nada, até a hora da festa dos Acheson".

"Ah, meu Deus. A gente tem que ir mesmo?"

"É claro, amor. A Miriam é uma das minhas melhores amigas. Como o Brad é de você."

"Vai ter tanta gente que nem vão dar pela nossa falta."

"É claro que vão. Por que é que você vem com essa história toda vez? Quando a gente chega lá, você sempre se diverte muito. Aliás, você é encantador, com esse seu jeito modesto."

"Eu finjo que me divirto. Eu não tenho nada pra dizer a essas pessoas. Nada."

Owen dedicou toda a sua vida a criar e testar software, e depois que fechou seu último escritório em Boston, uma consultoria com quatro pessoas (três homens e uma mulher), não tem mais quase nada a dizer a ninguém. A tecnologia, com seus saltos exponenciais, deixou-o para trás; os algoritmos ousados de Owen, seus comandos bifurcados que economizavam circuitos; seus *loops* IF... THEN... ELSE e WHILE tornaram-se tão comezinhos quanto uma colcha de retalhos. O poder do chip de um microclone de IBM de mil dólares o deixa tonto e irritado. Tanta sofisticação besta: jogos de computador tridimensionais, em tempo real, totalmente realistas; programas para armazenar, recortar e alterar fotos digitais, para editar vídeos digitais, para imprimir usando cem fontes diferentes; programas para tocar música reduzida a dez mil tons digitais; programas para utilizar a Biblioteca de Babel cada vez maior da internet; programas para proteger o equipamento de vírus e vermes e spams e e-mails indesejáveis. O estouro da bolha das empresas virtuais fez com que toda a indústria se tornasse alvo de desconfiança, até mesmo pessoas que, como ele, pularam fora na hora certa. Calculando, com razão, que a bolha do governo Clinton não poderia ser mantida, Owen agiu de modo inverso ao que fez o seu avô, que investiu durante a bolha nos anos 20 e perdeu tudo com a queda da Bolsa em 1929. Ele vingou o velho, a pessoa que amava de modo mais puro, entre todas as que amou na primeira infância.

Ao contrário de sua mãe, seu avô Rausch não ficava excessivamente presente, nem tampouco, como o pai de Owen, ausente demais. Sua presença era na conta certa, instalado no centro do sofá de palhinha, calado, enquanto Owen, no chão acarpetado da sala, brincava com seus brinquedos de montar e seus aviões de chumbo, ou então fazia o trenzinho Lionel dar voltas e mais voltas, para a frente e para trás, a caixinha preta do transformador esquentando até emitir um suave e agradável fedor de queimado, como sua mãe quando passava roupa. Ela também produzia esse cheiro quando, diante da penteadeira, passava o ferro de alisar no cabelo ruivo. Sua mãe era quente, quente como a chapa do fogão a carvão da cozinha, perigoso de pegar, embora aquecesse a cozinha, e toda a casa também. Tinha um temperamento de ruiva, a que seu pai se referia como "pavio curto"; sua mão se levantava de repente e acertava um tapa no rosto do filho tão depressa que ele não tinha tempo de se esquivar. Durante toda a sua vida, Owen desejou que as mulheres fossem tranqüilas, de cabeça fria, com exceção daqueles momentos (cada vez mais raros) em que sentia vontade de que elas fossem o contrário.

"Fala sobre as notícias, a economia", Julia o aconselha. "Se vale mesmo a pena a gente voltar a fazer guerra contra o Iraque."

"Outra coisa que acontece aos setenta anos — graças a Deus, querida, você ainda está muito jovem pra isso — é que a gente perde o interesse pelo noticiário. Não tem mais nada de novo. Essa história de Iraque já não aconteceu com o Bush anterior?"

"Conversa sobre golfe. Você adora golfe."

"Mas não adoro os jogadores de golfe. É ridículo, a gente não sabe falar sobre outra coisa, e as mulheres começam a ficar incomodadas e saem de perto. No tempo em que eu morava em Middle Falls elas não achavam a nossa conversa tão chata. Eu queria saber sobre o que é que a gente falava."

"Vocês falavam sobre as mulheres que vocês queriam comer, sem dizer isso com todas as letras."

"Ah, não era isso, não."

"Eu estava lá."

"Estava, mesmo. Jogando o mesmo jogo que as outras, sem

perder pra ninguém." Julia não gosta de ouvir isso. Para atenuar aquela estocada, ele pergunta, num tom infantil: "O que é que eu vou fazer até a hora da festa?". Antigamente Owen trabalhava em cada minuto de folga; criou seu primeiro programa comercialmente rentável, DigitEyes, usando uma mistura canhestra de código de máquina e a primeira versão de FORTRAN que ele havia aprendido na IBM, numa garagem atrás da casa geminada com fachada de madeira que ele e Phyllis haviam alugado na Common Lane durante o primeiro ano e meio que passaram em Middle Falls. Em Haskells Crossing, a garagem, muito maior do que aquela histórica, guarda três carros e equipamento de jardinagem que ele jamais usa, bem como caixas e mais caixas cheias de livros didáticos do secundário e da faculdade abandonados por todos os filhos dos casamentos anteriores de Owen e Julia.

"Vai jogar golfe no clube", sugere Julia. "Ou então me ajuda a limpar a angélica-branca e podar a hera. O nosso jardim está uma merda." Julia tem maneiras irrepreensíveis, mas tem uma língua apimentada.

Owen tem saudade do velho playground de Willow, que há muitos anos foi destruído por buldôzeres. Ali o tempo demorava a passar, mas a demora era deliciosa, enquanto ele movia as pedras do xadrez chinês de um triângulo para outro e preparava cordões para pendurar apitos, embora a srta. Mull fosse a única ali que precisasse de um apito, e corria para pegar a bola no milharal quando ela passava por cima do telhado de papel alcotroado do pavilhão durante as partidas de bola-no-telhado, e via Ginger dependurada do trepa-trepa ou então a subir cada vez mais alto no balanço. Owen se dá conta de que, para as crianças de Haskells Crossing, o playground é o clube, com piscina, lanchonete e quadras de bola-ao-mastro e tênis, e provavelmente também com desenhos obscenos rabiscados em algum lugar onde os adultos jamais olham, mas para Owen aquele espaço de recreação tem uma atmosfera estupefaciente de decoro, daquele tédio desesperador que é o apanágio dos ricos. Os pobres também conhecem o tédio, mas sempre têm a esperança de que um dia as coisas vão mudar para melhor, enquanto os ricos simplesmente querem que as coisas continuem tal como estão, o que é ainda menos provável de acontecer. Seus problemas — o estado constantemente crítico de suas partidas de golfe, o casarão enorme sendo construído por algum *nouveau riche* de outro estado que vai obstruir a vista do mar da casa deles, a impossibilidade de achar empregados confiáveis para trabalhar na casa e no jardim (até mesmo os brasileiros e os albaneses agora estão cobrando demais e trabalhando de menos), a queda irreversível do mercado de ações, o aumento do imposto predial, os filhos crescidos que estão se divorciando e tendo carreiras decepcionantes, quixóticas, como artistas ou voluntários em assistência social — parecem a Owen triviais, se comparados com os problemas de vida ou morte vividos por sua família, dos quais os adultos o protegiam.

Tal como o telhado de ardósia da casa da Mifflin Avenue resistiu à chuva e ao furacão de 1938, seus familiares interpunham uma barreira entre eles e toda uma saraivada de preocupações: pobreza numa época em que não havia programas de seguridade social, doença num tempo anterior aos milagres da medicina do pós-guerra, perda de status numa sociedade em que ninguém perdoava ninguém. O menino recolhia retalhos preocupantes de conversas entreouvidas nos outros cômodos da casa: o emprego de seu pai não era nada seguro, a indústria local de malharia era uma causa perdida, a saúde de sua mãe não estava nada bem. Ela sofria de pressão alta e doenças de senhoras. Com exceção do desenho no galpão do playground, Owen nada sabia a respeito dos órgãos sexuais femininos, mas, com base nos fragmentos de conversas que ouvia, imaginava que fossem uma espécie de caminho sem volta em direção à catástrofe. E seus avós já estavam bem velhinhos; ficavam a remexer-se num quarto onde imperava um cheiro de velhice que lembrava papel molhado, já quase esquecidos, desafiando a lei das probabilidades diariamente cada vez que emergiam do quarto para tomar o café-da-manhã. Owen seguia em frente, atravessando os dias, passando de ano na escola, feliz ao constatar que seu pequeno mundo permanecia intacto na Mifflin Avenue.

Então, quando estava com treze anos, o mundo caiu. A malharia em que seu pai trabalhava fechou. As atividades do esforço de guerra tinham sido seus estertores finais. No calor escaldante do verão, seu pai perambulava pelas ruas de Alton procurando trabalho como contador. A humilhação escaveirou seu rosto, tingindo-o de amarelo. Ele foi ficando obcecado — uma obsessão absurda, pensava Owen, que jamais olhava para as contas — com os gastos da casa na Mifflin Avenue, a calefação, a manutenção, a necessidade de pintura. Na sua cabeça, aquela casa era mais uma "roubalheira". Dizia que ela era uma "maluquice do velho"; era preciso sair dali. A casa, a única casa em que Owen havia morado, foi vendida, exatamente pela mesma quantia — oito mil e quinhentos dólares — que o avô de Owen havia pago por ela vinte e cinco anos antes, na esteira de uma outra guerra mundial. Por metade daquele valor, adquiriram uma casa no interior, longe de tudo, cercada de campos erodidos, zumbidos de grilos e arengas zangadas de pássaros. A casinha de pedra estava desabitada havia um ano. Andorinhões haviam construído ninhos na chaminé; esquilos voadores moravam no sótão; gatos sem dono se escondiam em velhos fardos de feno no celeiro sem pintura. Não havia eletricidade, nem telefone, nem água encanada; essas melhorias levaram embora boa parte dos quatro mil dólares que haviam sobrado. Além disso, precisavam de um carro; em Willow podiam ir a pé para todos os lados, cada um dos cinco para uma direção, se fosse o caso, e por sete centavos o bonde os levava até as lojas de departamentos e cinemas faraônicos de Alton. Seu pai não conseguiu achar emprego em Alton. Toda a cidade estava morrendo aos poucos, e ele, com mais de quarenta anos, estava velho demais para começar uma carreira nova. Um ex-colega de faculdade, em Norristown, perto de Filadélfia, finalmente o aceitou como sócio de sua firma de contadoria, para ganhar menos do que recebia na fábrica; agora seu pai usava o carro das oito da manhã às seis da tarde. Owen ficava com os avós, a mãe, um celeiro cheio de gatos de olhos remelentos e dois filhotes de *collie* felpudos. Os vizinhos mais próximos eram menonitas, e seus filhos não tinham tempo de brincar; todos trabalhavam na fazenda. A mais de um quilômetro havia uma taberna velha e uma mercearia, e mais meia dúzia de casas à beira-estrada, mas aquilo não chegava a ser nem mesmo um vilarejo. Owen ficava em casa lendo livros de ficção científica e histórias de detetive passadas em cidadezinhas na Inglaterra, sonhando com invenções mirabolantes que o tornariam rico. A imagem retrospectiva que formava de sua própria vida costumava pular aqueles anos; não havia lugar em seu currículo para aqueles seis anos passados na roça, antes de ir estudar no MIT, na Nova Inglaterra.

A cidadezinha onde ele mora agora, que será muito provavelmente a última, seguida apenas pela UTI para pacientes terminais, não tem um governo autônomo; é um distrito de uma cidade de quarenta mil habitantes, Cabot City. Haskells Crossing era antigamente lugar de veraneio, onde propriedades de milionários de Pittsburgh e Chicago — que, com a devida correção, seriam bilionários hoje — foram divididas em terrenos menores mas ainda persistem na memória dos moradores, ainda são perceptíveis como uma camada anterior, que evoca conforto e espaços abertos. Os grandes plutocratas, com seus iates, cais particulares, quilômetros de muros de granito e escadarias de pedra que davam em piscinas olímpicas com vestiários neoclássicos, quadras de tênis de piso de barro vermelho e belvederes caprichosos, deixaram certa aura, além de filhos, eles próprios já quase em extinção, os quais ainda relembram os tempos em que, todos os anos, no verão, chegavam de trem, vindo de Chicago ou Cleveland, no vagão particular do pai. Um século antes, quando os trilhos da ferrovia B & M chegaram de Boston, pela costa, aquele entroncamento (*crossing*) foi batizado em homenagem a um fazendeiro dali, Enoch Haskell, cujas terras foram compradas; os velhos prédios de madeira de sua propriedade foram derrubados e queimados, e seus campos deram lugar a gramados bem cuidados; seu nome, porém, persistiu, enquanto os dos que o expulsaram foram esquecidos. Depois da guerra extinguiram os trens que iam para o sul, mas os que vêm para cá ainda existem, e uma vez por hora passa uma composição que faz estremecer o granito sobre o qual foi construída a casa de Owen e Julia, um tremor leve, porém perceptível. Owen gosta dessa ligação palpável entre meio de transporte e geologia.

Há uma espécie de minicentro — o corpo de bombeiros, o memorial dos ex-combatentes, a padaria francesa, o banco, a loja de miudezas, a mercearia, uma venda de produtos naturais, uma farmácia que acabou fechando por não agüentar a concorrência das redes CVS e Walgreen que se instalaram no shopping center, uma livraria sempre ameaçada de fechar por conta da Borders e da Barnes & Noble que abriram no shopping a quinze quilômetros do centro, uma pizzaria, uma tinturaria, dois cabeleireiros em franca concorrência oriundos dos trópicos (Costa Rica e Filipinas), um florista quase falido ao lado de uma loja fechada onde antes havia uma agência de viagens arruinada pelo desastre do World Trade Center e pela subseqüente crise das empresas de aviação, um restaurante familiar e um restaurante muito mais caro, freqüentado por casais de namorados e pelos ricos da região quando querem impressionar um visitante. Há em Haskells Crossing até mesmo uma agência de correios, dos tempos em que os donos de propriedades eram considerados merecedores de tal luxo, pelo menos como uma parada obrigatória dos trens a caminho de Nebraska.

Porém o espectral centro do poder, que em Willow se situava no cruzamento de cinco esquinas, aqui fica cinco quilômetros e muitos entroncamentos além, no prédio da prefeitura, tendo a delegacia como anexo, no centro de Cabot City. Originalmente uma aldeia à beira-rio chamada Colchester, o mesmo nome da cidade de origem dos puritanos que foram os primeiros a chegar ali, ela foi rebatizada em homenagem ao criador do curtume poluidor que, juntamente com outras fábricas da região, povoou as ruas, apinhadas de prédios de três andares, de trabalhadores poloneses, gregos, irlandeses e até mesmo turcos. As fábricas fecharam, mas os descendentes dos operários continuam a apoiar governantes locais que se tornaram tristemente famosos, no distrito de Haskells Crossing, por avaliarem alto demais as propriedades e estabelecerem regulamentações de zoneamento propensas à corrupção. Em 1880, Haskells Crossing tentou se desvincular de Cabot City para se tornar distrito de um nascente balneário, Haven-by-the-Sea, porém a manobra foi impedida em Boston, não pelos legisladores irlandeses, e sim pelo veto do governador, membro de uma tradicional família da Nova Inglaterra, o qual, segundo alguns, fora influenciado por uma doação não declarada feita por donos de curtumes, ou então, segundo outros, movido por uma resistência conservadora, ainda sob o impacto da Guerra de Secessão, diante de qualquer espécie de revolta ou tentativa de redesenhar mapas.

Owen, como seus vizinhos, gosta de Haskells Crossing tal como ela é. Haven-by-the-Sea, com seu governo autônomo, suas reuniões de vereadores e discussões acaloradas sobre impostos, parece-lhe uma cidadezinha excessivamente autocomplacente, autocentrada. O distante mundo oficial de Cabot City não tem nenhuma ligação com ele, salvo a financeira. A água, com gosto de ferrugem porém potável, vem do reservatório da cidade e sobe o morro em que fica sua casa; o lixo é recolhido da sua porta uma vez por semana. Na única vez em que ele e Julia deram queixa de um roubo, no mesmo dia apareceu um policial, de ar apatetado, porém simpático, com olhos ovais que brilhavam. Parecia um esquilo grande sem a cauda felpuda, debruçado sobre o caderninho, míope, devorando cada pista como se fosse uma avelã. O ladrão jamais foi encontrado.

Criado numa cidadezinha idílica em meio a tempos difíceis, num país que teimosamente resistia às soluções fáceis do fascismo e do comunismo, Owen defende posições socioeconômicas as mais ecléticas: vota no Partido Democrata, porque seus pais e avós votavam em Roosevelt, mas ao mesmo tempo espera tão pouco do governo que todos os serviços sociais e todos os sinais de ordem pública são para ele surpresas agradáveis. Quando, na festa daquele dia, Bradley Acheson queixa-se, no gramado amplo e ensolarado de sua casa, da mais recente tentativa de subdividir e urbanizar a velha propriedade dos Judson, de vinte e cinco hectares, Owen fica emudecido, sem saber se concorda, desejando manter os espaços verdes que o dinheiro velho outrora mantinha abertos e que agora só podem ser conservados pela intervenção governamental, ou se argumenta que toda a história do continente norte-americano é marcada pela urbanização de amplidões verdes. "A aquisição de casa própria", ele diz por fim, hesitante, "é um dos principais indicadores econômicos. Você não acha antidemocrático, até mesmo antipatriótico, decretar 'NMQN' durante o governo do seu querido Bush II?"

"NMQN?"

"No Meu Quintal, Não."

Pelo visto, Brad nunca ouviu falar nessa sigla, e explode numa gargalhada que lança um pedacinho de ovo apimentado na lapela do blazer de Owen. Owen nem sequer pisca, e delicadamente aguarda enquanto o rosto grande e quadrado de seu anfitrião — ele próprio um grande espaço que também merecia um banho de urbanidade — termina de mastigar a complexidade pouco simpática, a esterilidade conflituosa, da resposta de seu convidado. Queixa-se Brad: "A empresa nem é de Massachusetts — é uma megafirma lá da Califórnia, que chega derrubando tudo que é árvore e faz um bando de mansões horrorosas, uma igualzinha à outra, mantendo entre elas a distância mínima permitida pelo zoneamento. A gente vai acabar ficando que nem Watertown".

"É, é horrível, Brad, mas por outro lado isso vai gerar empregos, numa das poucas indústrias americanas que não dá pra exportar para o México. Olha, todas as cidades deste país antigamente eram fazendas ou florestas. Se as pessoas que mandavam aqui fossem como vocês, conservacionistas conservadores, não ia ser possível construir nada. Cabot City seria até hoje um rio cheio de peixe. Haven-by-the-Sea seria só uma pilha de casca de mariscos ao lado de umas tendas de índios caindo aos pedaços."

Brad aperta os lábios e parece prestes a cuspir; olha por cima do ombro de Owen para ver se há algum outro convidado precisando da sua atenção, alguma conversa mais agradável de que ele possa participar. "Tem que haver um equilíbrio", finalmente ele argumenta.

"Exatamente", concorda Owen. Ele adora Brad, como jogador de golfe. Quando olha para Brad, não vê sua alma, como dizem que Deus faz, nem os dados estatísticos referentes à sua renda e suas propriedades, e sim um certo jeito de balançar o taco, um certo floreado com os dedos, colocados perto demais do cabo, um *swing* delicado, porém decidido, que nos melhores dias joga a bola bem no meio do campo, e às vezes bem longe, e dá *chips* que chegam maravilhosamente perto do buraco. Os conhecidos de Owen na região de Haskells Crossing são para ele uma variedade de *swings*, cada um diferente de todos os outros: Morton Burnham, sólido, uma tacada poderosa, porém subindo demais na hora do impulso, e com um incontrolável movimento de cabeça; Geoffrey Dillingham, um jogador de juntas flexíveis, que gira o ombro de modo exagerado, levando o taco para trás muito além da posição paralela; Quentin Chute, gordo, precipitado, jogando mais com as mãos do que com o corpo, todo antebraços e caretas; Martin Scofield, obsessivo, agitado, com excesso de preparação intelectual, os pés ora virando para fora, ora para dentro, enquanto as mãos mudam o tempo todo de posição no taco, denotando insegurança e um fracasso cada vez mais inevitável; Gavin Rust, de cara séria, sempre agachando-se na última hora, um gesto um tanto cômico, depois de muito rebolar, concentrado, os joelhos trancados; Caleb Eppes, de movimentos lentíssimos, como o Homem de Lata de *O mágico de Oz* depois de passar uma noite na chuva; Corey Cogswell, nervoso, sempre levantando a vista após a tacada e depois xingando a si próprio, tendo abortado o lance; e assim por diante. Os amigos homens de Owen para ele são noventa por cento *swings*; ele não sabe quase nada a respeito de suas atividades profissionais, nem das convicções religiosas que embasam sua sensação de bem-estar, nem das aventuras eróticas que deram origem à sua situação doméstica atual. Aliás, em sua maioria, seus amigos continuam casados com as moças que desposaram nos anos 50. Quase todos têm o sotaque nasal da Nova Inglaterra e aquela reticência bem-humorada característica da região, aperfeiçoada no decorrer de várias gerações de negociações acirradas, à medida que foi diminuindo a participação da

Nova Inglaterra no PIB nacional. Porém a ignorância de Owen em relação a esses nativos é parcialmente voluntária; se eles permanecem em parte como incógnitas, é por conta de algo dentro dele, um bloqueio contra a entrada de dados. Owen não está interessado neles porque, como Julia observou, não lhes deseja as esposas. Essas mulheres são fofoqueiras, são ex-debutantes roucas e envelhecidas, metidas, bem-educadas, que se encaixam perfeitamente na sociedade em que vivem, como peças de uma máquina bem torneada. Em Middle Falls, nos arredores de uma grande região metropolitana, nenhuma das mulheres parecia totalmente bem integrada; todas queriam algo diferente, embora fosse difícil explicar o quê, até mesmo para elas. Um descontentamento generalizado emprestava àquela cidade uma energia errática, melancólica, semelhante à que caracterizava a mãe de Owen. Ele crescera em meio a uma atmosfera que parecia prestes a explodir; uma revolta feminina, que pipocava nas comédias românticas exibidas no Scheherazade, ameaçava a paz da casa de seu avô. Se sua mãe de cabelos de fogo não dispunha dos recursos necessários para lutar pela liberdade, as mulheres dos anos 60 e 70 eram menos limitadas. Recém-liberadas pela pílula, afastadas, por um casamento prematuro e pelos filhos, da loucura — colares de contas e calças boca-de-sino, festas de embalo e shows de rock, ácido e fumo — que ouviam do outro lado da parede entre as gerações, as mulheres de Middle Falls eram inquietas, implacáveis, adoráveis.

Em Haskells Crossing, quem adora as mulheres é Julia. Ela encontra realidade e conforto na companhia delas — nas rodas de bridge, nas comissões, no ciclo sazonal das festas em que são sempre servidos os mesmos seis salgadinhos feitos pela mesma tradicional empresa familiar. Julia se encaixa na máquina tão bem que Owen se sente como se fosse uma peça sobressalente. Ele é o marido, um equipamento que entra em ação quando ela tem de lidar com encanadores, carpinteiros, jardineiros. "Eles não gostam de lidar com mulher", ela confessa, "por isso eu digo que foi você quem disse isso ou aquilo, e aí eles me levam a sério." Nas reuniões que Julia freqüenta, nas cozinhas das casas, os maridos são caracterizados como eletrodomésticos que emperram, tão distraídos e incapazes que chegam a ser engraçados. Uma conseqüência do feminismo foi essa misandria bem-humorada. Os homens se recusam a pedir informações quando estão perdidos; os homens não conseguem enxergar os fatos mais óbvios a respeito de decoração e indumentária; os homens são incapazes de distinguir uma zínia de um flox, a geladeira do armário das vassouras; os homens são desajeitados quando se trata de enfrentar até mesmo as tarefas domésticas mais simples; e, depois de umas e outras, as exigências sexuais deles são impacientes, primitivas e de curta duração — tudo isso é criticado em meio a gargalhadas. A superfície social de Haskells Crossing é dividida entre os sexos, e Julia aprova esse sistema. Os casais dividem uma cama e uma conta bancária — isso ninguém discute, mas também ninguém comenta. Os maridos, que em classes sociais menos favorecidas geram dependência e medo graças a acessos de raiva e surras, aqui são domados pelo preço absurdo — numa velhice próspera graças a economias, ações e imóveis em regime de comunhão de bens — do divórcio. Os maridos são anexos supérfluos e obedientes em meio à interação animada das mulheres. Owen aceita sem problemas esse papel, já que seu próprio pai sempre lhe pareceu uma figura igualmente patética e dispensável.

4. Sexo na cidadezinha — II

Foi seu pai quem conseguiu convencê-lo a estudar na faculdade alguma coisa prática, científica. Floyd Mackenzie aprendera, na Depressão dos anos 30, que os engenheiros eram os últimos a serem demitidos; ele vira a coisa acontecer. "Esse menino precisa aprender uma coisa prática", afirmava. "Se deixar, ele vai desperdiçar toda a inteligência dele em sonhos." A inteligência do menino — demonstrada por suas notas astronômicas no secundário e pela sua capacidade, durante o período de isolamento rural, de se distrair com livros, lápis e papel — deveria, pensava o pai, ser aplicada nas máquinas; se não nos gigantescos equipamentos de fazer malha, compridos e pesados como vagões de trem, os quais ele servira em troca de um salário magro, então em algum outro tipo de estrutura (pontes, represas, dínamos) cuja utilidade indispensável fosse mais evidente para o mundo do que o trabalho sério e honesto de contador. Numa era materialista, era preciso confiar na matéria. Os acontecimentos viriam a demonstrar que as máquinas do futuro seriam leves — foguetes que se despregavam da gravidade da Terra e computadores mais rápidos do que a mente humana, adjuntos da subjetividade que nos libertavam para nos dar acesso a um espaço desprovido de oxigênio.

Uma instituição no longínquo estado de Massachusetts, que se chamava Institute of Technology, ofereceu uma bolsa a Owen. Por ser aluno de uma pequena rede escolar rural, num estado da região meio-atlântica, o menino foi favorecido pelas autoridades responsáveis pelas admissões e concessões de bolsas. Owen jamais vira o MIT antes de ir estudar lá. Os prédios guardavam certa distância de um rio artificialmente alargado, o Charles, do outro lado do qual ficava uma cidade venerável, Boston, onde, no cume de um morro parcialmente desmontado, uma cúpula de ouro fosco assinalava a sede do governo estadual. No início dos anos 50, em Cambridge e Boston ainda prevalecia certa pobreza do pré-guerra, mas eram cidades de estudantes, ansiosos por construir o futuro. Embarcações a vela e barcos a remo pontilhavam o Charles, um local perfeito para esportes aquáticos, cintilante, mais azul do que o Schuylkill, enegrecido de carvão. O estado de Massachusetts parecia um brinquedo multicolorido em comparação com a escala industrial da Pensilvânia, com suas cidades sujas de fuligem, ruas em grade, casas idênticas galgando os morros como se fossem escadas. Nas partes mais antigas de Boston, as ruas não eram retilíneas, porém seguiam, segundo se dizia, antigos caminhos de vacas, alargados pelos passos dos puritanos e por fim recobertos de pedras de calçamento.

Na Back Bay, um antigo pântano aterrado, as ruas formavam uma grade, com uma faixa central gramada, ornamentada por olmos e estátuas de bronze. Uma ponte comprida, varrida pelo vento, tinha o nome equivocado de Harvard Bridge, pois fazia a ligação entre a Back Bay e o MIT, cuja cúpula clara e alta evocava, de modo sinistro, quando vista do outro lado do rio, os discos voadores em que se supunha, naquela época, que criaturas e extraterrestres vinham espionar, com uma solicitude impotente, um planeta atrasado prestes a destruir-se com bombas atômicas. O MIT parecia heróico, com sua imensa estrutura central, um labirinto grandioso: uma série de construções interligadas por passagens, cada segmento identificado não por um nome, e sim por um número. A entrada principal, cujo endereço era 77 Massachusetts Avenue, dava para o prédio 7, onde seis enormes pilares e uma inscrição circular — INDÚSTRIA, ARTES, AGRICULTURA E COMÉRCIO — sustentavam a cúpula de calcário. O famoso prédio 20, o "palácio de compensado" da Vassar Street, abrigara pesquisas secretas com radares graças às quais, dizia-se, o país conseguira ganhar a Segunda Guerra Mundial. Infusões secretas de grandes somas oriundas do governo e da indústria continuavam a atrair talentos científicos para participar da guerra fria. No centro de análise e no laboratório de computação digital — cômodos inteiramente ocupados por armários cheios de filtros e válvulas, alimentados por cartões perfurados —, todas as estações de radar dos Estados Unidos estariam interligadas, segundo boatos que corriam entre os alunos de graduação, e circuitos elétricos calculavam trajetórias de mísseis que nem mesmo cem sábios, munidos de lápis e papel, conseguiriam calcular em um século.

O MIT era um universo masculino; todos os administradores e professores eram homens, muitos deles militares. Embora estivesse diminuindo a grande onda de alunos ex-combatentes que marcara o período de pós-guerra, ainda era comum ver uniformes no campus. Dos seis mil alunos, apenas cento e vinte eram mulheres, metade delas cursando a pós-graduação. Assim, Phyllis Goodhue destacava-se como membro de uma minoria pequena, menos de uma em cada cinqüenta pessoas que percorriam os corredores sem fim — soalhos de piso romano marrom, portas de vidro jateado devidamente numeradas em preto, até mesmo o banheiro feminino: 3-101-MULHERES. Ela se destacava ainda mais entre os estudantes que, na primavera, tomavam banho de sol no Great Court, um enorme gramado interno, entre os prédios 3 e 4, de onde se descortinava uma vista do trecho novo da Memorial Drive, com duas fileiras de sicômoros, e, pelos intervalos entre as árvores, o brilho brincalhão do Charles e o perfil baixo e rosado da Back Bay. Em sua maioria, as alunas de graduação não eram bonitas — cus-de-ferro obsessivas que descuidavam do peso e da pele, que nos corredores enfrentavam a maré de cabeça baixa, tentando se enturmar com os rapazes —, e Owen teve de olhar duas vezes para Phyllis até certificar-se de que ela era. Era bonita.

Verdade ou mentira? Duas vezes foi mesmo necessário? Não: desde o início, durante aquele primeiro ano de frio, insônia e infelicidade em que sua cabeça foi se enchendo, entre outras bateladas de dados básicos, de introdução à teoria dos circuitos (lei de Kirchhoff, teoremas de Thévenin e Norton, função degrau e resposta de pulso, fenômenos de ressonância e impedâncias mútuas), sempre que Owen passava por Phyllis num dos corredores apinhados, seu campo eletromagnético mudava, uma mudança tão sutil e tão crucial quanto a diferença entre $d\varphi$ e dt. Havia uma espécie de entorpecimento que só ela lhe proporcionava. A presença de Phyllis transformava os espaços de formas caprichosas, com piso de cimento, que se espalhavam entre os prédios a oeste da estação de metrô da Kendall Square, onde estudantes sonolentos paravam para uma fofoca e um cigarro; tal como Ginger Bitting, aquela aparição tinha seus satélites, só que — inevitável, naquele meio — eram quase todos rapazes. Os olhos de Owen a situavam no centro daquele grupo, embora na verdade ela não parecesse dominá-lo. Enquanto os outros riam ruidosamente, ela permanecia na periferia, sorrindo, tímida; nunca era quem ria mais alto. Sua voz era suave mas límpida, e projetava-se com nitidez — Owen escutava-a muito antes de vê-la — e gestos cuidadosos, contidos por uma relutância em se impor que parecia comovente a Owen, e ao mesmo tempo o incentivava. A uma distância discreta, ele via a palidez de Phyllis como uma espécie de farol, uma ressonância de radioemissão.

Ela mantinha a cabeça levantada, o queixo um pouco proeminente, sobre um pescoço alongado. O cabelo liso, um tom alourado de areia úmida, era preso num rabo-de-cavalo com um elástico. Na frente, descia uma franja até a altura das sobrancelhas claras, que se confundiam com a pele; sobrancelhas e cílios eram quase invisíveis. Phyllis não usava maquiagem, nem mesmo batom, e fumava fazendo beicinho: as bochechas afundavam profundamente no momento de tragar, e ela exalava fumaça com uma veemência um pouco agressiva, para cima e para o lado. Vestia-se de modo informal e não se agasalhava (o mesmo casaco de pano cinzento e os mesmos tênis sujos o ano todo), um estilo que acabou representando Cambridge para Owen — um glamour distanciado, estóico, abstraído, puro. Além disso, ele descobriu que Phyllis era de fato filha de um professor; seu pai era Eustace Goodhue, biógrafo do poeta e clérigo George Herbert, organizador de várias edições dos poetas metafísicos e professor de literatura inglesa naquela outra instituição, a universidade que ficava rio acima, em que as humanidades, descendentes dos estudos teológicos dos puritanos, ainda imperavam, deixando a ciência para as abelhas operárias do mundo.

Sua condição de filha de um homem notável fazia parte do impacto que ela causava — causava deliberadamente, pensava Owen. Phyllis, ele percebia, era como ele: tímida, porém com a cautela de alguém que resguarda um ego orgulhoso. Mais alta que a média, andava um pouco encurvada, como se para minimizar o busto, abundante demais para ser de todo disfarçado por suas deselegantes roupas de inverno. Os seios ficavam ainda menos disfarçados quando, no calor do outono, e também nos dias ensolarados de abril e maio, ela retirava o casacão cinzento que a fazia parecer um porteiro ou adido militar e se refestelava num lençol aberto no meio do Great Court, a saia levantada até o meio das coxas, a suéter e a blusa abaixadas até (de longe, não dava para ver direito) o maiô ou o sutiã.

Phyllis não era como nenhuma garota da Pensilvânia, nem mesmo as mais sofisticadas de Main Line. Elsie Seidel, a namorada de Owen no colegial, filha de um comerciante de rações e ferragens, estava sempre vestida com elegância, mocassins bem engraxados, meias três-quartos caneladas, saias rodadas e cintos largos, seguindo o estilo *new-look*, e fivelas de tartaruga que brilhavam nas ondas de seu cabelo castanho-claro. E muito batom, batom grená que saía negro nas fotografias e grudava nos lábios de Owen, tanto que, depois, ardia quando ele esfregava o lenço umedecido com cuspe, até sair. Ele não queria que sua mãe visse o batom; sua mãe não queria que ele namorasse Elsie, embora fosse uma moça respeitável, aliás mais respeitável na cidade do que os Mackenzie, recém-chegados àquela parte do condado e àquela rede escolar. A rede englobava diversos vales e incluía famílias cuja primeira língua ainda era o alemão. A própria Elsie falava com certa cautela, típica das famílias alemãs, mais devagar do que as garotas de Willow — sua voz parecia ser mais velha do que ela.

Havia em Elsie certa simplicidade interiorana, aquela tez luzidia das pessoas bem alimentadas. Quando se beijaram pela primeira vez, no intervalo de um baile a que Owen compareceu porque sua mãe insistia com ele para deixar de ser desdenhoso em relação ao colégio secundário da região só por não ser o de Willow, a boca de Elsie não foi tão ansiosa e sequiosa quanto a de Alice Stottlemeyer quando brincavam de rodar a garrafa: foi mais como se os lábios dela se derretessem nos dele, naquele ponto quente e úmido em que seus corpos se uniam. Elsie era baixa, e seu vestido de baile de tafetá estava suado; Owen, aos dezessete anos, estava com mais de um metro e oitenta de altura, tendo recentemente herdado o corpo esguio e longilíneo dos Mackenzie. Ela era obrigada a puxá-lo para baixo a fim de que o rosto de Owen se colasse ao seu; queria beijá-lo mais, ali atrás de uma máquina de Coca-Cola quebrada, onde a luz fluorescente do teto piscava. Seu corpinho ávido moldava-se ao dele; Owen lembrou-se de que lhe haviam dito que Carol Wisniewski deixara que Marty Naftzinger a fodesse em pé, no espaço estreito entre o salão de recreação e a fábrica de meias, e percebeu que a coisa era possível.

Não que ele e Elsie tivessem chegado — para usar uma palavra que eles jamais pronunciavam um na presença do outro — a foder. Owen era esperto demais, ansioso demais para correr o risco de desperdiçar sua única vida. Sabia que uma foda levaria ao casamento, e não estava pronto para se casar. No calor e no ímpeto daquele primeiro beijo, compreendeu que ela estava havia algum tempo de olho nele, como se dizia — para a moça, Owen era uma criatura exótica e distante que aparecera na escola, e de algum modo a idéia de conquistá-lo se intrometera na sua cabeça. Assim, entre eles havia sempre esse desequilíbrio: Elsie já o desejava antes que ele se desse conta do fato. Não obstante, Owen reagiu de modo positivo; amava-a até onde conseguia amar uma menina que — coisa constrangedora — não era de Willow. Com aquelas saias rodadas e meias três-quartos brancas, ela era apenas uma imitação, uma filha de comerciante de rações.

Mais tarde, Owen viria a associar Elsie ao interior de um carro — pelúcia mofada, luzinhas fracas do painel, tapetes de borracha, frias superfícies de metal. Frias só no início: após uma noite rodando de carro pela cidade, o aquecedor criava um recanto aconchegante no escuro. Para namorar, iam no carro dos pais de Owen, um Chevrolet de antes da guerra que os Mackenzie haviam comprado de segunda mão quando se mudaram para a casa de fazenda. Normalmente seu pai voltava de Norristown antes das seis, e Owen recebia o carro para rodar pelos arredores, queimando gasolina, exercendo o que o senso comum americano considerava seu direito de adolescente.

Antes de Elsie, ele ia às vezes até Willow, procurando encontrar animação junto aos velhos amigos, o que raramente acontecia. Agora via Willow, tendo saído de lá aos doze anos, com olhos de exilado, como um lugar pequeno e provinciano em que a vida — a vida social de seus colegas, a turma do playground ainda entrando na adolescência — continuou sem ele, invisível: uma cidadezinha deserta. O galinheiro de seu avô já começava a perder algumas de suas telhas de amianto, ele percebia ao passar de carro pelo beco que contornava a sua antiga casa. Não tinha certeza de que seria feliz se sua família tivesse ficado ali. A adolescência reembaralha as cartas. Quando menino, Owen era mais espectador do que ator, seu maior mérito fora o de ser um seguidor leal, um admirador — de Buddy Rourke, das meninas que ele mal ousava imaginar nuas.

Agora, com Elsie dentro do carro, a nudez era uma realidade concreta que era preciso enfrentar. De início, eram apenas beijos, beijos intermináveis, olhos fechados para deixar que, por trás das pálpebras baixadas, viesse uma inundação de sensações diversas, uma expansão da consciência num espaço salgado e perfumado muito diferente do mergulho silencioso e afoito da masturbação. No isolamento e na escuridão dos lençóis frescos e apertados, cessados os murmúrios de seus pais, ele por alguns instantes tinha a sensação de estar de cabeça para baixo, tendo descoberto com a mão esquerda um mecanismo confiável de uma doçura absoluta, uma libertação extraordinária, uma tensão que o levava de volta à primeira infância, aquela sensação emaranhada de novidade quando não há ainda nenhuma lembrança que se sobreponha ao puro êxtase de ser. Pois aquela escuridão privada agora admitira uma outra presença, de alguém que também estava à procura, e o que estava sendo encontrado, de modo desajeitado porém implacável, era o âmago de um eu explorado por outra consciência. Elsie ao mesmo tempo testemunhava e era testemunhada. Seus olhos tinham o tom castanho úmido, tingido de mel, das balas de marroio-branco. Com as partículas de luz que entravam pelo pára-brisa, Owen via o escuro das covinhas quando ela sorria, e o brilho de um globo ocular enquanto ela o contemplava de uma pequena distância que se fechava após alguns segundos. Encolhida ao lado dele no banco da frente, que nos carros daquela época era inteiriço, as costas apunhaladas pela manivela da janela, as batatas das pernas e tornozelos torrados pelo aquecedor, Elsie parecia aberta para recebê-lo, um ninho de permissividade crescente. A cada saída ela lhe entregava mais dois ou três centímetros seus que a partir daí passavam a ser dele; esses pequenos territórios cálidos, uma vez tomados, jamais eram devolvidos. Além dos beijos, havia muita coisa a tocar, muitos ganchos e encaixes em meio às presilhas e panos aromáticos, ali no abrigo do automóvel, que às vezes era o dela, pois, embora um ano mais moça do que ele, Elsie também tinha carteira de motorista, e quando o velho e decrépito Chevrolet da família de Owen estava sendo consertado ou fora apropriado para algum programa adulto, ela vinha num dos carros de sua família, o Dodge verde da mãe, ou até mesmo o Chrysler novo, azul-escuro, do pai, com motor V-8, pegá-lo na casa de fazenda onde sua mãe só aceitara com muita relutância que Elsie era então sua "garota", fosse qual fosse o sentido da palavra agora que o mundo embarcava na segunda metade do século.

Em algumas ocasiões, quando era Elsie que vinha dirigindo um automóvel que impunha respeito, ela era recebida na sala da casinha, onde os volumosos móveis dos avós Rausch, trazidos da casa de Willow, haviam de repente se tornado trastes, cobertos de pêlos dos dois *collies* que a mãe de Owen havia adquirido, imaginando que seriam indispensáveis na vida rural. Vestida com elegância, naquele cenário de prosperidade em declínio, em cujas margens os avós saíam de cena, murmurando e arrastando os pés, Elsie conversava com a mãe de Owen, manifestando uma cortesia animada. Seus olhos castanho-claros brilhavam; seus lábios escarlate sorriam. Pouco à vontade, com uma camisa de flanela de mangas curtas demais, sapatos arranhados, com cadarços, que pareciam coisa de caipira ao lado dos mocassins reluzentes de Elsie (que atraíam as atenções toda vez que ela cruzava e recruzava as pernas com elegância), Owen sentia-se como um bastão sendo passado de um corredor para o outro. Dava-se conta de que estava presenciando, naquela seqüência de tiradas agradáveis, um duelo. Também sua mãe já fora a filha elegante de um empresário rural de sucesso; ela dominava um certo código, sabia "a maneira correta de se comportar". Sabia também de que modo as pessoas se comportavam na realidade, e quanto a isso não podia fazer muita coisa.

Quando os jovens, tendo observado as convenções sociais, conquistavam a liberdade dentro do carro de Elsie, parecia uma espécie de perversão, depois do cinema ou do minigolfe, quando encontravam um lugar para estacionar, vê-la sentada à sua esquerda e não à sua direita. Ao se aproximar dela desse lado, Owen tinha a impressão de que era uma garota estranha, com a qual era preciso começar do zero. Os queixos e bocas formavam ângulos opostos aos das posições costumeiras, e as mãos eram obrigadas a aprender rotas invertidas.

"Vamos trocar?", perguntou ela, quando Owen fez um comentário a respeito da sensação de estranheza. Sua voz saiu mais ofegante, mais gutural, do que aquela voz educada, de sabor germânico, que ela utilizava com a mãe dele e os professores na escola. O batom já havia começado a borrar e empedrar. Seu rosto ganhava um tom de cera, à luz de um poste de iluminação a meio quarteirão dali; às vezes estacionavam num lugar escondido que ele conhecia de suas caminhadas na infância, nos fundos do terreno da sorveteria abandonada no Cedar Top. Owen morava a quinze quilômetros dali, e ela a mais seis quilômetros ao sul, mas Willow era a cidade cujo mapa ele conhecia bem, e era lá que se sentia mais seguro. Em outras ocasiões, estacionavam no Shale Hill, onde havia uma horta no tempo da guerra, numa estrada de terra recém-aberta. À medida que Elsie se tornava mais permissiva, ele buscava lugares cada vez mais protegidos, onde a polícia jamais viria apontar lanternas para seus rostos, como já acontecera uma vez, atrás dos galpões compridos do velho mercado dos fazendeiros. Sentada diante do volante do carro do pai, Elsie dava a impressão de que seus cabelos despenteados pegavam fogo, à luz do poste distante.

"Vamos", ele topou. "Se você não se incomoda de eu me sentar no lugar do motorista no carro do seu pai."

"Não me incomodo, não, Owen. O volante fica o tempo todo espetando as minhas costelas. Não sei como você agüenta."

"Elsie, quando estou com você eu não reparo nessas coisas. Vamos lá. Eu salto do carro e você passa pra cá."

Colocando-se por um momento no espaço público fora do carro, onde a moralidade dos adultos descia das estrelas, Owen abriu e fechou a porta do carona do Chrysler (que fazia um barulho seco e suave, coisa de carro de rico); contornou o pára-choque cromado e os pneus traseiros com banda branca caminhando debruçado para a frente, pois já estava excitado. Apesar de estar protegido pela braguilha, seu pênis ereto o assustava, era como se a qualquer momento pudesse esbarrar ou prender-se em algo; por fim Owen instalou-se diante do volante do pai de Elsie, que era protegido por uma capa de camurça. O cheiro pungente de carro novo foi intensificado pelo calor de seus corpos. Quando deslizou até o canto em que ela se aninhara, atravessando aquele banco onde três pessoas caberiam folgadamente, viu o rosto de Elsie na penumbra, com um pequeno brinco de pérola, contornado pela lã felpuda da suéter de angorá de manga curta. Ela deixou que Owen levantasse a suéter e enfiasse um dedo por baixo do sutiã, acariciando a pele sedosa da elevação macia. Embora rechonchuda, Elsie tinha seios pequenos, como se ainda estivessem crescendo. Quando Owen finalmente pôde retirar o sutiã e puxar a suéter bem para cima, teve a impressão de que o peito dela não era muito diferente do seu; um seio de Elsie em sua mão era algo tão delicado quanto uma lágrima prestes a despencar de seu olho. Uma noite, dessa vez com o carro estacionado junto à horta abandonada, onde havia um poste de iluminação mais próximo do que no Cedar Top, Owen viu as gotas de chuva no pára-brisa projetando sombras sobre o peito de Elsie, trilhas finas que hesitavam e caíam enquanto as pontas de seus dedos as percorriam e tentavam detê-las, aqui e ali. Os mamilos dela eram pequenos e deliciosos, como focinhos de coelhos. Ela deixava-o beijá-los e chupá-los, até que por fim exclamava, com sua voz ofegante, sem nenhum vestígio de alemão: “Ai, Owen. Chega, amor”, e tocava em sua cabeça tal como fazia o barbeiro quando queria que ele a virasse. Endireitando-se no banco, ele fazia círculos com o dedo untado de saliva em torno dos mamilos, dando voltas e mais voltas delicadas, adorando tanto vê-los que se sentia tonto, enquanto as sombras paralelas das gotas de chuva traçavam riscos suaves sobre o peito dela e as costas das mãos dele.

Elsie jamais tocava no pau de Owen. Era algo sagrado demais, potente demais. Os dois fingiam que ele não existia, até mesmo quando seus corpos se endireitavam até o ângulo máximo permitido pelo banco da frente, onde o espaço que havia para as pernas era reduzido pela presença do aquecedor, e Owen segurava suas nádegas através da saia amassada e apertava o corpo contra o dela, com movimentos ritmados, enquanto suas bocas se beijavam o tempo todo, até ele gozar, dentro da cueca, onde a porra seca formava uma mancha quebradiça que mais tarde ele retirava com a unha, na esperança de que a mãe não a percebesse quando lavasse as roupas. Na casa em que moravam agora, a lavanderia era um espaço mal iluminado, cheio de teias de aranha, embaixo da escada do porão, onde havia uma máquina mais moderna do que aquela, em forma de banheira, que mordera a mão de Owen no porão da casa de Willow; a máquina nova tinha uma tampa que se fechava e, no final do ciclo, uma fase de centrifugação que substituía o espremedor.

A etiqueta sexual de Owen era primitiva, fundamentada no comportamento dos homens e mulheres dos filmes que terminavam com um enorme *close-up* de um beijo, e nos diálogos enigmáticos contidos nos poucos livros — como *Por quem os sinos dobram* e *Entre o amor e o pecado* e *Sede de viver* e *Os duques de Amboy* — que ele havia folheado, e também num poema pornográfico que o irmão mais moço de Marty Naftzinger, Jerry, um guri tampinha, de cabelo crespo, colega de turma de Owen, recitava de cor, desde que lhe pagassem dez centavos. Porém sua etiqueta não era tão primitiva que ele não se esquivasse de perguntar a Elsie, após um desses orgasmos, apertado contra seu corpo complacente: "O que é que a gente podia fazer por você?".

A pergunta deixou-a constrangida. Elsie gostava de fazer de conta que o que acabara de ocorrer não havia acontecido. "O que é que você quer dizer?"

Agora era ele quem estava envergonhado. "Quer dizer... ficar paradinha pra mim é pouco, não é?"

Ela respondeu: "A gente não pode fazer mais que isso, Owen. Senão pode ter conseqüências que você não vai querer". Elsie nunca tocava em seu pau e nunca dizia "eu te amo", sabendo que isso o obrigaria a dizer o mesmo, quando ele não estava pronto para tal. Caso contrário, ela poderia ter explicado: *Eu te amo, gosto de te excitar, isso me excita também, será que isso não basta por ora?*

No entanto, havia mais, eles sabiam, e, à medida que chegava ao fim o último ano de Owen no colegial, os dois tentavam às cegas encontrá-lo sem cometer pecados tão negros e definitivos que suas vidas ficassem deformadas para sempre. Elsie tinha menos medo dessa possibilidade do que Owen; ele se recusava a testá-la para ver até que ponto ela o deixava avançar. No carro, Owen estava acostumado a debruçar-se sobre ela e beijar-lhe as coxas por dentro, a pele quente e sedosa, e depois apertar a boca contra o calor que havia entre elas, o mais fundo possível, o calor, o aroma que às vezes lembrava o cheiro pungente que sua mãe emitia nos dias de verão, e outras vezes o fazia pensar no depósito de ração de farelo que havia nos fundos da loja do pai dela. De início, Elsie resistia, empurrava seus ombros; mas depois ela própria já esperava por aquilo. Naquele tempo, até mesmo as adolescentes usavam cinta: a calcinha era protegida por bordas de elástico duro, e, embora Elsie timidamente deslizasse para a frente no banco do carro, os lábios de Owen não conseguiam chegar até o algodão úmido. Não que ele soubesse fazê-la gozar com a boca — ou de qualquer outra maneira, aliás. O prazer era dele, por ser aquela proximidade um segredo, por ela entregar-lhe ao menos sua fragrância, que às vezes era tão forte que chegava a exercer uma pressão em sentido contrário, dando-lhe a vontade de afastar o rosto. Mas ele adorava ficar ali, entre as pernas dela, sentindo que suas faces ficavam quentes e grudentas, vendo que ela era obrigada a fazer uma manobra desajeitada para permitir aquilo, sem ter tirado as meias três-quartos e os mocassins.

No verão antes de Owen partir para o MIT, começaram a partir para experimentações mais desesperadas. Elsie sabia que ele estava escapulindo por entre seus dedos; no final das contas, o bastão não fora passado. Owen arranjara um emprego de verão numa equipe de topógrafos, cuidando das miras e desbastando os galhos de arbustos que atrapalhavam as linhas de visada. Elsie fora para uma colônia de férias luterana em Ohio, onde trabalharia como conselheira durante seis semanas. Owen ia com a equipe para os recantos mais distantes do condado e era necessário que fossem pegá-lo em Alton quando ele não conseguia carona para o sul; chegava em casa exausto e sujo, e tentava não pensar que os estudos superiores numa região longínqua eram uma circunstância cada vez mais próxima, que o afastaria de sua casa — para sempre, era o que ele ao mesmo tempo ansiava e temia. Seus avós estavam doentes e seus pais não eram mais o casal jovem da Mifflin Avenue, do tempo em que ele buscava refúgio na cama de casal quando um pesadelo o assustava.

Quando Elsie voltou de Ohio, foi com certo desânimo que Owen se obrigou a tomar banho na única banheira da sua casa e sair de novo, no escuro. Agora eles precisavam do escuro. Com as liberdades que haviam concedido um ao outro, precisavam de uma privacidade tamanha que até mesmo a luz distante de um poste de iluminação, ou a mais remota possibilidade de serem interrompidos por um policial de Willow com uma lanterna e uma voz áspera, se tornara insuportável. Onde poderiam ir, com suas necessidades mais maduras, bem como os temores crescentes de um ser abandonado pelo outro? O verão de Owen não o ocupara tanto que ele não percebesse as indiretas, nas cartas que Elsie lhe mandava da colônia de férias, de que havia feito amizade com os conselheiros dos meninos, nem que não ouvisse os comentários, em agosto, quando ela voltou, no sentido de que, enquanto Owen cortava galhos de arbustos em terrenos onde futuramente seriam construídas casas, Elsie fora vista na piscina pública, deitada na grama com um maiô de duas peças, ao lado de um outro rapaz, um rapaz da idade dela, seu colega de turma, que continuaria em sua companhia quando as aulas recomeçassem em setembro.

"Meu pai tem um bosque de quarenta hectares perto de Brechstown", disse ela a Owen, numa noite em que já haviam passado uma hora rodando sem destino. "Tem uma estrada velha. Nunca ninguém vai lá."

"Pelo visto, é perfeito", disse Owen; mas seria mesmo? Deixou que ela o guiasse, curva após curva, em estradas estreitas por onde ele jamais passara. Chegando à estrada, assustou-se ao ver a placa de ENTRADA PROIBIDA e os vestígios enferrujados de uma cerca de arame farpado; havia um pedregulho de arenito que Owen, com os músculos desenvolvidos no trabalho de verão, rolou dois metros para o lado, permitindo que o carro entrasse. Estavam no Chevrolet preto, velho e frágil, que seu pai, debochando de sua própria pobreza, chamava de "lata velha". Galhos roçavam na lataria do automóvel, e Owen sentia-se culpado, porém menos do que se estivessem no Chrysler do pai dela, sempre tinindo de novo e lustrado. As latas e invólucros que os faróis iluminavam na pista indicavam que outros tinham estado ali antes deles, outros que também haviam empurrado para o lado o pedregulho, movidos pela força do desejo. A estrada era ruim; o carro velho sacolejava. E se quebrasse um eixo, ou um pneu furasse? O escândalo, a vergonha, manchariam sua vida perfeita para sempre.

"A gente já não andou bastante?", indagou Owen. Sentia que uma armadilha se fechava atrás dele.

"A estrada continua mais um bom pedaço, só que piora cada vez mais", reconheceu Elsie. Ele desligou o carro e os faróis. Tão escuro! A escuridão saltou sobre eles com um estalido audível, instalou-se em torno das janelas como se o carro tivesse afundado num rio negro. Depois que sua vista se acomodou, Owen divisou uma estrela ou outra pelo pára-brisa, nos espaços entre as grandes árvores imóveis. De vez em quando bruxuleava um par de faróis numa estrada de terra a um quilômetro dali. Também os faróis do carro deles teriam sido claramente visíveis. O rosto de Elsie era um borrão claro naquela caverna de pelúcia, borracha, aço moldado e vidro de segurança. Os lábios dele encontraram os dela, que estavam túmidos e úmidos, mas agora havia obstáculos, coisas que Owen não conseguia tirar da cabeça, que tinham o efeito de impedir que uma boca se dissolvesse na outra como antes. E se o carro não pegasse quando quisessem ir embora? E se ele não conseguisse voltar de ré por aquela estrada cheia de mato, em que os arbustos formavam uma massa sólida atrás deles — agora que ele não estava com a machadinha que usava na equipe de topografia? Sentiu que a vida, uma vida vegetal e silenciosa, os cercava, naquela terra que era do pai dela, aquele homem presente em cada folha e cada galho baixo. Owen ainda era jovem o bastante para investir a escuridão de presenças que o espionavam; elas o perturbavam quando ele devia estar totalmente concentrado naquele tesouro bem à mão, na privacidade mais profunda que ele e Elsie jamais viriam a conhecer.

Era agosto; ela estava de bermuda, sem cinta. Abraçaram-se, cada vez com mais ardor e flexibilidade, e a virilha de Elsie veio até a mão de Owen, como se atraída por ela. A moça levantou-se um pouco do banco para que ele pudesse retirar-lhe a bermuda; desajeitado, Owen acabou tirando também a calcinha, e ela não tentou recolocá-la. Elsie parecia estar se espichando, alongando o ventre. Mesmo na escuridão, ele via brilhos úmidos em seus olhos, como vaga-lumes distantes, e um ventre longo e branco descendo até uma pequena sombra suave. Assustado com aquela sombra, Owen voltou a atenção para os seios; com mãos que tinham mais prática em manusear seios do que calcinhas, desabotoou o sutiã e puxou para cima a suéter de mangas curtas que ela estava usando. Elsie cruzou os braços e acabou de tirar a suéter, junto com o sutiã. Seus cabelos, cortados mais curtos este verão em que ela passara tanto tempo entrando e saindo do lago na colônia de férias, soltaram-se, emitindo um perfume de xampu. A massa lisa e ossuda de seus ombros proporcionou a Owen o choque da nudez; ele escondeu o rosto no pescoço dela, dizendo: "Ah, meu Deus. Eu não posso com isso".

O rosto dela retesou-se; ela sorria. "Agora você, Owen", sussurrou ela em seu ouvido. "A camisa."

Depressa, sem querer soltá-la por um segundo, ele tirou a camisa, arrependendo-se de não ter tomado um banho mais cuidadoso, pois o cheiro de seus sovacos misturou-se ao do xampu e da pele de Elsie dentro do carro abafado. Ele enxergava cada vez mais, como se houvesse luz vazando das manchas de céu vislumbradas por entre as árvores, lançando brilhos no bosque, de onde vinham ruídos suaves cada mais perceptíveis. Owen beijou os seios dela, tentando ser delicado, tentando não morder os mamilos cada vez mais duros, enquanto ela falava junto a seu ouvido com uma voz que parecia preparada, aumentada e ensaiada, como se num filme: "Owen, eu tirava a roupa no meu quarto e ficava andando de um lado pro outro me olhando no espelho, querendo que você estivesse ali para me ver".

"Você é linda — é incrível", disse ele, com sinceridade, mas, como se a voz dela tivesse limpado seus ouvidos, agora ouvia outras coisas também, cochichos e movimentos ao redor deles, do outro lado do vidro e do metal. De algum lugar não muito longe veio um pio, uma coruja, ou talvez um sinal de um grupo de tarados assassinos que viviam em cavernas e saíam à noite. *E se o carro não pegar?*, pensou ele outra vez. Muitas vezes isso acontecia, em meio a tempestades, ou nas manhãs mais frias, em que seu pai ficava frenético, afogando o carro num acesso de pânico, enquanto o mecanismo de arranque insistia, impotente, *nheque, nheque*. "Você ouviu alguma coisa?", Owen perguntou a Elsie.

Ela havia deixado os mocassins no chão sujo do carro e se levantado, agora nua da cabeça aos pés, para ajoelhar-se no banco ao lado dele, acariciando-lhe o rosto enquanto ele lambia seus seios; até mesmo em seu estado de terror crescente ele admirou-se, enquanto a abraçava com força, diante da flexibilidade da cintura de uma mulher, daquele espaço semilíquido abaixo das costelas e então, atrás, a parte dura, coberta de penugem, na base da espinha, e as esferas vítreas das nádegas, macias na fenda intermediária, tudo aquilo unificado como o corpo prateado de um peixe, tudo tão simples e verdadeiro, a verdade simples de Elsie, viva em seus braços. Owen ouviu o pio distante outra vez. Alguma coisa passou perto dos pneus do carro. Elsie percebeu que os lábios dele perdiam o interesse por seus mamilos, e começou a escutar também. Por trás da pele entre os seios, o coração dela batia forte. "Acho que não", ela respondeu, com uma voz que perdera sua grandeza de tela de cinema e se tornara pequena, com um tremor infantil.

Para tranqüilizá-lo, acrescentou: "Ele diz que nunca vem ninguém aqui fora da temporada de caça". Mas também ela teria visto as latas e invólucros iluminados pelos faróis, sinal de outras presenças. *Ele* era o pai, o proprietário, em torno deles, odiando Owen, o que Owen estava fazendo com sua filha, tentando através de cada galho e cada tronco de árvore expulsar os dois dali. Eles aguçaram os ouvidos e perceberam um ruído tão discreto que poderia ser apenas a saliva em suas próprias bocas, com a respiração presa. As mãos de Owen voltaram a se mexer, puxando para mais perto de si aquela nudez tenra e tensa, encontrando com a ponta dos dedos um pouco de penugem na fenda atrás. Ele não sabia como baixar a cabeça de modo a beijar aquela sombra suave que havia vislumbrado; parecia algo mais tímido, mais etéreo do que as coisas que vira nas poucas fotografias e desenhos obscenos que conhecera. Seu pênis doía por trás da braguilha; a mão dela baixou e, pela primeira vez, começou a mexer na fivela do cinto para soltá-lo, aquela pressão imperiosa, aquele cheiro azedo preso dentro da calça.

Mas ele a havia assustado, havia assustado a ambos, e o desejo que o dominava, muito embora ele estivesse de peito nu, era o desejo de fugir, de ver se o carro conseguiria pegar e se ele era capaz de percorrer em marcha a ré aquela estrada estreita sem bater numa árvore ou cair num buraco fundo. A terra era do pai dela, e a nudez da filha era como um grito ali: Owen estava vulnerável, era um criminoso, sim — invasão de propriedade, e ela, menor de idade. Era preciso restituí-la intacta à sociedade. O ruído que ele imaginara, perto dos pneus, transformou-se num debater-se súbito, uma inconfundível investida do desconhecido.

"Elsie", ele cochichou

"O quê?" Talvez esperando uma declaração, uma súplica carnal.

"Vamos embora daqui."

Ela hesitou. Ele ouviu o coração dela batendo, sua respiração aguda. "Você que sabe", disse ela, com a voz trabalhada que usava ao dirigir-se à mãe de Owen. Então, contagiando-se com o estado de espírito dele, sussurrou: "É, vamos embora, sim".

Depois, Owen recordaria muitas vezes os detalhes daquela

hora (a bermuda e a calcinha de Elsie saindo de uma vez só; o brilho no branco dos olhos dela; a sensação de que ela deslizava no espaço acima de sua cabeça como se fosse uma ave de seda, um anjo empoleirado no canto superior de uma natividade em Siena) e lamentaria a falta de coragem que o impedira de gozar a dádiva que ela lhe oferecia, de saboreá-la, deixando que ela continuasse a retirar sua calça. Porém o nervosismo dele tinha envenenado aquela privacidade. Nua ou não, ela era uma pessoa, e agora era uma pessoa assustada. Aquele recuo foi uma covardia, porém ele se sentia corajoso e tranqüilo, enfrentando a situação com destreza. Deu a partida no carro e o motor pegou — graças a Deus, o motor pegou, e todos os outros ruídos foram apagados — e voltou de ré pela estrada coberta de mato, à luz fraca dos faróis traseiros, enquanto os galhos riscavam o metal e Elsie vestia-se às pressas. Ele estava disposto a pegar a estrada de asfalto logo de uma vez, sem recolocar o pedregulho no lugar, mas ela lhe disse, com uma voz tão calma que parecia severa: "Owen. A gente tem que deixar tudo tal como estava".

A preciosa terra de seu pai. Todo o episódio fora uma produção dela, Owen percebia agora. Saltou irritado e, à luz forte dos faróis do carro, empurrou a pedra para o meio da estrada, deixando-a ali para o próximo invasor. "Desculpe, desculpe, desculpe", disse ele, quando já estavam na estrada, rumo à cidadezinha, Brechstown, onde ela morava. "Eu amarelei."

Disse Elsie, depois de acender um cigarro (o que era raro para ela, mas as meninas de Willow fumavam, e Owen a ensinara a fumar): "Você é mais urbano do que eu. Eu não tenho medo de mato. Meu pai e meu tio caçam no outono. Lá não tem urso nem nada, não tem nem mesmo lince. Eu não me senti nem um pouco ameaçada".

"Você devia ter dito isso quando a gente estava lá."

"Eu *tentei* tranqüilizar você, manter você interessado."

"É verdade, você foi maravilhosa. Eu estava amando tudo. Você."

Elsie calou-se, juntando os pedaços do que ele dissera.

Disse Owen: "Foi melhor assim. Senão a gente podia acabar fodendo".

Não era uma palavra que eles costumavam usar, nem entre si nem com outras pessoas: era uma espécie de oferenda. Mas ela permaneceu em silêncio. Owen deu-se conta então, e seu rosto ficou vermelho nesse momento, de que não estava preparado nem mesmo do ponto de vista físico, não havia sequer providenciado uma daquelas coisas de borracha que vira tantos anos antes junto à sorveteria abandonada. *Não toque nisso!*

Por fim ela falou: "Eu não ia deixar, Owen. Eu pretendo casar virgem, me guardar pro meu marido. Minha intenção, como eu falei, era só que você me conhecesse, me visse tal como eu me vejo".

"Você estava linda. *É* linda, Elsie."

Estaria ela chorando? "Obrigada, Owen", ela retrucou. "Você é uma pessoa boa."

Boa demais, era o que ela queria dizer. Mesmo assim, ele não conseguia se arrepender. O corpo dela como um peixe escorregadio, frio e flexível em seus braços fora uma revelação, mas aquela revelação era suficiente por uma noite.

Houve outras noites depois? Poderia ter havido, mas quando Owen olhava para trás, tentando relembrar cada detalhe oculto, achava isso improvável. O futuro de cada um se aproximava cada vez mais depressa. Elsie arranjou outro namorado no último ano do colégio e casou com um terceiro rapaz que conheceu no campus local da Pennsylvania State University. O mais surpreendente é que eles foram embora da Pensilvânia e se instalaram na região de San Francisco. Já que Owen não queria levá-la embora dali, um outro homem o fez.

Naquela noite, muito provavelmente deram voltas e mais voltas, queimando gasolina, até que seus corações voltassem a bater mais devagar, tentando colocar em palavras o que haviam aprendido um a respeito do outro e de si próprios, e por fim ele a deixou em casa, em Brechstown. Era uma cidadezinha já quase no condado de Chester, um aglomerado de casas espaçadas de modo aleatório, tal como Willow deveria ter sido antes do advento dos bondes que a transformaram num subúrbio de Alton. Atrás da casa havia fazendas, celeiros caiados de branco pelos proprietários *amish* e silos feitos de grandes tijolos vitrificados escuros. A loja de rações e ferragens do sr. Seidel, com sua plataforma de carga e descarga, ostentando anúncios de rações Purina, ficava entre um posto de gasolina e uma barbearia com um barbeiro só, fechada; o poste listrado diante do estabelecimento não estava rodando. Elsie trabalhava no balcão da loja aos sábados, e mais de uma vez Owen apertara a mão de seu pai ali; o sr. Seidel era um homem musculoso, quase gordo, e, embora fosse capaz de levantar sacos de ração de quarenta quilos para jogá-los dentro dos caminhões de menonitas e carroças de *amish*, andava de terno e gravata, com um alfinete de gravata de ouro. Ele segurava a mão de Owen e lhe dava um aperto estudado, com um sorriso malicioso por baixo do bigodinho aparado. Sua casa ficava a meio quilômetro da loja; era preciso subir uma longa estrada de cascalho para chegar-se até ela: uma velha casa de fazenda, como a de Owen, só que cuidadosamente reformada. Num acréscimo ao prédio original, havia uma garagem com duas vagas no andar de baixo e uma sala íntima no andar superior, com televisão, caixas de som embutidas e móveis que combinavam; essa ala nova era revestida de alumínio. A casa original não era de arenito, e sim de calcário, porque era essa a pedra que dava ali, já perto da divisa do condado de Chester.

Quando se beijaram, mais uma vez não ocorreu aquela fusão de bocas, embora Owen tomasse a liberdade de acariciar-lhe um seio enquanto ela se debruçava sobre ele ao sair do carro. Owen tinha a impressão de que havia fracassado, mas ninguém poderia tirar dele aquele tesouro roubado, aquelas permissões que Elsie lhe havia concedido, deixando-o com uma espécie de filme mental que ele podia rever vez após vez num projetor precário, não apenas na cama, mas também em momentos de interioridade em plena luz do dia, vislumbrando pedaços dela — o cheiro de xampu, o coração batendo como um estranho numa porta fechada, a elasticidade surpreendente de sua cintura.

Assim, Phyllis Goodhue não foi o primeiro amor de Owen, porém há que admitir que até mesmo para os anos 50, uma época de inocência, ele era um inocente. Após o episódio em que Elsie o levou longe demais, Owen passou a ver o sexo como uma coisa que devia ser adiada até que houvesse lugar para ela em sua vida, e ele não se sentisse pressionado. Na faculdade, no primeiro ano Owen fora pressionado pelo esforço para não ser reprovado e ter de voltar para a fazenda e aquela família desconsolada. Em casa, sua avó, debilitada pelo mal de Parkinson, passava cada vez mais tempo em seu quarto no segundo andar, na cama; quando Owen a visitava, ela lhe estendia as mãos azuladas, em garra, e dizia: "Me levanta. Me levanta". Sua avó sempre fora uma pessoa ativa e não queria parar de fazer exercícios. Owen, prestativo, puxava-a para cima, depois a deitava, baixando até o travesseiro a cabeça descabelada, com cabelos brancos cada vez mais ralos, depois a levantava outra vez, até que, impaciente, ele se cansava. No andar de baixo, seu avô passava horas sentado numa ponta do velho sofá de palhinha lendo a Bíblia. Quando passava um carro naquela estrada abandonada, ele levantava a cabeça como se farejando, na esperança de que fosse o carteiro, o qual jamais lhe trazia correspondência, apenas o jornal matutino de Alton, que àquela hora do dia já estava caduco, e também a mensalidade e os boletins informativos da loja maçônica de Willow, que ele freqüentara quando estava na força do homem, no tempo em que, ainda recém-chegado à cidade, era um investidor local de importância. No verão anterior, sua filha o levara de carro até Willow num sábado para o enterro de seu último amigo daqueles tempos prósperos; os dois, pai e filha, voltaram com lágrimas nos olhos, Owen percebeu, surpreso — troféus preciosos como jóias do mundo "à vera", em que se ouviam tiros na madrugada, e cavalos em pânico voltavam para dentro do estábulo em chamas, e a segunda lei da termodinâmica impedia qualquer reversão a uma condição de menor grau de desordem.

Voltando a Cambridge para cursar o segundo ano, sentiu que a pressão diminuíra ligeiramente; agora já conhecia o caminho das pedras. Em setembro, aventurou-se a atravessar o rio para assistir a uma partida dos Braves contra os Phillies; torceu pelos Phillies, mas só interiormente, no meio daquele público em mangas de camisa tão pouco numeroso que era possível prever a mudança do time para Milwaukee em menos de um ano. As divisões do beisebol da sua infância, cada uma simetricamente com oito times, um arranjo que lhe parecera tão imutável quanto os Dez Mandamentos, estavam começando a se modificar, alterando o mapa do esporte. Numa noite de sexta-feira em novembro, ele e cinco outros futuros engenheiros pegaram o metrô na estação Kendall e subiram a Cambridge Street, chegando ao teatro Old Howard na Scollay Square, uma praça que em pouco tempo viria a desaparecer. Diante de uma platéia exclusivamente masculina, um tanto sarcástica, de marinheiros, velhos sem-vergonha e universitários, uma mulher coberta de purpurina, cabelos de um tom implausível de vermelho-canela armados num penteado alto, andava pelo palco cada vez menos vestida, terminando deitada numa *chaise longue* de veludo, balançando as pernas no ar, uma pantomima razoável do orgasmo, enquanto na orquestra os tambores rufavam. Sob as luzes implacáveis do palco, mulheres bem usadas, e bem ousadas, executavam números que Owen não achou rotineiros; ornadas com plumas, trajando vestidos de baile rapidamente retiráveis, espartilhos em forma de ampulheta, ligas com babados e sapatos de cetim, essas mulheres eram sonhos vivos, sonhos brotados do âmago do ser, representações fantásticas do que, no fundo, era o que havia de mais real.

A delicadeza e a espirituosidade da Nova Inglaterra amadurecera o que, na Pensilvânia, em milhões de bordéis e bares vagabundos, era pesado, grosseiro, um pouco rançoso. Aqui, onde os puritanos haviam deixado sua marca nos pináculos brancos e nos austeros prédios de tijolos, o sexo era disfarçado, quando não totalmente proibido. A exigente moralidade cívica de Boston impunha certos limites aos costumes. Tapa-mamilos nos seios, tapa-sexos no púbis, pés calçados em sapatos de salto alto, a cabeça enfeitada com uma tiara, o rosto coberto de maquiagem — tudo isso atenuava a nudez pura e simples que, numa noite escura, Elsie lhe oferecera com toda a sua candura. Na Nova Inglaterra, a nudez parecia ser algo sério demais, vulnerável demais, para se comercializar; apenas as deusas em mármore ou a Mãe Eva em gravuras meticulosas podiam exibi-la em público. Clandestinamente, filmes pornográficos eram exibidos nas associações estudantis, projetados em meio a vaias nervosas, estrelados por atores e atrizes cuja humanidade enrugada, murcha, melancólica e impotente desencadeava o escárnio da platéia jovem e inexperiente.

Assim, no segundo ano da faculdade, tendo passado o verão anterior trabalhando com a equipe de topografia e umas poucas saídas insatisfatórias com Elsie, mais resguardada e menos dadivosa agora que havia ingressado na Pennsylvania State University, Owen voltou a tecer devaneios em torno de Phyllis, sem jamais lhe ter dirigido uma palavra sequer. Porém ela matriculou-se num curso em que também ele se inscrevera, Introdução à Codificação e à Lógica Digitais:

> Princípios de projeto lógico e elementos dos programas de codificação para computadores digitais de grande porte, do ponto de vista do usuário. Descrições sucintas da estrutura lógica dos computadores digitais em operação no MIT e em outros lugares. Interpretação de seqüências de operações aritméticas e lógicas em termos de instruções para computadores digitais, com exemplos escolhidos entre problemas típicos de engenharia, ciência e comércio, bem como aplicações de controle em tempo real. Técnicas para simplificar e aperfeiçoar a programação e operação de computadores através do uso de sub-rotinas. Execução, no computador Whirlwind I do MIT, de exemplos discutidos em sala de aula para proporcionar experiência prática com o uso de máquinas automáticas de alta velocidade.

5. Como Phyllis foi conquistada

"Você vai fazer tudo isso?"

É uma maneira desajeitada, troncha, de quebrar o gelo, um comentário dirigido por Owen à moça alta, de cabelo louro pálido, quando, tendo se deparado com ela sozinha por um momento na hora do êxodo pós-aula, apressando os passos, aproximou-se dela no corredor comprido.

Os olhos da moça, que se voltaram para ele surpresos, porém educadamente, eram de um azul tão claro que se tornavam cinzentos, como a cor de seu casaco de inverno, que Owen comparava à de uma pomba vista de longe. As sobrancelhas e cílios eram quase incolores, e a boca, no momento em que ela falava, tinha algo de imóvel que era intrigante, um jeito de se mexer com certo atraso; todo o rosto era delicado, como se delineado a bico de prata, embora levemente tingido de matizes vivos de rosa. Eram rosadas as pálpebras, a ponta do nariz, e também os malares oblíquos. "Ah", respondeu ela, cautelosa. "Acho que vou, sim. É tudo tão bonito." Havia em sua resposta algo de suave e reflexivo, dando a entender que ela já esperava que Owen a abordasse, tendo percebido que era essa sua intenção. As aulas já tinham começado havia algumas semanas; as folhas estavam amarelecendo, nas universidades mais frívolas jogava-se futebol americano, e o nariz de Phyllis ainda estava um pouco queimado de sol, efeito das horas que ela passara deitada sobre uma toalha na grama, no Great Court ou à beira-rio. É estranho, pensou Owen, mas as pessoas que adoram se bronzear costumam ter pele clara demais para pegar sol.

Ele prosseguiu, com uma voz que lhe pareceu sair um tanto lamurienta: "Eu não esperava tanta lógica matemática pesada, Frege e Russell e paradoxos de Gödel — tanto cálculo de proposições, meu Deus, uma verdadeira tempestade em copo d'água hipotético! Eu achava que a gente ia aprender a programar computador digital".

"Ah, mas a gente vai acabar aprendendo, mesmo. Mas ele" — o professor assistente encarregado do curso, cujo nome era Klein, que falava sussurrando, em espasmos, de uma maneira difícil de entender — "vai acabar chegando a algum lugar, uma nova maneira de encarar os números, como as máquinas fazem, e não como nós."

"Não vejo a hora", disse Owen, com um toque de sarcasmo superior ao planejado. Ele estava parecendo um descontente, um ignorante aborrecido, e depois de passar tanto tempo observando aquela garota à distância era bem capaz de perdê-la um minuto após fisgá-la. Aquele peixe era exigente, quase transparente, e sua fala dava saltos surpreendentes e rápidos. Phyllis o fazia sentir-se (e sempre o faria sentir-se) uma criatura escura, de sangue um tanto espesso, ligeiramente lerda e pesada.

"Você é prático demais", disse ela. "O senhor Klein quer que a gente pense no modo como pensamos. O tal do nosso pensamento é uma coisa confusa, cheia de pequenas determinações, mais ou menos simultâneas, enquanto as máquinas não têm intuição, não têm uma massa de experiências. A ilógica humana normal não funciona com elas. Pra elas, as coisas só ficam claras se forem explicadas da maneira mais minuciosa."

"Elas só sabem fazer aquilo que a gente sabe explicar a elas como fazer, como disse a lady Lovelace." Estava repetindo como um papagaio as palavras de Klein, aquela sutil inteligência encarnada, que falava com um tremor tímido, como se seu cérebro delicado se abalasse caso ele falasse alto demais. "Ela era incrível, não é, pra uma mulher daquela época?", acrescentou Owen, sem jeito, tentando acompanhá-la, andando para o lado e esbarrando nas pessoas enquanto Phyllis adejava a seu lado. "Era uma figura", acrescentou, brincando, talvez para diluir o gosto de flerte que tinha na boca; pois ao mencionar Ada Lovelace, filha de Byron e auxiliar de Charles Babbage na invenção da Máquina Analítica, Owen tivera a intenção de adular aquela outra mulher dotada de mente matemática.

"Era, sim", foi a resposta seca de Phyllis. Ela estava se afastando; Owen não conseguira envolvê-la. Haviam chegado, naquele labirinto de números, à sala 7, o salão de entrada de dez pilares, onde divergiam os corredores em ângulo reto. Vendo que era necessário separar-se dele, e reconhecendo que aquele estranho havia se esforçado, Phyllis adotou um tom mais animado: "Você não gostou daquele diagrama que ele fez hoje pra inferência? Todas aquelas fórmulas 'bem formadas' pra uma coisa tão óbvia que a gente sabe sem nem mesmo pensar nela, não é?".

Era importante não perdê-la; Owen precisava colocar-se no nível dela com alguma provocação, alguma coisa que apontasse para um próximo encontro. "E você, não é prática?", indagou ele.

Os dois estavam parados, imóveis na inundação de corpos agasalhados, cheios de espinhas e energia, que corriam para a próxima aula. "Acho que não", disse ela, com uma voz suave que morria aos poucos. "Eu amo as coisas puras e inúteis." Phyllis deu de ombros, de leve, pedindo desculpas por todo o seu ser, todo aquele corpo pálido, rosado, de movimentos tímidos.

"Um lindo comentário", disse Owen. A frase saiu de repente, um elogio grosseiro; ele percebeu que Phyllis recuou um pouco e apressou-se a consertar o erro: "Vem cá, vamos tomar um café uma hora dessas — você topa?".

Owen constatou, ali, à luz intensa daquele salão sob a cúpula elevada, que a estava onerando mais ainda — Phyllis já estaria se esquivando de muitos pretendentes, muitos cafés oferecidos. Arriscou outra brincadeira, extraída da aula que haviam acabado de assistir, referente à máquina de Turing. "Essa não é do tipo se/então", disse, tranqüilizando-a. "Não tem conseqüências necessárias. É mais do tipo *n* mais um. Você é *n*, de 'nobre', e eu sou apenas mais um caipira bolsista que está doido pra que você explique" — e neste ponto tomou emprestado mais um termo de Klein, com o qual o professor concluíra sua aula — "o que é 'recursão primitiva'."

"Então vai ser isso, recursão primitiva", profetizou Phyllis, virando-se para o outro lado depois de consultar rapidamente o relógio na parede. Havia um olhar característico, o qual ele viria a conhecer bem, uma alegria triste no momento da separação, que ela sempre lançava virando-se para trás; era justamente no momento da despedida que ela era mais bela, que seu sorriso exprimia mais afeto. "Mas eu não sou nobre e não sei tudo", acrescentou ela, deixando sem resposta a pergunta direta feita por ele.

Porém, quando o inverno se estendia sobre a faculdade, ela acabou tomando um café com ele e fazendo outras coisas mais. Por quê? O que ela acharia atraente nele? Phyllis era um ano mais velha do que Owen — Elsie era um ano mais moça — e ele a via como uma criatura que estava acima dele, à sua frente, movimentando-se com desenvoltura nas esferas do conhecimento. De início, Owen sentira-se perdido na selva de fatos e conceitos do MIT, mas suas notas não eram más e foram se tornando ainda melhores à medida que ele foi se integrando e concentrando seus interesses. Owen era alto, magro na época, com cabelos macios e abundantes, mais escuros que os fios castanhos que ainda restavam a seu pai; ele deixava-os crescer demais, por relaxamento, naqueles tempos em que todos freqüentavam o barbeiro religiosamente. Num lugar onde boa parte dos primeiros alunos eram filhos de asiáticos que usavam óculos e judeus baixinhos e gorduchos, Phyllis decerto gostava de constatar que Owen, com seus ossos graúdos, era mais alto do que ela; os dois formavam um belo casal quando caminhavam juntos. Embora nunca se destacasse nos esportes competitivos nas escolas públicas da Pensilvânia, ele se valera do corpo musculoso e nervoso, naqueles anos que passara entregue a devaneios na casa de fazenda, para realizar pequenos feitos de agilidade — fazia malabarismos com três bolas de tênis, pulava por cima de uma vassoura segurada à sua frente com as duas mãos, levava tombos inofensivos nas escadas com degraus de ferro, assustando Phyllis e fazendo-a rir quando constatava que ele nada sofrera. Owen adorava ver o sangue da surpresa tornar rosado aquele rosto pálido, de pele fina. Aqueles tombos falsos parodiavam um desejo de aviltar-se diante dela que era bem real — o palhaço, o pretendente, ousando exibir-se diante da princesa.

Quando a chegada do inverno afastou os alunos dos espaços ao ar livre, eles passaram a se reunir após as aulas e à noite nas lanchonetes e bandejões e restaurantes baratos, de comida chinesa e indiana, situados na Kendall Square — que ainda não era um paraíso de alta tecnologia, e sim um bolsão de indústria primitiva, escurecido por um século de fuligem — e do lado sul da Central Square. As portas abriam-se para um torvelinho de ar frio salpicado de flocos de neve cada vez que entrava alguém, e os espelhos suavam por efeito da interface entre o calor dos corpos amontoados e as paredes geladas. Em torno de uma mesa coberta de fórmica, com três ou quatro membros do círculo de Phyllis — Anne-Marie Morand de Montreal, Amy Toong de Boston, Jake Lowenthal de Flatbush, Bobby Sprock de Chicopee —, Owen admirava o jeito dela de escutar, falando muito pouco, colocando um cigarro após o outro entre aqueles lábios pálidos e inertes, exalando uma fumaça que subia por entre a franja do cabelo loiro fosco. Phyllis tinha o magnetismo daqueles que não fazem o menor esforço para brilhar; era ela que os mantinha juntos, muitos atores representando para uma platéia de uma pessoa só. Jake, barulhento, atropelando as palavras, fazia troça dos primeiros computadores digitais: o Mark I de Harvard, o ENIAC em Filadélfia, o Whirlwind da Lincoln Laboratories, a poucos quarteirões de onde estavam reunidos. "São montanhas que não vão parir nem mesmo um rato", afirmava ele. "Milhares de chaves, caixas e mais caixas de cartões perfurados, quilômetros de fios, toneladas de equipamento, tudo isso pra fazer o que uma régua de cálculo e meio cérebro podem fazer em trinta segundos."

"Jake, você não está falando sério", disse Phyllis, num tom tão equilibrado e discreto que Owen sentiu uma pontada de ciúme: uma conexão já bem determinada estava sendo usada.

"Por que é que não estou? Hein, Phyl, me diga? Quando terminaram de construir o ENIAC, a guerra já tinha terminado e o Exército não precisava mais dele. Um abacaxi de trinta toneladas. Consome duzentos quilowatts pra funcionar, devora eletricidade mesmo quando não está rodando, gasta uma fortuna só pra manter as válvulas frias — são dezoito mil válvulas. *Dezoito mil.* Pra não falar dos dez mil condensadores e seis mil chaves."

"É, e faz cálculos matemáticos equivalentes a milhares de

pessoas calculando à mão", disse Amy Toong, olhando rapidamente para o lado para certificar-se de que Phyllis, a quem Jake se dirigira, não ia responder.

"Isso tudo já está obsoleto", Bobby Sprock disse a Jake. "As válvulas vão acabar. A unidade de armazenamento do Whirlwind já usa núcleos magnéticos em vez de válvulas. O cartão perfurado está sendo substituído pela fita magnética. A Bell Labs inventou um tal de transistor que faz o chaveamento com faixas semicondutoras de silício e germânio dopado. Em pouco tempo os circuitos vão se reduzir a camadas de filme fino. Não demora e o computador vai ser do tamanho de uma geladeira."

"É, e a gente vai voar pra Lua com asas de borboleta", zombou Jake. Owen se perguntava se aquele ataque generalizado a Jake seria uma forma de anti-semitismo; mas ele agia constantemente de modo agressivo, e parecia provocar os ataques, parecia gostar daquilo. Ele prosseguiu: "As técnicas de filme fino já esbarraram nos limites moleculares. Olha, pessoal, vamos encarar a realidade: o computador é um negócio que só serve pra gastar energia, e é tão caro que só vai ter um único comprador: o governo. É o caso do UNIVAC. A Remington Rand finalmente conseguiu resolver todos os problemas, e agora não consegue encontrar nenhum freguês. A máquina esquenta tanto que tem que circular gelo seco dentro dela".

"Bom", observou Owen, no tom mais tranqüilo possível, imitando Phyllis, "o UNIVAC concluiu que o Eisenhower ia derrotar o Stevenson. E chegou a essa conclusão tão cedo que ninguém acreditou; a rede estava com o resultado, mas resolveu não divulgar!"

"Prever resultado de eleição é só uma papagaiada", disse Jake.

"Os primeiros aviões também. As primeiras carruagens sem cavalos", argumentou Bobby Sprock, com a expressão nervosa, quase gaguejando, de quem tem certeza de que está coberto de razão numa discussão. "O primeiro t-telefone, aqui mesmo em Boston!"

"O computador analógico, vá lá", admitiu Jake, sentindo-se estimulado pelo gaguejar de seu oponente. "Amplificador, diferenciador — isso, sim, é que é engenharia elétrica. Essas coisas digitais, binárias, isso tudo é brinquedo — é uma espécie de jogo-da-velha mais sofisticado."

"Jacob, mas você é engraçado, não é?", comentou Phyllis, sem sorrir. Owen sentiu o tom suave de familiaridade com que ela se dirigia ao rapaz, e percebeu — a pancada atravessou seu peito de lado a lado — que aqueles dois eram unidos por laços mais fortes do que os de amizade. Ela era o pólo passivo, negativo, de uma série de conexões altamente carregadas: essa inferência, ali naquele circuito de corpos comprimidos uns contra os outros, envoltos em agasalhos de lã, ao redor de uma mesa suja de molho de soja, coberta com os restos mortais de uma refeição chinesa, não teve o efeito de desconectar a convicção de Owen, protegida por isolante, de que o fluxo de sua vida deveria passar por aquela garota, aquela mulher.

O fato de que Phyllis não nascera no momento exato em que ele a viu pela primeira vez, o fato de que Phyllis fora encontrada em meio a um círculo de relações novas e antigas, só não o desanimou porque ele já havia endurecido, aceitando a condição de mero implemento nas mãos de uma natureza que planejava tudo. Seus corpos sabiam que haveriam de gerar bebês saudáveis. No meio de toda aquela movimentação e falação estudantil, eles dois tinham em comum o fato de serem exóticos, crianças protegidas tentando chegar à realidade, irmanados por um orgulho que eram incapazes de manifestar, talentosos porém defeituosos, postos à margem. Prometiam um ao outro um recomeço genético, o início da vida real. Owen não tinha razão para sentir ciúmes. Como os computadores bem o sabem, o passado é apenas um acúmulo de coisas armazenadas, a serem invocadas apenas quando se fizerem necessárias para algum cálculo do presente. Quando os dois por fim se viram a sós, Owen não pediu nenhuma informação além das que ela ofereceu espontaneamente, que foram vagas. "Ah, eu saí umas vezes com um cara de geometria projetiva, mas isso foi na primavera, e não sei de onde que ele tirou a idéia de que devo a ele alguma coisa. Não pode ter sido nada que eu tenha dito, não."

"Como é que você sabe que ele acha que você deve alguma coisa a ele?"

"Ele vive me mandando umas cartas desagradáveis. Ele está muito zangado comigo porque eu não saio mais com ele. Agora está zangado por causa de *você*."

"De mim?" Lisonjeado, assustado: o estômago sensível de Owen registrou essas reações incompatíveis. "Mas por que eu em particular? Eu sou só mais um na sua turma — por que é que me destaco?"

"Bom", disse Phyllis, "pra ele, você se destaca." Se ela já estava nos braços dele, apertou-se um pouco mais contra ele, como se querendo afastar-se dos envolvimentos que sua beleza discreta lhe havia imposto — a ela e também, ao que parecia, a ele. "Ele tem razão, é claro. Nós somos mais... sérios?"

"Somos mesmo?" Mais uma vez, o embate entre elementos incompatíveis em seu abdômen. Owen queria a vida, mas tinha medo dela. Era mais fácil tocar para a frente, sonhando, dormir mais. À sua maneira suave e abstraída, Phyllis era tenaz. "Está bem", disse Owen. "O que é que a gente faz com o...? Como é que ele se chama?"

"Ralph."

"Ralph. Como é que você pode se preocupar com um sujeito chamado Ralph? Todo Ralph é rechonchudo, barrigudo."

"Esse não é. É baixinho e socado. Pratica boxe pra manter a forma. Numa das cartas ele diz que vai quebrar a minha cara."

"Ah, meu Deus. Essa sua carinha linda?" A pele de Phyllis lhe parecia mais fina do que a das outras pessoas; ficava bronzeada em poucos minutos, e quando se ruborizava seu rosto permanecia corado por uma hora; se Owen a tocava de leve — era esta a impressão que ele tinha —, o contato imediatamente era transmitido para todos os centros nervosos de seu corpo.

Phyllis ficou vermelha; até mesmo as pálpebras baixadas ganharam cor. "Foi exatamente o que ele disse, também. Carinha linda. Disse que ia deixar marcas em mim que eu nunca mais ia me esquecer dele."

"Ah, meu Deus. Mas que tipo de pessoa ele é? Como é que ele era na geometria projetiva?"

Quando Owen tentou relembrar essa conversa, não conseguiu localizá-la. As autoridades universitárias não gostavam de proporcionar intimidade a alunos de sexos diferentes. O MIT não sabia o que fazer com suas alunas; algumas moravam num alojamento do outro lado do rio, em 120 Bay State Road, e depois a universidade abriu uma seção especial do Bexley Hall. O quarto de Phyllis nos dois alojamentos era território vedado aos homens, mas havia sofás forrados de chintz em 120 Bay State Road, e havia cantos do salão de recepção em que as luzes — imponentes luminárias de pé, com quebra-luzes franzidos e lâmpadas de três posições — podiam ser reduzidas a uma penumbra agradável. Os alunos iam lá para descansar, estendidos no sofá, à meia-luz; naquele tempo os rapazes usavam sapatos brancos e gravatas estreitas, pois nas melhores faculdades os alunos ainda não haviam aderido ao blue jeans, e as meninas usavam colares de pérolas de uma só volta e suéteres de tons pastel, com uma lã tão fina que parecia derreter na mão. Foi só quando Phyllis, já no último ano da faculdade, voltou a morar na casa dos pais, perto da Garden Street, que ela e Owen puderam ficar a sós entre quatro paredes; mas isso, certamente, foi depois daquele susto provocado por Ralph Finneran.

"Bem inteligente", respondeu ela, "mas tinha um jeito agressivo, fazia os alunos se sentirem burros. A família dele era — nem sei como dizer isso — gente muito vulgar, que morava perto de Worcester. Ele me levou lá uma vez no dia de Ação de Graças, e todo mundo só estava interessado no campeonato de futebol americano, uma rivalidade sagrada entre duas cidades industriais; todo mundo teve que ir, apesar do frio terrível que estava fazendo naquele ano. O sobrinho dele estava jogando, e até se machucou. Eram pessoas muito duras, e eu não tinha nada que ter sido simpática com ele. Depois daquele dia de Ação de Graças eu compreendi isso e tentei voltar atrás." Owen produzia ruídos de aprovação, mas ela continuava falando sem interrupção, os olhos cinzentos voltados para aquele dia cinzento do passado. "Eles são católicos, e embora ele falasse com desprezo da religião, dizendo que era uma tentativa de se apegar a ilusões, uma vez me disse que naturalmente nossos filhos iam ser criados como católicos. Quando manifestei surpresa, ele ficou muito zangado. Quando ficava zangado, o rosto dele escurecia, não sei como fazia isso, mas eu ficava assustada."

Ela tentou imitar, com aquele rosto claro e impassível, a expressão letal de Ralph, e foi como se derramasse cerveja barata numa taça de vinho de cristal. Pela centésima vez, Owen pensou que era uma felicidade estar com ela, mesmo que fosse só por algum tempo. Phyllis era por si só um curso superior. "E eu?", indagou. "Eu sou duro e vulgar?"

"Owen, não fica jogando verde. Você é uma ave."

Quando garota, ela e as colegas da Buckingham School, com a crueldade inocente de um grupo de adolescentes, classificavam as pessoas em três tipos: aves, cavalos e bolinhos. Owen não compreendia muito bem aquele sistema, tal como não entendia o hábito que ela adquirira por volta dos treze anos de ficar deitada, quando não conseguia dormir, fixando a vista, com rigor religioso, em cada um dos quatro cantos do teto. Aquilo tinha para ela uma importância que ela não podia, ou não queria, lhe explicar.

"Um passarinho bonitinho?", ele indagou. "Piu, piu?"

"Nada disso", respondeu Phyllis, concentrando-se, apertando os lábios sem batom, franzindo-os, de um jeito sério que Owen adorava. Ela lhe explicou que aquilo se chamava "fazer uma *moue*", quando Owen lhe descreveu amorosamente aquela sua expressão. Disse Phyllis agora: "Uma ave grande e preguiçosa que passa o dia todo voando em círculos, quase sem bater asas, e de repente faz um vôo rasante, pega a presa e mata".

"Meu Deus! Que coisa assustadora."

"Não é mais assustador do que qualquer outra pessoa. Matar, matar, matar, matar", disse ela. Explicou: "Isso é uma citação de Shakespeare", acrescentando: "Quando você faz um bochecho, pensa só quantos micróbios que você mata".

"Estou chocado", disse ele, "de saber que você me imagina matando alguma coisa. Eu não sou capaz nem de pisar numa aranha. Tenho fobia de aranhas." No entanto, aquela caracterização o agradou, pois lhe atribuía alguma iniciativa e força, quando no íntimo ele se via como uma testemunha inocente, que não agia, porém era só objeto da ação dos outros. Achegou-se mais ao calor frio de Phyllis e perguntou: "E você? Você é o quê? Eu sempre me esqueço".

Ela ficava tímida quando tinha de falar de si própria, como se estivesse pondo a mão numa parte sensível ou vergonhosa do corpo, ou como se fosse difícil localizar seu próprio ego. "Cavalo eu não sou", respondeu. "Tenho cara de ave, mas no fundo sou bolinho."

"Essa não."

Phyllis ofendeu-se. "Bolinho não é nada de mau. Os bolinhos são tolerantes. Não incomodam os outros. Não fazem mal a ninguém."

Owen imaginou-se fazendo um vôo rasante na mente dela, um vulto escuro com poder de ferir. "Nem mesmo aos outros bolinhos?"

"Bolinho não conhece bolinho. Os bolinhos são muito raros. Quase todo mundo é cavalo, vive galopando por aí."

Ele riu diante da sutileza daquele orgulho. Ela dava grande valor a si própria, mas em termos tão sutis que estavam quase além de sua compreensão, como a matemática superior ou as minúcias da gramática de um idioma estrangeiro.

Incomodada por estar se expondo, ela voltou ao tópico anterior: "Mostrei ao meu pai os trechos mais desagradáveis e ameaçadores das cartas do Ralph, e o papai escreveu uma carta pra ele, falando em recorrer à Justiça".

Owen ficou aliviado; então ele não precisaria enfrentar aquele problema. O pai dela ainda estava no comando. "Muito bem. E com isso o sujeitinho se recolheu?"

"A gente ainda não sabe. Isso foi há poucos dias."

"Coitadinha, então você ainda está envolvida nessa história, não é? Ah... o seu pai teve que escrever pra outros namorados seus?"

Aquele comentário tinha o objetivo de fazê-la rir; Owen não esperava que ela parasse para pensar antes de responder. "No ano passado, sim, mas aí foi idéia dele, não minha. Um garoto — um homem, aliás, era mais velho do que eu —, eu saía com ele no verão, e meus pais achavam que ele não era pra mim."

"Eles achavam isso, mas você não concordava?"

Novamente ela apertou os lábios, porém dessa vez não disse mais nada. Phyllis não gostava que a vasculhassem além de certo ponto, e já havia deixado Owen aprofundar-se muito mais do que ele ousaria sonhar apenas um ano antes, no tempo em que Phyllis era apenas uma visão que flutuava pelos corredores. "Você não concordava", ele concluiu.

Ela não discordou. Pois então, Owen tinha rivais no mundo externo, como Jake e Ralph, e rivais instalados no coração dela, seu ser secreto, como Klein, com sua inteligência trêmula, e esse homem sem nome que seus pais não aprovavam. Owen já estava aprendendo a mudar de assunto quando esbarrava numa porta fechada nos corredores do passado de Phyllis. "Foram seus pais que deram a idéia de você estudar matemática?"

"Não. Pelo contrário, acharam um horror, eles só gostam de humanidades. Só querem saber de literatura e arte, o resto eles esnobam. Pra aqueles dois, só o faz-de-conta é a vida. A ciência é uma vulgaridade. Meu pai é especializado no Renascimento inglês — séculos XVI e XVII..."

"Obrigado", interrompeu Owen, perturbado pelo assunto anterior, por aquele namoro de verão sobre o qual ela não queria falar. "Eu sei quando foi o Renascimento inglês."

"Claro que você sabe. Tem gente que não sabe. Meu pai não estuda só os poetas e dramaturgos, Shakespeare e esses outros que todo mundo conhece, mas também uns prosadores que ninguém mais agüenta ler, Sidney e Bacon e Lyly e Lodge, que sempre escrevem sobre a Arcádia de um jeito floreado — meu pai adora todos eles. Foi daí que saiu o meu nome; todos esses poemas antigos estão cheios de mulheres chamadas Phyllis, umas cheias de vida, outras levadas da breca. Eu acabei sendo uma Phyllis sonhadora, o que foi uma decepção."

"Não pra mim. E, pelo visto, pra outros também."

"Uns dez anos atrás", disse ela, voltando a seu assunto predileto, "o professor que ensinava a prosa do século XVIII tirou o ano sabático, e o papai resolveu estudar esses autores também — Dryden e Bunyan, Addison e Steele, Boswell e Johnson — e adorou, devorava prateleiras inteiras com essas velharias chatíssimas. Ele se esconde nos livros, diz a minha mãe."

"Meu pai se escondia nos números."

"Eu também. Eu adoraria conhecer o seu pai um dia desses." Owen não gostava nem mesmo de imaginar a cena, o pobre Floyd Mackenzie, aquele fracassado, com seu estômago sensível e seu emprego miserável, diante daquela princesinha mimada de Cambridge. Seria um encontro tão constrangedor e doloroso quanto o que se dera entre sua mãe e Elsie. Nossos pais nos geram, mas não podem participar do nosso trabalho no mundo. Phyllis lhe explicou, tentando admiti-lo ao seu mundo mais profundo: "Você não acha lindo, a matemática? É como uma cadeia infinita com elos de ouro, um preso no outro, teoremas e funções, cada um fazendo com que o outro seja inevitável. É como uma música no meio do espaço, que não significa nada, só ela mesma, uma coisa tão emocionante, Owen". Será que ele precisava mesmo dessa cutucada? Estaria adormecendo ao lado daquele corpo alongado e tranqüilizador? Era verdade que Owen relaxava quando estava com ela, como se finalmente estivesse em casa. "Eu chegava até a chorar", prosseguiu Phyllis, "quando era adolescente, e um problema se abria diante dos meus olhos — você sabe, é como se ele rachasse num determinado momento, uma coisa que era totalmente fechada de repente a gente vê por dentro, é só acreditar nas equações e ir seguindo até o fim. É como quando a gente, na praia, vira um caranguejo ao contrário, e ficam aquelas perninhas estrebuchando no ar, o rabo tentando desvirar o corpo. Não, meus pais não me deram força nenhuma. Eles achavam que ciência era coisa para gente embotada, principalmente do interior. Eu tentava explicar pra eles que a matemática não faz nada de útil, é totalmente *inútil*. O que não é totalmente verdade: a física e a tecnologia precisam do cálculo. E da teoria dos conjuntos."

"Você entende", Owen perguntou — e uma pergunta como aquela certamente exigia um cenário mais íntimo do que um canto, ainda que à meia-luz, da sala de visitas do alojamento em 120 Bay State Road; talvez estivessem no quarto dela no Bexley Hall, infringindo as regras, num daqueles fins de semana em que a companheira de quarto de Phyllis, Sally Fazio, de Providence, tinha voltado para Rhode Island ou estava esquiando em New Hampshire — "a teoria dos conjuntos? Quer dizer, o que é que ela tem de tão maravilhoso?"

"Acho que entendo, sim. É mesmo uma coisa maravilhosa, muito fundamental e original. Foi inventada por uma pessoa só, você sabe. Newton e Leibniz inventaram o cálculo independentemente, Lobatchevski e Bolyai fizeram o mesmo com a geometria não-euclidiana, e se não fossem eles seria Gauss — a coisa estava esperando para ser descoberta —, mas sem Cantor talvez a teoria dos conjuntos nunca tivesse existido. Hilbert afirmou que ninguém jamais nos expulsará do paraíso que Cantor criou. É bonito, não é? Criar um paraíso de quem ninguém vai ser expulso?" Quando falava de matemática, Phyllis ficava mais animada e precisa — sua voz tornava-se mais rápida, seus gestos mais amplos e ousados. O sangue corria mais depressa por trás da pele clara e fina.

"É", Owen foi obrigado a concordar.

"E boa parte do trabalho, ele fez num hospital psiquiátrico. O cérebro dele fundiu, de tão poderosa que era a teoria dos conjuntos."

"O que o *meu* cérebro não consegue entender direito", insistiu Owen, colocando-se no mesmo patamar de fragilidade mental de Cantor, "é por que foi tão importante quando Russell e Gödel descobriram essas contradições internas, ou paradoxos — como diz o Klein, a confusão é basicamente semântica. Não entendo o que é que a indecidibilidade tem a ver com a história do computador."

"Você não entende?", exclamou Phyllis, sem conseguir disfarçar por completo sua surpresa decepcionada, como se sua própria clareza mental tivesse sido outorgada a Owen por ter ela, magnânima, se dignado a aceitá-lo como namorado. Os dois se encontravam antes das aulas e depois delas; juntos tomavam café no meio da manhã e almoçavam, bem tarde e sem pressa, no Student Center do outro lado da Massachusetts Avenue; iam ao cinema na Harvard Square ou na Washington Street, em Boston; o sarcástico Jake e o ameaçador Ralph tinham sido expulsos para a periferia do círculo em cujo centro tranqüilo Owen se encontrava agora. À noite, não conseguindo ficar separados por mais de quatro horas, os dois se reuniam em meio à fumaça e aos espelhos embaçados dos restaurantes pequenos em que os alunos realizavam simpósios exaltados.

"Quer dizer", disse ele, persistindo na sua obtusidade, impondo-a a Phyllis, "e daí que existe um conjunto de conjuntos que não são membros deles mesmos, que acaba sendo um conjunto que ao mesmo tempo é e não é membro de si mesmo?"

"Mas meu querido", disse ela, "as antinomias — os paradoxos — abalam a lógica clássica, mas quando elas são formuladas caímos na lógica simbólica, que por sua vez envolve a matemática booleana e a máquina e os algoritmos de Turing. Indecidibilidade é como você saber que tem um pântano mas você tem que inventar um método de construir nele assim mesmo. É como a Back Bay, com todas essas construções sobre estacas", concluiu, tão satisfeita com a analogia que havia inventado que por um momento seu rosto parecia mais de ave que de bolinho.

Phyllis vivia numa esfera elevada que Owen ansiava por alcançar, para ficar a seu lado. Era aquele seu ar de ausência que o puxava para cima, que o impelia para a frente; às vezes ele tinha a sensação de que o vazio que os rigores da lógica pós-aristotélica haviam encontrado nas raízes da aritmética também existia nela — uma recusa a ser óbvia, uma negação implacável por trás da superfície tímida e tolerante. "Você sabe que eu ainda não te amo", disse ela quando já estavam juntos havia um ano e os colegas já os viam como um casal.

Owen ficou chocado, principalmente porque estavam naquele momento deitados lado a lado em algum lugar, numa cama ou no chão — devia ter sido no último ano dela na faculdade, quando voltou a morar na casa dos pais, o que lhes permitia alguns momentos de privacidade roubada. Não haviam tirado as roupas, mas estavam, naqueles tempos inibidos, "chamegando". Owen considerava-se fácil de amar, ainda que não estivesse à altura das Ginger Bitting deste mundo. Sua mãe e Elsie o haviam amado.

Não traiu nenhum sentimento, limitando-se a abraçá-la com mais força e dizer: "É mesmo? Pois eu te amo. Quem sabe você me ama, só que ainda não percebeu". Ao mesmo tempo, sentiu que seu corpo se afastava, puxado para trás pela idéia de que não devia estar direcionando sua vida para aquele outro corpo, alheio.

"Pode ser", concordou Phyllis, ambígua, com uma voz embargada pelo arrependimento por ter revelado demais. Seu rosto estava a poucos centímetros do dele, na penumbra do quarto, o qual, quando Owen rememorava esse episódio, lhe parecia ser num andar mais alto, talvez o quarto do irmão dela na casa dos pais. Antes, ele estava beijando-a, beijando aqueles lábios inertes, sem batom, como se para fazer com que o sangue lhes subisse à superfície, enquanto fios de seu cabelo despenteado lhe faziam cócegas, com a delicadeza irritante e persistente de pernas de mosca num dia quente de verão. Às vezes era como se fosse ela quem estava sentindo cócegas; mais de uma vez, quando um espasmo de amor o impeliu a beijá-la repetidamente, nos lábios, nos malares enrubescidos, nas sobrancelhas quase invisíveis, nas pálpebras latejantes, toda aquela maravilhosa precisão de bico de prata, Phyllis riu bem alto, um riso desconcertante, decepcionante. Owen via esses momentos de rejeição como conseqüência de ter ele derrubado, de modo desajeitado e prematuro, as barreiras que ela havia construído em vinte anos de vida delicada e solitária. Tentava imaginar que movimento interior, que minúscula alteração de clima, a convenceria de que ela o amava. Phyllis havia deixado escapar, em momentos daquele namoro que brilhavam em sua memória como iluminações da obscura vida interior dela, que no tempo da Buckingham School ela ficava de mãos dadas com uma colega, e que o namorado inominável que seus pais achavam não ser para ela era — e nesse momento suas mãos se afastavam, exprimindo um tamanho memorável — "enorme". Ela o conhecera na colônia de férias, e o investira, talvez, da estatura mítica das montanhas, dos grandes pinheiros de casca áspera, dos afloramentos de granito vistos de longe, das nuvens imensas de um dia de verão, muito brancas, acima da serra verde-escura. Hank — era esse seu nome, ela deixara escapulir — era o chefe da equipe de manutenção da colônia, o capitão da picape amassada, o senhor do depósito de lixo e das estradas cobertas de agulhas de pinheiro, e embora tivesse cursado alguns semestres na University of New Hampshire, dizia não ter outra ambição que não a de continuar junto à natureza, rachando lenha, empurrando pedras, atacando com DDT as moscas e os mosquitos. Era tão pouco ambicioso que nem sequer tinha pretensões sobre Phyllis, embora se encontrassem em vários verões subseqüentes. Talvez fosse ela a pretendente, a agressora tímida, como Owen preparando o tabuleiro de Banco Imobiliário para Buddy Rourke.

O rosto de Phyllis, quando ela pensava em Hank, perdia aquele ar de ausência e indolência, e de algum modo endurecia, muito embora ela tentasse ocultar seus sentimentos por trás de uma *moue* pensativa. Owen confortava-se com o pensamento de que, se ele era menos inteligente do que Phyllis, Hank nem sequer entrava na disputa.

Agora já não cursavam juntos Introdução à Codificação e Lógica dos Computadores Digitais. Ela, no quarto ano, perdeu-se numa selva contra-intuitiva de topologia avançada — variedades diferenciáveis, grupos de Betti de um espaço mergulhado num espaço euclidiano, teoremas de dualidade. Sua monografia de final de curso cheirava a geometria projetiva: segundo ela, tinha a ver com "a classificação topológica de variedades com mais de duas dimensões".

"Quantas dimensões existem?", indagou Owen.

"Existem *n* dimensões, é claro."

"Não consigo imaginar isso."

"Você não consegue, mas os números conseguem. Os cálculos podem incluir uma infinidade de dimensões. Não faz essa cara feia, Owen. Relaxa. É elegante. É *divertido*."

"Que é divertido para você, eu quase consigo acreditar."

"Estou começando a achar que o Riemann se enganou, no caso de algumas curvaturas locais."

"O imortal Riemann, das superfícies de Riemann? É ele que você vai refutar? Meu bem, você é demais."

"Ele não ia se incomodar. Era uma espécie de santo. O pai dele era pastor luterano. Ele morreu com trinta e nove anos, de tuberculose. Deixou cadernos e papéis cheios de idéias que não teve tempo de publicar. Todo o universo, você sabe, é uma espécie de superfície de Riemann, segundo a teoria geral da relatividade."

Havia nos olhos de Phyllis uma expressão dura e abstraída

que era reservada para aqueles que ela amava de verdade, intuitivamente. Um conjunto do qual Owen estava excluído, muito embora a biologia e a sociedade os unissem. Phyllis haveria de guardar sempre, enquanto caminhava ao lado de Owen no espinhoso mundo cotidiano, lembranças de uma Arcádia povoada por um punhado de espíritos elevados, matemáticos ou poetas, Spenser ou Cantor, Hilbert ou Keats, aos quais Cambridge, no fundo de sua alma, era dedicada. Essa dedicação não garante as tempestades de criatividade que são homenageadas postumamente, porém amaldiçoa todas as bonanças, considerando-as medíocres, e vê o mundo real como um anticlímax, um lugar de exílio irreal.

Enquanto Phyllis convivia com Riemann em meio a superfícies curvas de *n* dimensões, Owen batalhava com as matérias práticas exigidas de um aluno de engenharia elétrica — análise de sistemas de alimentação, impedâncias não lineares funcionando como moduladores, amplificadores de banda larga, transdutores fotoelétricos, isoladores, transistores, tríodos operando em microondas, clístrons reflexos, relações de potência em um feixe de elétrons sob baixa excitação e fórmulas que tornam os elétrons invisíveis visíveis, audíveis e capazes de ser utilizados de modo prático. Um dos cursos avançados fez Owen passar uma semana na Raytheon, em Waltham, e outro levou-o diversas vezes ao Harvard Computation Laboratory, onde Mark I imperava, volumoso e superaquecido, no esplendor de sua obsolescência. Enquanto a ação policial na Coréia afundava numa lama fria e sanguinolenta, Owen e seus colegas livraram-se do serviço militar quando foram aprovados num teste imposto pelo governo em que só mesmo um retardado conseguiria ser reprovado: na sala 10-250, quando receberam o sinal, todos levantaram os lápis como se fossem pequenas armas. Os cérebros ganhavam guerras. A IBM estava alistando empregados numa ofensiva contra o vitorioso UNIVAC da Remington Rand; estava surgindo um mercado comercial, ao lado do industrial-militar, para computadores. Em meio a essas promessas mirabolantes do futuro, enquanto as revoluções tecnológicas se acumulavam tão depressa que os professores de engenharia elétrica sequer tinham tempo de ensiná-las, os neurônios sobrecarregados de Owen começaram a exibir sintomas de fadiga cerebral. Foi como se uma mensagem tivesse emergido de uma névoa de estática quando Phyllis, uma semana após se formar (sua monografia, aprovada com louvor, enaltecida por sua originalidade e rigor, questionava um detalhe da topologia de Riemann), disse a ele, numa mesa para dois num restaurante indiano minúsculo e enfumaçado, na véspera do dia em que ele viajaria para passar mais um verão trabalhando com a equipe de topografia e tentando compreender as reações de Elsie: "Os meus pais ficavam me perguntando o tempo todo o que eu ia fazer na vida, aí eu disse a eles que nós estávamos noivos".

"Você disse isso?" O rosto de Owen ficou quente, mergulhando de súbito em sua vida, sua única vida.

"Mas nós estamos mesmo, não é, meu amor? Você vive falando nisso." Os olhos dela, com um toque de desafio nervoso, buscavam os dele.

Ao tentar convencê-la de sua dedicação, muitas vezes Owen sonhara em voz alta sobre a vida que levariam juntos depois de casados. Mas não se lembrava de haver feito uma proposta definida; temia ser rejeitado, temia que suas conquistas tão suadas naquele território encantado fossem negadas.

"É, acho que estamos, sim", ele reconheceu. "Emocionante." O que diria sua mãe? O que diria Elsie? Pois bem feito para elas. A natureza é fluxo e transformação, como ele aprendera no MIT.

6. Sexo na cidadezinha — III

No terceiro ano da faculdade, Owen já havia se encontrado com os pais dela algumas vezes. Moravam numa rua arborizada de Cambridge, que sem dúvida teria sido mais silenciosa no passado, antes que os motoristas descobrissem que, na hora do rush, ela servia como atalho entre a Garden Street e a Massachusetts Avenue. Era a típica casa grande construída em terreno pequeno, com uma quantidade assustadora de livros por toda parte, estantes até mesmo subindo as escadas e enchendo os corredores do terceiro andar. Os quartos desse terceiro andar eram alugados a alunos de Harvard até cinco anos antes, quando Phyllis ficou moça e seus pais começaram a achar constrangedor aquele afluxo de rapazes. Até ir estudar em Andover, seu irmão mais moço, Colin, havia se apropriado de um dos quartos que eram antes alugados, acrescentando ao colchão, à cômoda e à escrivaninha de carvalho amarelo que já estavam lá um rádio de plástico branco, um toca-discos de 45 rpm, alguns modelos de máquinas de guerra obsoletas montados com cola, algumas camisas de moletom e pares de tênis levemente odoríferos, e, guardados em estantes de pinho sem pintura, pilhas de gibis do Batman e do Homem-Borracha, revistas de ficção científica, brochuras sobre beisebol, livros-textos do colégio Shady Hill e uma enciclopédia infantil em quinze volumes cujas lombadas percorriam toda a gama do arco-íris, do violeta ao vermelho, só que estavam desconcertantemente fora de ordem. A mãe de Owen tinha alguns livros e também trazia volumes da biblioteca pública de Alton, voltando para Willow de bonde; mas naquela casa os livros proliferavam de modo monstruoso, brotavam como cogumelos de todas as superfícies.

Phyllis era mais alta do que os pais; sempre que a via diante deles, enrubescida, baixando a cabeça de modo a indicar que, se pudesse, encolheria, Owen achava aquela cena erótica. Ela era esguia, porém tinha seios generosos, e uma penugem alourada abundante cobria a nuca do pescoço comprido e os lugares úmidos do corpo — um organismo cheio de hormônios, gerado por aquelas duas pessoas luxentas e secas. Os Goodhue davam a impressão de que jamais se ocupavam com seus próprios corpos. Vestiam-se de modo quase intercambiável, com camadas de lã cor-de-burro-quando-foge. A mãe de Phyllis, que se chamava Carolyn, usava saias retas, de um tecido caroçudo, sapatos marrons sem salto e cardigãs desabotoados, nos quais uma metade era sempre mais baixa do que a outra. Tinha em comum com a filha a tez desbotada e certo ar abstraído, porém havia nela uma impaciência, um hábito de interromper pronunciamentos que lhe pareciam excessivamente lerdos ou óbvios, que contrastava com a suavidade de Phyllis. "Esta casa...", disse Owen, olhando a sua volta em sua primeira visita, admirando a abundância de alizares, maçanetas e cornijas envernizados, as portas duplas, a escada de nogueira escura que se destacava, dando num patamar onde janelas altas com vitrais projetavam sombras coloridas.

"... tem livros demais. Eu sei. Vivo dizendo isso ao Eustace, mas ele diz que são as ferramentas de trabalho dele, ele nunca sabe de quais vai precisar. Às vezes um livro fica vinte anos na estante e de repente, no meio de um trabalho acadêmico enfadonho, ele precisa desesperadamente daquele livro. É um horror. Imagine só quantos ácaros não deve ter. Eu tento convencer as faxineiras a tirar o pó uma vez por ano, mas elas preferem pedir demissão."

"Elas ficam assustadas, mãe", interveio a filha, com voz suave, dirigindo a Owen um olhar que era um pedido de desculpas.

Mas não havia motivo para pedir desculpas. Todos os pais deixam os filhos constrangidos. Os de Owen lhe pareciam de uma melancolia absurda, exibindo sua discórdia, seu descontentamento e desajuste para toda a Mifflin Avenue. Já os de Phyllis, em contraste, pareciam moradores-modelo de Cambridge, cumprindo fielmente seus papéis, tal como aquelas figurinhas mecânicas que dão as horas num relógio suíço. Owen gostou daquela senhora pequena e despachada, com cabelo grisalho cortado rente e pálpebras que caíam sobre os cílios. Suas experiências com mulheres baixas — sua avó, Elsie — tinham sido, de modo geral, positivas.

"A Phyllis diz que você é muito brilhante, lá na outra faculdade."

"Ah, não, sou só um aluno de engenharia elétrica igual aos outros. A sua filha é que..."

"... é mais inteligente que os professores dela", Carolyn Goodhue terminou a frase para ele. "Nós achamos tão estranho, eu e o Eustace... a matemática, ficamos anos achando que era uma fase que ela estava atravessando, coisa da adolescência. Coisa de menina, é claro, ao contrário dos meninos elas se rebelam das maneiras mais disfarçadas, o tempo todo com a maior carinha de santa, a gente nem pode se queixar. Mas, falando sério, minha filha" — dirigindo-se a Phyllis — "eu e seu pai temos muito orgulho de você. Nós contamos pra todo mundo. Não perdemos a linha quando nossos amigos fazem troça e perguntam por que motivo uma menina que podia muito bem ir pra Radcliffe, ou Wellesley ou Bryn Mawr se não quisesse ficar com rapazes, por que motivo ela resolveu ir estudar num lugar tão..."

"Feio", Owen completou.

"Mãe", interveio Phyllis. "Lá as pessoas são feias porque passam a noite inteira estudando, e a maioria dos rapazes faz coisas com as mãos."

"Espero que não façam coisas demais", cortou a sra. Goodhue, e piscou várias vezes quando Owen riu: ele jamais ouvira Phyllis fazer uma brincadeira maliciosa; tal idéia sequer passaria pela cabeça dela.

Phyllis herdara o jeito tímido e encolhido do professor Goodhue. Porém a postura de seu pai não era conseqüência da tentativa de esconder um excesso de beleza, e sim o produto orgânico de toda uma vida passada diante de uma escrivaninha ou aconchegado numa poltrona, lendo. O queixo era grudado ao peito, sem o menor sinal de pescoço; e no meio ele era inchado como uma moringa, a cabeça inclinada para a frente como se prestes a dar início a uma conferência. A voz era aguda e débil, produzindo um ruído cada vez que ele inspirava, com o mesmo movimento pulmonar de quem traga num cachimbo. Com base em sua observação limitada, Owen concluiu que ele absorvia mais do que produzia, se bem que de vez em quando uma risada fraca, como o estalido de cola seca numa encadernação velha, podia ser tomada como um sinal simpático. Parecia perplexo diante da presença de Owen na sua casa, e fazia questão de manifestar sua perplexidade, como demonstração de que só se ocupava com coisas mais elevadas. O pai de Elsie Seidel viera recebê-lo, em sua loja de rações e ferragens, com um sorriso excessivamente cheio de dentes sob o bigodinho ladino, apertando sua mão com um exagero de força e simpatia, indicando hostilidade e uma compreensão masculina do que Owen queria com sua filha suculenta. A abordagem de Eustace Goodhue era muito menos agressiva, era quase inexistente — um olhar benévolo e confuso, como o de um homem que trabalha numa estufa e que, estando com o nariz entupido, não consegue entender por que motivo há tantas abelhas entrando pela janela. Phyllis já trouxera rapazes à sua casa antes; seu pai parecia não se dar conta de que, tendo concluído seu curso universitário e sendo tão parcas as possibilidades profissionais para uma mulher formada em matemática, ela chegara à idade de tomar decisões e fazer juramentos eternos. Chegava-se cedo a essa idade no tempo de Eisenhower; as mulheres procriavam como se para abastecer uma fronteira, naquela era de pioneirismo consumista. Formar família, procriar e consumir era desferir um golpe contra nossos inimigos, aqueles anticapitalistas malvestidos e repressivos do outro lado da cortina de ferro. Owen estava preparado para servir, acreditando que havia encontrado a mulher certa para ele — a mãe de seus filhos, o amparo de sua carreira, o anjo de um lar mais bem equipado do que os abrigos pobres que os Rausch e os Mackenzie haviam conseguido construir em tempos mais magros e menos eletrônicos.

Owen sentia certo desprezo pelo professor Goodhue por ele não defender seu tesouro de modo mais aguerrido. Por mais de vinte anos, ele e aquele homem fizeram parte da mesma família, o mais velho tornando-se avô à medida que o mais jovem tornava-se pai repetidamente; durante a primeira década de convívio, Owen manifestava pouco respeito pelo sogro, agora que via de perto como ele, permanecendo nas sombras, era paparicado. Era bem verdade que, em última análise, todo o peso daqueles livros e daquela mobília eclética e pitoresca dependia de seu trabalho intelectual, graças ao qual ele havia também arrancado do mundo uma casa de veraneio em Truro e uma viagem à Europa uma vez a cada dois anos. Mas o professor parecia haver se entregado de tal modo ao mundo dos livros, seus conceitos e ficções, que não conseguiria deixar uma marca mais profunda neste mundo.

Na segunda década de convívio estreito, Owen, já com um conhecimento mais aprofundado do mundo, compreendia melhor a astúcia que levara seu sogro a recolher-se da linha de frente da vida familiar, e a paixão erudita que produzia tantas aulas e tantos pequenos artigos cuidadosamente elaborados, primeiro impressos em periódicos acadêmicos de capa parda e depois recolhidos em volumes gordos e castos produzidos pelas mesmas editoras universitárias que lançavam as diversas antologias organizadas pelo professor, bem como sua biografia crítica de George Herbert. Durante aqueles anos, pouca coisa mudou em Eustace Goodhue, que passou da meia-idade para a aposentadoria, e muitas mudanças ocorreram em Owen, na passagem da juventude ingênua para a meia-idade vivida. Tornaram-se homens aproximadamente iguais, com o companheirismo que caracteriza todos aqueles que sobreviveram juntos a uma viagem perigosa. Owen, ele próprio pai de duas filhas, por fim percebeu como enfraquecem os vínculos, por efeito da biologia e da sabedoria popular da humanidade: cada célula do corpo envelhecido do pai anseia por passar sua filha para um outro homem, que seja da geração dela e possa, sem o impedimento de nenhum tabu, executar com ela aqueles atos elementares exigidos pelo ciclo das gerações.

Havia na condescendência distraída do professor Goodhue algo que seu beneficiário por enquanto só havia captado de modo vago — o prazer dúbio que nos proporcionam as transações sexuais de terceiros, um gozo polimorfo perceptível não apenas nas cerimônias de casamento, em que os pais chorosos e a dama de honra deslumbrada entregam a noiva aos mistérios do matrimônio, mas também em civilizadas festas de adultos, em que o costume determina que os maridos e as mulheres se sentem não lado a lado, e sim junto a cônjuges alheios, expondo-os a potenciais tentações de infrações exogâmicas. A cópula, em suma, é um evento tão poderoso e tão prioritário que nos dá prazer não só quando o praticamos, mas também quando constatamos que os outros o fazem, até mesmo uma filha ou esposa quando ela se afasta de nós e penetra no fervilhar da sexualidade. Phyllis, com toda a sua beleza distante, era uma fruta cujo caule estava mais frágil do que parecia; e ao cair nos braços de Owen assustou-o, por ter resistido à queda menos do que ele imaginava ou, em algum nível mais profundo, desejava.

Tudo isso só ficaria claro muito depois. Na época, quando Phyllis voltou a morar com os pais e o jovem casal passou a ter mais oportunidades de intimidade do que era possível em 120 Bay State Road ou no Bexley Hall, os dois sentiam-se ousados e furtivos; pensavam que seus pais ficariam chocados se os vissem, e Deus também ficaria, se Ele se desse ao trabalho de olhar. Owen, com a religiosidade esquiva que herdara de seus avós piedosos, não tinha tanta certeza de que Ele não estava olhando, tal como estivera olhando para a casa em Willow, dentro daquele globo de vidro de proteção. Agora, como o raio verde possante de uma arma futurista numa história de ficção científica, ou como os lasers de rubi que a realidade científica viria a criar na década seguinte, o olhar de Deus talvez perfurasse o telhado da água-furtada da casa dos Goodhue e invadisse aquele quarto no terceiro andar onde ainda perdurava o cheiro das meias sujas e gibis vagabundos do irmão de Phyllis.

Owen descobriu que ela gostava de ser acariciada na nuca, coberta por aquela penugem pálida e suada; desse modo ela ficava mais solta. E também na pele tenra e azulada dos braços, virados para cima numa atitude submissa, e ainda atrás das coxas, quando ele dobrava os dedos para coçar com as unhas a pele arrepiada. Ele invadia aos poucos aquele corpo progressivamente desvestido, tendo como meta sua nudez rosada, porém apegava-se à sua virgindade como algo sagrado, um limiar diante do qual ainda podia recuar. Não que tivesse a intenção de recuar; Phyllis era seu prêmio, sua princesa cativa. Era mais alta e mais magra do que Elsie, porém com a mesma flexibilidade na cintura e nos seios maiores, tão grandes que ela fazia movimentos no sentido de renegá-los, reagindo contra a tendência instintiva das mãos a cobri-los. Quando a boca de Owen se ocupava demais com seus mamilos, ela recuava, calando os comentários empolgados e sufocados dele como se fossem as tiradas de um palestrante incompetente. Produto de um meio acadêmico, Phyllis sabia exprimir com o rosto uma reprovação acadêmica, uma condenação mental. Porém o apertava contra si com certa perícia, segurando-o pelas nádegas; já fizera isso antes, isso de deixar um rapaz encostar em sua pélvis, embora suas mãos se sentissem enluvadas de tanta hesitação. Na hora da limpeza, por outro lado, Phyllis participava com eficiência, suas mãos entremeando-se com o lenço de Owen enquanto recolhia as poças de sêmen espalhadas pelo ventre e pêlos pubianos dela, mais crespos e mais escuros do que seu cabelo. Na noite de núpcias, contemplando ao luar o território de carne que havia conquistado legalmente naquela tarde, na cerimônia desenxabida, porém graciosa, que era característica dos unitaristas de Cambridge, Owen ajoelhou-se entre as pernas dela e penteou sua boceta luxuriante, que agora era dele, como se preparasse um cordeiro de pêlos abundantes para o sacrifício, até que, num gesto irritado, Phyllis arrancou-lhe da mão o pente e o jogou longe, contra o rodapé perto da janela.

Rejeitado mais uma vez. Owen mal ousava perguntar por

que ela fizera aquilo, interrompera sua adoração orgulhosa. "Qual o problema?", indagou. "Estava machucando?"

"Estava ficando esquisito", reconheceu Phyllis. "Fazendo cócegas. Uma coisa teatral. Como se você estivesse se exibindo pra alguém. Vamos logo com isso."

"Você quer mesmo? A gente não tem nenhuma obrigação. Posso esperar até você ficar com vontade. Talvez amanhã, quando a gente não estiver mais tão cansado e acelerado por causa dessa festa toda. Casamento é um negócio de matar, não é?" Estavam numa casa de praia, a casa de Truro, que os pais dela lhes haviam emprestado por uma semana. Owen tinha se formado entre os trinta por cento melhores da turma; Phyllis passara um ano descontente na pós-graduação, fazendo cursos aleatórios sobre teoria dos números e topologia, tentando encontrar um tema para sua dissertação e entrando em conflito com o orientador. Iam voltar para Cambridge; Phyllis ganharia mais uns créditos num curso de verão e Owen faria um estágio de oito semanas na Whirlwind, que o departamento de energia elétrica lhe havia conseguido. Ouviam ao longe as ondas quebrando e recuando na praia, contra os barrancos de areia, e sentiam o cheiro dos pinheiros nanicos. O som e o cheiro, que estariam presentes mesmo se eles não estivessem ali, emprestavam à escuridão lá fora uma imensidão que suas vidas, recém unidas, jamais conseguiriam preencher. "Por que é que todo mundo diz que gosta de champanhe?", ele indagou, intimidado pelo silêncio de Phyllis. "Eu sempre acho azedo."

Owen não conseguia discernir a expressão no rosto dela; via apenas o arabesco fino do queixo e o tendão alongado do pescoço, pois ela estava virada para a janela. Uma lua em três-quartos estava emoldurada e cortada ao meio pelos caixilhos da janela; o luar destacava uma ponta de orelha na massa obscura do cabelo de Phyllis. O que ela estaria fazendo, com aquele olhar parado? Despedindo-se da lua? Aquela casinha nua, desconhecida para Owen, para ela estaria cheia de lembranças de verões adolescentes e mementos curiosos — livros, conchas, aquarelas imaturas desbotando em molduras baratas — de uma vida em família já extinta. Os cheiros de sal e mofo da casinha estariam murmurando alguma coisa para ela. Ainda de joelhos, senhor de seus privilégios de marido, o cérebro esvaziado por estar todo o seu sangue concentrado no pênis ereto, Owen contemplou a abundância enluarada de Phyllis — os crescentes dos ombros arredondados e duros e a clavícula se destacando das sombras inclinadas, os seios achatados sobre as costelas frágeis. Ela virou-se e olhou para ele.

"Não, vamos fazer logo", disse, com voz mais suave. "E o poder da tradição, onde é que fica?"

"Você falou em foder com a tradição?"

"Não tem graça nenhuma, Owen."

Intensificou-se nele a sensação de estar diante de uma pessoa que, de algum modo, tinha sido morta. As sombras fracas dos caixilhos da janela projetavam uma rede sobre aquele corpo alvo. Os olhos fundos pareciam nada enxergar. O pobre pênis de Owen, tão duro que doía, emitia um débil fedor ansioso. Então uma mão branca levantou-se junto ao corpo de Phyllis e tocou de leve sua glande, depois o dorso do pênis, testando-o. Ela levantou os joelhos, ficando na exata posição do desenho que fora traçado no fundo do galpão do playground, e como que num gesto displicente, com dedos frios, foi guiando-o para o lugar certo. Owen esbarrou num obstáculo e forçou. Ocorreu o inesperado: doeu para ele e não só para ela. Ele terminou, e não estava claro se Phyllis havia sequer começado. O calor mucoso que havia dentro dela o cauterizara. Como se estivesse de volta à cama de sua adolescência, teve a sensação de que seu mundo interior tinha virado uma cambalhota, uma sensação menos pura e violenta do que quando produzida com sua mão esquerda. Phyllis havia se submetido, o que já era um começo. Toda a tensão desapareceu de seus músculos, e ele pensou, atônito, quantas vezes voltariam a fazer isso juntos, cada vez melhor, os dois menos desajeitados e menos tímidos.

No banheiro, um cheiro resinoso, salgado, pressionava a tela da janela; havia árvores crescendo logo ali, seres vivos respirando, carvalhos e miricas além dos pinheirinhos. Owen lavou o sangue e o esperma do sexo e perguntou, do banheiro iluminado para a escuridão do quarto: "O que é que a gente vai fazer com o lençol?".

"Você não reparou? Eu pus uma toalha embaixo de mim."

"Ah, meu Deus, nem reparei", ele respondeu, com ternura, como se essa prova da prudência e presciência tranqüilas de Phyllis tivesse o efeito de abri-la para ele ainda mais do que a trepada. Apressou-se a voltar para junto dela, para ver a toalha com seus próprios olhos, transformá-la numa espécie de relíquia. Outros — Hank, Jake — teriam ansiado por uma relíquia como aquela. Phyllis continuava na posição do desenho do playground, aquele M obsceno, olhando para a lua. Talvez ela própria aparvalhada, levantou os quadris apenas o suficiente para que Owen pudesse puxar a toalha suja; ele beijou o pano felpudo, apertou o rosto contra ele, sentindo o cheiro de carne com sangue.

"Ora, Owen, francamente", disse ela. Levantou-se, passando com as pernas nuas junto ao rosto de Owen, e pôs os pés no chão, levando a toalha branca para o banheiro. "Eu vou lavar tudo", anunciou. Quando saiu, estava com uma camisola de lã de bolinhas, enquanto ele permanecia nu, ajoelhado ao pé da cama, o rosto apertado contra o trecho da cama que guardava o calor dela, no lugar em que ela se tornara sua mulher, deflorada. Phyllis o fazia sentir-se ridículo, teatral, tentando transformar aquele momento numa coisa religiosa. Owen percebeu que, por debaixo da camisola, ela estava usando uma calcinha reforçada na altura da virilha.

No quarto do irmão de Phyllis, no ano anterior, Owen às vezes se levantava, quando estavam os dois embolados, à beira do ato sexual, e ia olhar pela janela da água-furtada, contemplar o ziguezague estonteante dos telhados de Cambridge, os quintais estreitos, com churrasqueiras enferrujadas em pequenos pátios calçados com tijolos ou decks de madeira, e sentia a força comunitária daquilo, o orgulho coletivo. Era para ele um privilégio ter esse acesso elevado a toda aquela paisagem urbana de madeira — tantas mansões espaçosas construídas com base no esforço do pensamento e no trabalho acadêmico. Através de uma das donzelas dali, Owen conquistara seu lugar, um assento à mesa de jantar de mogno dos Goodhue, onde era servida uma dieta de mexericos secos e indignação liberal, naqueles tempos do pérfido Joe McCarthy e do insípido Ike. No entanto, Owen não se sentia um participante integral — ele era prático, como Phyllis percebera desde o início, e, em comparação com o pai dela, grosseiro. Havia um *ethos* expresso por aqueles telhados com águas-furtadas, aquelas incontáveis janelas douradas com vistas para estantes cheias, tapetes orientais desbotados, cozinhas enfeitadas com panelas de cobre e pegadores acolchoados, banheiros de paredes revestidas com capas da New Yorker, camas de estudantes estreitas e desfeitas: ele podia admirar aquele mundo, até mesmo casar-se com alguém de lá, mas jamais poderia tornar-se parte dele. Alto e musculoso, quando sorria Owen exibia os dentes tortos e sensíveis de um menino criado longe daquela cidadezinha que se tinha em tão alta conta.

O primeiro apartamento em que moraram em Cambridge, por seis meses, antes de Owen ser convocado para o serviço militar, não ficava num andar alto, e sim no subsolo de um prédio de tijolos na Concord Avenue, cuja janela ficava na altura exata de um terreno ensombrado coberto de buxos e murtas, uvas-espim e cotoneásteres. Aquele pedaço de chão com excesso de plantas, que não se via da rua, era um lugar de encontro para gatos, ao mesmo tempo quarto e banheiro para felinos. Naquele verão, e durante o início ainda quente do outono, o jovem casal, à falta de ar-condicionado, teve de deixar abertas as janelas sem tela; mais de uma vez Owen acordou com um macho amarelo e papudo, que eles haviam apelidado de Tio Gato Feio, sentado em seu peito, ronronando, os beiços azulados tão próximos do rosto de Owen que o cheiro de óleo de peixe rançoso lhe causava náuseas. Phyllis, indecisa e ansiosa pela primeira vez desde que ele a conhecera, fazia sem muito empenho um curso de probabilidades (análise combinatória, variáveis aleatórias, lei dos grandes números, eventos recorrentes, cadeias de Markov, teoria da estimação) e continuava à procura de um tema para sua tese de doutorado, sem conseguir achar, na imensa selva da matemática já produzida, um fragmento ainda não formulado de que ela pudesse se apropriar, enquanto Owen, como estagiário mal pago do Harvard Computation Laboratory, debatia-se, no ocaso do pesadíssimo Mark I, com um sistema de programação primitivo chamado compilador A-O e com as dificuldades do armazenamento de dados em discos rígidos, uma inovação que libertaria as máquinas da programação através de cartões perfurados ou rolos de fita magnética. A IBM já havia posto à venda, para o governo e departamentos de pesquisa, o primeiro computador comercial, o 701. Eram muitas as perspectivas abertas por esses progressos, de minúsculos circuitos em camadas, cada vez mais complexos, um processamento abstrato não apenas muitíssimo mais rápido e perfeito do que o pensamento humano, mas também inteiramente concentrado, uma faísca dando voltas e mais voltas nos círculos de algoritmos até chegar à margem decimal programada que determinava a equivalência prática — um processo limpo, veloz como um raio, que era o oposto do pensamento humano, com suas ramificações para todos os lados, sua névoa de fatores incalculáveis, emocionais, egotísticos e sensuais.

No escuro e úmido apartamento de dois quartos, cujas janelas davam para um verdejante motel de gatos, Owen e Phyllis mergulhavam um no outro cuidadosamente. Descobriram os ruídos e movimentos que cada um fazia quando dormia e o cheiro que cada um deixava no banheiro após defecar, muito embora a porta do banheiro ficasse bem fechada e houvesse um ventilador de teto que podia ser ligado. O quarto era tão pequeno que um dos dois tinha de dormir junto à parede, e como era Owen quem tinha de se levantar e ir para o trabalho todas as manhãs de segunda a sexta, Phyllis deixou que ele dormisse do lado externo da cama, o que significava que, se ela precisasse se levantar no meio da noite — talvez por ter bebido vinho demais na casa dos pais, ou no restaurante grego de comida muito picante onde haviam jantado com um outro casal jovem —, Phyllis tinha de deslizar com cuidado por cima dele, uma constelação de toques passando acima de seu corpo. Ele voltava a dormir logo em seguida, e em seus sonhos explicava a si próprio que estava casado, que aquele corpo era de sua mulher. Phyllis continuava tímida, e qualquer transeunte que passasse pela calçada podia olhar para dentro das janelas do apartamento se olhasse para baixo, mas nas noites mais quentes ela dormia nua. Owen jamais deixou de se emocionar com o corpo de sua mulher. Faziam amor com menos freqüência do que ele imaginava quando era virgem, e a culpa, pensava, era tanto dele quanto dela; Owen estudava à noite, e ela também, enquanto o rádio tocava música clássica do alto da cômoda no canto do quarto. Mesmo ouvida como fundo musical, uma sinfonia de Beethoven ou sonata de Schubert é algo exigente, que não deixa nada a dizer que não possa ser expresso com um suspiro ou o ruído de um livro finalmente sendo fechado. Quando, na véspera de Owen apresentar-se no Fort Devens para o serviço militar, Phyllis anunciou que não havia menstruado naquele mês, era como se ela tivesse engravidado por osmose e não por efeito de um ato sexual específico.

Era sempre Owen quem dava início aos poucos contatos sexuais do casal. Como ele se excitava demais e era desajeitado, principalmente quando usavam camisa-de-vênus, que apertava e tinha um cheiro repulsivo de borracha, por ser a alternativa à utilização de um diafragma lambuzado (ela saía do banheiro ruborizada), Owen a perdoava. Perdoava-a por tudo; talvez isso fosse um defeito, uma deformidade, naquela relação. Phyllis era um ano mais velha, e ele sempre confiava que ela estava com a razão; jamais conseguiu se recuperar totalmente das primeiras vezes que a viu, deslumbrado, nos corredores apinhados do MIT, aquele labirinto numerado, aquele conjunto de conjuntos. Como ela lhe parecera inatingível! A idéia de conversar com ela, de intrometer-se em sua esfera de atenção, era para ele uma blasfêmia.

Na semana de lua-de-mel passada em Cape Cod, haviam caminhado pela praia em direção a Provincetown, uma praia que fizera parte dos verões da meninice de Phyllis, e, embora ainda estivesse frio demais para usarem roupa de banho, num lugar tranqüilo e raso ela havia tirado os sapatos e entrado na água, levantando a saia e expondo metade das coxas, as panturrilhas delicadamente alongadas. Alguns rapazes que vinham no sentido contrário pararam para olhar. Eram fortes e barulhentos, e não ocorreu a Owen que talvez fossem homossexuais. Cismou que eles queriam sua mulher; queriam agarrá-la e estuprá-la na praia vazia. Como se tivesse levado um soco por detrás, deu-se conta subitamente de sua incapacidade de protegê-la — seu tesouro guardado, sua exibicionista inocente, sua ex-virgem à beira-mar. Ele era um noivo patético. O céu enevoado estava distante, implacável. Atrás da cabeça de Phyllis, coberta de cabelos cor de areia, inocentemente abaixada enquanto ela examinava as conchas e tocas de caranguejos expostas em meio à espuma quando a onda recuava, havia apenas um oceano gelado e Portugal.

7. A caminho de Middle Falls

O último sonho que ele tem antes de acordar é de uma festa, uma comemoração lá em Middle Falls, embora pareça ser num arranha-céu e a imagem tenha o brilho e a cor acentuada de uma festa cinematográfica, num filme dos anos 50, ou um filme atual passado nos anos 50, em que as mulheres estão excessivamente bem vestidas, com cores pastel, vestidos amplos de tafetá de cintura apertada, cabelos rigidamente ondulados. No sonho, Owen pouco a pouco se dá conta de que as duas mulheres com quem ele está conversando, uma sentada a seu lado e a outra em pé, usam trajes de porcelana pintada, carapaças duras, com bordas esculturais reluzentes, como se fossem bibelôs do século XVIII. Quando contempla os quadros de Copley, Gainsborough ou Ingres, Owen consegue perder-se nas dobras de seda, aquelas cascatas semi-rígidas de tecido, os brilhos e as sombras executados de modo tão obsessivo pelo pincel do pintor, tão distantes dos rostos indolentes cobertos de ruge; as roupas de festa dessas mulheres são assim, de cerâmica inerte, embora os braços pareçam macios e vivos, gesticulando de modo brincalhão, e as vozes sejam animadas e graciosas, não manifestando nenhum desconforto nem qualquer obstáculo a seus movimentos. Invejoso, Owen, sentindo-se malvestido em comparação com elas, dá por si diante do armário do anfitrião (seja lá quem for), com fileiras de sapatos bem engraxados e paletós de tweed, procurando um terno de porcelana que possa vestir. Porém sua procura é interrompida por um ruído que vem da festa: um convidado mais velho desmaiou, há uma auréola de cachorros adormecidos em torno de sua cabeça, e parece haver uma raposa solta na casa. Eve, a filha mais nova de Owen, em lágrimas, está protegendo o animal. Então Owen está na sua própria casa, a casa grande, revestida de ripas, na Partridgeberry Road, em Middle Falls, Connecticut. E é ele o misterioso anfitrião, humilhado por não possuir um terno de porcelana. Owen acorda.

Julia não está na cama, e a mossa morna que ela deixa no colchão já está ficando fria. A cada dia lhe parece mais pesado e antinatural o ato de se levantar da cama, para comer o mesmo cereal sem graça e engolir o mesmo punhado de vitaminas, o jornal cheio de acidentes de carro fatais, incêndios nos bairros pobres de Boston, revelações intermináveis de abusos sexuais cometidos por padres pedófilos e declarações de suas vítimas, já na meia-idade, aguerridas e não muito simpáticas, revelações de mais trapaças complexas nos altos escalões de grandes empresas e fundos mútuos, obituários de pessoas merecidamente desconhecidas, a guerra cada vez mais próxima de ser encarada. Na mão esquerda Owen sente muitas vezes o formigamento na palma que é sinal de deterioração da coluna ou então da iminência de um infarto, além de dores de artrite na base de uma unha e, o que mais difícil de ignorar, nas dobras do polegar, bem fundo na anatomia de sua mão. Essas dores, ele imagina, estão relacionadas à temporada de golfe; o dedo dolorido é o médio, o qual vem há tantos anos apertando o taco com uma força excessiva; a mesma empunhadura o levou de algum modo a usar o polegar erradamente, jogando peso demais sobre ele quando levanta o taco. Há décadas Owen vem tentando encontrar um profissional do golfe que lhe mostre o que ele está fazendo de errado, mas os homens só fazem olhar de relance para sua mão e dizer que a empunhadura está ótima, passando em seguida a criticar a posição dos pés, dos ombros, o giro excessivo dos quadris, sua péssima tendência a descer o taco de fora para dentro, as pernas rígidas demais e a postura excessivamente ereta, acompanhada do defeito sempre associado a ela, o temido "C invertido". Mas no fundo Owen está convicto de que não é normal o polegar ficar doendo no final de cada partida. Agora ele já gastou os ossos de tal modo que não há mais conserto; o dano causado e a dor resultante o acompanharão até a morte. Uma onda de amor por Julia pulsa dentro dele, provocada pela sensação cálida de que ela havia estado, ali no lençol, debaixo das cobertas. Julia ficou com Owen, e vai continuar a seu lado, à medida que ele for se transformando num inválido patético, desagradável, cheio de achaques.

Sem sequer ir urinar e escovar os dentes, Owen sai à procura de Julia. Não a encontra na saleta de TV no andar de cima nem diante da escrivaninha dela, no quarto de hóspedes. Uma sensação de pânico começa a se esboçar e dar voltas dentro de seu estômago. Julia também não está na cozinha, onde ele chega pela escada dos fundos, silencioso, descalço, sentindo os pêlos do carpete novo tensos contra as solas dos pés. O aparelho de televisão, onde normalmente o canal de meteorologia está ligado, está morto, um tom esverdeado de cinza. O grito "Julia!" já está se formando em sua garganta quando um farfalhar de papéis revela a presença dela no escritório do andar de baixo. Julia está sentada na ponta do sofá vermelho, comendo iogurte num pote plástico e lendo o *New York Times*. Os pés calçados em sandálias de borracha azul estão apoiados na beira da mesa de centro, e suas coxas estão expostas pela camisola curta e o roupão aberto. Owen senta-se pesadamente na bergère em frente a ela, com um alívio do viajante que conseguiu atravessar todo um deserto. Diminui a sensação de pânico no estômago. Vistos daquele ângulo, os dedos dos pés de Julia parecem duas cadeias de círculos rosados. Os músculos das pernas, endurecidos pela esteira, vão um atrás do outro como golfinhos brincalhões. Owen surpreende-se de constatar a intensidade com que a beleza dela ainda o impressiona, quando ela levanta a vista para ele debaixo das sobrancelhas negras arqueadas, com aqueles olhos azul-marinho bem separados, os lábios brilhando com um pouco de iogurte. Os lábios de Julia jamais parecem inertes nem imobilizados, porém sempre decididos, precisos, bem delineados nas bordas mesmo quando estão sem batom.

"Tira esse gorro ridículo", diz ela.

Owen adquiriu o hábito, à medida que seu cabelo começou a rarear, de ir para a cama com um gorro de lã, mesmo já na primavera. Sua mãe, quando estava bem gagá, fazia o mesmo. Até nas noites quentes de verão ele sente falta daquela proteção em seu crânio e apela para o gorro como se tivesse problema para pegar no sono.

Obediente, ele retira o objeto que incomoda Julia, enfiando-o debaixo do braço, ainda com o pijama amarrotado, e, pensando com carinho nos pés da esposa, estende seus pés descalços em direção a eles, pousando-os numa cadeira *chippendale* junto à mesa de centro. Foi uma ancestral Wethersfield de Julia que fez o bordado, já muito desbotado, da almofada do assento.

"E tira esses pés sujos da minha cadeira antiga", diz ela, com uma indignação que parece ser genuína; a mesma indignação a faz levantar-se de repente e seguir para a cozinha com o pote vazio na mão.

Ele vai atrás dela, protestando sem muita energia: "Estão limpos. Estou descalço".

"E me diga por quê", prossegue Julia, tentando conter-se, sem se virar, "você *nunca* aprendeu a pentear o cabelo? No tempo em que ainda tinha muito cabelo, bem castanho e cheio, ainda ficava bonitinho, mas agora parece um pano de chão branco na sua cabeça."

"Eu acabei de acordar", ele argumenta, "e vim procurar você. Nem me dei ao trabalho de me pentear."

Em Willow, quando era menino, seu cabelo só era penteado antes de ele ir para a escola dominical ou quando acabava de cortá-lo, e ninguém reclamava. Ou será que sua mãe reclamava? Tentando lembrar-se, vem-lhe a evocação distante, apagada, de um pente roçando em seu couro cabeludo, talvez sua mãe, zangada, a penteá-lo antes de despachá-lo para a escola com aquele bando de garotas da Second Street. Mesmo agora ele sente medo do contato zangado de sua mãe, embora ela esteja morta há mais de dez anos.

Na cozinha, Julia liga a televisão, e um meteorologista, um rapaz de bigodes fartos, desengonçado demais — as pessoas muito altas não ficam bem na televisão —, faz movimentos exagerados com seu ponteiro de laser branco, riscando todo o território de Ohio enquanto descreve uma zona de pressão alta que está se aproximando da Nova Inglaterra através do estado de Nova York.

"Por que é que você fica vendo essa bobagem?", ele pergunta, num contra-ataque cauteloso. "Não adianta você saber, que o tempo não vai deixar de ser o que vai ser, mesmo."

"*Não fala!*", diz ela, no mesmo tom feroz com que sua mãe uma vez lhe gritou *Não toque nisso!* "Pronto, por sua causa não ouvi o que ele falou sobre a frente!"

"A frente vai vir de qualquer jeito, não adianta se preocupar. Nem mesmo você pode controlar as frentes. O que é que está dando no *Times*?"

"Lê você mesmo."

"Eu leio o *Globe*."

"Burrice sua, Owen. Esse jornal só fala em estupros em Medford e assassinatos em Dorchester."

"É, mas ao contrário do *Times*, esse jornal de merda metido a besta, o *Globe* não acha que sabe tudo que merece ser publicado." Nervoso, ele vai até a caixa de pão, que fica numa gaveta funda, e tira de dentro dela uma caixa de Newman's Own Traditional Thin Pretzels, que têm um cheiro mais tostado do que os das marcas menos organicamente corretas, e morde um *pretzel*. A primeira mordida é a melhor. Paul Newman também está com o cabelo branco, posando com a filha Nell no saco de celofane. Owen ainda se lembra dele em *O indomado*, jovem, com um ar perigoso e sonolento como o do falecido James Dean.

Julia exclama, num tom quase de agonia: "Come em cima da *pia*! O chão fica imundo e as faxineiras acabaram de limpar a casa!".

As faxineiras são duas brasileiras recém-imigradas; não são irmãs, mas têm a mesma forma, nádegas largas e proeminentes. Às vezes formam um trio; a terceira é mais magra, tem tez de caramelo e grandes olhos cor de chocolate, e não fala uma palavra de inglês.

"Ah, você é um porcalhão!", exclama sua mulher. "A sua mãe não te ensinou *nada*!"

Se Julia não estivesse com um humor tão ruim, ele poderia argumentar que a mãe lhe ensinou muita coisa, se bem que agora, já perto do fim de sua vida, não lhe seria fácil dizer o que foi. A sabedoria dela, de modo geral inarticulada, era perfeitamente adaptada à vida em Willow — como sobreviver lá, a quem obedecer e quem evitar, como conquistar confiança, projetar a sensação de que se é precioso, para se preparar para o futuro em algum outro lugar. Ela pouco lhe ensinou a respeito de pentear o cabelo e boas maneiras, de modo geral; assim, Owen não leva esses detalhes muito a sério. É mesmo um porcalhão, mas ao mesmo tempo é luxento. Não gosta de comer em cima da pia, o que lhe dá a sensação de que é um cachorro comendo numa tigela. Queria comer tal como fazia quando menino, andando pela casa do avô com um pedaço de aipo ou um pé-de-moleque na mão, ignorando solenemente os farelos que caíam no chão. Naquela casa, as refeições eram tensas: sua avó, quando o mal de Parkinson se agravou, costumava engasgar-se à mesa, e sua mãe às vezes ficava emburrada, de cara vermelha, ou então seu pai, o rosto melancólico de contador muito pálido, ficava fazendo cálculos mentais para saber quanto custava alimentar todas aquelas bocas. Owen constatava que a comida, quando ingerida na solidão, andando, em diversos cantos da casa, ficava mais gostosa. Lembra que consumia religiosamente um bolinho de seis centavos quando voltava para a escola depois do almoço, e que, já mais velho, rodava pelo centro de Alton quebrando amendoins ainda quentinhos dentro de um saco de papel.

Perdoa sua mulher por ralhar com ele, por explodir daquele jeito. Para Julia, é importante que seu marido seja perfeito, senão ela cometeu um erro pelo qual terá de pagar o resto da vida. Um comprou o outro a um preço alto, com uma moeda que não lhe pertencia de todo. Quando Julia manifesta repugnância, Owen a aceita como sinal de que ela quer que ele se conforme aos padrões mais exigentes. É preciso que Owen seja o marido perfeito, para que ela se justifique. Julia não quer que ele lhe conte o sonho sobre a festa em Middle Falls, em que as mulheres trajavam carapaças coloridas de porcelana.

Seu casamento com Phyllis foi abalado, talvez, nos dois anos em que ele permaneceu no Exército após a Guerra da Coréia, divertindo-se com os computadores gigantescos, já quase obsoletos, dedicados, com suas memórias magras e quilômetros de fios telefônicos, ao cálculo de trajetórias de mísseis, ligados a radares, nos primórdios do controle de tráfego aéreo. Na sua ausência, Phyllis, no Mount Auburn Hospital, deu à luz Gregory, que nasceu com três quilos e seiscentos gramas, enquanto Owen estava servindo no Fort Benning, na Geórgia. Iris nasceu, com três quilos e duzentos gramas, quando Phyllis já estava com ele, na Alemanha, nos alojamentos para militares perto de Frankfurt. Infelizmente, naquela semana, já quase no final de sua passagem pela Alemanha, Owen estava tentando resolver um problema numa instalação de mísseis na Turquia, e mais uma vez não pôde estar presente durante o trabalho de parto.

A essa altura, os russos já dispunham de aeronaves de longo alcance capazes de levar uma bomba nuclear até a América do Norte, sobrevoando o pólo Norte, e a defesa aérea coordenada se tornara uma das principais prioridades, assunto ultra-secreto. O Whirlwind agora trabalhava com velocidade em tempo real, graças à instalação de uma memória de núcleo magnético, e seu protótipo, o hardware que Owen mais utilizara no seu curso no MIT, havia se transformado no IBM AN/FSQ-7, instalado em Centros de Direção em todo o país como parte do SAGE, o Semi-Automatic Ground Environment. Contendo quarenta e nove mil válvulas e pesando duzentos e cinqüenta toneladas, instalados em horrendos prédios de concreto de quatro andares, esses dinossauros eletrônicos recebiam dados de uma rede global de fontes mantidas pelas Forças Armadas dos Estados Unidos; Owen, emprestado pelo Exército para a Aeronáutica, fazia parte das centenas de recrutas com formação em tecnologia que passavam seus dias diante de tubos de raios catódicos a piscar, decifrando pontos de luz. Uma leitura errada fornecida ao sistema poderia ter efeitos catastróficos no equilíbrio delicado do jogo da vigilância; porém Owen ficava impressionado, e até mesmo emocionado, com a confiabilidade daquelas máquinas, por mais que viessem a parecer trambolhos depois que a miniaturização dos chips reduziu seu volume e as linguagens de programação tornaram mais fácil conversar com elas. Ainda havia muitas chaves a acionar e luzes piscando nos consoles. Owen começou a atuar no refinamento e criação de programas — tediosas linhas de código de montagem, que em caso de erro tinham de ser examinadas caractere por caractere, em despejos de memória impressos que cansavam a vista e embaralhavam a cabeça. Demonstrou competência suficiente para ser convidado a prolongar sua estada, ganhando uma patente de oficial, e desse modo participar do empreendimento de conter os soviéticos, que por mais que se esforçassem continuavam muito atrasados em matéria de informática.

Porém Phyllis odiava a vida militar, tanto a idéia em si, antipacifista, quanto a realidade cotidiana em cáqui e verde-oliva. "É o império do mínimo denominador comum", dizia ela. "E as mulheres — tão vulgares, tão obcecadas com o lar, com o sexo, que é a única coisa que elas têm a oferecer." Owen não achava que isso fosse tão pouco a oferecer, mas não disse nada. Respeitava as opiniões da esposa. Quando falava em realistar-se, era mais para provocá-la; as faces pálidas dela ficavam rosadas à medida que seus argumentos se tornavam mais veementes. Sem parecer de modo algum perscrutar a mente de Owen, Phyllis sabia mergulhar em sua psique. "Não fique pensando como seu pai e se apegando ao que é mais seguro", implorava ela. "Seu pai achava que as malharias eram seguras, e veja só o que aconteceu com elas. Não existe *nada* seguro. Os Estados Unidos são o bastião do capitalismo, tudo se resume a isso, não é? Se os computadores são metade da maravilha que você acha que eles são, eles vão gerar fortunas, e você está com a faca e o queijo na mão."

Owen sabia que Phyllis, como sempre, tinha razão, porém ficou um pouco ofendido, ao se dar conta de que ela não achava que pensar na sua situação material estava abaixo de sua dignidade. Phyllis queria que ele ganhasse dinheiro, se não por ela, então pelos filhos. Queria sair daquele alojamento militar e mudar-se para um apartamento, um lugar que pertencesse a eles de verdade. Os partos haviam tornado Phyllis mais larga; seu rosto, que continuava tão delicado como se delineado a bico de prata, agora encimava um pilar mais amplo; a camisola descia dos seios inchados de leite em dobras retas, dóricas.

Phyllis tinha razão: o que ele aprendera no SAGE foi fundamental no emprego que conseguiu no prédio da IBM na Madison Avenue, Nova York, para lhe permitir trabalhar no que veio a ser chamado de SABRE, o sistema nacional de reservas aéreas computadorizado que estava sendo desenvolvido para a American Airlines. Era o maior empreendimento informático já iniciado na esfera civil: envolvia um milhão de linhas de código de programa, duzentos técnicos, quinze mil quilômetros de linhas de telecomunicação alugadas e mil agentes utilizando terminais ligados a dois computadores de grande porte IBM 7090 ao norte da cidade, em Briarcliff Manor. Um computador ficava ligado e outro em contingência, para o caso de o primeiro entrar em pane. Uma minúscula fração daqueles milhões de linhas de código fora criada por Owen; graças a ele, os operadores AND e OR e os desvios IF... THEN serviam para colocar números de vôos, nomes abreviados de aeroportos, tarifas e assentos nos lugares eletrônicos apropriados a meio continente de distância. Sua tendência a economizar, herdada dos antepassados escoceses, transformou-se numa paixão pela economia eletrônica — por reformulações que tivessem o efeito de saltar uma sub-rotina complexa ou um *loop* redundante para desse modo poupar uma migalha de tempo que ele percebia claramente quando a tela do monitor, como um lutador de boxe já cansado, reagia às teclas que ele apertava.

Phyllis, na hora livre que tinha à noite depois que os dois bebês finalmente adormeciam e a louça do jantar já cantava na máquina de lavar pratos, acompanhava as explicações de Owen, muito embora aquele não fosse o tipo de matemática que lhe interessava, elétrons dando voltas e mais voltas no circuito de algoritmos como cavalos rodando em torno de uma pedra de moinho, e às vezes era capaz de sugerir, num insight súbito e ágil, uma maneira nova de contornar alguma dificuldade linear; Owen ficava entusiasmado e voltava a se apaixonar por ela.

Quando viu pela primeira vez Phyllis adejando em meio à multidão nos corredores do MIT, Owen não pôde antever o peso cada vez maior que ela haveria de trazer consigo — as fraldas empapadas, a bagagem de berços e carrinhos, bebedouros e potes de purê Gerber, a insistência das necessidades que não dormem, os ciclos de doenças angustiantes à medida que os germes circulavam pela família, as responsabilidades que se multiplicavam e se estendiam até o futuro longínquo de cursos universitários e outras eventualidades. O conforto burguês foi ganhando peso no segundo mandato de Eisenhower: carros com barbatanas enormes, geladeiras altas em tons pastel, aparelhos de ar-condicionado que rosnavam, pingavam e devoravam eletricidade. A inteligência vigorosa de Phyllis não encontrava escape naquela vida lerda e atravancada numa sucessão de apartamentos de dois quartos. Mudaram-se da barulhenta East 55th Street, entre Lexington e Third Avenues, mais para o leste, para a East 63rd Street; mesmo assim, não era possível fugir da barulheira metropolitana que à noite a mantinha acordada e de dia a fazia ficar andando como uma sonâmbula, com duas crianças pequenas.

No complexo mundo subterrâneo de Manhattan, no qual mergulhavam homens de capacete e de onde emergiram baforadas de vapor, havia obras incessantes; a noite inteira as britadeiras consertavam a mesma coisa, semana após semana.

De algum modo, Phyllis engravidou outra vez. Owen não conseguia imaginar como aquilo acontecera, pois ele cumpria expedientes brutais no projeto da companhia de aviação. O SABRE recebeu esse nome em 1960, em referência a um modelo de Buick, mas também como sigla de Semi-Automatic Business Research Environment. Antes de o sistema entrar em funcionamento, outras empresas — a Delta, a Pan American — também recorreram à IBM, e logo os bancos e firmas de contadoria do país estavam embarcando no futuro informático. Surgiu um mercado insaciável envolvendo empresas menores, para programas de folha de pagamento, levantamento de estoque e faturamento. Em 1960 havia talvez cinco mil computadores nos Estados Unidos, a maioria deles em universidades e laboratórios científicos, e os programadores trabalhavam com leitoras de fita de papel e cartões perfurados, e varavam a noite operando os computadores. A palavra *software* foi cunhada, juntamente com *bug* e *debug*. O FORTRAN fora desenvolvido na IBM, mais para trabalhos científicos; o COBOL 60 — Common Business Oriented Language 1960 — abriu o computador para aplicações comerciais. O mundo de PCs baratos só viria duas décadas depois, mas um colega de Owen na colmeia da IBM na Madison Avenue, Ed Mervine, começou a seduzir Owen, quando almoçavam no refeitório da empresa, com paredes cinza-claras, enfeitadas com placas lacônicas que ostentavam o famoso imperativo do presidente Watson.* Ed, que era do Bronx, tinha um jeito informal

* Thomas J. Watson, fundador e presidente da IBM, tinha como lema: "Pense". (N. T.)

e agressivo de falar que era mais eficiente do que parecia. Confidenciava ele, enquanto almoçava: "Sabe, O., aí fora tem um mundo de empresas de médio porte que já pagaram duzentos mil por um hardware que elas não sabem usar. E quanto mais baixa o preço, mais empresas vai ter. São fabricantes, distribuidores, franquias novas, pequenas companhias de aviação, bancos e firmas de arquitetura. A IBM e a Sperry Rand não querem negócio com elas, e passam adiante pra qualquer babaca".

Ed foi o primeiro adulto a se interessar por Owen o bastante para lhe dar um apelido, "O.". Ele fazia Owen pensar em Buddy Rourke — o mesmo cabelo espetado para a frente, causando a impressão de que sua testa era estreita, os mesmos dentes grandes, corrigidos, no caso de Ed, por um aparelho utilizado na infância, o qual teve o efeito de fazer com que os dentes parecessem um tanto falsos, pois não combinavam nem um pouco com o resto da cara. Tal como Buddy, era dois ou três centímetros mais alto do que Owen, mas ao contrário do outro era mais moço que ele, o suficiente para sentir-se mais à vontade com a idéia de máquinas que ajudam as pessoas a pensar, milhares de pensamentos minúsculos, ou transações de bits, por segundo. Para Owen, aquilo era uma maravilha; para Ed, apenas um dado da realidade.

"Então, o que é que você propõe? Que a gente fique menos babaca?"

"Isso mesmo. Sujeito esperto. Serviços de programação e assessoria. A IBM está chupando nosso sangue, e mais cedo ou mais tarde ela vai cair. Essa porra dessa empresa está grande demais. Quanto menor, melhor, mais ágil. O hardware está encolhendo, em termos exponenciais. A única maneira de se dar bem, de não perder a próxima oportunidade, é manter um *overhead* baixo. Abrir uma firma num lugar onde o *overhead* seja baixo e ver o que acontece."

"E onde é que o *overhead* é baixo?"

"Longe de Nova York. Depois de Stamford. Depois até de New Haven. Os cafundós de Connecticut."

"Ed, e quem ia fazer isso? Eu e você?"

Ed era solteiro. Tinha aquela aura assexuada do verdadeiro fanático por computadores: ar viciado, comida chinesa entregue em caixas de papelão, biscoitos e Coca-Cola às duas da manhã. Sua pele era fria e úmida, ele estava dez quilos acima do peso ideal, sua camisa social embolava embaixo do nó da gravata torta e suja. Os dentes que pareciam falsos eram constantemente limpos com os dedos, a ponta da língua e o lábio superior retraído, como beiço de chimpanzé. Disse ele: "Por que não? Sua mulher já está com mais um no forno. Ontem mesmo você estava me dizendo que não consegue achar um apartamento que a Phyllis aprove e que você possa bancar".

Aquilo, Owen percebeu, era uma cantada. De algum modo, ele se tornara mais desejável, desde aquela tarde em que Buddy Rourke zombou da preparação de Banco Imobiliário que ele havia elaborado com tanto amor. "Ed, eu não sou um sujeito urbano como você. Eu sou do interior e não quero voltar pra lá. Insetos, terra; meu Deus! A gente emburrece." Estava tentando ganhar tempo. Pensou em Elsie, na noite no bosque do pai dela, aquele corpo sedoso entregando-se a ele, animado por uma vontade sexual, enquanto seres piavam e se arrastavam em torno do carro. O interior tinha seus atrativos. Owen reconheceu: "Eu e a Phyllis estamos mesmo pensando em morar longe. Em Westchester ou então em Nova Jersey, a norte de Paterson".

"Meu Deus, não entra nessa, não. Lá é a mesma porcaria, sem os táxis e as casas de jazz de Greenwich Village — a mesma confusão de cidade grande, só que com um quintalzinho de merda nos fundos e uma hora de trem duas vezes por dia. Faz as contas, que você vai ver que acaba dando no mesmo em matéria de dinheiro. Mais caro ainda, se você contar também o custo espiritual: lá obrigam você a manter uma fachada, a ser bom vizinho, Deus me livre. Preparar biscoitinho pras visitas... eu não mereço isso, não. Ninguém merece. Olha, eu não conheço a Phyllis tão bem assim, mas a impressão que eu tenho é que ela está cagando pra essas ambições convencionais. A meu ver, ela é uma pessoa arejada. Ela gosta de manter a cabeça erguida, precisa sair desses apartamentos cheios de baratas, com os filhos dela. E quanto a você, pensa só: você realmente quer ficar preparando reserva de vôo pro Tommy Watson Júnior o resto da sua vida?"

"A IBM é boa pra gente, Ed. Só no ano passado eu ganhei três vezes o que meu pai ganhou no melhor ano dele, e olha que foi no tempo da guerra, quando ele trabalhava de noite também."

"Ah, você é mesmo um cara que veio dos cafundós. Você pensa pequeno."

"Você parece a Phyllis falando." Owen teve de rir ao se ver tão pressionado, com tanto ardor. "Mas ela adora a cidade. Nós dois adoramos."

Ed sorriu, exibindo os dentes grandes, percebendo que o outro havia mudado de tom. Dali para a frente era só ele insistir; Owen estava pedindo. "É? E o que é que vocês adoram?"

"Os museus. Os shows. Os restaurantes."

"E vocês vão muito a esses lugares?"

"Quase nunca. Não tem ninguém pra ficar com as crianças. E estamos sempre exaustos."

"Pois é. Tem muita grana pra gente ganhar aí fora, O. Milhões pra quem está disposto, pra quem tem um pouco de iniciativa. Um pouco de imaginação. Pense — não é isso que eles vivem dizendo à gente? Pense com independência."

"Ed, por favor. Nós ainda não temos milhões. Abrir uma companhia sai muito caro. E como é que a gente vai programar sem dinheiro pra comprar um computador?"

Aquela pergunta agradou a Ed; ele já havia pensado nisso. "Você não precisa de computador, pode usar a máquina do cliente ou alugar tempo de uma empresa. Você só precisa mesmo é de um bloco e um lápis: isso quem me disse foi um cara que eu conheço, que fazia programação científica aqui mesmo na IBM. Agora ele está na CUC, a Computer Usage Company, no centro da cidade. Eles começaram trabalhando num apartamento de um dos sócios, sem um tostão furado no bolso, há cinco anos, e a companhia deles acabou de abrir o capital, por cento e oitenta e seis mil *líquidos*. Eles agora compraram um computador. Gerenciamento eletrônico de dados — o futuro está nisso. Pra que sexo, se você tem software?"

"Ed, você é demais." De tão excitado que ficou diante das novas perspectivas que se abriam, Owen havia comido demais, pegando uma sobremesa — torta de pecã — que na verdade não queria. Estava com vinte e sete anos, e seus excessos gastronômicos apareciam em forma de barriga. "Eu vou conversar com a Phyllis sobre o que você me falou. Num ponto você tem razão: nós temos que fazer alguma coisa; com mais essa criança que vai nascer, vão ser três filhos com menos de quatro anos. Mas que graça você vê? A cidade foi feita pra você, que é solteiro. Você é um nativo."

"Não exatamente. Tem muito mais natureza no Bronx do que as pessoas imaginam. O Jardim Botânico, o Pelham Bay Park. Gosto de pescar, de fazer caminhadas. Manhattan engole a gente. Um lugar cheio de mulher nervosa e ambiciosa. Minha mãe não era assim. Ela era como eu imagino que a sua também era, uma pessoa contente, sempre debulhando ervilhas numa tigela amarela com borda azul."

Não era bem assim que Owen, quando olhava para trás, via sua mãe; era sua avó que fazia a maior parte do trabalho na cozinha, até ficar inválida. Além disso, ao contrário de Ed, ele já havia escolhido uma esposa, que era o mais diferente possível de sua mãe, só tendo em comum com ela o fato de que emitia um suave cheiro de insatisfação. Isso não incomodava Owen, pois confirmava seu primeiro pensamento a respeito da vida: que fora sorte sua ter nascido homem. O MIT e a IBM não lhe haviam dado nenhum motivo para mudar de opinião.

Quando relatou essa conversa a Phyllis, ela manifestou certo interesse. Estava no sétimo mês de gravidez e andava pelo apartamento, entrando e saindo dos dois cômodos, com incursões à quitinete e ao banheiro, o corpo inclinado para trás, imponente, o belo pescoço alongado para manter a cabeça erguida, como Ed havia percebido. Quando fora que Ed reparara nisso? Ele viera jantar com o casal uma ou duas vezes e retribuíra os convites convidando-os para ir com ele ver *Camelot*, estrelado por Julie Andrews. "Quem sabe ele não tem razão", disse Owen. "Você devia dar uma oportunidade à sua criatividade."

"Que criatividade?"

Owen sempre se sentira inferior à mulher no plano da matemática, preso à terra, com um raciocínio relativamente turvo, embora tivesse se saído bem no MIT e recebesse aumentos regulares na IBM, mesmo numa época em que cresciam cada vez mais os custos do arriscado e ambicioso projeto New Product Line. Ele sentia ao mesmo tempo pena e, no fundo do coração, alívio por ter ela relegado sua tese de doutorado à lata de lixo, junto com velhos programas de concerto e os boletins dos tempos do colégio; nenhum homem gosta de estar casado com uma mulher mais inteligente que ele. "Você tem gosto artístico", disse ela, ficando vermelha por estar fazendo um juízo de valor sobre o marido, o que não era de seu feitio. "Você adora ficar andando pelo segundo andar do Metropolitan Museum, ou no MOMA."

O rosto de Phyllis, onde a pele era fina e a carne era uma máscara delicada para os ossos, avermelhava-se mais do que antes durante a convulsão corporal da gravidez. Embora esses inchamentos crônicos de sua mulher lhe impusessem o papel de provedor, Owen adorava ver aquele corpo distendido — o ventre que ele massageava com óleo para suavizar as estrias, o ar abstraído costumeiro transformado num devaneio hormonal e o alargamento geral, que incluía o rosto, os seios e as nádegas. Ela se deixava ser comida na posição de colher, já que o corpo do marido sobre ela se tornara um peso excessivo. Os dois se aproximavam em torno daquela terceira presença oculta, e Gregory e Iris também, acariciando cuidadosamente com suas mãozinhas quadradas a protuberância vítrea do ventre materno, o umbigo invertido e a linha escura no centro. Isso era a realidade — a biologia em ação, um processo pulsante, borbulhante, que podia ser captado pelo ouvido. O animal desconhecido que havia dentro dela chutava contra a palma da mão de Owen. Estava separado dele apenas por umas poucas camadas finas de Phyllis. Uma pena, ele pensava vagamente na época, e com mais intensidade depois, os casais jovens, com tantas coisas na cabeça, tão autocentrados, não darem muita atenção àquele milagre que eles próprios realizavam. Esses anos de procriação de Owen e Phyllis ocorreram antes do advento das aulas sobre parto para os pais, num tempo em que não havia grandes preocupações quanto ao estado pré-natal; à noite Phyllis fumava um cigarro com a mão pousada na barriga e equilibrava a taça de vinho naquele mesmo lugar tão prático. Owen orgulhava-se de ver que sua mulher encarava a geração de filhos de modo tão natural e tranqüilo; enquanto se sucediam as gestações, a própria idéia da infidelidade era monstruosa. Havia algo de primitivo em Owen que adorava a mulher por sua fertilidade, embora ela comprometesse a ambos com a próxima geração. "Diz o Ed", prosseguiu Phyllis, "que você tem um talento genial pra visualização, pras relações espaciais. Você vê os programas como desenhos na sua cabeça."

"Mas todo mundo não vê?"

Ela tornou-se pensativa, contraindo as bochechas e os lábios secos. "Acho que pra muitas pessoas a matemática é uma coisa que vai além da capacidade de visualização delas. Você é muito preso aos seus sentidos, Owen."

Ele não gostava de ouvir isso, pois a paternidade havia redespertado nele as premonições infantis a respeito da morte, e se havia uma certeza a respeito da morte era que não havia como levar os sentidos com a gente. O MIT havia lhe mostrado um universo despido não apenas do mobiliário do Paraíso, mas também da energia infinita — de qualquer forma mensurável de infinitude. Toda forma de ordem, até mesmo o próton, tinha fim: na vida prática, Owen preferia não pensar nesse aspecto fatal da termodinâmica. Porém as palavras de Phyllis foram a semente que, em Middle Falls, enquanto ele e Ed suavam para manter vivo seu recém-nascido empreendimento de processamento de dados, terminou frutificando como o DigitEyes, uma revolução durante o pouco tempo que durou.

"Então você estaria disposta", perguntou Owen, enquanto o tráfego de Manhattan rosnava e gritava lá embaixo, na East 63rd Street, "a sair da cidade enquanto eu e Ed tentamos pôr essa idéia em prática? Se não der certo, a gente cobre o prejuízo e volta arranjar um emprego que pague salário."

"Mas por que é que não vai dar certo?", indagou Phyllis, num daqueles gestos verbais despretensiosos que determinavam os vetores da vida de Owen. "Acho que vai ser divertido. O Ed é um porcalhão", ela acrescentou, "mas é sólido. E ele sabe como o mundo funciona."

O que implicava que Owen não sabia? "Você é demais", disse ele à mulher. "Que tal morar em Connecticut? Tem uma cidade que o Ed conhece, fica num fim de mundo a uma hora de Hartford, onde sai barato alugar um terreno de fábrica e as escolas públicas são boas. Uma tia dele é de lá; ela trabalhava numa fábrica de lâmpadas, no tempo em que ainda funcionava. A inocência da cidadezinha do interior, meu bem. Igreja congregacional com torre branca. Bolas de canhão e uma estátua na praça central. Muitos coleguinhas pro Gregori e a Iris."

"Mas... vocês vão precisar de um terreno muito grande?"

"A gente ainda não sabe, mas precisamos de um endereço pra pôr no papel timbrado. O Ed já arranjou até mesmo um nome para nós, usando as nossas iniciais. E-O Data Management."

"O nome", disse Phyllis, com um entusiasmo fingido ou verdadeiro, "causa impacto."

O DigitEyes, é preciso explicar, era um método de desenhar com uma caneta de luz numa tela de computador. Owen ficara impressionado ao ver que os tubos de raios catódicos do Whirlwind exibiam um A, de alvo, e um C, de caça, e os acompanhavam; o processo fora desenvolvido para incluir dados de radar no projeto SAGE, no qual ele havia trabalhado no Exército. O instinto lhe dizia que o CRT, a própria base da televisão, era a interface natural, em tempo real, para o operador de computador, muito melhor do que chaves, fitas perfuradas e linhas de comando em linguagem de código. No início dos anos 60, já havia complexidade suficiente nos circuitos transistorizados para os jogos de computador que os alunos de graduação estavam inventando, e para que gráficos de vetores fossem plotados, ampliados, trabalhados e armazenados. As imagens, todas em linhas retas, podiam ser ampliadas, para que os detalhes aparecessem, e depois voltavam à escala normal, maravilhosamente refinadas. Ainda não era possível girá-las numa terceira dimensão virtual, mas Owen já concebia essa possibilidade, à medida que o poder dos computadores dobrasse e redobrasse. As firmas de engenharia e arquitetura foram os primeiros clientes que adquiriram esse programa, mas os computadores de grande porte ainda estavam fora do alcance financeiro da maioria das empresas, e o futuro extraordinário que Owen antevia para a interação gráfica teria de aguardar o advento de chips mais poderosos. Quando mostrou a Phyllis seu primeiro gráfico plotado com uma caneta de luz, ela observou, após um rápido olhar de relance: "Um dia, cada pixel vai ter um endereço e servir como ponto de comunicação". Até mesmo para Owen era difícil imaginar um abismo tão profundo de cálculo, de informação eletrônica — como se cada átomo no universo fosse um indivíduo, com sua própria história pessoal.

8. Sexo na cidadezinha — IV

Middle Falls era eqüidistante de Hartford e Norwich, mas não era muito perto de lugar nenhum; de lá até a divisa de Rhode Island era uma viagem de carro infindável, uma sucessão de cidadezinhas com ruas centrais cheias de casas de madeira descascando e shoppings berrantes se estendendo à luz dos faróis, a velha estrada estadual subindo e descendo naquele terreno ondulado por onde outrora fazendas se espalhavam. Os morros eram azulados metade do ano, árvores nuas roxas contra a neve, e depois ficavam verdes. O nome da cidade (Cachoeira do Meio) era uma referência à segunda de três quedas-d'água ruidosas e turbulentas do Chunkaunkabaug, o riacho pedregoso de águas rápidas que fora usado no século XVIII para girar pedras de moinho de trigo e, no XIX, para ativar a maquinaria de uma fábrica de armas que fornecia revólveres e fuzis para os pioneiros do Oeste e os soldados da União; a enorme construção de tijolos tornou-se mais tarde uma fábrica de lâmpadas, que por sua vez foi abandonada quando Eisenhower foi substituído por Kennedy, abrindo lugar para um enxame de pequenas firmas que, isolando-se com divisórias de chapas de gesso pintadas, alugaram trechos daquele espaço de soalho de carvalho rachado e arranhado, cheio de furos de parafusos e enegrecido pelas solas de borracha dos sapatos de homens mortos e enterrados havia muitos anos. A companhia de Ed e Owen ocupou de início um dos poucos cubículos, depois todo o segundo andar, e por fim o prédio inteiro. As companhias de seguros de Hartford seguiram o caminho dos fabricantes e comerciantes, bancos e firmas de investimento que precisavam de programas de computadores, e pouco a pouco a E-O foi prosperando. Ed e Owen entraram para a classe média local.

A maioria das pessoas que os Mackenzie vieram a conhecer não era de lá. Algumas eram refugiadas de Nova York, artistas semifracassados que tentavam dar a volta por cima trabalhando em casa; outras iam todos os dias trabalhar em Hartford, nas repartições públicas ou companhias de seguro; havia uns poucos profissionais liberais, advogados, empreiteiros e pediatras, que se contentavam com o mercado local relativamente magro em troca do ar revigorante de liberdade da velha cidadezinha, uma liberdade que era conseqüência de muitos anos de abandono, pois a cidade fora deixada para trás e permanecia relativamente incorrupta; não era nenhum lugar em particular, o que a tornava triunfantemente americana. Esses cidadãos migrantes partilhavam todos a convicção de que sua cidadezinha era, de algum modo inexprimível, especial e superior, informal mas cheia de classe; em comparação com ela, Lower Falls era quase uma cidade fantasma — um posto de gasolina, uma loja de conveniência e uma pequena agência de correios em meio a uns poucos celeiros, galpões e mercearias decadentes, e alguns vestígios mecânicos, já enferrujados, de um passado rural viável —, enquanto Upper Falls era uma cidade-dormitório desenxabida, um subúrbio remoto de Hartford, uma baixada coberta de casas de um andar construídas nos anos 50, obras de carregação de concreto nu. Já em Middle Falls mansões seculares, aguardando uma demão de tinta, uma fiação menos perigosa e uma caldeira nova, circundavam um triângulo de grama, outrora usado como pasto comum, e que ainda era chamado de rossio. Mais longe do centro, casas de fazenda, espartanas e encantadoras, do final do século XIX, com espaço suficiente para pistas de equitação ou quadras de tênis, podiam ser adquiridas por preços razoáveis. Havia ainda umas poucas construções anteriores a 1725, com chaminés centrais pesadas e janelas pequenas; vistas de lado, pareciam saleiros de cozinha; quase todas haviam se transformado em lojas de antigüidades ou restaurantes de teto baixo, iluminados por velas. Havia um pequenino clube, com um campo de golfe de nove buracos, quatro quadras de tênis com piso de barro e um lago, Heron Pond, com areia importada, um trecho raso separado por cordas para crianças pequenas e uma cadeira alta de salva-vidas, ocupada, quando não estava vazia, pela filha adolescente do diretor do colégio secundário, uma garota de pele cor de mogno e corpo de foca. Ela andava com a chave do estojo de primeiros socorros presa num elástico vermelho no tornozelo, e seu cabelo comprido, liso e de um negro bem fosco, como cabelo de ameríndia, era preso com um elástico semelhante. Tinha não apenas as formas adiposas de uma foca, mas também o mesmo jeito de se espapaçar ao sol, com os olhos semicerrados, característico desses animais, enquanto lá embaixo divertiam-se mães, crianças e adolescentes que, ao fazer brincadeiras mais brutas ou espadanar água pendurados no balanço de corda, vez por outra a obrigavam a retesar-se em sua cadeira e levar o apito estridente aos lábios cobertos de pasta d'água.

Ali, naquele crescente de areia trazida por caminhões, lambida de leve pelas águas do lago, as matronas jovens e animadas da cidadezinha bronzeavam-se de biquíni, ou então, no outono, quando a água já estava fria porém ainda proporcionava divertimento às crianças, iam fofocar nas mesas de piquenique, fumando e beliscando a comida que haviam trazido para o almoço das crianças: "Eu jurei que nunca mais ia comer esses marshmallows com morango outra vez, e olha eu aqui, completamente viciada! Pasta de amendoim e geléia, nem me fale — estou ficando gorda! Mas é tão mais fácil, quando a gente está preparando sanduíche para o almoço das crianças, fazer mais um pra mamãe!". Quem falava era Alissa Morrissey, dirigindo-se, por exemplo, a Faye Dunham e Imogene Bisbee. Mães novatas e amigas novas, essas mulheres rapidamente haviam desenvolvido uma familiaridade que lhes permitia dizer tudo que lhes passava pela cabeça. Para Owen, elas pareciam ter uma beleza coletiva, tal como, na sua infância pobre, Ginger Bitting e suas satélites de pernas morenas. Mas agora ele estava mais próximo a elas, como se tivesse se mudado da Mifflin Avenue para a Second Street. Sua mulher, que gostava de banhos de sol, e seu trio de filhos pequenos — o menorzinho, Floyd, recebera o nome do avô paterno — juntavam-se a elas. Em casa, comentava com Owen: "São como as mulheres dos militares, mas menos grosseiras e vazias. São simpáticas, se bem que um pouco superficiais. Pelo visto, só pensam nas outras pessoas — os filhos e maridos. E as amigas. Quando uma de nós não vai, vira o assunto do dia. Da maneira mais delicada"

Em Middle Falls, todas as personalidades eram analisadas, valorizadas e glamorizadas. As mulheres imperavam; as esposas emprestavam seu fascínio aos maridos. Maridos e mulheres formavam criaturas biformes, semitransparentes, de modo que era possível ver um através do outro, de modo imperfeito. Essa monstruosa condição dupla fazia parte do seu magnetismo e da comédia geral daquelas festas, reuniões, jogos, piqueniques, almoços improvisados, jantares caprichados, espetáculos de teatro amador, ensaios de corais, caminhadas para avistar pássaros, passeios de canoa, idas à serra para esquiar e encontros sonolentos, regados a quantidades moderadas de bebida, nas tardes de domingo, que compensavam a distância dos entretenimentos das metrópoles. As crianças eram supostamente o centro de muitas dessas atividades — os esquis, os trenós, os papagaios empinados em abril, as caldeiradas de mexilhões em agosto — e, no entanto, boa parte da atividade consistia em fugir das crianças, ainda que na presença delas, a estranhar-se e brigar, sonolentas, em torno do gramado onde seus pais corriam e saltavam, por exemplo, numa partida de vôlei. As mulheres participavam dos jogos com os maridos, e sua carne delicada sofria com as cotoveladas e esbarros, e no entanto continuavam — descalças, pernas e braços de fora — em seus lugares, como participantes de uma dança de roda de aldeia. Esses rituais eram estranhos para Owen e o encantavam.

Na verdade, como ficou sabendo em Middle Falls, Owen era um ser humano extraordinariamente ignorante e incompleto. Sua socialização não avançara quase nada desde os tempos do playground de Willow. No MIT e na IBM ele vivera como um soldado entre camaradas, cada um preocupado com sua própria sobrevivência, absorto em sua folha de papel ou tela de computador, sua tabela de logaritmos ou régua de cálculo. Nova York o havia estreitado ainda mais, impondo-lhe a convivência com uma mulher que era socialmente obrigada a amá-lo mas não a *vê*-lo, tal como sua mãe o via outrora, à sua maneira feroz, como um tesouro de valor infinito — uma maneira de projetar-se no mundo masculino de oportunidades mais amplas. Até mesmo sua avó, com vista fraca e óculos tortos de armação prateada, fora capaz de vê-lo e amá-lo de modo irracional. Uma vez, chegando em casa pelo quintal, de short, Owen sentiu que os intestinos começavam a funcionar e não conseguiu reprimir a força da natureza; correu chorando para dentro, e foi sua avó que, estalando a língua sem dizer palavra, limpou as fezes amareladas de suas pernas. Em sonhos, vez após vez, seu excremento extravasava a privada, inundava o chão, cobria-lhe o corpo e espalhava seu fedor numa sala em que havia visitas, a poucos centímetros, jantando. Apesar das notas altas que tirava nas provas e nos exames, Owen era tão ignorante em relação às coisas mais básicas que, quando calouro no MIT, passou semanas sem trocar a fronha do travesseiro, sem entender, estupidamente, por que ela estava ficando cinzenta. Em casa, eram a avó e a mãe que lavavam suas roupas; ele jamais havia parado para pensar de que modo as meias apareciam de volta na gaveta, limpas e emboladas, depois de largadas sujas no chão. Jamais lhe ocorreu a idéia de aprender a cozinhar. Ele deixava que Phyllis se encarregasse sozinha dessa tarefa, com o pequeno Floyd sentado em seu quadril e as outras duas crianças choramingando a seus pés. Seus pais não tinham dinheiro para comprar bebida; Owen não entendia qual a graça daquilo, nada entendia dos costumes associados ao álcool, das quantidades que se serviam. Deixava que Phyllis preparasse as bebidas nas raras ocasiões em que recebiam outro casal, em Nova York, ou, com acanhamento ainda maior, no tempo do Exército, na Alemanha — pessoas que, eles sabiam, nunca mais voltariam a ver.

Agora recebiam constantemente e participavam de jogos durante todo o fim de semana. Os únicos jogos que ele conhecia eram os que havia aprendido no playground de Willow — hóquei de salão, xadrez chinês e versões de basquete para poucos jogadores. Naqueles primeiros anos em Middle Falls, quando dobrava a esquina dos trinta, Owen aprendeu os rudimentos de tênis e golfe, pádel, esqui alpino e nórdico. Aprendeu a nadar onde não dava pé sem entrar em pânico, e a viajar tranqüilo no funicular dos montes Berkshire, mesmo quando as cadeiras começavam a balançar e lá embaixo só havia abismos de gelo e granito. Do hóquei no gelo e da equitação ele abria mão, embora em Middle Falls os homens jogassem hóquei e as mulheres montassem desde a infância. Aprendeu a jogar bridge e, até certo ponto, a dançar, se bem que jamais se sentiu de todo à vontade com uma mulher nos braços, tendo de avançar com os pés em direção a ela sem nenhum pudor. Nisso foi socorrido pela onda do twist e depois do *frug*, danças que não impunham o contato com a parceira, mais adequadas a suas juntas soltas e seus hábitos solitários.

Para Owen, Middle Falls representou uma verdadeira educação em know-how de classe média. Jock Dunham, um sujeito atarracado, de cara vermelha, casado com uma moça bonita, ágil, com um riso franco, ensinou-o a preparar martínis, um coquetel de conhaque com creme de menta, outro de vinho branco com mineral gasosa e também *old-fashioneds* (o açúcar deve ser dissolvido num pouco d'água *antes* do gelo e do bourbon). Henry Slade, um homem contemplativo, fumante de cachimbos, burocrata lotado no Departamento da Receita de Connecticut, era um dono de casa eficiente e metódico; explicou para Owen que deixava a lenha que cortava empilhada ao ar livre por um ano, guardando-a depois por mais doze meses numa seção especial do porão, bem seca, para garantir uma chama limpa na lareira. Sua mulher, Vanessa, sempre envolvida em atividades cívicas, era feiosa, com ombros largos, sobrancelhas espessas e um olhar direto e avaliador, de efeitos desconcertantes; ela ensinou ao novo casal como se votava em Middle Falls, quando deviam pôr o lixo para fora e como ele devia ser separado. Ian Morrissey era ilustrador freelance; dono de um Thunderbird conversível velho e um Jaguar verde novo, era ele que passava aos Mackenzie informações sobre automóveis. Owen e Phyllis nunca tinham tido carro até o dia em que compraram uma caminhonete Studebaker Lark que não era muito estável na neve e nem sempre pegava quando chovia. Depois que expirou o contrato de dois anos da casa geminada de madeira que alugaram perto da Common Lane, uma rua decadente e movimentada, julgaram-se capazes de comprar uma casa, mais longe do centro, na bucólica Partridgeberry Road, com um quintal grande na frente, para quando as crianças ficassem maiores, e um trecho de bosque que se estendia atrás de uma lagoa sufocada de ninféias e enfeitada com uma ponte de madeira que estava desabando. Roscoe Bisbee, originário do interior de Vermont, prontificou-se a ajudar Owen a reconstruir a ponte; também lhe explicou como se adubava o gramado e se aplicava remédio contra dente-de-leão, e onde se comprava o melhor carrinho de cortar grama. Carrinho de cortar grama, espalhador de fertilizante, cavadeira, pás e ancinhos — essas coisas foram compradas uma por uma. O bosque e o quintal pediam uma serra de cadeia, uma serra para galhos e uma serra de fita sueca. Os consertos da casa exigiam não apenas martelos e chaves de fenda como também uma serra de mesa, para cortes diagonais que se encaixassem com perfeição, e uma furadeira elétrica com um estojo de brocas das quais a menor tinha a espessura de um fio e a maior era grossa como um lápis, e chaves sextavadas de cinco a dezenove milímetros, bem como uma grampeadora azul. O subsolo da casa de Owen ficou tão bem equipado quanto aqueles que ele invejava em Willow, que incluíam escritórios com lambris nas paredes, piso de linóleo e enfeites natalinos de compensado apoiados em cavaletes.

Para Owen, a cidadezinha parecia um brinquedo educativo — o prédio da prefeitura, um verdadeiro enfeite de bolo; o mastro da bandeira bem alto; o centro da cidade, cheio de lojas de dois andares com fachadas falsas; a River Street, que fazia uma curva inesperada quando se afastava do rio e começava a subir o morro em direção às igrejas e cemitérios e mansões de tijolos, já decadentes, das tradicionais famílias proprietárias de fábricas, o dinheiro velho da cidade. No centro, naquela era em que os shoppings ainda não dominavam, havia uma profusão de produtos e serviços: duas lojas de ferragens, uma madeireira, dois bancos, três barbearias, uma joalheria, uma Woolworth's, uma Acme tradicional, de corredores estreitos, uma loja de trajes de trabalho e roupas para crianças, uma venda de jornais onde também havia cigarros, balas, revistas e brochuras, até mesmo uma loja de móveis, perto da estação ferroviária desativada, junto a um estabelecimento que vendia bicicletas e equipamentos esportivos — eram poucos os produtos que obrigavam o consumidor a sair da cidade, e Owen passou a sair cada vez menos. Emergia da fábrica onde ficavam as salas cheias de luz e zumbidos da E-O Data com os olhos ardendo e o estômago embrulhado por excesso de nicotina; tudo, cada esquina de tijolos, cada sombra inclinada de placa de trânsito, parecia ser um problema a ser reduzido a código de programação. Ao pisar nos quadrados da calçada reluzente, Owen sentia-se jovem e potente; tendo obtido um sucesso modesto com o DigitEyes, sabia que triunfos ainda maiores estavam por vir. Virava a esquina, caminhava pela River Street e almoçava num dos três restaurantes possíveis, saudando no caminho, no sol do verão ou na neve de inverno, um número crescente de rostos conhecidos. Nas calçadas de Middle Falls gozava a sensação deliciosa de ser conhecido, de ser protegido por olhos que o observavam, tal como no tempo em que era menino em Willow, quando descia a rua de patins ou numa patinete, puxando um carrinho cheio de castanhas-da-índia, ou pedalando sua Schwinn enferrujada em direção à pedreira: não exatamente uma celebridade, mas *alguém*, aquela identidade discreta com que as cidadezinhas fazem de todo mundo alguém. Quando via, naquelas calçadas, uma mulher que ele e

Phyllis conheciam, uma mulher que fazia parte de seu pequeno grupo, levando um filho para o barbeiro ou para a loja de roupas ou para a lojinha de brinquedos e bugigangas chamada Knacks, o sorriso com que a mulher o saudava era como uma flor que ela tivesse prendido à lapela dele. Uma pressão de felicidade vinda do fundo do seu ser aumentava sua estatura, dava mais fluidez a seus movimentos; Owen sentia que era visto, sem saber quem o via, nem até que ponto estava mesmo sendo observado a sério. Ele havia amadurecido sem se dar conta do fato, embora os outros o percebessem. Era hora de avançar mais um passo em sua educação.

Os Dunham gostavam de dar uma grande festa em maio, para celebrar a derrocada do inverno. O tempo ainda não estava muito firme, mas na casa em que eles moravam — um casarão do final do século XIX, num terreno com uma cerca em forma de paliçada — cabiam facilmente, espalhando-se pela varanda comprida, cem pessoas, se fosse o caso; era nas festas que o casal se sentia em seu elemento. Jock gostava de beber e Faye gostava de se enfeitar, de usar roupas que ela mesma inventava. Tinha um riso agudo e penetrante, cabelo cor de cobre encarapinhado e mãos ossudas, de unhas vermelhas, que pareciam estar sempre em movimento. Ela iluminava a sala em que entrava.

Naquele maio, no sábado da festa fazia sol e calor — o gramado irregular tinha um tom de verde virginal e espalhafatoso, as copas dos carvalhos ainda não estavam totalmente cobertas de folhas, as azaléias em flor já começavam a perder as primeiras pétalas rosadas. No final do ano anterior, o presidente Kennedy fora assassinado e Phyllis havia dado à luz o quarto filho, uma menina de olhos vivos e temperamento doce, Eve; os dois acontecimentos haviam abalado Owen um pouco, lembrando-o de sua mortalidade. Eve nascera uma semana antes do previsto, quando ele estava na Califórnia, na Fairchild Semiconductor, para entender as possíveis implicações dos novos circuitos integrados para a arte da programação, quando as contrações tiveram início, e fora Ed quem levara Phyllis ao hospital em Hartford. As enfermeiras o tempo todo ficavam achando que ele era o pai.

Faye Dunham, quando as sombras sob os carvalhos se adensaram e todos já estavam um tanto altos, aproximou-se de Owen e lhe disse: "Owen, você anda meio caído".

"Caído? É mesmo?"

Como se para equilibrar-se melhor no gramado macio, com suas *espadrilles* de sola de corda, Faye apoiou as pontas dos dedos da mão direita no antebraço de Owen, coberto pela manga da camisa xadrez. Seu paletó de madras era novo naquela primavera; aliás, ele o estava estreando na festa dos Dunham. Ainda estava aprendendo a se vestir. "Você normalmente é tão exuberante", ela prosseguiu. "Tão satisfeito de estar aqui." Faye trajava um corpete marrom cintilante, sem mangas, e uma saia comprida que ela fizera com feltro de mesa de sinuca. Seu cabelo grosso e crespo, com brilhos prateados intensos à luz do sol poente, estava preso num penteado informal por um pente espanhol largo, de tartaruga, com arabescos de prata. Toda ela brilhava; era a mulher para quem todos olhavam na sala, com aquele riso de menina, súbito e lancinante. Owen interessara-se por Faye desde que ele e Phyllis se mudaram para Middle Falls, embora ela e Jock lhe parecessem girar numa órbita um pouco diferente, num nível superior de viagens, consumo e conforto.

"Aqui em Middle Falls ou aqui chez Dunham?"

"Nos dois lugares?"

"Esse pente", disse ele, para desviar o olhar dela, um tanto vidrado, de uma fixidez desconcertante. "Você e o Jock compraram na Espanha?"

Ela riu, um riso que foi rapidamente sufocado, como se por uma idéia súbita e irônica, com uma olhada para o lado, destacando o perfil do nariz afiado. "O Jock odeia a Espanha, diz que lá são todos ciganos e fascistas. No fundo o Jock só gosta da Inglaterra, onde falam a língua dele, se bem que ele implica com os horários dos pubs." Enquanto falava e olhava para Owen, seus olhos se arregalavam, como se para deixar claro que eles na verdade não queriam falar sobre Jock. O rosto de Faye, ossudo e estreito, parecia um pouco pequeno demais para suas feições — os olhos grandes, castanho-claros, a boca inquieta, as sobrancelhas arqueadas que o lápis tornava mais escuras do que o cabelo. Por trás do feltro de mesa de sinuca, porém, suas cadeiras eram largas, e os braços nus eram brancos, cobertos de sardas que pareciam furos de alfinete; ela era mesmo real, e não um sonho de Owen.

Ele ousou confessar, para que Faye não se afastasse: "É, eu ando meio caído, sim. Eu não estava aqui quando minha filha nasceu, e tenho certeza que ela vai ser a última".

Faye concordou com a cabeça. "Você e a Phyllis", observou, seca, "pelo visto não têm nenhum problema de fertilidade."

Será que ela e Jock tinham? Os filhos do casal eram duas crianças pálidas, frágeis e tímidas se comparadas com os pais animados, que levavam uma vida tão intensa. Owen disse: "E também a gente nem trepa o tempo todo. Eu nem sei como isso acontece". Aquela confidência era excessiva, provavelmente. Owen tinha a impressão de estar debruçado sobre um pequeno abismo — a grama fresca macia a seus pés, a névoa do terceiro gim-tônica. Mas Faye, de olhos bem arregalados, tal como a pequena Eve, ouviu a confissão muito séria, os lábios entreabertos de suspense. Owen prosseguiu: "Mas lá na Califórnia eu vi essas novas companhias, uma tirando gente da outra, um troca-troca geral. Dizem que é o Vale do Silício. Voltei pensando que eu e o Ed devíamos ir pra lá, e que a jogada é o hardware e não o software, pelo menos enquanto os japoneses não entrarem na brincadeira".

"Fascinante", disse Faye, num tom que parecia sair de uma outra conversa; Phyllis havia se instalado ao lado de Owen.

"Benzinho", disse Phyllis ao marido, "eu sei que você está se divertindo muito conversando com a nossa encantadora anfitriã, só que a gente prometeu à baby-sitter que voltava às seis, eu *preciso* da Eve. E ela precisa de mim." Os seios de sua mulher o deixavam constrangido, de tão grandes que estavam, cheios de leite, quase não cabendo no vestido largo, bege liso, de algodão, com o qual ela ocultava o corpo ainda um pouco deformado pelo parto. No entanto, Phyllis ainda conservava o ar de princesa; disse a Faye, altiva: "Que dia sensacional, Faye. Uma idéia maravilhosa para maio. 'Já se aproxima o cálido verão' ".

"Então vocês não podem ficar? Porque vai ter gente que vai ficar depois que a maioria for embora. Nós preparamos um presunto. Por favor."

"Ah, Faye, a gente não pode, por várias razões. Tem coisa demais acontecendo lá em casa. Se eu não estou lá, a baby-sitter enche as crianças de porcaria. Mas você é um amor." A Owen ela disse, num tom de voz mais baixo e mais firme: "Eu me despeço do Jock por nós dois, ele está lá na varanda, e encontro com você no carro".

Depois que Phyllis se afastou, Faye dirigiu-se a ele, num tom de acusação: "Você se queixa, mas nem imagina a cara que faz quando ela está grávida ou cheia de leite; você fica todo prosa. É lindo".

"É uma pena gente não poder ficar."

"Pois é, mas você não pode, benzinho. Você ouviu o que a sua mulher disse. Os peitos dela estão doendo."

Owen deu o primeiro passo, passando por Faye, para se afastar, e ela virou-se e o acompanhou, atravessando o gramado, de um reluzente verde primaveril, de grama recém-cortada, até a entrada da garagem. Enquanto caminhavam, atravessavam faixas largas de sol de fim de tarde, projetadas por entre as árvores e pessoas de sombras altas que conversavam no calor e na liberdade ruidosa de uma festa que já durava duas horas. O braço de Faye segurou-o pela cintura, o que o surpreendeu, e o dele, num gesto tranqüilo que não traía seu tremor interno, fez o mesmo com ela. Seus quadris roçavam; olhando para baixo, como se para não tropeçar, caminharam até a beira do gramado, onde começava o cascalho da pista. A cintura dela era sólida e flexível ao contato da mão. Faye era de uma altura que combinava bem com a dele; Phyllis era um pouco alta demais. Através do filtro de seu tremor interno, Owen viu a si próprio e Faye, caminhando pelo gramado, como um casal num musical de Hollywood, prestes a começar a dar passos mais complicados no momento em que a música crescia ao fundo, abrindo as bocas num dueto, ou então, graças a um truque fotográfico, alçando vôo juntos, subindo no sol que se estendia em faixas a seus pés como degraus escorregadios de uma escada dourada.

Foi só depois que o verão terminou que os dois fizeram amor pela primeira vez. Eram tantos os obstáculos — crianças de férias, cônjuges com seus planos para o verão, pais ainda vivos que era preciso visitar. A avó de Owen morrera, mas seu avô resistia, sentado no sofá, a cabeça empinada, aguardando o correio, que chegava cada vez mais tarde, pois se antes o carteiro abastecia umas poucas caixas de correspondência bem espaçadas, agora havia muitas casas, à medida que as fazendas iam dando lugar a loteamentos urbanos. Owen e Phyllis visitavam a velha casa de fazenda com os filhos uma vez por ano, mas sua esposa e sua mãe nunca se deram, e até mesmo os silêncios das duas falavam línguas diferentes; enquanto isso, Floyd Mackenzie, ainda mais pálido e mais magro, contemplava com desânimo aquelas visitas, como se tivesse adquirido mais seis dependentes. Sentia-se explorado e desprezado pelo ex-colega de faculdade de Norristown que o havia salvado do desemprego. O peso e a pressão da mãe de Owen haviam subido de modo alarmante. A primeira vez que ela esteve com Phyllis, antes mesmo do casamento, umas meias e cuecas de Owen que Phyllis, com uma possessividade inocente, havia lavado na máquina Maytag de seus pais emergiram da mala dela, o que provocou na futura sogra um acesso de mau humor que jamais terminou por completo nos anos que se seguiram, muito embora o casamento de seu filho lhe viesse a proporcionar netos, presentes de Natal e, por fim, um apoio financeiro estável. Ainda que não fosse particularmente religiosa ou convencional, sentia-se ofendida pelos princípios liberais de Phyllis, suas roupas de uma informalidade autoconfiante, sua altiva falta de disciplina com as crianças. As duas mulheres geravam uma eletricidade tensa na casinha apinhada, e os intrusos não muito bem recebidos recorriam a passeios de carro e brincadeiras no quintal para escapulir. A resistência de sua mãe em relação a Phyllis, a qual, ao contrário de Elsie, não tinha o instinto de luta das pessoas da região, tinha o efeito de fortalecer os vínculos de Owen com a esposa durante aquelas visitas breves; num nível mais profundo, porém, de volta a Middle Falls, parecia abençoar a infidelidade que se esboçava.

Durante a presidência de Lyndon Johnson, o decoro e austeridade do passado rapidamente se deterioraram. Johnson ordenou o bombardeio do Vietnã do Norte depois que um destróier americano foi atacado no golfo de Tonquim. Em Filadélfia, mais de duzentas pessoas ficaram feridas em manifestações de negros contra a brutalidade da polícia. Malcolm X afirmou que o sonho americano era um pesadelo. Entre as canções de sucesso daquele ano destacaram-se "Hello, Dolly!", de Louis Armstrong, "Oh, pretty woman", de Roy Orbison, "Baby love", das Supremes, "A hard day's night", dos Beatles, e "Everybody loves somebody", de Dean Martin. Owen e Faye encontravam-se nas inúmeras reuniões da cidadezinha, formais e informais, pequenas e grandes, concentrando toda a sua tensão em conversas discretas rápidas e toques leves que lhes pareciam discretos demais para que os outros percebessem alguma coisa. E, se alguém notasse, também não havia problema; naquele meio social era de se esperar que alguns homens e mulheres sentissem uma simpatia mútua especial. Todos precisavam de simpatia para conseguir suportar a trabalheira de criar os filhos, construir um lar, ganhar o pão, dia após dia. Era isso o que tinham, enquanto os mais jovens tinham aquelas roupas malucas de espantalhos, as drogas, os apartamentos liberados, a possibilidade de dormir onde caíssem, nos braços de quem estivesse por perto. Até certo ponto, mesmo Jock e Phyllis aprovavam, até onde percebiam e adivinhavam, porque quem descobria que seu cônjuge era desejado se tornava mais desejável; era uma maneira de dar mais valor ao que se levava à mesa das relações comuns.

Numa festa na casa dos Morrissey, onde a decoração caótica e artística do ilustrador incentivava a ousadia latente, Faye disse a Owen, falando com os dentes trincados como se quisesse que ele lesse seus lábios: "O meu psiquiatra quer que eu lhe pergunte uma coisa".

"É mesmo? O quê?"

"Adivinha."

Obediente, a consciência de Owen ficou rodando em círculos, surpreendida de saber que Faye tinha psiquiatra, mas não encontrou nada. "Não consigo."

"Mas está na cara, Owen. Ele quer que eu pergunte por que é que você não quer ir pra cama comigo."

Ele sentiu que todo o seu corpo ficara vermelho, como se tivesse mergulhado em água quente. "É claro que eu quero. Mas..."

"Mas você tem uma linda esposa." O rosto diminuto de Faye, com aquelas feições grandes, parecia feroz, recolhendo os lábios após pronunciar aquelas últimas palavras.

"O que eu ia dizer era: mas como é que a gente combina uma coisa assim?"

Faye abriu a boca para rir, porém tensa como estava não conseguiu emitir nenhum som. Também ela estava sentindo a água quente. "E você, que dizem que é tão inteligente, que mexe dentro dos computadores. Então você não sabe usar o telefone, ou será que isso é simples demais?"

Mas não era tão simples assim: o telefone da E-O Data, onde sua mesa era separada da de Ed por apenas uma divisória que só chegava até a altura do peito, não dava garantia nenhuma de privacidade, e se Phyllis não estivesse em casa lá estariam Gregory e Iris, com oito e quase sete anos, ouvidos aguçados e a curiosidade inocente das crianças. Telefonar para Faye era um passo grave e irrevogável em comparação com flertar com ela; não havia como dar outra interpretação ao gesto, fingir que aquilo fazia parte da vida normal. Owen ficou adiando alguns dias, repetindo os gestos de sua vida normal, embora o corpo estivesse eletrizado e a cabeça culpada parecesse entorpecida; a sensação de culpa era ligada acima de tudo a Faye, por ter ele ignorado aquela sua cantada explícita. Quando se deitava ao lado de Phyllis para dormir, ficava remoendo na cabeça pedaços daquela outra mulher — as curvas internas de dois seios tímidos e rasos, reveladas por um certo vestido de decote baixo; o olhar vidrado e descarado daqueles olhos com íris de um verde turvo, quando ela bebia um pouco mais do que devia; o toque nervoso e úmido de sua mão quando se encostava à dele; a expressão que surgia em seu rosto quando estava animada e bem-humorada, só olhos e boca; e o jeito irônico de apertar os lábios, contendo um sorriso. Owen demorava a pegar no sono e punha a culpa em Phyllis. Tinha a impressão de que se Faye estivesse a seu lado ele adormeceria num instante. Era como no tempo em que tinha vontade de se esticar ao lado de Ginger Bitting no alto do galpão do playground.

Havia cabines telefônicas espalhadas por Middle Falls; por fim Owen recorreu a uma delas, perto dos limites da cidade em direção a Upper Falls, na faixa de estrada onde os pomares e fazendas de outrora agora estavam sendo substituídos por lanchonetes ou prédios baixos, onde funcionavam lojas barateiras de tapetes e telhas. Passavam caminhões o tempo todo, abafando as palavras frágeis que vinham do outro lado da linha e jogando poeira de fim de verão dentro dos pulmões de Owen. "Alô?": era Faye, disso não havia dúvida; sua voz, desencarnada, tinha um timbre de contralto que Owen jamais havia percebido antes, uma coloração de violoncelo no extremo oposto de sua risada aguda de morcego.

"É o Owen Mackenzie", disse ele, pois alguém poderia estar ouvindo também. Nesse caso, a voz mais tensa de Faye denunciaria a presença, e ele perguntaria se por acaso havia deixado os óculos de leitura na casa dela naquela noite em que eles quatro, após o vôlei, haviam resolvido, num impulso, sair com as crianças para comer pizza. *Era muito pouco provável, prosseguiria ele, mas ele já havia procurado em todos os outros lugares, e estava ficando enlouquecido com aquela história*. Diante do silêncio de Faye, ele foi dizendo: "Estou ligando para perguntar se por acaso eu deixei meus óculos...".

"Owen", ela exclamou. "Finalmente."

"Você me pediu pra ligar."

"E você não ligou. Uma semana!"

"Eu estava com medo."

"Por quê? É tão natural, Owen. Coisas assim vivem acontecendo. Você me magoou, me fazendo esperar tanto tempo." Havia em sua voz de contralto algo de musical, de acalanto, que ele não havia percebido antes.

"Desculpe. Como falei, eu..."

Enquanto Owen tentava pensar numa maneira de não se repetir, ela interrompeu. "Você quer se encontrar comigo?"

"Quero. Meu Deus, como eu quero."

"Dá pra você escapulir na terça que vem?"

"Terça que vem! Por que não agora, que eu finalmente liguei pra você? Você vai ficar em casa?"

"Vou, mas pode aparecer alguém a qualquer momento." Faye fez uma pausa, então começou a falar com voz mais rápida, estabelecendo as regras. "Eu quero que a coisa aconteça, mas não nessa casa que é minha e do Jock. Na primeira vez, não."

"Ah, mas a coisa nem precisa acontecer; só quero segurar você um pouco. Ver você, pra ter certeza que você existe mesmo."

"Eu sei. É o que todos dizem."

"Todos quem?"

"Os homens. Não banca o inocente, não, Owen. Escuta só. A baby-sitter vem aqui na terça-feira às dez. Eu vou ao psiquiatra em Hartford e depois, pra todos os efeitos, vou fazer compras na G. Fox e na Sage Allen, e depois vou ver o que está passando no Wadsworth Atheneum. Não dá pra você escapar do Ed por umas horas? Diz que você vai ao dentista. A gente faz um piquenique. Eu conheço um lugar. Encontro com você no shopping novo, em frente da Ames. Você conhece o carro — um Mercedes grená. Me liga na segunda-feira se houver algum problema. Se outra pessoa atender, diz que você já encontrou os óculos."

"Mas isso é tão calculado!", ele protestou.

O comentário a fez rir. "Owen, você precisar aprender", disse ela, muito séria, "a ser prático. Não dá pra você atravessar a vida como se fosse um sonho." Faye estava agindo como professora; ele adorava isso.

O local do piquenique era uma reserva florestal de oito hectares chamada Whitefield's Rock. Rezava a lenda que George Whitefield, o grande pregador, uma vez fizera um sermão ali, mas os estudiosos questionavam essa lenda e afirmavam, com base na topografia, que a rocha onde ele fizera sua pregação era outra, semelhante, a alguns quilômetros dali. A rocha em si, alisada por muitos passos, com fendas cheias de filtros de cigarros e pauzinhos de picolés, não era o que lhes interessava; encontraram um espaço aberto, bem afastado do caminho, protegido da brisa em setembro e, esperavam eles, da vista de qualquer passante. Aquela reserva, com sua aura religiosa, nunca ficava muito cheia, e depois do Dia do Trabalho estava sempre praticamente deserta. Outras pessoas, durante o verão, haviam encontrado aquele lugar secreto: uma lata de cerveja brilhava embaixo de um arbusto, e na grama, macia e amarelada por estar constantemente na sombra, havia trechos amassados. Faye trouxera uma toalha e uma cesta de piquenique bem abastecida, mas ela e Owen nao estavam com fome, nem sequer provaram o vinho rosé português, que vinha numa garrafa baixa e redonda, com uma tampa de atarraxar. Um caiu nos braços do outro, como se para evitar o olhar do outro. Ele não conseguia acreditar naquele milagre monstruoso, uma mulher que não era Phyllis beijando-o, lambendo-lhe a orelha, suspirando em seus braços, não esboçando nenhuma resistência quando ele começou a desabotoar sua blusa.

Faye estava com sua roupa de ir a Hartford: um terninho de tweed vermelho-claro e uma blusa de seda creme, com sapatos de salto alto de duas cores que, ainda no carro, ela trocara por mocassins velhos, bons para caminhadas. Tirou a cesta de cima da toalha para que seus corpos tivessem mais espaço. Owen desabotoou-lhe a blusa e, quando ela levantou o braço para que ele tivesse acesso aos ilhoses, o sutiã. As costas de Faye eram mais ossudas do que as de sua mulher; para afrouxar o sutiã por um instante, ela curvou as omoplatas para dentro, como se estivesse fazendo abdominais. Os ombros de Faye estavam queimados de sol; suas sardas haviam se fundido no verão, e o abdômen liso estava bronzeado, enquanto o de Phyllis tinha uma cor amarelada, cheio de estrias. Owen teve vontade de gritar quando os seios de Faye, menores e mais duros que os de sua mulher, soltaram-se do sutiã, para serem tocados por suas mãos trêmulas, seus lábios cuidadosos. Ao redor deles as árvores formavam paredes verdes, a estremecer na brisa, exibindo a face inferior, prateada, das folhas; aqui e ali uma folha de bordo ou faia já começava a amarelar.

Depois que os seios foram devidamente apreciados, Faye levantou os quadris da toalha, num gesto descuidado. "A saia, também", disse ela, dando instruções. "Está ficando amassada." Owen puxou-a, mas os ossos das ancas de Faye, mais largos do que os dos ombros, a prenderam. "Desabotoa do lado!", exclamou Faye, no mesmo tom tenso e ríspido com que sua mãe uma vez dissera: *Não toque nisso!*

Ele desabotoou a saia também, que escorregou para baixo, e depois, com um leve odor genital, a calcinha de seda, mais clara que o sutiã. A calcinha desceu, tal como ocorrera com Elsie, só que com ela fora na escuridão profunda, enquanto aquele momento estava inundado de luz. As revelações estavam se sucedendo tão depressa que não havia tempo para assimilá-las, como presentes numa festa de aniversário acelerada. Os pêlos pubianos de Faye eram mais ralos que os de Phyllis; duas ondas suaves se encontravam numa crista cor de cobre no meio da elevação. Owen queria olhar para o rosto dela, ver como ela o via no momento em que, pela primeira vez, ele divisava a essência dela, o âmago de sua feminilidade; por mais longo ou curto que fosse o futuro deles dois, que ora se iniciava, nunca mais haveria uma primeira vez como aquela. O rosto de Faye parecia sonolento, complacente, os olhos semicerrados, como se ela estivesse assimilando, junto com ele, a visão do próprio corpo, a parte superior da fenda visível por entre os escassos pêlos avermelhados; Faye estava assimilando a visão de Owen assimilando a visão do corpo dela, com uma expressão ao mesmo tempo orgulhosa e cética. Owen adorava nela aquela vaidade lasciva e inocente. Estava descobrindo que Faye gostava de ficar nua, mesmo ali, naquele lugar precário, ao ar livre, enquanto os ouvidos dele, tensos, aguardavam a qualquer momento um graveto a quebrar-se ou um farfalhar discreto de galhos na floresta a sua volta. A pele de Faye era uma visão ofuscante, não inteiramente desprovida de pêlos, aqui e ali marcada por pequenos pontos rosados e capilares finos como linhas. Tendo sobre o corpo apenas as fivelas de cabelo, os mocassins e um ou dois anéis, Faye abaixou-se para abrir-lhe a braguilha; a mente de Owen estava de tal modo atenta para os sons da floresta que ele nada fez para ajudá-la. Owen recuperou as boas maneiras a tempo de ajudar a baixar a calça sem cinto, junto com a cueca, contornando o pênis já ereto e pulsante. Ela olhou para o membro como quem olha para o rosto de um bebê, tocando-o com as pontas dos dedos, as mesmas que haviam tocado seu punho no início do verão. "Gracinha", disse ela. "Assustador."

O seu era de tamanho médio, ele sempre imaginara, com base no que via nos vestiários e, no tempo do MIT, nos filmes exibidos nas festas só de rapazes. Havia agora um espaço mais amplo na sua relação com Faye, um espaço que ele se expandiu para ocupar. Sua voz estava rouca, murmurante, voz de sedutor. "Acho que você agüenta. Mas" — com sua voz habitual, excessivamente leve e hesitante — "você quer mesmo? Não tem nenhuma obrigação. Nós já fomos muito longe, para o primeiro encontro."

"Owen", ela ralhou, "quero que você faça amor comigo. Vou ficar muito zangada se você não fizer."

"Está bem, maravilhoso. Eu trouxe isso pra nós." Remexeu, de modo tão desajeitado que começou a corar, no bolso da calça, ainda presa em torno dos joelhos, amassada. Num pacote quadrado de papel laminado, trazido do armário do banheiro de casa, onde ninguém daria pela falta de um entre tantos.

"Ah, meu amor. Eu tomo pílula. A Phyllis não toma? É por isso que vocês dois têm um filho depois do outro."

Uma revoada de corvos, seis ou oito, um grasnando para o outro, instalou-se no alto de um dos carvalhos que circundavam o quadrado de céu. Aquela invasão celeste fez o coração de Owen disparar; olhou para o pau, implorando em silêncio para que ele não se desconcentrasse; sua mente tentava esquivar-se dos corvos e da floresta, dos bebês e Phyllis, e seu pau retribuiu aquele olhar, com aquele olho único recoberto por uma gota de desejo seminal. Owen sentiu-se suspenso no alto de um arco. Faye recostou-se na toalha, dispondo as pernas num M receptivo, ele ajoelhou-se entre elas como o mais abjeto e humilde suplicante que jamais expôs o traseiro nu aos olhos de águia de um bando de corvos.

Faye segurou-o. Ele entrou. Tornou-se um adúltero. Mergulhou até o último centímetro. Faye gemeu, tendo também ela uma revelação. A revelação de Owen foi que a boceta de Faye não era como a de Phyllis. Mais lisa, de algum modo mais simples, a umidade menos espessa, menos molho do que verniz. Foi tudo muito rápido. Ele não conseguiu se conter, de tão excitado, orgulhoso e nervoso que estava. Quando terminou, abriu os olhos e viu o rosto daquela estranha a um centímetro do seu, aparentemente adormecido, as pálpebras fechadas revelando uma pulsação suave, os lábios longos recurvados, como se ela se acalentasse a si mesma. "Desculpa, desculpa", disse Owen. "Eu não te dei a menor chance. Na próxima vez eu me saio melhor. Se você me conceder uma próxima vez."

"Seu bobo, você foi maravilhoso", disse ela. "Tão intenso."

"É mesmo?" Ela podia comparar; ela conhecera outros homens, isso Owen percebera com base na destreza com que ela havia organizado aquele encontro.

"É, sim." Agora Faye estava se sentindo vulnerável em sua nudez; a boca formou aquela pequena ruga de muxoxo, e os olhos iam de um lado para o outro, contemplando o ambiente verde, sacudido por brisas, que a cercava.

Mas ele não tinha nenhuma pressa de sair de dentro dela. "Me diz como foi", perguntou, num tom indolente, com uma voz suave saída do fundo da garganta, como se ronronasse. "Me diz como é que eu gozo."

"Dá pra perceber que é importante para você."

"E não é pra todo homem?"

Faye franziu a testa, talvez porque o peso dele continuasse sobre ela. "Não", respondeu. "Para alguns..." Deu de ombros e não terminou a frase. Owen concluiu que Jock estava incluído entre esses alguns.

Ela dizia-lhe coisas. Dizia que, a seu ver, ele estava levando uma vida arrumadinha e isolada demais com Phyllis, e tinha muito que aprender. "Você devia beber mais", observou certa vez, como se sua moderação fosse uma deficiência nutricional. Queria que Owen pusesse os pés na lama, como ela, para ficar mais parecido com Jock. No entanto, gostava de ele não ser como Jock. Contou-lhe, depois, que naquele dia, depois de largá-lo no estacionamento em frente à Ames, enquanto dava voltas no Mercedes com a comida do piquenique intacta na cesta, e depois, já em casa, ficara chorando ao pensar que jamais poderia tê-lo senão por breves instantes, daquela maneira clandestina, sem futuro.

E anos depois, Owen ficava a se perguntar por que a amara tanto, muito embora Phyllis lhe explicasse o quanto Faye era fútil, dura e superficial. Passou alguns meses sonhando em casar-se com ela, para tê-la sempre a seu lado, e tudo que era ligado a ela — os dois filhos magricelas e desanimados, o casarão vitoriano, as roupas informais improvisadas, a mistura caótica de móveis (as antigüidades herdadas por Jock, as cadeiras de lona e sofás de espuma modernosos de Faye), as suas fotos guardadas no sótão, que ela mostrou a Owen, Faye menina, Faye universitária, Faye noiva, coberta de rendas brancas —, tudo que era ligado a ela parecia sagrado. Faye tingia o mundo de uma cor nova, havia uma névoa iridescente a sua volta, que emprestava até mesmo aos estacionamentos sujos onde se encontravam uma glória reluzente, pungente. Depois Owen voltava lá e colocava-se no lugar exato em que seus carros haviam ficado estacionados, um dos motoristas tornando-se passageiro clandestinamente, e sentia um vazio se espalhando a seu redor. Como um sol forte, Faye desbotava setores outrora importantes de sua vida — os filhos, problemas num código de programação, o crescimento e as lutas da E-O Data, até mesmo o noticiário, as passeatas contra a segregação racial que dilaceravam o Sul, aquele pedaço de chão remoto na Ásia que cada vez ganhava mais espaço nas primeiras páginas — e ele agora atravessava insensível aquelas esferas que antes o envolviam tanto. Aquela cor nova, aquela doce morbidez do amor, permaneceu anos no seu organismo, um desequilíbrio que lhe era precioso. Faye se reduzira a uma ferida interior, mas aquele vestígio amargo ele guardava no fundo de seu ser, como parte cada vez mais integral de sua consciência de si. Ela havia lhe conferido, aos trinta e um anos de idade, uma liberdade que outros (Marty Naftzinger, por exemplo) conheciam havia muito tempo, uma liberdade que era do corpo. Sentia gratidão, mas não pôde retribuir aquela dádiva — ou melhor, ele a retribuiu mal. As mulheres — Phyllis entre elas — que o aconselhavam diziam-lhe que ele estava levando a coisa demasiadamente a sério. As mulheres corriam riscos, apostavam, e às vezes perdiam. Faye perdera.

Mas o que só Owen sabia era que ele havia traído uma espécie de criança. Nua, Faye exibia coxas e cadeiras alvas e arredondadas, embora fosse magra e ossuda da cintura para cima, e as feições pareciam tentar com todas as forças fugir de seu rosto. Faye tinha mais experiência, experiência sexual, do que ele, mas o adultério a deixara inocente. O sexo com ela era direto, sem nenhuma das elaborações que outras viriam a demonstrar. A pressão de sua vagina tinha algo de infantil, algo que doía no coração, como uma pergunta tímida e esperançosa feita por uma criança. Faye o havia convencido de que ele tinha a resposta. No decorrer dos meses que durou aquele caso, Owen passou a fazer amor com Phyllis de modo cada vez mais confiante e insistente. Falava mais alto, com mais afeto, para os filhos, quando eles surgiam como uma realidade concreta em meio às névoas de seus devaneios. Nas fotos dessa época, Owen tem um ar desmazelado, amalucado. Ele sentia mais amor pelo mundo de modo geral — aquela velha cidadezinha industrial, com seus serviços, seus personagens locais que trabalhavam com tanto bom humor, a neve do inverno que precisava ser retirada das calçadas e o círculo aconchegante dos amigos. Gostava em particular de Jock; tinha vontade de abraçar aquele homem de cara vermelha, com seu sorriso bêbado abestalhado, por alimentar e proteger tamanha maravilha de beleza e concupiscência. Mal conseguia apreender essa maravilha — aquela mulher bem cuidada, usando roupas tão caras e originais, arriscando-se de tal modo para desempenhar com ele atos que Phyllis desempenhava com relutância e ironia, olhando para o lado, na segurança de seu próprio lar, quando as leis da sociedade sancionavam todas aquelas penetrações.

O que levava Faye a se comportar de maneira tão imprudente e deliciosa — o que poderia levar qualquer mulher a fazer isso — era algo que Owen ainda não compreendia bem. Imaginava que ela quisesse alguma coisa em troca, que ele a desposasse, e isso ele não havia feito; o calor desse fracasso amalgamava a imagem dela a Owen. Ele demonstrava sua lealdade onde podia, em seu cinema mental. Relembrava sempre a aparência dela em determinados momentos, momentos saudosos, em que sua beleza feminina genérica associava-se a alguma coisa específica e complexa que transcorria em seu rosto, uma consciência da presença de contracorrentes e meias-verdades e uma tristeza subjacente. "Ainda bem que foi você", disse ela no final, tentando transformar tudo aquilo numa etapa da vida, uma lição aprendida.

Mais para o final do caso, foram ficando imprudentes. Uma vez, tentando encontrar privacidade numa estrada de terra, o Mercedes pesado de Faye atolou na lama de primavera, e tiveram de chamar um reboque pelo telefone do proprietário do terreno que haviam invadido. Cansados de motéis baratos e passeios furtivos, combinavam de Owen entrar na casa dela de fininho, quando Jock havia saído e as crianças estavam na escola e nenhum encanador ou faxineira estava sendo aguardado. Às vezes, para pegar alguma coisa de comer ou beber, Faye andava nua pela casa, atravessando os cômodos iluminados pelo sol de inverno, como uma corça bem à vontade na floresta em que se sente camuflada. Quando voltava para Owen, refestelado na cama bagunçada do quarto de hóspedes, por vezes Faye ria de alguma coisa, uma expressão de total maravilhamento e gratidão que via estampada no rosto dele. Ria, e sua boca ficava aberta por mais um segundo enquanto o som agudo e infantil morria aos poucos. Mesmo agora, numa idade avançada, em Haskells Crossing, olhando para os dois lados antes de forçar, do modo mais judicioso, o corpo enferrujado a atravessar a rua, ele sente o coração bater mais depressa quando vê uma mulher jovem com certo tipo de rosto tenso e ossudo saindo da 7-Eleven ou esperando à frente da nova Starbucks, abrindo um sorriso largo quando vê alguém na rua, expondo as gengivas além dos dentes, tal como Faye o recebia quando ela e Jock davam uma festa. Então Faye volta para seus braços.

9. Convalescença

Foi Faye quem terminou, contando tudo ao marido. Ela avisou Owen pelo telefone. Quando, aturdido por aquela traição quase a ponto de perder o fôlego, ele perguntou por quê, Faye não foi muito clara. "Ah... meu terapeuta achou que eu estava ficando confusa. Era coisa demais, Owen. Eu não sabia o que você queria, e pra falar com franqueza aquela história estava me matando. Desculpe. Se eu não amasse você tanto, eu tinha agido melhor."

"Mas você nunca me disse nada disso. Você estava sempre tão alegre, animada, tão... você se dava tanto. Como se não quisesse outra coisa na vida. Mesmo naquela vez em que a gente atolou na lama, você estava tão tranqüila quando se ofereceu pra pagar aquele homem pelo estrago que a gente fez na estrada, depois de usar o telefone dele. Você foi maravilhosa, Faye." Querendo dizer que ela fora maravilhosa em tudo, e falando em voz bem baixa. Owen estava a sua mesa, Ed no cubículo ao lado, e empregados da firma passavam com café e pastas de documentos. Ele murmurava com a boca colada ao fone, de costas para a sala, a cadeira giratória ergométrica, com pedestal de cromo de cinco rodas, virada para a janela telada. Se ficasse em pé, ele veria o Chunkaunkabaug, as pedras no leito quase todas ocultas sob as águas rápidas — era época de degelo — em direção à cachoeira.

"Eu morria de medo de aquele homem contar pro Jock", explicava Faye, uma vozinha minúscula presa dentro do fone, como um inseto capturado sob um copo. "Ou então que alguém nos visse juntos dentro de um carro. Isso podia acontecer a qualquer momento, e então o Jock ia poder fazer gato-sapato de mim — em matéria de dinheiro ele não é nada fácil. Assim, pelo menos ele ficou sabendo através de mim: a esposa infiel confessa. Owen, não posso ficar o resto da vida falando sobre isso; nós passamos a noite em claro, só cochilei umas poucas horas, e ele deu uma saída rápida pra comprar cigarro e o *Wall Street Journal*. Cuidado se encontrar com ele no centro."

Owen não achou ruim aquela conversa ser breve. O mundo cotidiano que o cercava havia se tornado mais real, pela primeira vez nos últimos sete meses, do que aquele anexo clandestino para o qual ele se dirigia naquele momento, através daquele pequeno orifício eletrônico junto a seus lábios. "Assim mesmo", disse ele, tentando encontrar um ponto de apoio após aquela mudança súbita, "você devia ter me avisado."

"Você ia discutir comigo e eu ia ficar mais confusa ainda." Faye riu — uma espécie de latido desagradável, o som agudo que faz uma criança que é beliscada. Disse, como se estivesse lendo o que estava escrito num cartão: "Os homens só estão interessados na próxima conquista".

Estaria ela tentando ofendê-lo de propósito, para atenuar o golpe? Ele respondeu, zangado assim mesmo: "É isso que o Jock diz a você?".

"É o que eu digo a ele. Você vai se recuperar, Owen. Todos nós vamos nos recuperar. Todo mundo é assim."

Aquelas roupas espalhafatosas dela, aquela nudez de bebê, sem culpa nenhuma, aqueles olhos castanho-claros arregalados, aquela voz teatral que ia do mais agudo ao mais grave, tudo aquilo estava se esvaindo dele, escorrendo para o abismo do para-sempre. "Obrigado pelas palavras confortadoras", disse ele, com tanto sarcasmo que Faye desligou.

Ed, quando visitou o cubículo de Owen uma hora depois, olhou para ele e disse: "Quer ir pra casa mais cedo? Você está com cara de quem levou um soco na barriga. Uma cara horrível".

"Acho que peguei o resfriado da primavera. Essa época do ano eu nunca sei como me vestir." Mas foi embora mais cedo, sim; não via a hora de chegar em casa. Para a surpresa dos filhos, arrastou Gregory e Iris para o quintal descuidado e enlameado para jogar um pouco de beisebol. Ao ver as crianças perplexas esforçando-se para agradá-lo, tentando acertar na bola com tacadas aleatórias, Owen ficou com o coração partido. Sem que se dessem conta do fato, elas queriam absolver aquele pecador que voltara a se transformar em pai. Owen tinha vontade de não sair mais do quintal, de ficar encerrado naquela bolha de vida familiar, sem jamais contar nada para Phyllis, jamais voltar a atender o telefone, mas a tarde começou a escurecer e esfriar e todos voltaram para dentro da casa aquecida, onde Phyllis estava preparando o jantar, colocando no forno o bolo de carne e piscando com os cílios quase invisíveis de tão claros para livrar-se das lágrimas causadas, imaginava Owen, pelo ato de cortar cebolas. Ela não estava como de costume; havia alguma coisa de falsa e forçada em seu jeito alegre de conversar à mesa com as crianças e dar à pequena Eve, sentada em sua cadeira alta, purê de maçã e creme de cenoura.

Quando, à noite, depois que as quatro crianças por fim foram para a cama, Owen começou a confessar; ela o interrompeu. "Eu já sei. O Jock esteve aqui hoje à tarde e me contou. Bem, você quer o divórcio?"

"Não." A partida de beisebol com os dois filhos mais velhos, que haviam se colocado, muito sérios, nas posições corretas de um campo imaginário, imitando os gestos dos jogadores que viam na televisão, inclinando o taco de tal modo que ele apontava diretamente para aquele céu de abril cheio de nuvens fustigadas pelo vento, e errando as tacadas do modo mais comovente, havia apagado aquele sonho teimoso, que mais parecia um delírio causado pela febre, de viver com Faye.

"Pois é bom você dizer isso logo para aqueles dois, antes que *eles* se divorciem."

As conversações nervosas que se seguiram — os quatro reunidos numa única sessão tensa, que terminou em porre, na casa de Jock e Faye, onde mais de uma vez ele fora um convidado clandestino, e os *tête-à-têtes* subseqüentes, à medida que se desenrolavam as conseqüências cada vez mais públicas do caso encerrado, entre Jock e Phyllis, Jock e ele, Phyllis e ele, Faye e Phyllis, todos os pares possíveis, menos o único que causara tudo aquilo — deixaram em Owen a lembrança defeituosa dos grandes constrangimentos. Ele não queria lembrança nenhuma daquilo. Alguns momentos continuavam intactos na sua memória enquanto os contextos originais se dissolviam no esquecimento: Jock perguntando a ele, os dois sentados no reservado de um tradicional restaurante de beira-estrada perto de Lower Falls: "Com você ela gozava?".

Owen tomou aquela pergunta como uma agressão grosseira, uma espécie de sarcasmo de corno, e recusou-se a respondê-la, mas ao rememorar o episódio imaginava um olhar sério nos olhos úmidos de Jock, tensos e bêbados. Qual teria sido a resposta honesta? Uma resposta muito constrangedora: Owen não sabia. Faye fora com ele tão amorosa, tão sorridente, e conferira àqueles encontros secretos (tão raros, em retrospecto) tamanha aura de entusiasmo e alívio, que ele concluíra que sim, sem se basear em nenhum dado mais concreto do que sua própria satisfação, obtida com tanta facilidade. Faye ficava deitada sob ele de olhos fechados, as pálpebras latejando um pouco, e quando os abria voltava para ele aquele seu sorriso tão bonito e escancarado, e falava com uma voz mais aguda e tímida do que de costume. Phyllis, embora Owen a achasse fria e desinteressada, dava sinais mais visíveis de gozar. Porém, raciocinava Owen, com relação a esse tema sobre o qual sua educação ainda permanecia tão incompleta, a sexualidade feminina certamente teria muitos estilos; imaginava-a como uma espécie de harpa cujas cordas, sempre a murmurar baixinho, tinham cada uma um comprimento e uma espessura diferentes. No entanto, a idéia de que Faye fingia gozar, ou então fingia contentar-se com a falta de orgasmos, sem reclamar — a idéia de que, por trás de tanto espalhafato, tantas mostras de ardor, ela na verdade era frígida —, afetou a imagem que Owen guardava de Faye; aquele tempo todo ela o enganara.

Também Phyllis, no decorrer daquele demorado encerramento de caso, colaborou para abalar sua imagem de Faye e ajudá-lo a aceitar sua perda. "Então vocês dois", ela lhe perguntou, "nunca discutiram a sério a idéia de se divorciar e se casar?"

Ele não se lembrava direito. Mais uma vez dissera que seria maravilhoso se Faye fosse sua esposa, mas isso não era exatamente uma proposta, não é? Era um sonho, um universo alternativo.

"Está na cara", prosseguiu Phyllis, num tom desapaixonado, como se discutisse uma questão de topologia, "que ela queria. O Jock toma conta dela direitinho do ponto de vista financeiro, mas como marido ele esgotou a capacidade dela de romantizá-lo."

"E eu, ela me romantizava?" Owen achava que Faye não fizera outra coisa que não lhe dar o valor merecido. Todo aquele caso, desde o primeiro encontro no bosque perto de Whitefield's Rock, havia transcorrido sob o signo da verdade — uma verdade nova, uma visão nova. Uma janela suja havia sido limpa com amônia. Enquanto examinava um dos programas da E-O, de gerenciamento de registros de uma firma de seguros, e calculava margens de risco recorrendo a logaritmos, ou os custos, pagamentos e controle de estoque de uma fábrica de chapéus em Danbury, Owen dava-se conta de que havia diminuído sua capacidade de associar e combinar cadeias lógicas; havia em seus neurônios uma imprecisão, causada, talvez, por estarem eles saturados de lembranças e antegozos de encontros amorosos com Faye. Porém estava certo de que mais cedo ou mais tarde aquela sua aventura sexual levaria a uma força mental renovada. Seu casamento com Phyllis, quando ainda era recente — bastava-lhe ficar deitado junto ao corpo adormecido da mulher, numa parceria inconsciente com a respiração e os sonhos dela —, ocasionara a criatividade mental cujo produto final, e precoce, fora o DigitEyes. Após alguns anos, porém, muitos programas semelhantes haviam entrado no mercado, enquanto a visão de Owen de uma interface gráfica entre computador e usuário continuava sendo inviabilizada pelas limitações do hardware e pelo seu preço elevado.

Preço elevado — talvez o problema todo, no fundo, fosse que Faye sempre lhe parecera cara demais para ele; não lhe era possível possuí-la, e sim, no máximo, usufruí-la por *time-sharing*

"É claro, é o que as pessoas fazem", explicou Phyllis, com uma voz cansada, até mesmo carinhosa, falando do fundo daquela sabedoria de Cambridge que ela absorvera quando menina. "Romantizar. Senão a coisa toda parece muito grosseira. Só foder", esclareceu ela. No passado, não teria sido capaz de usar aquela palavra, mas a contracultura havia mudado tudo. Phyllis gostava das roupas *faux-pauvre* dos jovens, a ausência de maquiagem, o apego a causas radicais, o recurso às posições teóricas nos debates; tudo isso a fazia sentir-se em casa, tudo isso fazia parte de seu mundo antes que a E-O Data a obrigasse a se exilar na mediocridade de Middle Falls. "Mas você nem precisa ser romantizado; você é um homem atraente, Owen."

"*Agora* é que você vem me dizer isso."

"Eu digo isso a você desde o início, da melhor maneira que sei dizer. Não sei me derramar em elogios como faz a Faye. Um homem atraente, e além disso ela achou que você fosse rico."

"Se achou, se enganou. A nova versão do DigitEyes está vendendo muito devagar. O Sketchpad da Lincoln Lab diminuiu a nossa participação no mercado. Além disso, o Ed está preocupado com esse novo minicomputador que a DEC está lançando, o PDP-8, por apenas dezoito mil dólares. Todo mundo vai poder comprar, e vai aumentar o mercado para programas padronizados. A programação contratada, que é a nossa especialidade, vai se tornar obsoleta." Agora que seu casamento havia se revelado um abismo a seus pés, para Owen era preferível falar sobre tecnologia. E para Phyllis também, por alguns momentos.

"É mesmo? Não é isso que o Ed me diz. Segundo ele, quanto mais gente tiver computador, melhor vai ser pra toda a indústria de software. Seja como for, a Faye não estava sabendo nada disso. Ela queria era ter você como marido, meu bem, como se você fosse um daqueles vestidos novos dela. É a tragédia das mulheres, não é? A única arma que a mulher tem é a boceta, e desde que inventaram a pílula o nosso preço só faz baixar."

"Por favor, pára de falar desse jeito durão. Você não é assim."

"Eu pensava que você gostasse de mulheres duronas. Ou pelo menos grosseiras. Eu sou assim, Owen. Foi você que me fez ficar assim, nessa cidade besta cheia de suburbanos perdidos e com essa sua paixonite grotesca pela Faye. Primeiro eu tive que agüentar a sua traição, e agora tenho que aturar você choramingando como se fosse um adolescente. Minha mãe tinha razão: você não servia para mim. Você era criança demais. Meu pai era que gostava de você, se bem que nunca vi vocês dois trocarem mais do que seis palavras. Depois de despachar o Hank, imagino que ele achava que estava me devendo um favor."

Um tom de vermelho subira até suas faces, a partir da garganta; os olhos tranqüilos, que às vezes pareciam prateados, dependendo da iluminação, faiscavam de indignação, o que era incomum nela. Owen conteve uma risada de admiração: Phyllis tinha o talento raro de enxergar a realidade das coisas, de pôr a nu os ossos de tudo. Pobre Faye; sim, ela lhe dissera que ele devia ser prático, e lhe ensinara as lições que fora capaz de ensinar, mas agora seu valor prático para ele era apenas o de uma conquista, uma espécie de medalha que ele podia usar naquela pequena sociedade local, onde o sexo era cada vez menos um segredo doméstico. Sem dúvida, a ausência de Faye lhe doía, mas se a possuísse no dia-a-dia aquela convivência implicaria tédio, bem como crianças doentias com metade dos genes de Jock e uma esposa que tinha metade da mentalidade de Jock. "Como é que eu poderia me casar com ela?", perguntou Owen a sua mulher, quase implorando, querendo discutir o assunto com uma pessoa imparcial. "Eu tenho quatro filhos, e a menorzinha tem só um ano!"

Phyllis respondeu: "Alguns homens seriam capazes de pedir o divórcio assim mesmo. Ela achava você destemido, Owen, por ser criativo, mas na verdade você se protege muito, faz tudo um passo de cada vez, bem à maneira dos alemães da Pensilvânia. Ela apressou você, e você detesta ser apressado".

Owen encarou aquelas observações como elogios, ou pelo menos como manifestações de uma atenção bem informada, e respondeu, num tom emburrado porém contente: "Segundo o Ed, o problema da programação é excesso de criatividade. Agora que as coisas básicas já estão resolvidas, e que esses novos chips têm cada vez maior capacidade de hardware, o importante é transformar a nossa atividade, que é uma arte, numa disciplina de engenharia".

"Isso assusta você?", perguntou Phyllis, esposa até debaixo d'água. Apesar dos horrores domésticos daquela primavera — escândalo, possibilidade de separação —, mesmo assim ela encontrara tempo para se bronzear no quintal amplo da casa, ao lado do laguinho com sua ponte reconstruída, e a ponta de seu nariz estava rosada.

"Não", respondeu Owen, relaxando e reassumindo o papel de marido, "a E-O tem empregados jovens capazes de enfrentar essa parada; eles encaram codificação e depuração de programa com um pé nas costas; parece que nem conseguem imaginar uma época em que não existiam o FORTRAN e o COBOL. A minha tarefa é sonhar, sonhar grande. Eu tenho as minhas teorias. Acho que a interface gráfica é que vai abrir um mercado enorme. Se a gente conseguir inventar uma maneira de contornar todos aqueles comandos de linha que é preciso decorar, e em vez disso usar imagens simples e intuitivas, aí todo mundo vai poder usar computador. Podem até inventar jogos de computador."

"Será que as pessoas realmente precisam", perguntou Phyllis, olhando para trás enquanto saía da sala, "de *mais* maneiras de perder tempo?"

Os Dunham tinham um advogado, e por algum tempo Jock andou falando em processar Owen por captação do afeto de pessoa casada, ou então obrigar os Mackenzie a se mudar da cidade, mas Owen e Phyllis também arranjaram um advogado, e no final das contas concluiu-se que o mais desejável era que os Dunham vendessem aquele casarão, com varanda e tudo, e se mudassem mais para perto da cidade, para Norwalk ou Wilton, onde as crianças teriam escolas melhores, Jock estaria mais perto dos lugares em que o dinheiro do casal era administrado em almoços prolongados e Faye ficaria a apenas cinqüenta minutos das lojas, espetáculos e vitrines de Manhattan. Owen imaginava-a caminhando pela cidade que ele havia abandonado cinco anos antes, mergulhando feliz no brilho da metrópole, e sentiu uma pontada de alívio invejoso. Ele a amaria para sempre, Faye era sua única fuga para o mundo onírico da felicidade sexual, mas não fora uma coisa prática, e deixara um gosto metálico na sua boca, um toque de pavor, a idéia de que ele havia se metido nas vidas dos outros, deslocando-as, provocando conseqüências tão sérias quanto uma mudança de endereço e uma mudança de escola para os dois filhos perplexos e delicados dos Dunham. O casamento com Phyllis ocorrera sob a supervisão de adultos; a geração de seus filhos — uma intervenção radical de Owen nas estatísticas mundiais — se dera sob a supervisão de sua mulher. Mas trepar com Faye fora idéia dele, ou melhor, uma idéia de Faye que Owen adotou prontamente, sozinho com ela sob aquele céu quadrado, cheio de corvos, num leito de grama macia atrás da pedra sagrada.

No início do período de convalescença, Owen concentrou-se, com uma dedicação de inválido, no funcionamento de sua família — as quatro crianças a avançar lentamente, como minhocas perfurando a substância do mundo, esbarrando em pedregulhos como notas baixas na escola e as mortes de animais de estimação, porém seguindo em frente assim mesmo, crescendo, falando em frases cada vez mais completas e complexas. Gregory completou nove anos, e do dia para a noite passou a só falar em esportes. Iris, com sete anos e meio, vivia despindo suas bonecas Barbie para depois constatar que não conseguia recolocar as roupinhas apertadas naqueles corpos plásticos inflexíveis. Owen, mais do que Phyllis, tinha paciência para ir puxando aqueles pedacinhos de pano até o ponto em que era possível prendê-los; alguns dos trajes o faziam pensar nas roupas espalhafatosas de Faye.

Owen era um bom pai, diziam a Phyllis as mães de seu círculo, e Phyllis, por sua vez, dizia-o a ele; mas ele sabia que não era. Filho único, inescapavelmente autocentrado, não conseguia dedicar àquelas quatro pequenas almas — recém-chegadas ao cosmos avassalador, cada uma contendo uma mistura diferente das cargas genéticas de Owen e de Phyllis, cada uma suscetível a seu modo à cultura que a cercava — a mesma concentração neuroticamente esperançosa que seus pais e seus avós, os quais nada mais esperavam para si próprios, haviam dedicado a ele. Antes, Owen fora uma única criança cercada de quatro adultos; agora, eram quatro crianças e ele era um só. Owen tinha a impressão de ser menos pai do que irmão delas, e essa leveza fraternal, um amor temperado pela distração e por toques de sadismo, caracterizou, para o bem e para o mal, sua atuação como pai. Por um lado, não oprimia os filhos em demasia; por outro, não se esforçava para dar forma às suas vidas, inculcar-lhes padrões de comportamento. Na vida daquelas crianças não havia nada que correspondesse àquelas caminhadas cansativas, tediosas, porém marcantes, que Owen fazia aos domingos com seus pais. Em vez disso, só havia confusão — brigas, gritarias, clamores por justiça. A televisão e as outras crianças, primeiro da populosa Common Lane, depois as que eram trazidas de carro até a Partridgeberry Road, filhos dos amigos do casal, preenchiam o pouco tempo que não era ocupado pela interação entre irmãos e pela escola. Phyllis estudara sempre em escolas particulares, e ele sempre na rede pública; decidiram começar com a escola pública, a mais prática e mais democrática, e fazer a transição para as escolas particulares à medida que as necessidades de cada criança fossem se manifestando. Owen orgulhava-se de poder sustentar tantos dependentes, lá do alto, por assim dizer, mas sob a maior parte dos aspectos ele estava entre eles, participando dos mesmos entretenimentos — *Captain Kangaroo*, *A noviça rebelde* — e compartilhando a perplexidade moral da época, em que uma onda de fúria política ensombrava o clima de festa permanente. Fosse como fosse, depois de Faye ele se tornou um pai mais presente, e durante todo o verão freqüentou o Heron Pond uma ou duas vezes por semana na hora do almoço, em meio a libélulas, sanduíches de pasta de amendoim e mães seminuas a fofocar.

Também no trabalho Owen tentou retomar sua dedicação, formando com paciência aquelas cadeias binárias, longas mas finitas, aqueles precários andaimes da contingência que, uma vez depurados, proporcionavam às empresas, num eletrônico piscar de olhos, informações que antes tinham de ser recolhidas de arquivos datilografados ou manuscritos. Era como fazer tricô: um único ponto errado tornava necessário jogar fora dezenas e dezenas de fileiras de código, mas era possível utilizar retalhos inteiros de sub-rotinas já aperfeiçoadas num novo desenho. Tirando alguns lances de engenhosidade, agrupamentos e atalhos lógicos, a que somente um outro programador podia dar valor, seu trabalho lhe parecia trivial; o tipo de processamento de dados que ele estava viabilizando num computador que custava duzentos mil dólares poderia ser executado, nos sistemas adotados na maioria das empresas, por meio de cartões perfurados, de modo menos prático e mais lento, mas sem nenhuma diferença qualitativa. Processamento numérico: uma atividade essencialmente rotineira.

"Ed", Owen perguntou a seu parceiro um dia na hora do almoço, "a gente tinha que passar pra outra coisa, não é?" Uma vez por semana eles tentavam almoçar juntos, só os dois, já que o sucesso da companhia, sua multiplicação de projetos e empregados, cada vez mais os afastava, como se o hífen entre o E e o O estivesse espichando de modo implacável. O restaurante era o menos vagabundo dos três que restavam na River Street. O centro da cidade estava empobrecendo havia anos. Salas vazias eram alugadas, recauchutadas como butiques ou papelarias sofisticadas ou lojas de brinquedos educativos, e depois que se extinguia a curiosidade dos consumidores mais uma vez ficavam vazias, com fita adesiva colada nas vitrines. O restaurante Ugly Duckling (Patinho Feio) ostentava a imagem de um cisne na placa. Apenas as duas janelas dos fundos davam vista para o rio, porém a decoração, que imitava uma taverna antiga — vigas de carvalho escurecidas, mesas rústicas de madeira, garçonetes com aventais de babados por cima dos blue jeans —, era acolhedora e acusticamente suave. O menu, centrado em carne com batatas, estava sendo infiltrado por saladas de massa e sopas macrobióticas; apesar disso, Ed pediu um sanduíche de carne com bastante queijo e pastrami gordurento, acompanhado de fritas e uma Heineken. Havia engordado dez quilos desde os tempos da IBM. O sucesso profissional e as roupas mais caras davam autoridade ao seu corpanzil. Como era sempre ele quem negociava com os clientes empresariais, passara a andar de terno, com camisa social e gravata; já Owen permanecia fiel a seu traje de estudante dos anos 50: calça cáqui, camisa de flanela e, no inverno, um colete de lã. Havia perdido mais de dois quilos por conta do caso com Faye e sua dolorosa convalescença, e se esforçara para não recuperar o peso, pois seu novo corpo esguio despertara sua vaidade. Sentia-se agora mais ágil, mais perigoso. Havia adotado suéteres pretas de gola rulê e passara a freqüentar um clube de tênis em quadra coberta, em Upper Falls. Agora que o cabelo mais comprido se tornara aceitável nos homens, deixou crescer o seu, que ficou ondulado, com tendência a cachear.

"Você está falando do quê?", perguntou Ed. "Da vida privada? Nisso você já passou pra outra coisa."

Owen ficou vermelho; queria acreditar que sua aventura com Faye, ainda que não fosse segredo, era assunto que não devia ser comentado nas suas conversas com Ed, o qual conhecia Phyllis havia tanto tempo que parecia fazer parte do casamento. "De informática", esclareceu, seco. "Esse tal de OS/360 da IBM está dando em merda. Eles estão gastando dezenas de milhões de dólares e não conseguem pôr esse negócio no mercado, porque continua cheio de bugs. Tem mil programadores trabalhando lá em Poughkeepsie, e pelo que ouvi dizer a coisa só faz piorar."

Ed, sem parar de mastigar, perguntou: "O que é que eles vão fazer? Eles têm que levar o negócio até o fim, senão vão perder o investimento todo. A idéia de usar multiprogramação é que deu problema. Quanto maior o programa, maior a tendência a dar galho. Basta um bug que a vaca vai pro brejo".

"Não é só um problema, Ed, é um desequilíbrio básico. A capacidade está sempre dobrando; a programação não está conseguindo acompanhar. O desenvolvimento do hardware segue um ritmo industrial; é como as malharias. Já o software continua sentado numa cabana, trabalhando num tear manual antigo. É um trabalho por tarefa."

"Um dia vai conseguir acompanhar. Todo mundo está fazendo engenharia elétrica; ninguém quer saber de outra coisa. Lembra do tempo em que a novidade era metalurgia? Pra não falar na física nuclear. Se é trabalho por tarefa, qual o problema? Estão pagando a gente."

"É, mas olha só quem é que pode pagar a gente: bancos, companhias de seguros, companhias aéreas, o Pentágono. As mentalidades mais fechadas do mundo."

Ed parou de mastigar e disse, num tom de solenidade falsa: “Fico triste de ouvir você falando assim, O. Me diz uma coisa: o que é que você quer da vida que a vida não está te dando?”.

Owen pensou em Phyllis, porque sabia que Ed também estava pensando nela. O que mais um homem poderia querer da vida senão Phyllis? Era isso que Ed, com aqueles olhos fixos de coruja, através de lentes tão grossas que as bordas chanfradas refletiam a cor de sua pele, estava perguntando. Owen não sabia a resposta, mas sabia que Ed dava um valor irreal a Phyllis. “O que eu quero é me proteger um pouco da trivialidade”, respondeu. “Minha mesa fica bem no meio do trânsito; todo mundo vive me perguntando coisas, querem que eu vá verificar isso ou aquilo, que eu dê uma olhada nos esquemas que estão fazendo. A gente podia manter a mesa onde está, e eu fico nela a maior parte do tempo, mas será que não dava para eu ter uma outra mesa, no fundo do andar, onde teria privacidade? Preciso pensar a sério sobre a revisão do DigitEyes, pra que o programa volte a ser de ponta.”

Ed voltou a comer; estava tendo dificuldade com o sanduíche. O pastrami gordurento havia empapado a fina fatia de pão de centeio, que se tornara escorregadia. Ed foi obrigado a abaixar a cabeçorra para que a boca ficasse por baixo do sanduíche, dos fios de queijo que escorriam, e aquele ângulo inusitado ressaltava o quanto haviam avançado as entradas em seu cabelo; antigamente ele fazia Owen pensar no cabelo de Buddy Rourke, com seu topete de menino. Quando conseguiu morder, engolir e recuperar o controle sobre o sanduíche, colocando-o no prato ao lado das batatas fritas e da salada, Ed disse: “Então a outra coisa é isso? Desligar-se do dia-a-dia da empresa? Essa garotada que a gente contrata não sabe fazer um programa econômico. Tudo para eles é GO TO, GO TO. Eles acham que a capacidade agora é infinita”.

“Eles têm razão, ou quase isso. Talvez eles tenham razão.”

"Eles põem tantos GO TO que tem uma hora que começam a aparecer contradições lógicas."

"Eles vão aprender, Ed. Todos nós estamos aprendendo; nosso ramo ainda é novo. Só estou pedindo um pouco de privacidade, e um desses novos minicomputadores DEC. Eu queria um PDP-8 e uma tela gráfica CRT, mais o leitor de linguagem de máquina de telex. Me dá seis meses e reduz à metade meu tempo de processamento. Tem alguma coisa que não estou conseguindo enxergar, uma nova abordagem."

"Então a outra coisa é isso. Você quer pular fora."

"Ed, é assim que eu vou ser mais valioso para a empresa — um pouco desligado dela. Do jeito que estou, virei uma espécie de relações-públicas. É um tal de receber gente, e isso não leva a nada; estou ficando maluco. O cérebro da gente envelhece, nosso tempo é limitado. Veja só os homens que fizeram as grandes revoluções — quase sempre caras mais moços que nós. Einstein tinha vinte e cinco anos. Turing, a mesma idade. A Phyllis diz que não conseguiria fazer a tese dela sobre matemática agora, de tanto que ela emburreceu."

"É uma pena a Phyllis pensar uma coisa dessas", disse Ed, levando ao nó frouxo da gravata os dedos engordurados, em sincronia com um arroto mal contido. Ele fez aquele seu gesto de chimpanzé com o lábio superior, cobrindo os dentes, tentando soltar um pedacinho de pastrami. "Você quer saber qual é a outra coisa pra mim?"

"Claro. Eu nem sabia que você tinha também", disse Owen, atacando apressado sua salada de grão-de-bico com *farfalle*, tentando compensar todo o tempo que perdera falando em vez de comer. A saleta que tinha em mente, o antigo vestiário de um velho relojoeiro, com uma única janelinha de esquadrias de alumínio, tão alta que não se podia olhar por ela, e uma fileira de armários amassados de metal verde, sem as fechaduras havia muitos anos, ficava junto a uma escada de aço e cimento que descia até uma porta que dava numa calçada pouco usada, a qual, por sua vez, levava a uma ponte de pedestres sobre o rio que estava permanentemente trancada. No tempo em que ali funcionava a fábrica de armas, os empregados vinham a pé do outro lado do rio, de um bairro de casas todas iguais. A porta, revestida de metal pintado de vermelho para combinar com os tijolos, jamais era utilizada, porém era mantida destrancada durante o dia como saída de emergência em caso de incêndio. Owen poderia usá-la sem que ninguém o visse. A porta, as escadas, a saleta isolada apareciam em sua mente numa imagem luminosa, vetorizada, toda a projeção virando-se como se ele estivesse passando por dentro dela, as formas geométricas se transformando tal como determinava a matemática.

"Vou me casar", anunciou Ed.

Uma massa de grãos-de-bico mastigados encontrou resistência na garganta de Owen. Ele bebeu um gole de água e conseguiu dizer: "Parabéns. Já era mais do que tempo. Quem é? Eu conheço?".

"Espero que não, seu galinha", disse Ed, ofendendo pela segunda vez o senso de decoro de Owen. "Ela é oito anos mais moça do que eu, nove do que você — uma menina, O. Uma criança inocente. Não seja desalmado."

Owen sentiu uma pontada. Phyllis era um ano mais velha. Talvez o problema fosse esse, uma simples questão de biologia: o homem é quem deve dominar. Ele jamais dominara. Ed tinha uma paciência maravilhosa, de esperar até poder casar com uma mulher muito mais moça. "A gente se conheceu numa conferência", explicava ele, "aquela que eu fui lá em Seattle no ano passado, você lembra? Sobre circuitos integrados. A Stacey é representante da Texas Instruments."

"Circuitos integrados", disse Owen, para mostrar que estava prestando atenção. Nunca imaginara que Ed fosse capaz de se casar, o que era uma bobagem. Quase todo mundo pode casar, conforme determina a natureza, com sua tremenda margem de erro de sempre.

"É, e o que fazer com esses circuitos tão pequenos. Ano passado a TI lançou um aparelho de surdez. Ano que vem vão pôr no mercado uma calculadora de mesa que pesa menos que uma galinha. Ela me diz isso como se todo mundo soubesse quanto pesa uma galinha."

"Ela é texana?" *Por que é que me sinto tão traído?*, Owen se perguntava. *Qual o problema de o Ed se casar?*

Ele sempre imaginara que Ed permaneceria fiel ao trabalho, para que ele, Owen, pudesse dedicar-se a coisas mais elevadas, ou mais baixas. Ele precisava saber mais sobre a vida. "Não dá pra reparar", respondeu Ed. "A família dela é da costa Oeste; o pai trabalhava pra Grumman. Ela diz 'o meu papai'. Eles se mudaram para Dallas quando a Stacey tinha nove anos. Ela pegou o sotaque, e o que é mais importante, a atitude."

"A atitude texana."

"Isso mesmo. É genial. Ela acha que o sonho americano continua em vigor. Eu fico puto com esse pessoal pessimista do Leste, todos metidos a sabichões, que acham que tudo de importante foi feito antes de 1750, sempre metendo o pau no país e no Lyndon Johnson."

"Que também é texano."

"Pois é. O Johnson fez mais pelos negros em dois anos do que são Franklin Roosevelt fez em doze, e mesmo assim esses liberalóides vivem pichando o presidente, dizendo que ele é um caipira."

Ocorreu a Owen que Ed se considerava um caipira, um caipira do Bronx. Uma garota do Texas o veria tal como ele era, o construtor de um império, de terno e gravata. "Quando é que nós todos vamos conhecer a moça?", perguntou Owen.

"Em breve, O. Quero que você seja meu padrinho."

Owen ficou vermelho. "Com o maior prazer, Ed. Estou rindo à toa, como diziam antigamente." Teve a vaga impressão de que estava voltando às boas graças da sociedade, depois do caso Faye. Não tinha certeza se queria mesmo que isso acontecesse. "Quando é que vai ser o... o grande acontecimento?"

"A gente pretende que seja em breve, talvez em maio. Depois disso começa a ficar um calor dos diabos lá no Texas. Então a gente vem pra cá e pega o verão do Leste antes do longo inverno. Ela nunca viveu um inverno no Norte. Neve ela só viu até agora no alto da serra de San Gabriel." Ed já estava começando a falar de modo pomposo, consumidor de geografias e climas.

A garçonete aproximou-se e ofereceu sobremesa ou café. Ed resolveu pedir o brownie de figo com chantilly e um cappuccino. Owen pediu apenas chá de hortelã. Perguntou a Ed: "Como é que foi o namoro? Eu não fiquei sabendo de nada".

"Você não tem prestado muita atenção", retrucou Ed, pela terceira vez fazendo uma alusão à vida privada de Owen. Era consenso em Middle Falls que Owen ainda não havia "se recuperado" de Faye. "Eu estive lá, e ela já veio aqui umas duas vezes. A Phyllis já conhece a Stacey."

"A *Phyllis*?" O chá de hortelã, água quente levemente tingida de verde, foi colocado à sua frente; o brownie de Ed parecia tão pesado e gordurento quanto um bolo de chocolate, com um tufo desmilingüido de chantilly em cima. A boca de Owen encheu-se de saliva. Então seria isso o resto da sua vida, negar-se todos os prazeres? Disse então: "Ela não me falou nada".

"Fui eu que pedi pra ela não falar. Ela gostou muito da Stacey", disse Ed, franzindo a testa, como se desafiando-o a discordar.

Ed havia pedido a aprovação de Phyllis, e ela a concedera, tudo isso sem o marido saber. *Todos nós temos vida interior*, pensou Owen: segredos a proteger. Esse reconhecimento pareceu encaixar-se como mais um segmento da sua libertação.

Stacey revelou-se uma sedutora. Era magricela, mas seu corpo era suave, macio até, chegava mesmo a ser desengonçada no seu jeito de mexer-se e falar. A boca era larga e tenra, e parecia tornar suas palavras ainda mais lentas, como um defeito de locução que torna uma criança ainda mais encantadora. Era jovem o bastante para não ter algumas das inibições de Owen e seu círculo. Gostava de nadar nua na piscina aquecida que havia na casa um tanto pretensiosa que Ed comprara no bairro novo construído na encosta da serra, na Wilson Drive. "Woodrow, Charlie ou Don?", perguntara Owen, mas Ed estava de tal modo embevecido com a condição de casado que nem sequer percebeu o sarcasmo. No segundo verão, Owen e Ed já haviam se acostumado com a nudez de Stacey, e em algumas noites Phyllis a imitava. Não era pior, afinal de contas, do que um banho de banheira quente, que supostamente fazia bem à saúde. O corpo da mulher mais velha, cujos seios e ventre estavam em perfeito estado, agora que sua fase reprodutora terminara para sempre, não perdia nada em comparação com o de Stacey, a qual, embora mais jovem, era mais caída. Ed e Owen, porém, não tiravam os shorts.

"É tão bonitinha, essa timidez deles", disse Phyllis a Stacey. A piscina, além de ser aquecida, tinha luzes debaixo d'água que revelavam de modo truncado as formas dos quadris e das pernas das duas mulheres. Suas cabeças pareciam menores, o cabelo colado ao crânio.

"Ah, isso é típico dos homens!", disse Stacey, com seu sotaque arrastado de texana. "Eles têm medo que cortem fora as coisinhas deles."

"Ou então que alguém ria delas", emendou Phyllis, para tornar a imagem menos pavorosa.

"O que dá mais ou menos no mesmo", comentou Stacey.

Os alvos dessas provocações estavam sentados na sombra, em cadeiras de alumínio, munidos de latas de cerveja, enquanto as sereias entravam e saíam do foco das luzes na piscina. Quando Stacey resolvia emergir, ia até a escada espadanando água, ficava parada à beira da piscina e, inclinando a cabeça bem para trás, espremia os cabelos compridos e negros, torcendo-os como quem torce uma toalha. Se a luz estava por trás dela, Owen via o triângulo do púbis escorrendo de um ponto que parecia um cavanhaque úmido entre as coxas magras. Lânguida, os pés alongados deixando marcas nas lajes que contornavam a piscina, procurava uma toalha de praia para enrolar-se nela. Com a mão que não estava prendendo a toalha junto ao peito, tirava o cigarro do maço sobre a mesinha branca e, mantendo inclinada a cabeça, tal como o fizera ao torcer os cabelos, conseguia com os dedos úmidos acendê-lo nos lábios. Era nesta pose, pensava Owen, que ela parecia mais glamorosa, apertando os olhos e soltando fumaça, o cabelo que começava a secar, iluminado por detrás, parecendo um monte de feno em chamas. Stacey introduziu alguns traços da contracultura em Middle Falls. Trazia maconha, sabia-se lá de onde, em pequenos envelopes de celofane, bem como papel de cigarro Zigzag, e eles quatro dividiam um baseado, normalmente nas noites de domingo, na sala de visitas dos Mervine. Às sextas e sábados normalmente eles davam jantares, ou eram convidados a jantares, bailes em prol desta ou daquela causa nobre, e a casa dos Mackenzie era um ambiente muito inibidor, com toda aquela criançada no segundo andar escutando tudo que se dizia. Ed e Stacey não pretendiam ter filhos, pelo menos não de imediato. Esse fato por algum motivo deixou Owen chocado; e Phyllis ofendeu-o ao parecer aprovar a decisão. “Acho uma boa idéia não se apressar”, comentou ela, assumindo um ar frio e fazendo sua *moue* de praxe. “Essa garotada de agora tem toda razão — o negócio é fazer sexo, mas não cair na armadilha.”

“Armadilha?”, exclamou Owen, ofendido. “Quem é que monta a armadilha?”

“Ninguém, meu bem — a coisa simplesmente acontece. Acontecia. Você vai passar esse baseado ou vai ficar segurando, com essa cara de bobo?”

“Você acha mesmo que o Owie é bobo?”, perguntou Stacey com sua voz arrastada e gostosa de texana. “Eu não acho, não, ele está só *abestalhado*.” A última palavra espichou-se na consciência de Owen como se fosse um laço de vaqueiro. Quando fora que as mulheres começaram a falar sobre ele como se ele não estivesse presente? A ameaça de ser processado por captação do afeto de pessoa casada o havia transformado numa espécie de prova apresentada em tribunal.

“Você quer dizer...”, começou Phyllis, e deixou que a idéia permanecesse incompleta enquanto entregava o baseado para Ed, o qual segurou o objeto fumacento bem perto dos olhos míopes e examinou-o como se fosse um quebra-cabeças desagradável.

“As drogas”, observou ele, “destroem os neurônios.”

“É”, concordou Owen, sempre ansioso para preservar a solidariedade masculina, “mas o envelhecimento tem o mesmo efeito. A cada momento morrem várias células do cérebro, e mesmo assim as que sobram são mais do que o bastante, para a maioria dos fins.” Completar um pensamento tão complexo lhe pareceu um milagre, como uma dupla-hélice de DNA.

“Olha só”, Stacey falou para Phyllis, “os dois preocupados com o tamanho do cérebro. Bem coisa de homem, não é?”

“Os homens”, concordou Phyllis, “são obcecados por quantificação. Você quis dizer”, prosseguiu ela, com aquele seu belo estilo leve e relaxado — Owen sempre se sentiu atraído por aquela voz indiferente, desde os tempos do MIT, quando ele era obrigado a fazer um esforço para ouvi-la —, "que o Owie, como você diz, continua abestalhado por causa daquele caso que ele teve há *milênios* com aquela mulher ridícula? Esqueci o nome dela."

"Faye Dunham", completou Ed, dando um tapa bem discreto no baseado, que já estava se transformando em beata. Naquelas noites de domingo, todas as fofocas de Middle Falls vinham à tona, informando Stacey do que ocorrera no passado, e apresentando o caso de Owen, basicamente pelo ângulo de Phyllis, como não apenas uma traição patética da relação matrimonial, mas também uma agressão ao amor-próprio e ao bom senso do próprio Owen. Stacey parecia interessar-se, para o constrangimento de Ed, que o manifestava recolhendo-se ao silêncio ou reduzindo-se a pronunciamentos lacônicos. "A Faye não era má", disse ele. "O único problema é que ela se entediava com facilidade. Estava numa fase da vida de muita inquietação, e casada com um bêbado daqueles."

Stacey disse ao marido, ronronando: "Você está proibido de entrar numa fase dessas, amor".

"Como que isso podia acontecer comigo?", indagou ele.

Ninguém tinha resposta para essa pergunta. Estaria ele dizendo que era gordo demais? Ou que Stacey era uma esposa perfeita demais? Agora as mulheres estavam vestidas. Stacey havia se instalado no chão, sentada num grande tapete navajo que viera como parte de seu enxoval. As listras do tapete — pretas, vermelhas, verdes e cor de argila — vibravam em torno dela. Estava sentada em posição de lótus, a minissaia arregaçada à altura das coxas e deixando a calcinha quase à vista. Phyllis estava empertigada no sofá claro ao lado de Ed, encurvado; ela esticava o pescoço longo enquanto tragava fundo a fumaça. Owen acomodara-se na poltrona ampla e bem desenhada de madeira dinamarquesa que provavelmente era usada por Ed quando não havia visitas. Bebiam bourbon com soda bem aguado, menos Ed, que tomava cerveja. Phyllis passou para Stacey o que restava do baseado. Stacey, no meio do chão, exclamou: "Como foi que essa pobre beatinha ficou tão encharcada? Quem foi que babou, querido?".

"Eu não fui", defendeu-se Ed. "Eu passei."

"Agora vou ter que fazer outro", reclamou sua mulher.

"Por mim, não precisa", disse Phyllis. "Estou me sentindo meio esquisita."

Depois de um intervalo que pareceu bastante longo, Ed aconselhou: "Você precisa tomar ar. Vamos dar uma caminhada".

"Esquisita como?", indagou Owen.

Owen tinha a impressão de que havia uma curiosa duplicidade no tempo naquela sala: corria muito devagar quando as pessoas falavam, e no entanto acelerava nos silêncios, em que muitos pulsos rápidos amontoavam-se em poucos segundos.

Phyllis refinou sua afirmação: "Estou meio enjoada", e perguntou a ninguém em particular: "Quem poderia imaginar que esse país ia acabar jogando napalm num monte de camponeses e crianças na Indochina?".

"Isso não é pior do que o que a gente fez com os índios", disse Stacey.

"Mas será que eles são só isso?", perguntou Owen a Phyllis, como se em casa eles dois não tivessem tempo de trocar idéias, o que de certo modo era verdade. "Será que também não são vietcongues, que estão enterrando os chefes das aldeias de cabeça para baixo e estão tentando impor um sistema de desgoverno grotesco no Vietnã do Sul?"

"Boa pergunta", reconheceu Ed.

"Coitado do Owen", disse Stacey; seu rosto parecia confundir-se com o cabelo, ali aos pés de Owen, ao lado na mesa de centro de vidro, através da qual ele via um dos joelhos dela, bronzeado de sol. "É um patriota de verdade. Parece aquele pessoal lá do Texas."

Phyllis levantou-se, com um tumulto de pano farfalhando e respiração ofegante que fez Owen pensar mais uma vez em como ela era grande, que grande conquista ele realizara. "Acho que estou mesmo precisando tomar ar", disse ela, "e além disso, Owen, nós precisamos voltar pra casa pra liberar a baby-sitter."

"Certo", concordou ele, mas sem nenhuma intenção de se mexer. A vida estava boa demais ali, com aquele novo casal cheio de esperanças, cercado de conforto burguês. Ele se perguntava onde estaria o baseado; esperava que não estivesse queimando algum móvel. Levou aos lábios o copo de bourbon diluído e bebericou; a borda do copo desenhou um arco frágil e fresco em sua mente.

Ed havia se levantado, com dificuldade, numa sincronia retardada com Phyllis. Surgiu uma discussão entre eles, tão opaca e irrelevante para Owen quanto as conversas entre seus pais que ele ouvia de seu quarto aos três ou quatro anos de idade. Ele poderia ter prestado atenção e compreendido, com a metade de sua mente que estava límpida e fria, porém sua atenção estava voltada para a outra metade, a qual vivenciava a felicidade extraordinária que lhe fora concedida, que o permeava como se fosse uma névoa de neutrinos, desses que descem do Sol aos trilhões, mesmo agora, durante a noite. Era uma bem-aventurança: a textura lisa da madeira sob as pontas de seus dedos; os ziguezagues pretos, vermelhos, ocre e verde-cacto de lã espessa do tapete navajo diante de seus olhos; a própria textura da madeira das tábuas corridas e largas e descoradas do assoalho, testemunha de ciclos de crescimento numa floresta longínqua; o plano branco e limpo do teto encontrando-se com os tijolos pintados de branco da chaminé exposta; o cheiro dos cabelos úmidos de Stacey, que o fazia pensar em cavalos, perto de sua poltrona; os sons suaves, monótonos, da conversação dos adultos; a própria sensação de consciência estendendo-se por seu corpo, como se a consciência fosse um roupão de seda que encostasse em sua pele onde quer que sua atenção se fixasse; o ar fechado naquela sala, aquele paralelepípedo destacado dos trilhões de metros cúbicos de espaço doméstico de todo o país, repleto de amor humano, amor de Owen por sua esposa, por seu sócio e agora pela esposa de seu sócio, cujo joelho bronzeado já não podia ser visto através da mesa de vidro porque ela se aproximara mais um pouco da poltrona dinamarquesa em que Owen estava sentado. Esses detalhes, animados e inanimados, chegavam a sua estrutura neurológica com aquela pureza perdida, aquele maravilhamento constatativo das doenças da infância, quando a gente fica confinada a uma cama e livre de todas as obrigações que não a de insistir, sobreviver, continuar a ser. Como poderia ele ter se esquecido por tanto tempo de um tesouro tão básico, essa dimensão da bem-aventurança das coisas?

Vozes de pais confundiam-se no hall; os sons de uma porta abrindo-se e fechando-se foram seguidos pelo ruído de um carro sendo ligado e se afastando. "O que está acontecendo?", perguntou Owen a Stacey, cujo rosto estava mais próximo agora dos joelhos dele.

"A Phyllis pediu ao Ed pra levar ela em casa. Ela achou que estava passando mal."

"E por que é que ela não pode passar mal aqui?"

O rosto de Stacey parecia mais largo do que jamais lhe parecera antes, e também mais inteligente, irradiando simpatia por cada molécula dos lábios curvos e *blasés*. Eles já se conheciam havia quase dois anos e Owen nunca percebera essa aura angelical que a envolvia por completo. Stacey disse: "Além disso, ela está preocupada com a baby-sitter".

"Quem é que vai levar a baby-sitter em casa se a Phyllis está passando mal?"

"O Ed."

"E eu?", perguntou Owen. "Por que é que eu fiquei de fora dessa história toda?"

"Ninguém deixou você de fora, amorzinho. Ela pediu para você ir com ela e você se recusou."

"Me recusei?"

"Bom, você não disse nada. Você ficou parado, desbundado, e eu acho que ela não conseguiu discutir com você porque não estava se sentindo bem."

"Eu estava pensando que tudo aqui é muito legal, aqui entre nós quatro. Ela tem um lado negativo, a Phyllis."

"Eu sei que ela tem, meu querido. Eu sei. Sei tudo sobre vocês dois. O Ed fala sobre vocês o tempo todo. A Phyllis não deixou você ficar com a Faye e aí você entregou os pontos interiormente. Posso ser franca com você?"

"Pode, sim."

"Eu fico *triiste*" — espichando bem a vogal — "de ver como você entregou os pontos. Owen, você só finge que vive."

"É mesmo? Como é que eu sei? Quer dizer, eu não sinto que estou só fingindo. É que nem isso que vivem me perguntando, se os computadores pensam de verdade. E as pessoas, pensam? O máximo que a gente pode dizer é que as pessoas pensam que pensam." Owen estava se esquivando; as afirmativas que ela fizera a seu respeito pareciam interesseiras, percebia a metade de seu cérebro que estava pensando com frieza, mas pensando bem talvez houvesse algo mais no que ela dizia.

"É, sim", disse Stacey. "Você é um pobre prisioneiro, um prisioneiro muito bonito."

O rosto largo e cálido de Stacey havia se aproximado mais ainda, colocando-se entre as coxas de Owen, que se esparramava, sonhador, na poltrona de Ed. Stacey encostou o rosto na sua coxa de tal modo que, quando ela sorriu, Owen sentiu uma ligeira pressão através do tecido cáqui da calça. "Prisioneiro?", perguntou, tentando coordenar essa palavra com aquelas superfícies, as paredes e móveis que não muitos segundos antes lhe pareciam conter uma bem-aventurança tremenda. A metade límpida de seu cérebro parecia uma farpa na carne dessa revelação passada. "Quando é que o Ed vai voltar?", perguntou ele. As pessoas estavam no lugar errado, e ele precisava corrigir aquilo.

"Ainda vai demorar, meu docinho", disse Stacey, ainda sorrindo, mordendo o lábio inferior com seus dentes brancos e perfeitos de californiana texana, como se para sentir o gosto de seu próprio sorriso. "Eu quero fazer uma coisa, Owen. Agora você vai ter que deixar eu fazer uma coisa." Com o dedo médio e o polegar posicionados como se estivesse se preparando para desatar um nó, Stacey abriu a braguilha de Owen. "Não fica nervoso, não, eu só quero dar uma *olhadinha* nele, sozinha", explicou, tranqüilizando-o, com um toque de irritação.

As janelas estavam negras, lá fora não passava nenhum carro pela Wilson Drive, já era tarde naquela noite de domingo. Os dois estavam, num certo sentido, a sós, porém, Owen meio que percebia, o mundo, todos aqueles átomos e neutrinos e elétrons, está sempre conosco. A mão esperta de Stacey havia encontrado a braguilha de sua cueca samba-canção, e então sua coisinha mole e adormecida apareceu, e logo em seguida foi parar na boca macia e quente de Stacey. Owen sentiu que começava a endurecer, e disse: "*Não*".

"Não?", ela repetiu, perplexa; sua boca, tendo recuado uns poucos centímetros, ainda parecia guardar a forma do que pouco antes estivera dentro dela, aquecido e umedecido. Stacey fazia parte de uma outra geração, Owen pensou, distanciando-se, e para ela chupar um pau não era nada de mais. Só um gesto simpático. O cheiro de cavalo daquele cabelo molhado encheu suas narinas. “Por causa da Phyllis?”, ela quis saber.

“E do Ed”, Owen implorou. “Pensa no Ed, a gente não pode fazer isso com ele. Nem com a Phyllis. Ela precisa da sua amizade, Stacey; ela realmente não consegue falar com essas outras mulheres daqui. Eu só vejo a Phyllis relaxar quando ela está aqui conosco. Ela gosta muito de você.”

“É mesmo?” O pau de Owen, sem dar atenção ao dono, havia despertado e estava endurecendo. Stacey percebeu o fato e disse: “Olha só a carinha dele, que amor. A Faye vivia elogiando elezinho pras amigas dela, pelo que me contaram”.

Owen não conseguiu imaginar essa cena e desistiu de tentar. “Não vamos estragar tudo”, insistiu. “A E-O Data e tudo o mais.”

Rejeitada, jogando o peso do corpo sobre os calcanhares dos pés descalços, Stacey começou a se explicar: “Owen, é que eu senti tanta ternura por você, e fiquei pensando que você estava se desperdiçando — deve ser o efeito do fumo”.

Ele havia jogado fora uma bela oportunidade, constatou, indignado. Estava começando a amolecer, entortando para um lado. “Você pode até fazer mais um pouco se quiser”, sugeriu, “mas é que vai acabar...”

“Ah, não, meu bem. Pode guardar isso agora mesmo”, retrucou Stacey, e cambaleando pôs-se de pé, esticando a minissaia para desamassá-la, gingando de um lado para outro para equilibrar-se sobre os pés longos e bronzeados, olhando para a sala a sua volta irritada, como se as paredes fossem testemunhas daquela rejeição. Owen ficara chocado ao constatar o calor de sua boca; agora sentia uma espécie de frio.

“Olha”, começou ele, “foi muito legal, mas...”

“Owen, você tem toda razão, eu não sei o que foi que me passou pela cabeça.”

"Você estava sentindo pena de mim", ele lembrou-a.

"Ou coisa parecida. Mas, meu amor, você não deve provocar uma garota. Vamos ser bons amigos. E sempre que eu sentir uma coceira na xota eu digo pra ela: *Cala essa boca, sua...*"

Owen riu, pondo pára dentro da calça o pênis desanimado, e fechou a braguilha. "Você está falando cada vez mais como uma texana", disse a ela.

"Eu tento disfarçar o sotaque, o Ed fica constrangido. Ele é muito inseguro."

"Nunca achei que ele fosse inseguro."

"Ah, é, sim. Ele não gosta de ser gordo, mas eu vivo dizendo pra ele que a gordura não vai embora sozinha."

"Dê bastante salada pra ele", sugeriu Owen. A metade de sua cabeça que não estava gélida e lúcida estava sendo empurrada para o lado, acima da orelha direita. "E muito amor." Ou teria ele apenas pensado essa última frase? Stacey não esboçou nenhuma reação, andando pela sala recolhendo copos e cinzeiros. Seria ele tão homossexual, perguntou Owen a si próprio, que estava tentando dar um jeito na vida sexual de Ed? Quando passasse o barato, Stacey se daria conta de que fora desprezada e ficaria uma fera. Ela já zanzava entre a sala e a cozinha com a energia excessiva de quem está fechando um botequim. Owen não conseguia parar de pensar naquela boca macia e quente, com arrependimento e uma irritada consciência de retidão moral. Ela pertencia a Ed, Phyllis a ele; será que as coisas tinham mesmo de ser tão simples?

Logo chegaria a hora em que Stacey, arrumando a casa, teria de pensar em como retirar Owen de lá, mas logo o outro casal abriu a porta da frente e voltou. "O que aconteceu?", perguntou-lhes Owen, olhando para baixo para confirmar que a braguilha estava fechada.

Phyllis acompanhou a direção de seu olhar, mas estava num

daqueles seus momentos de serenidade, superior a tudo. "O Ed estava me levando para casa, mas foi só sair daqui e andar com a janela do carro aberta que eu me senti melhor e achei que valia a pena voltar. Vocês dois não sentiram a nossa falta?"

"Sentimos, sim", respondeu Owen. "A gente se sentiu abandonado. Faltou assunto pra conversar."

"Então vamos pra casa, querido. Você está ligado demais para dirigir? Eu ainda estou muito alterada."

Ed e Stacey estavam trocando cochichos, de modo que Owen sentia-se cruelmente excluído pelo casal. Levantou-se, um pouco debruçado para a frente, por precaução. Havia, como um bom marido, retirado o próprio pênis da boca da esposa do sócio, mas a agressividade dela levantara novas possibilidades em sua mente. Uma vida polimorfa o aguardava. Os deuses subterrâneos estavam na moda. Todo mundo estava pecando, inclusive o governo. Resolveu, no fundo do coração, tornar-se um sedutor. Nunca mais faria uma maldade daquelas com seu próprio pau.

Era 1967. Walter Rostow proclamava: "A vitória está próxima". Robert McNamara, não tendo tanta certeza, abria mão da Secretaria de Defesa para se tornar presidente do Banco Mundial. H. Rap Brown afirmava que os distúrbios de rua nos bairros negros de Newark e Detroit eram o ensaio geral da revolução. A filha de Stalin, Svetlana Alliluyeva, fugia para o Ocidente. Era lançado o Lunar Orbiter v, com o objetivo de mapear toda a superfície da Lua, inclusive o lado escuro. O campeão dos pesos pesados, Muhammad Ali, afirmava: "Não tenho nenhum motivo pessoal pra brigar com os vietcongues". Em San Francisco, uma multidão de hippies estimada em cem mil gritou que "O Haight é amor",* e o Golden Gate Park foi palco de uma gigantesca manifestação.

* Haight-Ashbury, bairro de San Francisco que foi por algum tempo a meca da contracultura. O nome "Haight" pronuncia-se igual a *hate*, "ódio". (N. T.)

10. Sexo na cidadezinha — V

No sonho, Owen está de volta a Middle Falls, indo e vindo da sua casa na Partridgeberry Road para sua mesa central na E-O Data e a salinha escondida, com um DEC PDP-8, um CRT, uma escrivaninha, um telefone e um sofá de couro artificial, a sala que ele preparou numa extremidade da velha fábrica de armas à margem do Chunkaunkabaug. Entre esses pontos cardeais de sua vida estendia-se uma rede de ruas e estabelecimentos comerciais — os três restaurantes, os dois bancos, a Woolworth's, a tinturaria, o sapateiro, que estava começando a ganhar um bom dinheiro vendendo sandálias de couro e tamancos em estilo hippie. A cidadezinha, naquele tempo em que ainda não existia a rede CVS, tinha diversas farmácias, a mais antiga das quais, a Amory's Pharmacy, que ficava no morro, ainda continha algumas prateleiras cheias de remédios tradicionais, com etiquetas vitorianas já desbotadas, e exibia na vitrine os tradicionais dois vidros grandes contendo líquidos simbólicos, vermelho-iodo e azul-tornassol, que desde a Idade Média anunciam as curas farmacológicas. Num outro nível da rede, mais personalizado, situavam-se o dentista da família; o médico, um homem taciturno que permanecia sempre indiferente, a menos que o mal fosse gravíssimo; o pediatra, para os inúmeros problemas menores de saúde das crianças; o oculista, um judeu alto e calvo que gemia de dor quando se abaixava para pingar as gotas que faziam dilatar as pupilas, duas vezes por ano; e, numa visita marcada anualmente, o contador, um homenzinho de nariz pontudo, feito focinho de toupeira, que agitava as mãos de nervosismo quando Owen ameaçava lhe confidenciar informações que ele não queria ouvir. E as escolas — as escolas públicas até Gregory completar treze anos —, que implicavam reuniões com professores, recitais, espetáculos teatrais, apresentações do coro e eventos esportivos, normalmente em dias de chuva. E havia também reuniões de comissões — a Câmara de Comércio e a Comissão de Construção de Escolas para Owen, e o Clube de Jardinagem e a Sociedade de Melhoramentos do Centro da Cidade para Phyllis, além do coral e as aulas de ioga.

Em algum lugar dessa rede densa, sonha Owen, acontece e se desenvolve a passos largos seu relacionamento com Julia, aquela mulher compacta, firme, decidida, surpreendentemente sexy, mas ele a perde vez após vez, é muito difícil manter aquela ligação precária e secreta — os telefonemas apressados e ofegantes, os encontros assustados nos lugares em que os limites desta cidade se confundem com os de uma outra — e semanas se passam, em seu sonho, sem que nenhuma ligação seja feita, e o objeto de seu amor vai afundando cada vez mais, desaparecendo da superfície do cotidiano, da tessitura espessa e responsável da cidadania, do trabalho, da família, e essa relação, forjada num relâmpago estival de paixão e descoberta mútua, vai esfriando até reduzir-se ao nada, tal como evaporam os vínculos formados entre crianças durante uma viagem de férias quando as aulas recomeçam. Julia, com quem ele passa dias sem ter contato, está murchando, ficando cada vez menor, caindo pelos interstícios da rede, perdendo-se para sempre em meio à atividade estéril da vida "normal", lícita. A sensação de pânico o desperta; Owen acorda desolado, perplexo, e pouco a pouco percebe, olhando para o papel de parede e o sol implacável do litoral que já está ardendo na fresta abaixo da persiana, que é Phyllis que está perdida, submersa abaixo da superfície das coisas, e que ele e Julia, legalmente casados, vivem juntos há mais de vinte anos em Haskells Crossing, Massachusetts.

Um dos lugares cruciais de Middle Falls era a praia de areia importada no Heron Pond. Ali, no verão, as jovens mães conhecidas de Owen, que já estavam chegando ao meio do caminho de uma existência média de setenta anos mas ainda lhe pareciam belas, levavam as crianças para obter uma hora de diversão fácil no meio do dia, fazer um almoço rápido e voltar para casa em seguida para tirar um cochilo, às vezes reaparecendo no final da tarde, quando as sombras já se alongavam e o tempo lentamente se aproximava do jantar das crianças após as cinco. Gregory, com doze anos, e Iris, com dez e meio, já não tinham mais idade para divertir-se naquela água escura e tépida, nem jogando bola-ao-mastro em torno de um pau torto no centro de um círculo de terra, em meio a mesas e bancos de madeira com iniciais gravadas a canivete, tambores de óleo pintados de verde com a palavra LIXO, o escorregador de alumínio corroído junto ao lago, a cadeira alta da salva-vidas ainda ocupada pela filha do diretor da escola, de tez de mogno e cabelos lisos, não mais adolescente. Sua gordura se adensara, tornara-se mesmo ameaçadora, com o surgimento de um buço acima dos lábios brancos de pasta d'água e as pernas roliças visivelmente peludas — uma opção claramente política. Em meio aos jovens, cabelos e pêlos passaram a ser um emblema; as axilas floresciam, as orelhas dos meninos desapareciam. Gregory passou a cultivar uma cabeleira despenteada, tornou-se um Beatle em miniatura, protestando contra a ida ao barbeiro como se fosse uma forma de agressão, uma vacinação dolorosa. O pequeno Floyd, na segunda série, e Eve continuavam, dóceis, a freqüentar o lago; quando Owen passava rapidamente por lá na hora do almoço, no Corvette Stingray vermelho que resolveu se dar de presente em 1968, ele encontrava os dois e a mãe como se fosse uma descoberta nova. Gostava de ver sua mulher em traje de banho — um biquíni branco que realçava seu bronzeado suave, rosado. Quase nua e no entanto ainda imponente, ela lhe parecia a Phyllis com que ele sempre sonhara, e aquela praiazinha sonolenta e vagabunda à beira-lago era como um paraíso perdido, cheio de meninas travessas de pernas queimadas de sol. As mães abriam toalhas sobre a grama e faziam piqueniques com os filhos; Alissa Morrissey repetia suas piadas de sempre a respeito dos perigos calóricos do Marshmallow Fluff. Por ser ela de baixa estatura, qualquer quilo a mais se tornava visível; porém havia nela algo de ansioso, nervoso e ambíguo que a desgastava, mantendo a gordura sob controle. O marido, Ian, estava se tornando uma pessoa difícil, segundo se dizia. Embora a moda na época fosse usar o cabelo longo e alisado, Alissa cortava bem curtos os cabelos castanho-claros, com brilhos artificiais, e os escovava para trás, como se estivesse numa motocicleta a toda velocidade. Usava os óculos de armação de plástico cor da pele até mesmo quando estava deitada à beira-lago; seus olhos — de um azul fosco e gasto, como calças jeans já lavadas muitas vezes — olhavam para Owen, pensava ele, mais do que o necessário. Os homens eram raros no Heron Pond. Quando Alissa sorria de algo que ele dizia, aquele sorriso parecia envolvê-lo; era como se ela lesse seus pensamentos e soubesse do incidente confuso ocorrido com Stacey, e da decisão firme que ele tomara naquele momento. Ele era um homem disponível.

Numa noite de bebedeira geral na casa dos Morrissey, talvez o réveillon, naquele período confuso após a meia-noite, os dois se encontraram por acaso no corredor do segundo andar — ela havia subido para ver um dos filhos que estava febril, e ele estava a caminho do banheiro, pois o único banheiro do andar de baixo fazia parte do estúdio de Ian, onde ninguém podia entrar. Ian era muito sério quanto a essa proibição imposta às visitas. Atraídos um pelo outro como planetas saindo de suas órbitas, Owen e Alissa se beijaram. Ela apertou-se contra ele de tal modo que seus dentes se tocaram; Owen ficou surpreso, tal como anos antes com Alice Stottlemeyer. Mas agora não se tratava mais da brincadeira da garrafa. Tirado do sério pelo champanhe comemorativo, excitado pela roupa de festa de Alissa — blusa transparente e calças bufantes de cor cereja —, Owen passou a mão pela ilharga de Alissa e por um momento enfiou-a em sua virilha. Ela deu um salto para trás, como se tivesse se queimado. "Ah, comigo, não", exclamou, com a voz durona de uma gerente de salão de dança interpretada por Barbara Stanwyck ou Ann Sheridan num filme preto-e-branco exibido no Scheherazade, fechado havia tanto tempo. Alissa era uma mulher em camadas; todas as mulheres tinham camadas, Owen estava descobrindo; a questão era desvendar em qual delas ele seria bem recebido.

Os Morrissey recebiam com freqüência, o que é sinal infalível de problemas matrimoniais: precisavam da presença de outros para ajudá-los a aturar um ao outro. Ian Morrissey, dez anos mais velho do que Alissa, era ilustrador de revistas. À medida que encolhia o mundo de revistas voltadas para um público de classe média, as que mais utilizavam ilustrações, ele ia se tornando mal-humorado e sarcástico. Os anos tinham lhe dado mais cabelos brancos do que era de se esperar num homem apenas quarentão, bem como dedos trêmulos manchados de tinta e nicotina e uma postura curvada. Ian havia enfiado na cabeça que, enquanto o seu mundo profissional, de mulheres fantasticamente glamorizadas que ilustravam histórias românticas com final feliz, estava sendo substituído por artigos sensacionalistas e fotografias retocadas a um passo da pornografia, Owen e Ed estavam na crista de uma onda tecnológica em franca ascensão. Referia-se aos dois, em tom de desprezo, como "nerds". Owen tentava lhe explicar que o mundo da informática era muito volátil e caprichoso, mudando a cada instante, e que ele e Ed eram obrigados a enfrentar concorrentes cada vez mais jovens e inovadores; mas o ego de Ian estava convencido de que ele representava uma tradição sofisticada em vias de extinção, sendo sufocada por uma moda grosseira de rock, robôs industriais e violência psicopata. Deixou crescer um cavanhaque curto que dava a impressão de que ele não havia feito a barba, como se fosse um fracassado desses que nem se cuidam mais.

"O que vocês, seus nerds, simplesmente não conseguem entender", disse ele a Owen uma noite, "é que essas máquinas horrorosas de vocês não são sobre-humanas, e sim subumanas. Tudo que a gente tinha de humano está sendo jogado fora."

"É só um mecanismo", disse Owen, decidido a continuar num tom amistoso, sentindo a pressão constante dos olhos de Alissa, "como tantos outros mecanismos — a máquina a vapor, o automóvel, a câmera de cinema."

"É, e todos eles mudaram nosso ritmo — aceleraram tanto que a gente já nem vive mais."

"Então, se a gente não vive, o que é que a gente faz, Ian?", perguntou Phyllis. Estavam presentes apenas eles dois naquele jantar informal na casa dos Morrissey, construída em 1730, no bairro mais velho da cidade. Ao contrário dos Mackenzie, que de início eram seus vizinhos, os Morrissey permaneciam fiéis ao centro da cidade, perto do parque central. Enquanto Owen desenvolvia a versão inicial do DigitEyes, Ian estava no telhado da casa, pondo massa entre os tijolos da chaminé; vigoroso e otimista, raspou toda a tinta antiga, com base de chumbo, das ripas do revestimento, e em seguida tingiu a madeira. Tingir era supostamente mais autêntico do que pintar, mas o efeito foi tornar as ripas escuras e feias, com uma aparência de coisa improvisada e de má qualidade, para combinar com os tetos baixos, as paredes de gesso rachado e os objetos de artesanato já velhos — patos de madeira, bonecos articulados, uma ventoinha de latão que representava um homem de cartola e uma mulher de touca — adquiridos em lojas de beira-estrada em Connecticut quando o casal, tendo se mudado de Manhattan, estava abraçando a vida rural com o entusiasmo aquisitivo dos recém-convertidos. Toda a casa, até mesmo o estúdio de Ian, um cômodo muito bem-arrumado, com lâmpadas fluorescentes, parecia empoeirada; sentia-se que não havia mais amor ali, o que tornava mais difícil recusar os convites do casal. Gregory e Iris não gostavam de vir brincar naquela casa, embora os filhos dos Morrisey fossem mais ou menos da mesma idade que eles.

A voz suave e *blasée* de Phyllis atraiu todas as atenções para ela. O terceiro copo de vinho, ou um pouco de estímulo intelectual, fazia com quc scu rosto pálido ganhassc uma cor inusitada. Sua beleza distante — aquela cabeça alva mantida levantada, acima das multidões que se acotovelam nos corredores labirínticos da vida — tinha o efeito de diminuir os atrativos nervosos e curvilíneos de Alissa, embora Owen tivesse a impressão de que eles se curvavam em torno da insatisfação daquela mulher como as penas de uma ave que está chocando. A infelicidade das outras pessoas — foi essa a idéia que lhe ocorreu — era seu elemento desde a infância; sempre que percebia sua presença sentia-se mais concentrado e revigorado.

"Nós reagimos", respondeu Ian mais que depressa. "Reagimos a essas máquinas desgraçadas, e ficamos como mortos quando elas são desligadas." Os dois casais já estavam bem acostumados com aquelas noitadas que passavam juntos — as crianças no andar de cima embaladas pelo murmúrio da televisão, a vizinhança veneranda aquietando-se do outro lado das janelas que se iluminavam de repente quando um carro fazia a curva na Common Lane. Phyllis não se incomodava com as tiradas de Ian; tal como o pai dela, ele passara a vida debruçado sobre uma tarefa bidimensional, e aqueles seus pronunciamentos proféticos e negativos talvez despertassem nela a lembrança de conversas sérias travadas por adultos naquelas reuniões de professores em Cambridge. Percebendo o fato, Ian a tomava por platéia. "Vocês se dão conta", disse ele, alargando o círculo de seus interlocutores de modo a englobar Owen e Alissa, "de que ainda na geração dos nossos avós era comum que pessoas de qualquer condição social soubessem tocar um instrumento musical, cantar a várias vozes com outras pessoas e desenhar — fazer esboços de paisagem ao ar livre ou pelo menos pintar aquarelas? Todos aqueles viajantes vitorianos sabiam desenhar, e todos os escritores também, não apenas Thackeray. Hoje nem mesmo os artistas profissionais sabem desenhar. Eles improvisam essas abstrações enormes que são um escárnio, uma piada. Qualquer um tem uma máquina fotográfica Brownie. Quer dizer, a Brownie já nem existe mais — é coisa do meu tempo. Ela exigia perícia demais, não era toda automática."

Tensa por ouvir o marido falar demais, Alissa cruzava e descruzava as pernas, sentada no velho sofá de veludo que fora estofado com lona de vela de barco e enfeitado com diversos xales de crochê já rasgados. "Eu me lembro do meu pai", arriscou ela, fixando os olhos desbotados em um e outro rosto, insegura, "contando os passos para medir a distância antes de tirar uma foto com a Kodak velha dele. Era assim que ele tirava retratos de mim e dos meus irmãos. As fotos saíam muito nítidas. E olha que o visor triangular já havia quebrado havia muito tempo. Ele calculava no olho. Aquelas fotos me deixavam fascinada — elas eram poucas, não era essa abundância de agora. Ele guardava em caixas de chocolate vazias; quando a gente tirava a tampa ainda sentia o cheiro."

"Está vendo?", disse Ian. "O seu pai, com todas as limitações dele, sabia utilizar as ferramentas dele. Hoje ninguém mais sabe usar ferramenta nenhuma. Agora quem faz tudo são os chamados peritos, que cobram vinte e cinco dólares por hora. E mesmo assim o que eles fazem é *malfeito*. Uma das poucas coisas boas dessa tal de revolução que dizem que está acontecendo é que a garotada de classe média está aprendendo os ofícios tradicionais, carpintaria, essas coisas, num gesto de rebeldia contra os pais, essa gente desajeitada de colarinho branco."

Essa catilinária repetitiva, Owen sabia, tinha a ver com o fato de que estava cada vez mais difícil para Ian achar um mercado para suas ilustrações espalhafatosas, cheias de verve artificial e margens inacabadas; um bom número de amostras emolduradas, outrora reproduzidas em revistas como *Saturday Evening Post*, *Collier's* e *Redbook*, estavam afixadas nas paredes rachadas da sala. Owen conhecia arte o suficiente para não levar muito a sério as produções de Ian, mas não queria revelar, ao defender seu próprio campo de trabalho, seus verdadeiros sentimentos a esse respeito. "O computador é uma ferramenta", argumentou. "As peças móveis são impulsos eletrônicos, mas tudo o que ele faz poderia ser feito mecanicamente — aliás, foi isso que Babbage e Pascal fizeram no passado, só que as máquinas foram ficando complexas demais para continuarem sendo mecânicas. Ian, por que é que você precisa imaginar toda uma nova ordem diabólica? Você tem a mesma atitude quando usa uma torradeira moderna, em vez de torrar o pão numa frigideira?"

"O., meu bem, deixa o Ian falar mais", disse Phyllis. "Quero que ele explique melhor por que é que estamos todos nos tornando subumanos."

"Por falar em mais, alguém quer mais uma dose?", indagou Alissa; seu tom parecia indicar que preferia que ninguém aceitasse a oferta.

Ian, sardônico, afirmou: "Mais um uísque com gelo, meu bem, vai me ajudar muito a esclarecer minha visão desse nosso futuro negro".

"Um bourbon com água *bem* fraquinho, Alissa", pediu Phyllis. "Quer que eu ajude?"

"Pra mim, só água", disse Owen, para discordar de Phyllis e agradar Alissa, que estava preocupada com a deterioração de seu marido. Ela dirigiu a Owen um olhar cujo sentido era: somos nós, sóbrios, contra os outros. Suas pernas roliças, nuas, toda vez que ela trocava de posição no sofá forrado de lona, excitavam-no e o levavam a desenvolver raciocínios gráficos; suas coxas convexas formavam uma curva fechada no ponto em que se encontravam e se transformavam, sem violar seu homeomorfismo fundamental, numa concavidade que delimitava um outro tipo de espaço, que ia além do V sensível por ele tocado num momento eletrizante de transgressão. Estava ficando tarde; a fumaça dos cigarros formava torvelinhos horizontais junto ao teto baixo, subdivididos por vigas recobertas, pintadas com aquele tom creme típico das cidades históricas.

"O capitalismo", afirmou Ian, "só nos pede uma única coisa: consumir. Quanto mais burros ficarmos, melhores consumidores nos tornamos, não só daquela porcaria fatiada que eles chamam de pão e desses detergentes de cozinha que matam os peixes nos rios, mas também de entretenimento enlatado. Quanto menos atrito ele produzir ao entrar nos nossos ouvidos e olhos, mais a gente consome e paga pra consumir. Não existe mais arte na acepção antiga de uma coisa *feita*, feita à mão, por um artista que só tem compromisso com seu próprio olho e sua própria concepção de beleza. Debruçado sobre o bloco de desenho, tentando captar o tom exato, por exemplo, das pedras de Veneza ou de um ramo de flores silvestres, o artista estava processando o que era externo, transformando-o numa coisa humana; ele estava *entendendo* essa coisa, e nós entendíamos com ele, através da empatia, acompanhando o processo de descoberta dele passo a passo. A música deixa isso bem claro na dimensão do tempo: nós acompanhamos o compositor à medida que ele vai resolvendo os problemas, as mudanças de tom, a resolução. Pra assistir televisão não precisa entender nada; eles querem que você seja bem burro pra ficar vendo os anúncios."

Phyllis disse: "Talvez seja por isso que os jovens são tão rebeldes, porque nós ficamos burros. É por isso que eles querem voltar pra natureza e bombardear os bancos. Eles estão tentando quebrar a casca da burrice generalizada".

"Obrigado, Alissa", disse Owen, quando a anfitriã lhe deu um copo alto, de fundo grosso, bonito, cheio de água gelada, a superfície externa coberta de pequenos rios de suor, causados pela diferença de temperatura. Seria apenas por acaso que Alissa, ao se abaixar para pôr um descanso debaixo de seu copo, exibiu a ele, na curva catenária do decote largo da blusa de camponesa, seus seios? Por cima eram morenos, mas havia pele branca também, mais no fundo, na sombra, e uma cavidade escura entre eles onde ele podia enfiar o dedo, ou a língua, ou até mesmo o pênis ereto. No Heron Pond, quando Phyllis e Alissa estavam ambas com maiôs de duas peças, o de Phyllis se destacava em seu corpo alongado como duas faixas brancas, enquanto as duas peças do biquíni de Alissa pareciam arcos adesivos, pequenos triângulos presos com amarras de barbante colorido.

Ian não se deu ao trabalho de comentar a afirmação de Phyllis, o que ofendeu Owen. Sentado numa esfarrapada bergère xadrez, com manchas nos braços e no trecho do encosto em que costumava encostar a cabeça — ele deixava os cabelos ficarem longos e oleosos, como fazem os artistas —, Ian segurou o copo reabastecido com os dedos amarelados e dirigiu-se a Owen sem sequer se virar para ele; era como se as duas mulheres sentadas no sofá não estivessem presentes. Seu rosto, pálido, terminando no cavanhaque, visto de perfil, parecia estar em transe. "Vocês, com esses computadores, estão espremendo todo o suco da vida. Para vocês, nós somos todos apenas construtos estatísticos a ser manipulados. O Ed, vá lá, porque ele não podia ser outra coisa senão um nerd; se não fosse, não seria nada, no máximo seria cozinheiro numa lanchonete vinte e quatro horas. Mas *você*, O., você é diferente. Você tem alma, ou pelo menos já teve algum dia. Deixa eu me exprimir melhor: você sabe que está faltando alguma coisa, e mesmo assim você se alista como soldado no exército do mal. Ou o que você quiser chamar. A indústria. O complexo militar-industrial. Militarismo, morte, poluição e merda produzida em massa para essa multidão de merdas."

"Na verdade", disse Owen, adorando ver que o outro estava chafurdando na hostilidade, concluindo que havia cada vez menos motivos para ele não comer a esposa dele, "boa parte do nosso trabalho no momento é pegar os dados das companhias de seguros e passar pra fita, pra discos, a grande novidade, e desenvolver sistemas pra hospitais, reduzindo a papelada. Ou será que os hospitais e as companhias de seguro também fazem parte do exército do mal? Ian, a coisa que está faltando começou a faltar há muito tempo, no tempo de Copérnico e Martinho Lutero, e se esse tempo não pode voltar mais, a culpa não é da tecnologia. A tecnologia trabalha com o que é o caso, como dizia Wittgenstein. E seria possível argumentar que as revistas femininas pras quais você faz ilustrações é que são soldados do exército do mal, vendendo cosméticos e tampões e máquinas de lavar pratos e lingerie sexy e qualquer outra coisa que for possível convencer as mulheres a comprar. É um pacto com o demônio, Ian — medicina, eletricidade e balística em troca de um céu esvaziado. Todos nós assinamos esse pacto, e não é por causa de um bando de garotos que vão viver em Vermont sem privadas que a situação vai mudar." Owen não sabia por que havia falado num tom tão emocionado; ele não queria acreditar nisso. Queria ao mesmo tempo a tecnologia e a ilusão: ambas eram frutos benéficos da imaginação humana.

Phyllis, a esposa leal, disse: "O Owen não é antiarte, ele vive indo aos museus. O DigitEyes era justamente uma sublimação disso".

Owen estremeceu ao ouvir aquele "era". Phyllis tinha razão: o programa estava se tornando obsoleto, e ele não conseguia atualizá-lo, encontrar a outra coisa nova. A conversa daquela noite, espichada até a meia-noite pelas vociferações pomposas de Ian estimuladas por Phyllis, não o interessava mais; ele já estava convencido de que nem ele nem Alissa deviam coisa alguma a Ian. Alissa, encolhida no sofá, como se fosse derreter sobre as almofadas, lutava para não dormir por trás dos óculos de armação cor da pele. Suas pálpebras estavam avermelhadas e irritadas, e os lábios ostentavam um leve sorriso de vingança paciente. No carro, voltando para casa, Phyllis disse, sem mais nem menos: "Ela odcia ele".

Estaria sua mulher lendo seus pensamentos, no momento em que mentalmente ele percorria as curvas de Alissa? Owen ficou surpreso, mas achava que sua mulher tinha sempre razão — era um cofre de sabedoria cujo segredo ele corria o risco de esquecer por completo, à medida que fosse se afastando dela. "É mesmo?", retrucou. "O Ian sempre disse essas mesmas coisas. Por que é que ela odeia ele?"

"Pelo mesmo motivo que ele se odeia. Impotência."

"É mesmo?" O espaço escuro rasgado pelos faróis do carro

parecia aprofundar-se. Para ele, era emocionante ouvi-la mencionar coisas como potência e descontentamento, assuntos grosseiros que normalmente ela não se dignava a comentar.

"Bom, é uma maneira de dizer. Ele está dando murro em ponta de faca, e sabe disso. De repente tudo mudou. Aquelas revistas de classe média que ele sempre abasteceu de desenhos estão fechando ou já fecharam. As pessoas vêem televisão, e quando lêem são aqueles tablóides vendidos no caixa do supermercado. Até mesmo a New Yorker mudou. Agora ela está histérica, quando o assunto é o Vietnã."

"Todo mundo está ficando histérico", disse ele, acrescentando, num súbito acesso de carinho, "menos você."

"Por dentro eu estou histérica também", retrucou Phyllis, num tom tranqüilo e resignado, no momento em que a pista de entrada da casa de Partridgeberry Road, semi-ocultada por uma curva, recebeu em cheio a luz dos faróis em sua fachada de ripas brancas, por trás da qual os quatro filhos do casal dormiam.

Também Alissa era uma artista frustrada — pelo menos, ela fazia amor com Owen como se cada vez tivesse de ser uma obra-prima. Na sua saleta trancada na fábrica, ou no quarto de motel ou hotel onde vez por outra eles conseguiam achar tempo para se encontrar, ou no quarto da própria Alissa, sob aquele teto baixo construído em 1750, que já começava a ceder, nas raras ocasiões em que Ian fora à cidade para tentar vender seus trabalhos e as crianças estavam na escola, ela se entregava ao prazer de foder como se estivesse salvando a própria alma. E de chupar também — quando tinha na boca o pau de Owen, entrava numa espécie de transe, abaixando e levantando a cabeça de modo repetitivo como um daqueles pássaros mecânicos que ficam bebericando um copo d'água. Era uma pessoa oral: quando, empalada em Owen e sentada em seu colo, a língua dele brincava com seus mamilos, Alissa enfiava dois dedos na boca e, de olhos fechados, começava a ascender interiormente. Gozar não era fácil para ela; Alissa era uma artista, na medida em que exigia que todas as condições fossem perfeitas e sua concentração fosse total, estando as partes do corpo de Owen — língua, pau e dedos — distribuídas tal como ela queria. Owen sentia-se como um intérprete cuja presença era necessária para que Alissa pudesse se comunicar consigo mesma. Porém, ao contrário de Faye, sorridente e leve, Alissa gozava de maneira nada ambígua, arfando cada vez mais depressa, emitindo sons agudos, até chegar a um clímax que os dois amantes quase nunca tinham esperança de alcançar, quando então ela produzia um gemido grave e súbito, como se tivesse sido golpeada, enquanto a outra mão, a que não estava enfiada na boca, batia nas costas de Owen como a asa de um pássaro em pânico. Ele orgulhava-se de constatar que, após as primeiras vezes, em que se precipitou por conta da culpa e do medo, agora conseguia acompanhá-la até o final. O corpo de Alissa, quando ele aprendeu a conhecê-lo, tinha a curiosa capacidade de exalar calor no lugar exato em que ela queria ser tocada, de modo que as mãos e a boca de Owen eram guiadas para lá sem erro. Aos poucos, timidamente, Owen se deu conta de que, quando ela estava sentada em seu pênis, tendo os mamilos estimulados, Alissa gostava que ele enfiasse um dedo em seu ânus, bem fundo, no momento do orgasmo. Ele tornou-se um ajudante, um cúmplice, associando-se a ela em doces transgressões, ultrapassando um limite traçado por seus ancestrais protestantes, que jamais tiravam por completo as roupas negras e faziam amor em cabanas de madeira totalmente escuras.

Owen descobriu que tinha a capacidade de ser frio na hora do sexo, até mesmo gélido, contemplando os dois corpos suados de certa distância, paralisando a curva de seu próprio orgasmo com imagens deliberadamente assexuadas — uma tranqüila enseada antilhana ao pôr do sol, ou um lance perfeito numa partida de beisebol. Quando Alissa alcançava seu cume interior de modo irreversível, ele podia lhe dar aquilo que estava contendo com esforço; imobilizava-lhe as nádegas com as duas mãos e, num movimento para cima sem qualquer delicadeza ou piedade, enfiava bem fundo. O gemido de Alissa, vindo de um território além de seu próprio orgasmo, se renovava num registro mais agudo; no momento em que gozava, o coração disparado, Owen se perguntava se não havia perigo de ela desmaiar. Então a mão pousada em sua omoplata lentamente parava de se debater, e ela cobria seu rosto de beijos fracos.

A gratidão que Alissa sentia por ter Owen aprendido a fazer amor com ela, dentro da gama profunda porém estreita de estímulos aceitos por seus nervos, manifestava-se através da permissão de que ele lhe pedisse o que quisesse — porém, mais uma vez, dentro de certos limites. Embora fosse devota da felação, Alissa não permitia que ele gozasse em sua boca, "como os homens fazem com as prostitutas", e se um movimento impulsivo da língua fazia com que ele fosse longe demais, ela recebia a ejaculação no queixo ou no peito, onde depois o esperma gosmento reluzia de modo constrangedor. Mas comê-la pela segunda vez, nos dias em que tinham alguns minutos adicionais para se encontrar, quando ela se ajoelhava na cama ou no chão, era permitido: uma imagem que permaneceu em sua mente por muito tempo, quando ela já não estava mais a seu alcance, era o brilho duro do cóccix de Alissa, recebendo luz imediatamente acima das nádegas amplas e cremosas. Desse ângulo, na outra extremidade da coluna que dividia as costas em duas metades rechonchudas e douradas, as vértebras cervicais apareciam sob os tufos de cabelo castanho cortado bem curto, uma visão enternecedora. *Este é o pescoço*, pensou Owen, *que o carrasco vê*. No dia em que lhe ocorreu esse pensamento, a luz entrava na saleta pela única janela que lá havia, uma janela alta, de fábrica, luz filtrada por sujeira e arame. Sua cela na E-O, com um cheiro oleoso de indústria antiga e o zumbido distante de atividade intelectual coletiva, inspirava neles um desavergonhamento ofegante, sussurrado, uma concentração fascinada nos próprios corpos, talvez tão meticulosa quanto a que os pacientes internados em hospitais recebem e conferem nos dias que antecedem a morte.

Mas também Owen tinha um lado melindroso, um limite. Não conseguiu conter o seu espanto e nojo quando, numa escapulida de meia hora num carro estacionado, seu dedo explorador saiu de debaixo da saia de Alissa coberto de sangue; a vermelhidão daquele sangue, que parecia um revestimento medicinal, horrorizou-o. Irritou-o constatar que ela não lhe havia avisado que estava menstruada — aquilo lhe pareceu uma falta de decoro até pior do que aquelas poças de sêmen sobre os seios dela, como uma explosão de meleca.

Olhando para trás, Owen constatava que não havia explorado ao máximo a docilidade de Alissa, seus transes de escravidão absoluta. Embora ambos confessassem que se masturbavam nervosamente, por necessidade, jamais se masturbaram um para o outro, o que teria sido fácil, pensava ele agora, na escuridão por trás de suas pálpebras, deitado ao lado de Phyllis e sentindo falta de Alissa. Na verdade, porém, seus órgãos genitais, quando surgia a oportunidade e suas peles estavam quentes de ardor amoroso, pareciam feitos para se esconder um dentro do outro, fundindo seu calor e sua umidade.

Embora fosse uma inocente — com pouco mais de trinta anos, jamais havia traído Ian antes —, Alissa tentava fazer com que Owen perdesse certa sensação de estranheza que sentia diante do fato de que ele próprio habitava um corpo. Uma vez, num acesso de timidez, pouco depois de se tornarem amantes, ajoelhado diante das pernas abertas de Alissa, ele cobriu com a mão o pênis no auge da excitação, e ela disse, um pouco ofendida, com um didatismo suave: "Não se esconda, Owen". Como se aquela coisa inflamada, cheia de veias azuladas, fosse ele mesmo. Aquelas partes inferiores do corpo, cheias de pêlos, instaladas bem junto aos lugares da urinação e da defecação, eram a sede do ser, feias e malcheirosas quando contempladas de fora, porém fontes de sensações deliciosas. Este valor elevado era totalmente interior, e os outros tinham de aceitá-lo por uma questão de fé. A embriaguez da excitação sexual conferia esta fé, porém depois deixava Owen sem compreender por que — fora esta a pergunta que ele fizera atrás do galpão do playground — as mulheres consentiam naquilo. Algo tão arriscado, com tamanho potencial de vergonha e humilhação. A humilhação fazia parte do êxtase, talvez: era ser abaixado como um balde dentro do poço negro da biologia, sabendo o tempo todo que a corda continuava no lugar, o dia claro da sociedade aguardando lá no alto.

Ele poderia tê-la convencido, ficou imaginando quando já era tarde demais, a engolir seu esperma. Poderia também fazer com que ela o deixasse beijá-la entre as pernas até ela gozar. Elsie permitira isso, naquele último verão, quando eles dois estavam irritados ao ver que o amor deles não estava levando a nada. Assim, ele lhe concedeu um prêmio reservado às virgens. Instalada no banco do carro, com a saia levantada até a cintura, ela gozou com um estalo, uma percussão interior inconfundível. As costas e os ombros de Owen doíam de tanto ficar debruçado sobre ela, ali no banco do Chrysler do pai de Elsie. Aquilo lhe dava prazer, estar em contato com ela de uma forma diferente de olhar para seu rosto e ouvir sua voz. Alissa nunca havia gozado daquela maneira e jamais o faria. Ele devia ter insistido. Ela se lembraria dele por isso. Mas atividades sexuais fáceis de realizar na privacidade de sua mente esbarravam em obstáculos na realidade, limites na psicologia do outro.

Uma transação sexual era uma transação psicológica — é preciso sentir que o outro, ainda que sua submissão sexual seja ideal, tem uma psicologia própria, uma mente a registrar os acontecimentos de modo mais ou menos paralelo. Senão só nos resta o espetáculo sórdido e patético dos corpos femininos infláveis, com bocas e vaginas utilizáveis, anunciados nas últimas páginas da revista *Hustler*. É preciso que haja um alguém, não um algo — uma outra consciência. A presença do outro introduz uma dimensão política na esfera do psicológico. Owen conseguia relaxar enquanto Alissa o chupava porque ela possuía um par de seios; o prazer que lhe proporcionava uma sensação que poderia perfeitamente ser causada por um outro homem era sancionado por sua vagina, aquele distintivo de carne que afirmava sua autoridade como servidora do macho. Quanto a Alissa, ela precisava dispô-lo da maneira exata, língua e pau e mãos, como uma criança que dispõe os travesseiros e os bichos de pelúcia em torno de si para poder adormecer. Seus olhos de um azul fosco, quando ela fazia amor e durante um minuto após, ficavam brilhantes e escuros como tinta fresca. Em seguida, eles perdiam o brilho, enquanto Alissa permitia que Owen desfizesse aquele arranjo complicado e se colocasse junto aos joelhos dela, e ela repousava, como a *Olímpia* de Manet, semi-reclinada nas três almofadas do sofá de vinil no refúgio de Owen na E-O. Seus seios, que minutos antes culminavam em mamilos eréteis e sensíveis, agora repousavam achatados em seu peito. Owen acendia um cigarro, um Parliament, para ela, e os dois ficavam tentando encontrar um assunto sobre o que conversar.

Era este o problema: o que fazer com os corpos depois? Um homem e uma mulher de mentalidades razoavelmente semelhantes, com mais ou menos a mesma fisiologia e educação sexual, resolvem encontrar-se e usar-se mutuamente por uma hora; e depois? Desde o desastre melodramático do fim do caso com Faye, Owen estava decidido a não se apaixonar da próxima vez, pelo bem de todos. Alissa parecia aceitar essa profilaxia emocional como algo que era positivo para sua situação pessoal. Ela era leal, ainda que não fiel, a Ian, e ele a Phyllis. No entanto, isso implicava uma tensão; Alissa era tão adorável, entregava-se de modo tão completo a ele naqueles crimes confortáveis, que o corpo de Owen ansiava por possuí-la para sempre.

Ele sentia-se tão à vontade que chegou mesmo a perguntar a Alissa: "Por que as mulheres fodem?".

Ela riu, e tossiu toda a fumaça do cigarro antes de tragar. "E os homens?"

"Está na cara. Porque as mulheres são bonitas."

"E os homens não são?"

"Não. Pelo menos até onde eu consigo ver."

"Isso não é nada lisonjeiro pra mim, Owen. Eu achava que graças ao meu amor você não pensava mais assim. Você é lindo."

"Ah, *você*, é claro; você me faz me sentir confiante. Mas isso você também ia conseguir fazer flertando comigo numa festa."

"Ora", disse ela, "vá se foder."

"Você sabe o que eu quero dizer", Owen insistiu. "Você me deixa enfiar esse negócio em você e corre o risco de engravidar, e se você é prostituta ou a namorada de um sujeito primitivo, corre até risco de vida. Todo dia a gente lê no jornal que uma coitada morreu porque fodeu com algum idiota que depois não queria largar do pé dela."

A palavra "foder" e suas congêneres, nessa época, estava associada a uma carga agradável de intimidade categórica. Também nessa época, por incrível que possa parecer, o sexo era considerado uma atividade segura. As piores conseqüências eram facilmente contornadas, com uma dose de antibiótico ou uma viagem a um país mais esclarecido onde o aborto era legal. As mulheres tomavam a pílula ou então usavam DIU; os chatos só eram um problema para os hippies, faziam parte de seu estilo de vida bem-humorado e antiburguês, e o herpes ainda não era considerado um problema. Coceiras passavam de vagina para pênis para vagina, e por uma questão de delicadeza ninguém mencionava o assunto senão para o médico, o qual receitava uma pomada ineficaz. Nessa época, o sexo era considerado uma atividade inocente, mesmo quando os que o praticavam nada tinham de inocentes. Owen e Alissa eram exploradores de um território, o adultério, que não era totalmente estranho para eles, mas estava longe de ser um terreno bem conhecido. Haviam sido levados até essa região selvagem por cônjuges difíceis ou indiferentes, e a fina camada de culpa que se acumulava sobre eles era, como as secreções do amor, devidamente lavada antes que eles voltassem para a rua. Tal como essas secreções, a culpa fazia parte da coisa, do que nela havia de ousado e saudável.

"Engravidar não seria nada muito sério. Mas não me mata, não, Owen."

"Eu entendo como é que isso acontece. Às vezes eu mesmo fico louco de ciúme, deitado na cama de noite e pensando em você com o Ian na cama, provavelmente trepando."

"E você e a Phyllis, nunca?"

"Não muito, não."

"Pois então. Nós somos casados, isso aqui é uma coisa extra, e não vamos ficar pensando muito no assunto. Você quer saber por que é que as pessoas fazem o que fazem. Elas não sabem, é uma coisa mais profunda do que o cérebro. São os feromônios, esses comportamentos programados, que nem o instinto dos pássaros de fazer ninhos. Você já viu passarinho construindo ninho e parou pra pensar como é que ele faz isso, escolhendo os gravetos certos, e por aí vai? Eles também não sabem."

"Bem-vindo ao meu ninho", disse Owen, referindo-se àquela saleta inóspita, de tijolo, com pé-direito alto, sentindo-se preocupado. Talvez Ed estivesse precisando dele — alguma pequena crise, algum problema que só ele era capaz de resolver.

"As mulheres precisam de atenção", Alissa explicou. "Elas não têm muitos dos recursos que os homens têm pra chamar a atenção. Então o jeito é se virar com o que elas têm."

"Então vocês fodem só para pedir atenção?"

"Quando você encara a coisa dessa maneira, parece um absurdo, mas é mais ou menos isso, sim. Enquanto você está comigo está mesmo prestando atenção em mim, se bem que deu para eu perceber que você já está pensando numa maneira de me fazer sair daqui pra poder retomar o trabalho."

"De jeito nenhum. Eu sou doido por você." Uma expressão que substituía o cálice envenenado do *Eu te amo*. Ele jamais disse isso a Elsie, e também não dizia agora a Alissa. Faye acreditara na frase, ele também havia acreditado, e os dois provocaram sofrimento. "Só peço vinte minutos pra provar o quanto eu sou doido por você." Imaginou-a ajoelhada no chão duro, ou no sofá: a nuca coberta de um pêlo suave, o brilho das vértebras.

"Agradeço a oferta, meu senhor", disse ela, e fechou as pernas a seu lado, rápida como um canivete, sentando-se e pousando os pés descalços no chão. "Mas eu preciso fazer compras, preparar o jantar do Ian e pegar a roupa na lavanderia antes de as crianças chegarem da escola." Alissa e Ian tinham dois filhos — Norman, que tinha dez anos, e Neysa, que ao entrar na primeira série havia libertado a mãe e ao mesmo tempo — Alissa explicara a Owen — a deixara tão perdida que ela começara aquele caso com ele. Seus lábios tremeram depois que ela riu após fazer aquela associação de idéias um tanto cômica. Embora fosse novembro, seu corpo ainda exibia as disparidades douradas e prateadas de seu bronzeado de verão. Tendo feito um esforço para levantar-se, Alissa deixou-se cair de novo no sofá de couro falso, que gemeu. "Aliás", comentou ela, "acho que não é bom pra saúde uma mulher trepar como uma alucinada e de repente se levantar e ir fazer compras. A gente devia dar um tempo para proteger a semente, sei lá."

Owen adorava vislumbrar, em momentos como aquele, uma mulher em seu íntimo, momentos que Phyllis raramente lhe proporcionava; ela sabia que era mulher, mas não se dava ao trabalho de ficar pensando em sua condição, enquanto Alissa era uma espécie de filósofa de província em relação ao tema. "As mulheres preferem levar uma paulada na cabeça a serem ignoradas", disse-lhe ela uma vez. Owen não conseguia imaginar a possibilidade de dar uma paulada na cabeça de Alissa, mas aquela idéia alimentou a ternura brutal com que ele contemplava suas costas enquanto, ajoelhado, os joelhos ardendo, ele a penetrava, com movimentos rítmicos. Depois daquele pequeno contratempo com o sangue menstrual dela, Alissa confessou: "Quando eu estava, sabe, me tornando mulher na adolescência, eu imaginava que seria nessa hora que os homens iam se sentir mais atraídos por mim, na hora do sangue".

Aquela ilusão era tão íntima que ela se calou, tímida, mal ousando retomar o assunto. "O que você imaginava que os homens fariam com ele?", perguntou Owen.

Sua amante ficou vermelha. "Ah, não sei, não fica me cobrando; era só uma sensação. É como dar leite, uma coisa muito feminina. Excitante."

"Mesmo com as cólicas?"

"As cólicas não têm muita graça", Alissa reconheceu, "mas elas criam uma ligação entre a mulher e a dor. A gente sente e esconde. Tudo, se você parar para pensar, tudo que faz com que você seja você é escondido. Até mesmo", ela prosseguiu, a melancolia dominando sua nudez e trazendo uma necessidade de aliviá-la, "o seu amante selvagem", e cutucou-o, não apenas de brincadeira, mas com força suficiente para fazê-lo prender a respiração e lhe causar dor, naquele ponto vulnerável logo abaixo do esterno. Vendo a expressão de susto no rosto dele, Alissa desviou a vista e suspirou. "São tantas exigências que fazem, a mim ou a qualquer outra mulher, Owen, que é um alívio saber que quando eu procuro você é com um único objetivo. Não tem aquela indefinição terrível que tem no casamento — vamos ou não vamos, e se vamos não é melhor ir pra cama logo, antes que a gente comece a ficar com muito sono? Com você pelo menos sei que nós vamos, você está esperando esse momento, sonhando com ele; eu me sinto concentrada. Às vezes, lá na River Street, antes ou logo depois de estar com você aqui, não consigo parar de sorrir, e fico assustada quando penso que todo mundo lá na rua vai adivinhar que eu acabo de foder, ou então que vou foder daqui a pouco."

"Você se sente assim também depois do Ian?"

"Não fica jogando verde, querido. Isso não pega bem. Eu já disse, a gente fica com sono. Às vezes um dos dois dorme antes de terminar, tamanho o tédio."

"Realmente, o Ian anda meio chato", concordou Owen, com uma crueldade hesitante.

"Ele fica chato", explicou a esposa de Ian, "porque tenta explicar em termos gerais o que no fundo ele acha que é um fracasso pessoal, uma perda de criatividade."

"Eu conheço essa sensação", disse Owen, num tom de voz que dava a entender que aquele encontro estava encerrado.

Durante mais um ano e meio continuaram a se encontrar furtivamente, quase não acreditando na sorte que tinham. Ian e Phyllis pareciam não saber e, muito embora a cidadezinha soubesse — não apenas os amigos dos dois, mas também os pedestres que viam Alissa sorrindo na River Street e a recepcionista do motel na estrada de Willimantic —, numa cidadezinha essas coisas não se contam. Sua tessitura é feita de segredos, de verdades que é melhor não mencionar, de casas que têm menos janelas do que paredes opacas. Alissa e Owen talvez tivessem continuando a se encontrar, nunca mais de uma vez por semana, menos do que isso no verão, até que a pressão da falsidade deformasse um deles tanto que o outro não conseguisse mais amá-lo; porém ela engravidou. Aquelas recordações saudosas dos tempos em que ela imaginava, ingênua, que seu fluxo menstrual fosse admirado foram substituídas pela espera nervosa da próxima menstruação. Depois de muitos telefonemas apressados, ficou claro que ela não viria mais.

"Mas quem é o pai?" Era essa a pergunta, quando se completaram três semanas após o dia em que ela devia ter menstruado, quando já começava a sentir náuseas pela manhã. "Com quem foi que você fez amor na época crucial?" Owen gritava, falando num telefone público de beira-estrada, esforçando-se para ouvir, os dedos enfiados num dos ouvidos, levando no rosto lufadas de sal e areia do inverno anterior, transformados numa poeira fina pelos pneus dos carros. Dizia "fez amor" em vez do verbo franco que costumavam usar, como se houvesse uma telefonista, aquela abelhuda obsoleta das cidadezinhas, escutando sua conversa.

"Nem você nem ele", foi a resposta que veio, numa voz fraca.

"Ah, meu Deus. Então você anda saindo com outra pessoa?"

"Não, não, seu bobo. Eu quero dizer que tanto pode ser você quanto ele, só que não sei como. A pílula estava fazendo com que me sentisse inchada, por isso voltei a usar o método da tabelinha, porque eu e o Ian usamos muitos anos e deu certo, até que ele me deixou engravidar do Norman. Ele dizia que era um artista, e que as crianças eram reféns da sorte."

"Acho que fui eu", disse Owen, resignado, "já que a gente dava umas fodas muito boas."

"Meu amor, não precisa ser boa para engravidar. Se precisasse, o mundo não tinha problema de explosão demográfica."

"É claro que eu preferia que fosse o Ian. Eu tinha idéia de que você me disse que ele era impotente." Um equívoco: Owen lembrou que fora Phyllis quem fizera o comentário.

"Eu disse isso? Eu posso ter dito que ele estava meio desanimado. Mas ele só tem quarenta e três anos, ele não é nenhum *velho*."

"Nem me fale", implorou Owen. Era repulsivo. O sangue dela, o sêmen de Ian e o dele. Sentia que suas vísceras se liqüefaziam; estava no limiar daquele destino que aguarda, um buraco sem fundo, ali onde se rompe a pele frágil do cotidiano. "O que é que você vai fazer?"

"O que é que você quer que eu faça?" Ele teve de repetir a pergunta; um caminhão imenso havia passado na hora exata.

"Não dava pra você tirar?", perguntou, ali junto à estrada suja.

"Não vejo como", respondeu a vozinha fraca. "Como é que eu ia explicar pro Ian? Ele já está sabendo que a menstruação não veio. Aonde que eu podia ir sem contar pra ele?" Sua voz estava cada vez mais débil; ela estava ficando menor, mergulhando nas profundezas transparentes, afastando-se dele, para sempre. "Owen, eu vou ter esse filho", disse ela. "Nós nunca mais podemos nos encontrar."

Talvez essas revelações e decisões não tenham vindo à tona todas ao mesmo tempo, numa única conversação, cercada de ruídos e poeira, num telefone público à beira-estrada, e sim em fragmentos repetitivos e implacáveis; ela desapareceu de sua vida de maneira abrupta, o que era tão vergonhoso para Owen que ele reprimiu os detalhes. No final do verão, a gravidez de Alissa já estava visível. Por que esconder? — era essa a idéia nova dos costureiros com relação a essa antiga questão de moda. As suéteres confortáveis de Alissa, que nada ocultavam, suas minissaias largas, e até mesmo, no Heron Pond, seu biquíni ajustável, agora se curvavam em torno de um novo centro. Alissa voltou a ficar rechonchuda. Recebia os parabéns dos amigos com covinhas no rosto. No seu círculo de amizades, era cada vez mais raro alguém engravidar. Owen horrorizava-se com a paternidade ambígua daquele feto cada vez maior, mas aquela criaturinha que tanto complicara a sua vida, e que ele teria matado sem nenhum escrúpulo se pudesse, estava cada vez mais protegida no corpo de Alissa, cercada pelo reconhecimento social de sua existência. As cidadezinhas são incubadoras, dão muito valor a seus membros mais jovens. Um nascimento é positivo para o *status quo*, valoriza o presente e garante o futuro.

O último verão dos anos 60 trouxe mais notícias do que tranqüilidade: Nixon e Kissinger tentando forçar o Vietnã a aceitar uma rendição, Ted Kennedy afogando uma jovem eleitora deslumbrada em Chappaquiddick, o primeiro homem na Lua com uma roupa de personagem de desenho animado. Judy Garland morreu, o bispo Pike desapareceu, Sharon Tate grávida foi assassinada em Los Angeles, por todos os Estados Unidos o governo era desafiado e odiado. Mas no mundo imediato de Owen a notícia foi a gravidez de Alissa Morrissey, e seu vínculo secreto com esse acontecimento o arrastou para bem perto daquela esfera terrível e desastrosa que há atrás das manchetes, onde as pessoas faziam suas apostas e enfrentavam as conseqüências. Era uma afronta à sua inocência mais íntima a consciência de que seu corpo, ao gozar a liberdade, tivesse gerado, mais uma vez, uma conseqüência tão irrevogável como essa, um ser vivo cujas células se multiplicavam diariamente, ramificando-se seguindo as rotas majestosas traçadas pelo DNA. O pobre Ian não cabia em si de orgulho, balançando o cavanhaque enquanto enfrentava as brincadeiras dos convidados nas festas, pois embora não fosse um velho, era mais velho do que os outros, e a gravidez de Alissa, tal como a de Sara na Bíblia, fora inesperada. Owen sentia uma culpa ardente em relação a Ian; nunca gostara dele, mas nesse evento biológico Ian estava numa posição de vítima, cega, orgulhosa em sua ignorância. Por que tanto remorso terno por Ian e tão pouco pela criança que, temia ele, seria seu filho, e menos ainda por Alissa? Mais que depressa ela compreendera a situação e decidira livrar-se do amante para proteger o filho. Owen relembrou seu primeiro triângulo, formado por seu pai, sua mãe e ele. A mãe lhe dera amor, orientação e a idéia de que sua vida seria um mar de rosas, mas quando seus pais brigavam ele sempre ficava do lado do pai, aquele homem melancólico, preocupado, limitado, derrotado. Os homens compreendem os homens, mecanismos com muito poucas engrenagens — uns poucos apetites terrenos, um orgulho e estoicismo de guerreiro, heranças atávicas. Já as mulheres são criaturas lunares, reluzentes, que nos ferem quando dizem não e também quando se entregam a nós.

11. Inovações em hardware

Seduzido e sedutor, Owen agora exalava a fragrância do amor. Havia se afirmado, no nível dos feromônios, como um homem que gosta daquilo que as mulheres têm para oferecer. Discretamente, através de murmúrios e apertos de mão, provocações e elogios, elas se aglomeravam em torno dele. O tempo começava a pressionar a geração a que pertenciam, embora elas se considerassem na flor da idade, com uma infinidade de opções ainda abertas. Aos poucos Owen foi se acostumando a ver sua ex-amante, outrora tão voluptuosa na intimidade, publicamente grávida; ela se queixava, para que todos a ouvissem, das dores que a criança lhe proporcionava, nas pernas, nas costas — aquelas belas costas nuas. Nos últimos meses, era obrigada a passar horas na cama para não perder aquele insidioso invasor de seu corpo. Quando a criança nasceu, só três semanas antes do tempo, era uma menina, que todos afirmaram ser a cara de Ian. A pequenina prematura, que pesava apenas dois quilos e setecentos gramas, tinha as feições bem delineadas e encolhidas de Ian, seu jeito de apertar a vista, como fazem os artistas, do fundo do moisés cor de creme, como se a luz estivesse muito forte. Owen antes tinha certeza de que ia ser um menino; sentiu que um peso lhe foi retirado dos ombros.

"É o pai, cuspido e escarrado", disse Ed em seu ouvido. Ed estava atrás de Owen, em meio aos convidados que se amontoaram ao meio-dia no jardim-de-inverno dos Slade para ver a criança, agora com três meses de idade, rostinho vermelho, cabelos finos e ralos. Era Páscoa na nova década; o sol atravessava as árvores nuas e atingia sem nenhuma filtragem os móveis de palhinha, refletindo-se nos copos em que os convidados tomavam seus drinques e nos olhinhos semicerrados de Nina. Owen achava ridícula aquela mania dos Morrissey de só dar aos filhos nomes começados por N, e começou a encarar as delícias daquele seu caso encerrado com um olhar melancólico. Alissa não havia perdido os quilos a mais que ganhara na gravidez. Os seios, que antes eram do tamanho exato para Owen — redondos, cabiam nas mãos perfeitamente —, agora pesavam contra a blusa de seda e o casaco roxo de seu traje de Páscoa. Todos estavam bem vestidos, embora fossem poucos os que iam à igreja, mesmo nessa data. Os Slade, o casal mais careta do grupo, freqüentavam a igreja e tinham o hábito de oferecer esse brunch pascal; o evento fazia parte do ciclo festivo anual do grupo, e todos contavam com ele. Nesse ano, veio o bebê, como se para substituir as crianças que já estavam ficando crescidas demais para procurar ovos de Páscoa, uma brincadeira que os Slade sempre faziam questão de organizar. Owen não conseguia ver nada de seu naquela criança de rostinho vermelho e olhos azuis bem abertos. Havia no toque da mão de Ed em suas costas um peso excessivo, cheio de significados, que o incomodava; para livrar-se dele, Owen virou-se para trás, encarando seu sócio

"Não estou vendo o cavanhaque", comentou.

Ed esboçou um sorriso. Também ele, sem as saladas e couves de Stacey, havia engordado. Stacey o largara e voltara para a Califórnia. Reduzido novamente ao celibato, indo de uma casa a outra filando jantares, Ed resumia tudo a uma simples questão de que ela era jovem demais e pertencia a uma outra cultura. A Califórnia não era outro estado, era outro país. Para Stacey, Connecticut era um lugar irreal — verde demais, antigo demais, tudo excessivamente amontoado — e, como Ed passava muito tempo no trabalho, ela se sentia solitária. Era desse modo que ele equacionava o que sem dúvida fora vivenciado como um fracasso vergonhoso — falta de vitalidade, incapacidade de interessar uma mulher jovem. Se pelo menos tivessem tido um filho, Ed dizia a Owen, talvez tivesse sido diferente. Ele havia manifestado essa vontade, mas ela não queria. Owen muitas vezes relembrava a noite em que haviam fumado maconha e Stacey ficara sentada no chão. Não sabia se ela havia se oferecido para chupar só a ele ou se o convite fora estendido, com mais sucesso, a outros moradores de Middle Falls. Era uma pena ela ter ido embora, pois se fizesse a oferta hoje Owen a aceitaria. Agora compreendia melhor: uma chupada não era nada de mais. Stacey tinha uma natureza expansiva, de quem foi criada no Oeste, enquanto Ed era um nerd emocionalmente embotado do Bronx, onde as ruas eram comandadas pela sensibilidade taciturna e discreta dos gângsteres. Fazia parte do código de Ed saber mais do que se admite saber, ali em Middle Falls, onde a fofoca reinava; de algum modo ele estava sabendo tudo a respeito de Owen, Alissa e o bebê, porém guardaria o segredo.

Phyllis, tendo tomado seus três copos de vinho branco, queria segurar a criança. Estava usando, para demonstrar o desprezo que sentia pela mais cristã de todas as datas, calça jeans bem apertada, brincos de pérolas pequenos e uma camisa listrada de homem, com as mangas arregaçadas, como se para exibir o relógio suíço, que custara mil dólares, dado por Owen quando completaram quinze anos de casados. "Faz tanto tempo", explicou ela, curvando aquele corpo alto e esguio, riscado pelas frestas de sol que entravam no jardim-de-inverno, e rapidamente recolheu do moisés o corpinho envolto em cobertores. Alissa não conseguiu disfarçar sua preocupação — seus óculos brilharam de repente — e levantou-se, por um triz não estendendo os braços, mas Phyllis dirigiu à mãe um sorriso tranqüilizador. "Não esqueci da cabeça", disse ela, mostrando como a estava segurando com a mão esquerda. "Como é quente a cabecinha!", exclamou, e contemplou o rosto da criança como se procurasse um significado, um enigma, naquele olhar fixo e vazio. "Ah, Alissa", prosseguiu Phyllis, com aquela voz suave e no entanto dominadora que outrora Owen se esforçava para ouvir em meio à multidão, "ela é deliciosa. Owen", prosseguiu ela, descobrindo o rosto do marido no meio do grupo amontoado e silencioso, "a gente tem que ter mais um, antes que seja tarde demais."

"Vamos conversar sobre isso", respondeu ele, e ficou perplexo quando essa resposta impensada provocou risadas entre os amigos.

Phyllis, ao apropriar-se do bebê daquela maneira estranha e onírica, havia instaurado uma tensão. Apenas a criança não a sentia. Seus olhos azuis, de um tom mais escuro que o azul desbotado dos olhos da mãe, haviam se fechado. "Querida Nina", disse-lhe Phyllis. "Você é perfeita. Você vai se sair muitíssimo bem." Beijou a testa vermelha, a qual se franziu, e olhou para as mulheres a seu lado. "Quem quer ser a próxima?", indagou, simpática, e vários pares de mão rapidamente se ofereceram para acariciar a pequena Nina, um de cada vez.

No Stingray vermelho, voltando para casa, Owen ousou dizer a ela: "Não sei não, mas acho que a Alissa não estava preparada pra ver você agarrar o bebê daquele jeito".

"Ela adorou", disse Phyllis. "Toda mulher gosta que o bebê

dela seja admirado. A Alissa ia ficar magoada se a gente não tivesse pedido para segurar o bebê. A menina."

"Não ouvi você pedir nada. Ah... você estava brincando quando falou em ter mais um filho, não é? A Eve vai fazer sete anos, e ela sempre foi a caçulinha da família. Você não quer voltar a ter que trocar fraldas e passar a noite em claro, não é?"

"Só se servir pra gente ficar mais próximo."

"Mais próximo do que isso? Meu Deus, nós vivemos praticamente colados um no outro."

Phyllis ficou calada por um momento e depois disse: "É que claro que eu estava brincando, Owen. Loucura sua, achar que eu seria capaz de ter outro filho com você".

Aquela afirmação era mais categórica do que ele queria ouvir — era o extremo oposto da atitude fascinada que ela exibira na festa. Cada vez era mais difícil localizar a verdadeira Phyllis. Owen disse então, pois para ele era mais difícil suportar o silêncio no carro do que era para Phyllis: "Eu estive pensando, agora que a Eve passa boa parte do tempo na escola, você podia voltar a estudar, talvez em Trinity ou até mesmo em Yale, fazer um ou dois cursos. Se atualizar um pouco, pra depois poder retomar sua tese de doutorado".

"Ou então voltar a estudar balé, que larguei quando eu tinha onze anos", sugeriu Phyllis, num tom tão tranqüilo que ele levou alguns segundos para se dar conta de que ela estava sendo irônica.

Em Haskells Crossing, no século XXI, a Páscoa é uma boa oportunidade para os ricos se mostrarem. Eles vão à igreja na Páscoa e no Natal, mesmo se não vão nenhuma outra vez durante o ano, como se para manter a validade do contrato sobrenatural que vem garantindo sua prosperidade. A maioria freqüenta a Igreja episcopaliana, três séculos e meio depois da teocracia tirânica dos puritanos. Eles eram fanáticos; os Estados Unidos são um país conservador com raízes no radicalismo. Em muitas cidadezinhas da Nova Inglaterra, a igreja congregacionalista de madeira branca está em decadência — a tinta descascando, o pináculo quase caindo de podre, o quadro de avisos à frente anunciando sermões com títulos bem-humorados, como EU ESTOU BEM, DEUS ESTÁ BEM, ou então COM FRUTO PROIBIDO SE FAZ MUITA GELÉIA MÁ —, contrastando com as construções de madeira e alvenaria, de cumeeiras bem delineadas, que se dedicam às palavras graciosas de Cranmer e aos caprichos reais de Henrique VIII.*

Owen, embora fosse razoavelmente rico, graças à divisão e venda da E-8 Data nos anos 70, encarava os ricos, os ricos hereditários, como uma tribo exótica. Acreditava que os proprietários das malharias de Alton haviam oprimido seu pai e roubado seu avô. Algumas fortunas locais, herdeiras das malharias, tinham em Willow, no seu tempo de menino, a estatura mítica dos Mellon, Frick e Carnegie em Pittsburgh. Porém, embora aguçasse os ouvidos sempre que passava pelo muro coberto de ferros pontiagudos que cercava a propriedade dos Pomeroy perto do Cedar Top, e conseguisse ouvir ao longe o ruído de pessoas mergulhando numa piscina, ele jamais se vira diante de nenhuma dessas criaturas fabulosas. No Scheherazade — um salão sem janelas, de piso inclinado, com as paredes recobertas por folhas de zinco que imitavam tijolos, o interior decorado por umas poucas luminárias chinesas e listras *art déco*, uma bilheteria externa onde ficava a esposa grisalha do dono e uma marquise cujas

* A Igreja episcopaliana é o ramo norte-americano da Igreja anglicana, criada por Henrique VIII, que teve Thomas Cranmer como seu primeiro chefe religioso, enquanto a Igreja congregacionalista é descendente do puritanismo radical, antimonarquista, dos primeiros colonizadores da Nova Inglaterra. (N. T.)

luzes atraíam nuvens de mariposas no verão — os ricos, interpretados por Cary Grant e Fred Astaire, Joan Blondel e Katharine Hepburn, Charles Coburn e Eugene Pallette, eram projetados numa luz prateada simpática, como estrelas de uma comédia de qüiproquós em que tudo acabava se resolvendo com atração sexual e uma reserva ilimitada de dinheiro protegida de impostos pesados. Um triunfo para a arte capitalista — fazer com que os pobres, em vez de odiar os ricos, rissem e sentissem pena deles! Bastava um pequeno capricho da fortuna para que os pobres também se tornassem ricos, tão bobos e felizes quanto eles. Para os magnatas que fabricavam esses filmes, é claro, isso não era uma fantasia. Eles haviam se dado bem na América. O mesmo fizera, ainda que em escala menor, o próprio Owen.

Agora ele pode ver em três dimensões e cores naturais, no serviço de Páscoa das dez horas, na igreja de Saint Barnabas de Haskells Crossing, o clã dos Wainthrop, ocupando os dois primeiros bancos da frente. A matriarca, de oitenta anos de idade, viúva há muito tempo, fica entronizada numa cadeira de rodas que bloqueia metade do corredor; os fiéis que vão comungar são obrigados a contorná-la. Antes de começar o culto, seus netos, um por um, todos de blazer, gravata de repes e camisa de casimira, se debruçam ou se acotovelam por entre os mais velhos para homenagear a anciã, com seu cabelo azul rígido e seu chapéu de palha preto, beijando-a de lado por baixo da aba larga do chapéu. Nenhum paxá, nenhum mafioso recebe homenagens de modo mais altivo. Owen imagina todo o dinheiro arrolhado pelo corpo vivo da octogenária, como toneladas de trigo esperando a hora de se despejar de um silo. Nesse ínterim, por entre as frestas escorre uma quantidade razoável: os rapazes de blazer ostentam o bronzeado de férias de inverno passadas nas Bahamas e fins de semana em estações de esqui, e as moças, mesmo as que estão na idade mais ingrata, com aparelhos nos dentes e espinhas no rosto, exibem vestidos caros, o ar esperançoso conferido pelas escolas exclusivas e a tranqüilidade de quem sabe o quanto vale no mercado matrimonial. Riqueza é saúde.

Os pais, a geração intermediária, resistem às leituras, às preces e ao sermão (*Sim, Ele ressuscitou, tal como ressuscita em nossas vidas, em muitas Páscoas pessoais!*) com as expressões educadas, ligeiramente sorridentes, que exibem nas inúmeras reuniões de diretorias e festas regadas a álcool que fazem parte da vida de quem pertence à rede dos endinheirados. Owen admira em particular duas características dos homens ricos: eles sabem agir de modo mais educado à medida que o objeto de sua cortesia vai se tornando mais desagradável, e conseguem usar sapatos — não apenas mocassins, mas sapatos de couro fino — sem meias. Owen, de origem humilde, não consegue disfarçar sua irritação e não agüenta usar sapatos, grudentos e sujos, sem meias, meias de lã, quanto mais grossas, melhor. Chegou à conclusão de que os meninos e homens ricos se negam o conforto das meias para exibir seus tornozelos bem torneados. Owen também sente admiração pelos ricos de ambos os sexos quando os vê, numa festa, jogar na boca salgadinhos enigmáticos e, ao constatar que estão quentíssimos, engoli-los assim mesmo, resignada e dolorosamente, garantindo um câncer no esôfago algumas décadas depois.

Os dois bancos da igreja, repletos, contêm representantes de todas as etapas da vida, desde a invalidez terminal por motivo de corpulência causada pelo álcool, passando por pele danificada pelo sol, músculos endurecidos nas academias, formas esbeltas adquiridas em spas, crescimento e florescimento súbitos da adolescência, inquietude e hilaridade da puberdade, meninice rechonchuda e sufocada pelo tédio, infância estupefata à beira de um chilique, até chegar ao recém-nascido há pouco batizado, barriga cheia de leite, dormindo no colo da jovem mãe.

Os Wainthrop formam uma imagem sinóptica do percurso trágico da vida, porém é uma imagem cheia de toques de graça, polidez e consciência tribal de um valor que é maior do que a soma das partes. Os ricos não se espalham, não dissolvem a família nuclear num deserto de entretenimentos vulgares, estacionamentos de shoppings do tamanho de lagos, bares de beira-estrada com caraoquê nas noites de quarta-feira, centros comerciais desertos e florestas arrasadas, passando de emprego em emprego, de cônjuge a cônjuge, em meio a melancólicas diversões eletrônicas como filmes com acidentes de carro e grandes explosões e seriados enlatados que refletem, como num espelho distorcido, a comédia desajeitada de nossos desesperados improvisos cotidianos que estão além dos princípios ordenadores das hierarquias de igreja, cidadezinha e família. Apenas os ricos — e mesmo assim, nem todos, pois alguns se tornam rebeldes e outros, por descaso, vão parar nas castas inferiores — têm condição de custear as velhas estruturas que nos sustentam do berço à cova, bem alimentados, bem vestidos e benquistos. Para Owen, filho único, cuja identidade se afirma de modo mais intenso quando ele está absorto numa conversação codificada com a superfície fria de um tubo de raios catódicos, os clãs entremeados de Haskells Crossing são verdadeiros paradigmas da vida em comunidade, uma rede mais forte do que o aço. As mulheres, em sua maioria, são de sangue anglo-saxão — claras, com queixos fortes de guerreiras — e os homens têm ossos tão grandes que parecem pouco à vontade enfiados em seus ternos feitos sob medida. Porém a rede permitiu, aqui e ali, uma ou outra noiva de sangue asiático ou latino, um ou outro noivo recrutado entre as raças mais escuras — o advogado judeu, o corretor ítalo-americano — para renovar o estoque genético.

Depois do culto, enquanto Julia, valendo-se de seus muitos anos de experiência, está dando um longo conselho ao pastor,

Owen dá por si bem próximo do agrupamento dos Wainthrop, em particular da jovem mãe com o bebê adormecido, o qual, aliás, já acordou, e agora, mal-humorado, está sendo balançado no colo da mãe. A mulher é mais imponente do que parecia no banco apinhado. Usa os cabelos longos e soltos, à maneira dos hippies dos anos 60, e tem feições nórdicas, de traços fisionômicos um pouco maiores do que a média. Os pés são alongados e fortes, calçados em sapatos de salto alto com tiras brancas que dão várias voltas nos tornozelos; contra os cabelos loiros destacam-se as sobrancelhas escuras ao natural e os lábios fartos, com batom coral luminescente. Indiferente à estação do ano, está usando (o domingo começou prometendo sol, embora agora esteja ficando nublado e mais frio) um minivestido com listras horizontais largas que representam metade das cores do arco-íris, justo de alto a baixo, como se a qualquer momento seu corpo pudesse sobrepujar as roupas. Enquanto Owen a observa, furtivo, outros Wainthrop se aproximam dela para admirar o bebê, receber e dar aqueles ágeis beijos no ar característicos dos ricos. Ele é forçado a desviar a vista, para não parecer indiscreto; eis ali a espécie de beleza grande e crua, tão radiante quanto as formas generosas de uma mãe nua nos olhos do filho atônito, que arranca de seu coração de homem, embora velho, uma espécie de adoração, que impele seu corpo a ajoelhar-se diante dela, num ato de devoção pagã, ali naquele pedaço de chão sagrado em Haskells Crossing.

Quem quer ser a próxima?, perguntara Phyllis no jardim-de-inverno dos Slade, e Owen teria de pensar um bom tempo para poder responder. Agora vivia viajando, pois a E-O Data se esforçava para manter seu lugar ao sol numa indústria que cada vez mais caminhava em direção à costa oeste. Em 1968 ele tinha ido a uma conferência de informática em San Francisco para ver um ex-técnico de radar chamado Douglas Engelbart demonstrar uma invenção denominada "indicador de posição X-Y para sistema de monitor", que logo passaria a ser chamada de "mouse". Numa fala de noventa minutos, Engelbart mostrou, através de um computador que estava a quarenta quilômetros dali, de que modo era possível, sem precisar de comandos de texto, comunicar-se com uma tela de monitor dividida em janelas. Owen percebeu que o hardware do futuro estava ali, e, de volta à E-O, começou a fazer experiências de integração entre o princípio do X-Y com a caneta de luz que ainda era a ferramenta utilizada na área de CAD (projetos auxiliados por computador). Porém, não tendo como selecionar pixels específicos e precisando de muita capacidade de armazenamento e resolução para a varredura de linha do CRT, quando pela segunda vez atualizou o DigitEyes (versão 2.2), foi obrigado a ainda colocar a caneta de luz diretamente sobre a tela do monitor para comunicar um endereço X-Y. Para obter o aumento ou rotação de uma imagem de vetor desenhada, ainda era necessário recorrer a uma variedade de comandos de linhas numéricos. A velocidade e a precisão dos gráficos eram extraordinárias, e era possível conseguir ampliações e diminuições até a ordem de 103, porém os métodos ainda continuavam associados à linguagem de máquina alfanumérica, o que implicava a utilização de um manual volumoso.

Foi em 1974, no Palo Alto Research Center (PARC) da Xerox Corporation — um patrocínio que direcionou a pesquisa para produtos voltados para o mercado de massa, e não para aplicações militares e industriais —, que Owen viu pela primeira vez uma interface gráfica de verdade, lançada pelo PARC. Sentiu uma pontada no coração; a interface, com ícones manipulados via mouse que imitavam de modo esquemático uma mesa de trabalho, relegava todas as instruções técnicas ao programa oculto. O operador simplesmente fazia um cursor andar na tela mexendo no mouse, arrastando e soltando ícones ou blocos de texto selecionado. As linhas de comando não tinham mais futuro. A expansão em ritmo geométrico da capacidade dos chips permitia que cada pixel no monitor de varredura de linhas tivesse um endereço — coordenadas que um simples movimento de mão, o qual desencadeava verdadeiras tempestades silenciosas de computação, transportava para a próxima localização, juntamente com todos os outros pixels no mesmo ícone ou bloco de texto. O inventor, um cientista do PARC com um nome apropriadamente elementar, Alan Kay, se inspirara ao ver crianças na escola a elaborar e executar pequenos programas utilizando a linguagem de programação de Seymour Papert, Logo, cujos comandos eram todos expressos como objetos e movimentos — "gráficos de tartaruga". As crianças estavam na vanguarda. Seriam sempre os jovens que teriam a ligação intuitiva com aquele brinquedo fantástico, aquele cérebro artificial, um cérebro que não estava ligado a um animal cheio de vísceras sangrentas. Owen já não era jovem. Vislumbrava — ali naquela outra costa, cheia de penhascos e palmeiras e centros de pesquisa todos de vidro, em prédios baixos, fustigados pelo sol e à prova de terremotos, com unidades de fabricação de componentes microeletrônicos inteiramente livres de poeira — um futuro desconhecido, um mundo de computadores tão acessíveis ao público quanto máquinas de escrever, com toda a sua matemática elegante, outrora província exclusiva de engenheiros elétricos e especialistas em lógica de Boole, agora soterrada sob uma superfície colorida tão vulgar quanto um gibi. No MIT, trabalhando na instalação de mísseis na Turquia, na IBM de Nova York e na garagem atrás da casa geminada na Common Lane que ele e Phyllis tinham alugado naquele primeiro ano em Middle Falls, Owen sentira-se na crista da onda de uma revolução, de uma nova tecnologia; agora, ainda que a E-O Data pudesse continuar explorando o número cada vez maior de executivos que em matéria de informática só sabiam que toda empresa moderna precisava de computadores, e precisava de programas que fizessem esses computadores funcionar, executando trabalhos que dispensaria mão-de-obra humana, Owen e Ed eram como fazendeiros que cultivavam seus campos às pressas antes que as águas de um rio recém-represado os inundassem. Em pouco tempo, qualquer office boy seria capaz de programar um equipamento multiusuário simplificado, e a abordagem minimalista da Unix, que a Bell Labs resgatara do colapso da GE Multics e licenciava para as universidades a preço de custo, democratizara ainda mais o que fora antes um trabalho para especialistas. Dali em diante, Owen teria de pensar em termos de nichos de mercado, projetos especiais, clientes europeus e modas passageiras.

Agora havia mais mulheres no mundo da informática do que dez anos antes. Umas poucas eram programadoras e engenheiras; um número maior delas atuava como instaladoras, pessoal de suporte e representantes de vendas nas gigantes da indústria — Sperry Rand, IBM, GE, Honeywell. Essas jovens, muitas delas formadas em matemática como Phyllis — mas algumas eram formadas em cursos de letras e psicologia, e depois haviam sofrido uma espécie de conversão —, compareciam às conferências, e de vez em quando Owen e uma delas exploravam as oportunidades oferecidas por uma noite longe de casa. Jacqueline, Antoinette, Mirabella — de modo geral, tinham nomes diferentes, corpos esguios, usavam minissaias e cabelos compridos e eram liberadas. Enquanto não terminou a Guerra do Vietnã e Nixon não renunciou, os anos 70 foram uma continuação dos 60, da febre de rebeldia provocada pela irritação com os poderosos. Mas a nova década era mais desgastada e desiludida. Os corpos femininos estavam endurecendo, à medida que as academias e as dietas se transformavam numa forma de auto-afirmação feminina. As drogas e a promiscuidade haviam cuidado da saúde espiritual; agora chegara a vez do corpo. Owen não podia deixar de admirar, ajoelhado no carpete do hotel em San Jose para abaixar a meia-calça de Jacqueline, o tendão teso atrás de seu joelho, a panturrilha bem desenhada que subia até o bíceps femoral e o glúteo máximo, tão firme ao tato; teve de fazer uma pausa para beijar o delicioso adutor longo na parte de dentro da coxa, e ela, ainda presa à meia-calça, foi obrigada a agarrar-se aos cabelos de Owen para não perder o equilíbrio. Quando totalmente nua, Jacqueline tinha um corpo um pouco menos imponente, menos flexível, do que prometia seu desenvolvimento muscular. Sua pele e seu cabelo tinham algo de amargo, efeito do *jet lag* de vinte e quatro horas e das doze horas que havia passado em pé tecendo loas às maravilhas do DEC PDP-11, com software de tempo compartilhado e unidades de fita magnética; o computador era mais alto do que ela, mesmo com seu penteado elaborado. Tendo-a penetrado, Owen estava cansado demais para se conter, e ela não aceitou seu pedido de desculpas. Aquelas conquistas apressadas causavam insônia e deixavam como efeito prolongado uma leve sonolência que durava uma semana, enquanto a sensação de conquista reduzia-se a nada da noite para o dia.

Antoinette era uma depuradora de software desbocada de uma magreza espantosa, que ele conheceu numa feira de informática em Saint Louis — uma grande extensão de metal claro e telas convexas de um verde quase negro, perto do grande arco através do qual Lewis e Clark abriram a conquista do Oeste. A feira ocupava um galpão imenso, edificado recentemente no local onde fora destruído um gueto de negros, cujos moradores haviam fugido para East Saint Louis, e os patrocinadores da feira não sabiam muito bem a quem dirigir o glamour do evento, se às grandes empresas ou se aos aficionados que tinham paciência e centenas de horas disponíveis para montar um Altair 8800. Naquela madrugada antes do raiar da Apple, quando o computador vendido desmontado se tornou um produto de consumo, até mesmo um Tandy TRS-80 da Radio Shack custava mais do que um Buick novo, e o DEC mais barato, o PDP-8, custava "apenas" dezoito mil dólares. Owen montava guarda no estande da E-O, apregoando sem muito entusiasmo uma aplicação de jogos que Ed havia cismado de produzir. Tentando se aproveitar do sucesso do Pong da Atari, ele havia deixado Owen de lado, trabalhando com uma equipe de jovens projetistas. Mas o Pong ainda necessitava de uma caixa que pesava cem quilos, instalada num fliperama ou numa lanchonete, em que as pessoas inseriam uma moeda para jogar uma partida. Apenas uma família em cem mil possuía um computador. Era difícil de acreditar que os videogames, que exigiam som, cores e joysticks, eram o futuro de uma invenção que fora fruto de uma grande guerra e que no momento processava números para os exércitos financeiros, industriais e científicos do mundo. Homens de terno cinzento circulavam entre os estandes onde eram atendidos por técnicos de informática com jeans desbotados, camisas de flanela e rabos-de-cavalo. Numa geração posterior, o segundo uniforme viria a substituir o primeiro como o auge da moda entre os endinheirados, e advogados e banqueiros adotariam um traje informal para receber seus clientes mais importantes, os multimilionários eletrônicos.

Owen viu Antoinette trabalhando no estande da Cray Research, uma companhia nova que produzia computadores de alto desempenho em Chippewa Falls, Wisconsin. Tinha cabelos negros que pareciam cortados apressadamente por uma criança com uma tesoura de plástico, e havia em torno dela uma aura elétrica de ressentimento que prometia muito. Owen gravitou em direção a ela na recepção oferecida pela recém-criada Associação de Indústrias Eletrônicas da cidade, onde o álcool fluía com fartura. Muito depressa, foi a impressão que ele teve, Antoinette já estava lhe dizendo o diabo de um colega de trabalho, um pouco acima dela na hierarquia da empresa, um "babaca" que só fazia "merda", que ela não agüentava mais. Aquele linguajar incomodava Owen, que continuava melindroso, porém prometia intimidade. Conteve sua repugnância dizendo a si próprio que aquela mulher era passional, vivia tal como ele numa cidadezinha com Falls no nome e que o acaso os juntara no coração daquele grande país livre. Da recepção foram de táxi a um restaurante famoso. A narrativa dela prosseguia: "Esse puto totalmente autocentrado, que se chama Eric — e um sujeito que se chama Eric só pode ser autocentrado, é ou não é? —, ficava o tempo todo empurrando pra cima de mim, da maneira mais sutil, de modo que ninguém podia dizer nada, mas é claro que eu percebi, aqueles comentários falsamente educados, tipo 'Eu deixo você fazer isso' e 'Você seria um anjo se' e patati, patatá, quando o que ele queria era nada mais, nada menos que eu passasse a noite inteira revendo o código de máquina, comparando número por número com o original, vinte e tantas páginas impressas numa matricial com a fita já quase sem tinta, não sei como não fiquei cega. E no dia seguinte, você sabe o que foi que o escrotinho fez?".

"Não, o quê?", perguntou Owen, bebericando sua segunda cerveja, que, esperava ele, teria o efeito de diluir os dois bourbons fortes que havia tomado na recepção, pois talvez em breve tivesse de entrar em ação. Estava aprendendo a se programar com relação a essas coisas, com base no princípio da gratificação adiada.

"Ele disse: 'Obrigado. Obrigado, Antoinette', foi só isso que o calhorda disse, e pegou o *printout* que eu marquei, número por número, assinalando todo lugar onde podia ter *bug*, acabei com minha vista, estou precisando fazer óculos novos e aposto que é por causa disso. 'Obrigado', ele teve a cara de pau de simplesmente dizer, 'você é um amor', e pôs o troço com os outros papéis na mesa dele como se fosse um favorzinho de cinco minutos, sabendo muito bem, o filho-da-puta, que eu tinha passado a noite em claro."

"É, realmente, ele foi meio indelicado", disse Owen, com a sensação de que seu cérebro começava a inchar, dissipando a sensação de culpa e a preocupação com a possibilidade de que Phyllis estivesse telefonando para seu hotel.

"Ao mesmo tempo que ele fica o tempo todo fazendo esses joguinhos machistas, ele vive falando que eu devo ter um QI altíssimo, que eu percebo redundância e bobagem muito mais depressa do que ele, que eu é que devia estar no cargo dele — você acredita, a cara-de-pau que ele tem de admitir que era eu que devia estar no cargo dele? — se realmente houvesse justiça no mundo. Ele é um desses caras que acham que defender o tempo todo a causa do feminismo é uma maneira fácil de comer todo mundo. Que sujeito mais escroto. Metido, puxa-saco, falso, escroto."

"Minha mulher é um crânio", disse Owen, tímido. "Ou pelo menos era."

Antoinette não o ouviu. Continuava falando sobre Eric, que ele se vestia para o trabalho da maneira mais informal, sabe?, assim tipo garotão, mas aí ficava tirando o pente do bolso de meia em meia hora, o cabelo dele era ruivo e ondulado, e ele era todo vaidoso por conta do cabelo, e usava uns cintos largos com fivela de caubói para mostrar como a barriga dele era bem chata — ele corria oito quilômetros por dia e só bebia água mineral e vinho branco para manter a forma, que nem mulher.

Aliás, ela estava desconfiada de que Eric era gay. "Quando ele anda, parece que está sempre pensando na bunda, como fazem as mulheres — aquela bundinha magra dele, aquelas pernas compridonas. Só mesmo um veado pra usar jeans apertado assim, ele deve ter que usar calçadeira pra se vestir. E é claro que o jeans dele não podia ser azul, senão não tinha graça, tem que ser preto, com costura branca nos bolsos de trás. Meu Deus, que sujeito mais besta."

Mesmo no quarto de hotel de Owen, já tendo tirado as roupas, deslizando por entre as sombras como uma cobra branca agitada — sua pele fria contra a dele, o frio de sua hostilidade algo excitante, um obstáculo a ser vencido —, Antoinette continuava a despejar veneno sobre seu colega, que se achava tão importante que não podia se rebaixar a comparecer a uma feira de merda como aquela e mandara que ela o substituísse e ainda ficara achando que ela devia manifestar gratidão por esse favor inexistente. Mesmo enquanto estava sendo comida, sua língua continuava discorrendo sobre tipos que lhe davam nos nervos, ela sabia que não devia se incomodar com eles, é justamente isso que eles querem, esses escrotos, as amigas dela vivem dizendo que ela não devia ligar para isso, não fazer o jogo do filho-da-puta, e no momento exato em que gozou dentro dela — ela era uma dessas mulheres que parecem acrobatas de circo, viram as pernas bem para trás como se estivessem sendo lançadas por um canhão, ele não entendia como era possível que o clitóris estivesse sendo tocado, mas, enfim, ela haveria de saber — Owen se deu conta de que ela estava apaixonada pelo odioso Eric e se sentia desprezada por ele, e estava usando Owen para fazê-lo sentir ciúmes. Antoinette imaginava que Eric podia vê-la, que ele estava com ela o tempo todo. Estava obcecada e zangada porque, mesmo bêbada, percebia que Eric lhe era de todo indiferente; dependurado de um canto do teto, como um morcego, pouco lhe importava com quem ela estivesse bancando a acrobata de circo.

Ela despertou, por fim, estando os dois deitados lado a lado, superaquecidos e decepcionados, para a triste realidade de Owen, em lugar do homem que estava atormentando seu amor-próprio lá em Chippewa Falls, Wisconsin. Antoinette proclamou, com uma voz diferente, sóbria: "Olha, sei lá como você se chama. Até que você não é mau. Obrigada por me escutar. Minhas amigas acham que eu estou ficando maluca com essa história".

"Bom", disse Owen, sempre razoável e condescendente, "nós somos mesmo malucos. As pessoas em geral. O tal do Eric parece até um sujeito interessante."

"Pois não é. É um escroto, e eu é que devia estar no lugar dele", disse Antoinette, como se ele não tivesse ouvido nada que ela dissera. No entanto, ficaram deitados mais uma hora, lado a lado; quando o suor começou a evaporar, sentiram frio, e assim puxaram as cobertas finas do hotel, jogando-as para o lado quando se levantavam para ir ao banheiro. As nádegas brancas e duras de Antoinette brilhavam nas faixas de sombra e luz que vinham das venezianas, da janela que dava para um pátio interno, iluminado e silencioso, enquanto Owen, sonolento, ficou a se perguntar se era mesmo verdade que as mulheres pensavam o tempo todo em suas bundas. Quando voltou, ela encostou-se em Owen, chegou mesmo a acariciá-lo ali onde ele estava mole e liso feito seda, como se para demonstrar a si própria que ele estava ali, um não-Eric, e que nenhuma das suas queixas dirigidas a Eric se aplicava a Owen. Fez uma tentativa, à medida que os algarismos vermelhos no rádio-relógio de cabeceira indicavam as primeiras horas da madrugada, de lhe dar um mínimo de atenção, um homem que a havia aturado durante toda aquela catilinária bêbada, processando as demonstrações de indiferença de Eric, e que fizera amor com ela assim mesmo, elogiando seu corpo e sua flexibilidade, sem externar suas reservas a respeito do modo como ela administrava seu clitóris. Mas era tarde demais, a Associação de Indústrias Eletrônicas ia começar a levantar acampamento no dia seguinte, eles teriam de voltar de avião para suas respectivas existências, para as quais aquele interlúdio não daria nenhuma solução duradoura.

Não era uma solução, mas era um evento assim mesmo, que tinha um toque de sublime. Quando se encontraram no dia seguinte, sob o teto de metal alto do galpão de exposições, interromperam o trabalho para tomar café em copos de isopor, na sala de fundos montada para os empregados, os participantes das exposições, com rosquinhas fritas e folheados absurdamente cheios de calorias. Nenhum dos dois tinha muito que dizer, mas enquanto tentavam, desajeitados e sonolentos, encontrar as palavras certas, reconheciam que, ainda que nunca mais voltassem a se encontrar, haviam ao menos tentado criar algo, por pouco que fosse, de significativo. Havia um sabor nisso, um gosto, em meio aos gostos de café e massa frita açucarada, de repouso animal e conhecimento mutuamente atingido — uma tristeza engolida que aqueles cujo amor tem futuro evitam conhecer. Havia dois tipos de mulher no mundo, Owen compreendia: aquelas com quem a gente já havia dormido e aquelas — um número tristemente desproporcional, porém passível de redução — com quem a gente não o fez.

Aqueles encontros que só duravam uma noite tinham um lado triste, porém teria ele sentido uma felicidade mais louca, uma autoconsciência mais triunfal, do que no momento em que Mirabella o chupava enquanto ele dirigia o carro a cento e quarenta quilômetros por hora no deserto plano de Nevada, em direção ao sol nascente? No Camaro alugado, cor de tangerina, mal havia espaço para que ela enfiasse a cabeça entre o volante e o abdômen contraído de Owen. As sensações deliciosas que vinham de seu pau, que já tinha sido bastante maltratado na véspera, se confundiam com o que ele imaginava serem as sensações por ela vivenciadas naquele espaço confinado, enquanto os automóveis que seguiam no sentido contrário surgiam de súbito no brilho da manhã e passavam por eles numa velocidade combinada que fazia o Camaro estremecer e ser arrastado para o meio da estrada. A estrada era uma fita estreita que começava a exibir poças trêmulas de miragem à medida que o sol ia subindo no céu e começava a cozinhar a vegetação pardacenta dos dois lados da pista; ao longe, vacas, de cabeça abaixada, pastavam. Owen sabia que o mais mínimo movimento de seu dedo sobre o volante teria o efeito de aniquilar a ambos, e Mirabella também sabia disso, porém continuava a lhe proporcionar sensações extraordinariamente prazerosas, que incluíam, com um girar de sua cabeça coberta de cabelos oxigenados e frisados, beijos tórridos em seu abdômen nu, estando sua camisa amarrotada e repuxada para cima. Ele a acariciava com os dedos, sentindo os cachos duros e grudentos de excesso de laquê. Quando olhava de relance para baixo, via os raios de sol inclinados penetrando-lhe os cabelos, deixando à vista o tom rosado de seu couro cabeludo, a epiderme indefesa, pele sobre osso, e o choque daquela visão o obrigava a se esforçar para não amolecer.

Essa conferência era em Las Vegas, num daqueles imensos hotéis de luxo — seria o Sands? ou o Stardust? — que posteriormente foram derrubados, abrindo espaço para a construção de hotéis ainda maiores. O cabelo de Mirabella era claro, cor de platina, porém alguns centímetros junto às raízes eram de um prosaico tom de castanho. Suas orelhas exibiam dois furos cada uma, onde se instalavam dois brincos minúsculos, um sinal daqueles tempos de automutilação avançada. Como usava shortinho justo cor de camurça e meias arrastão verdes, Owen tomou-a por uma das prostitutas locais, porém ela o surpreendeu quando demonstrou saber seu nome e disse: "Você inventou o DigitEyes. Meu pai era engenheiro estrutural em Fresno, e quando eu ia no trabalho dele ele me deixava brincar com as coisas na tela. Elas ficavam virando no espaço e continuavam juntas, e os volumes descritos por aqueles fios, tudo isso só com uns poucos comandos que a gente digitava — era mágico".

"Um engenhoso artefato do passado, infelizmente", disse Owen a ela. "Como o descaroçador de maçã e a máquina de costura de pedal." Ele já devia ter tomado algumas doses; havia participado de uma mesa-redonda, e na recepção que se seguiu as empregadas do hotel circularam entre os participantes com copos plásticos de champanhe.

"O futuro se constrói com base no passado. Você pode usar o seu passado também", tranqüilizou-o Mirabella, com seu cabelo de duas cores e aquelas redes de pescador verdes nas pernas, como se estivesse fantasiada de Robin Hood.

Owen confessou: "Eu queria jogar aqui em Las Vegas, mas não sei como se joga". Mirabella o levou até a roleta, mas ele não gostou porque era pura sorte e estava na cara que a banca sempre levava vantagem. Nas mesas de vinte-e-um Owen ganhou, porque o jogo era um problema de matemática, e a maioria das pessoas, com seu otimismo impensado, tentava melhorar seu jogo pedindo mais uma carta: a banca contava com isso. Ele gostava mais era das máquinas, os caça-níqueis impessoais, ao mesmo tempo espalhafatosos e sérios, com cores múltiplas, alavancas macias, ruídos suaves que vinham de dentro e, de vez em quando, uma avalanche de moedas de meio dólar, com a efígie de Kennedy.

No quarto de Owen, num andar alto do Las Vegas Boulevard, Mirabella lhe mostrou uma outra coisa — uma carreira de pó branco sobre a mesa de centro de vidro. Ele se ajoelhou no carpete, tal como se ajoelhara com Jacqueline numa cidade muito diferente, num outro quarto de hotel. Mirabella, o rosto largo brilhando e sorrindo, ajudou-o a fazer um tubo com uma nota de vinte dólares e inalar o pó de modo um tanto desajeitado. Ele também nunca soubera apagar as velas do bolo nos aniversários. Não gostou da sensação de comichão, como se houvesse pêlos soltos em seu lábio superior, só que era mais fundo, dentro da cabeça. O pó que ele não inspirou, Mirabella mais que depressa raspou com uma lâmina de barbear e inalou, fazendo depois uma simpática careta infantil. Mirabella era um anjo, com algo de eslavo no rosto largo e reluzente.

Owen desconfiava das drogas porque precisava de seus neurônios, porém esta era como um pingente de gelo que lentamente perfurava seu cérebro, excitando esse órgão cinzento e fazendo-o atingir todo o seu potencial, dando-lhe a precisão e a velocidade que os espíritos imortais certamente conhecem. Seu corpo, também: Owen nunca sentira tamanha vontade de foder, e jamais o fizera tão bem, com tanta força e controle, um homem de ferro; o desejo surgia dentro dele durante toda a noite como uma pressão hidráulica, e era sempre bem recebido pela maravilhosa Mirabella, com seu corpo espesso e resistente de camponesa, seios uniformemente morenos e uns vestígios de bronzeado em torno do púbis aparado, do tamanho de um pequeno retalho. Ela o fazia pensar em Alissa, só que o corpo era mais firme e mais jovem, e ela não queria ter filhos. Olhando para suas costas do alto, enquanto a penetrava, achou-as menos comoventes, menos articuladas em torno da espinha. Suas costas eram vazias. Sua boceta estava inteiramente preenchida por ele, tão úmida que o atrito era cada vez menor, e já perto do amanhecer ela confessou que seu pau a estava machucando. Owen pediu desculpas e beijou-a dos pés à cabeça com ternura, inclusive nas vértebras logo acima da fenda amarelada da bunda, mas na verdade ele gostava da idéia de que conseguira feri-la apenas com seu próprio corpo.

Mirabella disse que queria lhe mostrar uma coisa bonita e sugeriu que ele alugasse um carro. Owen respondeu que eram seis horas da manhã e que certamente não havia nenhuma locadora aberta.

"Todas estão abertas", retrucou ela. "Estamos em Las Vegas."

Para Mirabella, Las Vegas era a floresta de Sherwood, foi o que pensou o cérebro excitado de Owen, e foi até bom ele não ter se lembrado de perguntar em qual empresa de informática ela trabalhava. Ou então, se havia perguntado, não se lembrava mais da resposta. Mas Mirabella tinha razão: era possível alugar um carro no próprio saguão do hotel — seria o Dunes? —, e em seu estado de confusão mental e alegria extrema ele escolheu um carro cor de tangerina quando lhe foi oferecido, porque imaginou que seria mais fácil encontrá-lo num estacionamento. Seguiu para o leste, em direção ao sol, e os carros que vinham em sentido contrário, numa velocidade que lhe parecia eletrônica, eram silhuetas negras, formas sem nada de humano, imperfeições perigosas na grande vidraça limpa da manhã. Depois que pararam para tomar café e comer ovos, com as inevitáveis *hashbrowns*,* num lugar que ela parecia conhecer, Mirabella, alimentada, sonolenta e travessa, deitou a cabeça em seu colo, abriu-lhe a braguilha, puxou para cima a camisa e começou a chupá-lo. Owen estava tão sensível ali que foi como se ela o mordesse; pediu que Mirabella parasse, mas ela riu e continuou, e ocorreu a Owen que algumas mulheres faziam sexo porque era isso que elas sabiam fazer, tal como ele fazia programas de folhas de pagamento e planos de pensão. Eles eram programados para fazer o que faziam, não havia mistério. O que lhe enfiara

* Batatas cozidas picadas e fritas, servidas com ovos. (N. T.)

na cabeça a idéia de que havia um mistério? O sol estava cada vez mais alto, atravessando os cachos de algodão-doce de Mirabella; ele sentia o calor de seu couro cabeludo quando o massageava de leve com a mão livre, e a serra ao longe, iluminada por trás, projetava cada vez sombras menores, e os lábios e dedos de Mirabella insistiam naquela carícia deliciosa, até que ele gozou, gozou para cima, para dentro da escuridão acolhedora e rosada que havia por trás daqueles cachos duros de laquê, no momento em que um caminhão comprido passou ruidosamente em sentido contrário, e ela engasgou. Ele adorou saber que ela se engasgava. Queria afogá-la em sua porra.

Sua memória imperfeita lhe dizia que o caminhão havia passado por eles naquele momento exato, com um carregamento de vacas de cara branca olhando pelas frestas. Mas como poderia ele ter visto as vacas? Toda a sua atenção estava concentrada na tarefa de manter o pequeno Camaro na pista; certamente teria visto o caminhão transportando gado em algum outro momento daquela manhã gloriosa e ilimitada. O imenso céu alcalino, com suas torres translúcidas de nuvens, os pastos arroxeados se estendendo dos dois lados da estrada. Mirabella levantou a cabeça de seu colo e perguntou, rouca: "De onde sai essa coisa toda? Pensei que a essa altura já tinha gastado tudo". Seu rosto estava encharcado de suor, por estar atuando num espaço tão pequeno. Endireitou o corpo no banco e limpou os cantos da boca com dois dedos. Melenta. Acomodou-se, encostando a cabeça no descanso acolchoado. Parecia cansada, e menos jovem do que ele pensara. Seu perfil, tendo ao fundo o deserto lilás, exibia um queixo duplo e um acúmulo de colágeno em torno do malar.

"Não sei", ele respondeu. "Você me excita."

"Pode crer. Você devia se casar."

"Já sou casado, obrigado."

Estava começando a sentir uma dor de cabeça bem ali onde havia penetrado o pingente de gelo transformador e iluminador. Quando chegaram à bela vista que Mirabella tinha prometido — um enorme lago azul, no meio do deserto, criado por uma represa financiada pelo governo federal —, aquilo parecia parte de sua dor de cabeça, mais uma intervenção artificial, com lanchas de corrida e uma marina vulgar. Owen mais tarde ficou se perguntando se Mirabella não seria mesmo uma prostituta, que fora instruída pelos colegas dele na conferência a lhe dizer que era fã do DigitEyes desde pequena. Porém não conseguia acreditar na hipótese; ela parecia entender muito de informática, e não cobrou nada por seus serviços sexuais, embora lhe dissesse que ele lhe devia seiscentos dólares pela cocaína.

12. Sexo na cidadezinha — VI

Lá em Middle Falls, nos anos 70, o caminho que levava ao sexo clandestino havia encurtado; escorregar agora era mais fácil. O odor emitido por Owen estava mais maduro, aquele odor que indicava às mulheres estar ele procurando no mercado o produto que apenas elas poderiam oferecer. Nem todo homem era seu concorrente. Em Middle Falls havia homens mais interessados em tomar mais um trago do que em conquistar mais uma mulher — Jock Dunham fora um deles. Outros, como Ed Mervine, concentravam sua paixão no trabalho — as máquinas, a folha de pagamento, os lucros, as manobras piráticas de um empreendimento arriscado num terreno fértil, porém minado. Alguns maridos — e Henry Slade parecia ser um deles — eram secos demais, duros demais, demasiadamente envolvidos pela atividade desenxabida de ganhar a vida e cuidar de sua propriedade, para jogar o jogo do amor. Seu cargo burocrático em Hartford, numa daquelas caixas de mármore sem cor que se estendem em torno do capitólio, um prédio cheio de pináculos e torres, como uma basílica, com uma cúpula de ouro estreita como a faixa dourada junto à ponta de um lápis, o definia e realizava, e assim o que ele trazia para a vida social de Middle Falls era apenas um resíduo, se comparado com os múltiplos envolvimentos de sua esposa. Não que Henry se ausentasse dos eventos sociais nos fins de semana; pelo contrário, ele comparecia, com Vanessa, a todos os coquetéis, reuniões com crianças no Heron Pond, piqueniques informais e bailes beneficentes formais. Não dava nenhum sinal, fora uma risada breve e seca, de que a vida social lhe dava prazer, ou o aborrecia. Fumava seu cachimbo e escutava os outros concordando com a cabeça, respondendo no máximo com uma ou duas palavras, esvaziando o cachimbo ou apertando os lábios, olhando para os lados rapidamente antes de pronunciá-las. Dava a impressão de hesitar entre os diferentes sabores ou marcas de sabedoria contidos em seu vasto reservatório interior; quando já o conhecia havia mais de dez anos, Owen concluiu que Henry, longe de ser do tipo sábio e silencioso, estava era embrutecido por anos de trabalho maçante e meticuloso, implementando as minúcias da legislação de Connecticut. Era um homem moreno, de estatura mediana; andava como se uma tábua conservasse suas costas eretas, com o cachimbo e a cabeça espichados para a frente, como um aldeão que leva nas costas um fardo de gravetos.

Vanessa era um pouco mais jovem do que ele — fora funcionária subalterna na repartição do marido em Hartford — e tinha um jeito brusco que a tornava sem idade, uma pessoa tão ocupada que não se dava ao trabalho de contar os anos. O rosto feioso e andrógino, bronzeado em todas as estações do ano — pois era adepta do esqui bem como do golfe, do tênis e da jardinagem —, era excepcionalmente frontal; ou seja, embora Owen imaginasse Henry sempre de perfil, pensando em algo e seguindo em alguma direção, Vanessa encarava as pessoas de frente, como se as desafiando a piscar ou sorrir de nervosismo. Com a mesma autoridade um pouco ameaçadora, mandava nas diferentes comissões locais de que fazia parte, bem como no seu grupo de bridge e no clube de jardinagem. Era uma figura que causava impressão quando vista em seu próprio jardim, com luvas e camisa de mangas compridas para se proteger dos espinhos das roseiras, de calça comprida, imersa até a altura dos quadris em delfínios, floxes e peônias bem plantadas, o chapéu de palha leve mantendo na sombra o rosto atento e severo, uniformemente recoberto de pontos de sol. As flores — era a impressão que tinha Owen — a suavizavam, emprestando-lhe o elemento feminino que lhe fazia falta no olhar desafiador, no jeito direto, na voz rouca de tenor. Os Slade tinham um único filho, o que os singularizava e parecia indicar algo de fechado e firmemente estabelecido naquele casamento. Era um menino sério, de pele azeitonada, chamado Victor. Como muitos dos casais que os Mackenzie conheciam em Middle Falls, os Slade se conformavam à regra segundo a qual o homem era uma figura cômica, mas não a mulher. As mulheres tinham competência, mistério e pelo menos um toque de beleza. Vanessa não era bela — praticamente não usava maquiagem, e os dentes da arcada superior, como os de Owen, haviam nascido encavalados, empurrando para a frente os caninos —, mas era uma pessoa que tinha dignidade e ia direto ao ponto. Dessa sua última característica Owen só se deu conta quando ela uma vez se sentou a seu lado num sofá antigo de dois lugares forrado com cetim listrado — o tipo de sofá antigamente chamado *love seat*, "assento do amor" — junto à pista de dança improvisada numa festa dada pelo casal Dwight e Patricia Oglethorpe, que havia comprado a casa que antes pertencia aos Dunham. Vanessa instalou-se no sofá e lhe disse, em voz baixa: "A gente devia ir almoçar um dia desses".

Surpreso demais para tentar ganhar tempo, Owen perguntou: "Pra quê?".

Ela sorriu, um sorriso lento e tenso, daquela gafe. Os dentes irregulares de Vanessa lhe concediam uma curiosa fonte de poder: a raridade de seu sorriso. "Normalmente só existe um objetivo, é ou não é? Pra ver se a gente vai querer almoçar de novo."

Tentando ganhar tempo agora, preocupado com a presença, a menos de três metros, de sua mulher alta e pescoçuda a dançar com o marido de Vanessa, que se arrastava acorcundado e sem ritmo, perguntou: "É assim que se faz?". Phyllis olhava por cima da cabeça de Henry, estóica; só Deus sabia o que lhe ia pela cabeça.

Vanessa exprimiu sua impaciência com um movimento brusco do cigarro, um Pall Mall extralongo. "Owen, por que é que você sempre banca o inocente? Você não é inocente."

"Não? Eu ainda me sinto inocente. Como é que você sabe que eu não sou?"

"Todo mundo sabe, seu bobo." A voz masculina de Vanessa ficou áspera. "Não tenta me enrolar, não, senão a gente não chega a lugar nenhum."

"Você está se referindo à Faye?"

"Depois da Faye teve outras. Ela foi só uma abrideira. Todo mundo precisa de uma abrideira."

"Inclusive você?"

Vanessa não respondeu nada; limitou-se a dar uma tragada no cigarro e deixar que a fumaça saísse aos borbotões pelas narinas, enquanto os lábios esboçavam aquele seu sorriso lento. Owen começou a vê-la — o nariz pequeno e bem-feito, de gato; as sobrancelhas grossas e escuras, ao natural, horizontais; a boca apertada, contraída no momento por um sorriso involuntário. Sentiu que seria abruptamente envolvido numa intimidade grande demais para ele, dentro da qual corria o risco de ficar apenas sendo jogado de um lado para outro. Observou então, para dizer alguma coisa e apegando-se à idéia que dominava sua consciência naquele instante: “Imagino que você não deve entender por que é que eu fui me interessar por outra mulher, estando casado com a Phyllis, que é tão bonita”.

“Todo mundo sabe que você acha a Phyllis bonita, é uma coisa tocante. E acho que é, sim, mas, para falar com franqueza, ela não faz o meu tipo — é intelectual demais. Nunca conseguiu sair da escola. Mas as pessoas entendem, sim. Ela não dá porra nenhuma a você. Nem a ninguém, tirando os filhos dela, até certo ponto. Ela é a pessoa mais insular que eu já vi.”

“Insular.”

“Autocentrada.”

Owen achou aquilo fascinante — um mapa que lhe indicava um caminho para escapar de seus sentimentos de culpa, oferecido por uma mulher que ele mal conhecia. As outras pessoas, vendo pelos rostos deles que a conversa estava atingindo profundezas tensas, evitavam aproximar-se. Disse Owen, rapidamente: “Está bem, vamos almoçar um dia desses. Num lugar bem afastado da cidade, e também não em Hartford. O que é que o Henry pensa disso?”.

“Disso o quê, meu querido?”

“A Phyllis e eu e tudo o mais.”

“Eu e o Henry não conversamos sobre nada. A beleza da coisa está nisso.”

“Eu sempre quis saber”, reconheceu Owen, “onde estava a beleza da coisa.” Gostou de ter feito esse comentário tão depressa, tão a seco; sentia que, nuns poucos minutos, já estava aprendendo a dançar com aquela mulher.

“Eu também”, disse Vanessa, batendo a cinza do cigarro no momento em que a música terminava e seus cônjuges se aproximavam. Henry e Phyllis estavam rindo, aliviados por ter acabado a dança, apertando a vista, cegos, saindo do círculo das luzes estroboscópicas que os Oglethorpe, fazendo de tudo para agradar, haviam instalado para aquela festa.

A lição que Owen aprendeu com Vanessa foi surpreendente: as mulheres masculinas são muito boas de cama. Talvez não fosse por acaso que tinha sido Doris Shanahan, a menina mais travessa da turma, que o deixara olhar dentro de seu short. O sexo é uma coisa muito mais frontal, por assim dizer, com elas. Elas vão com vontade, saltando sobre os orgasmos como um gavião sobre um filhote de codorna. Embora Vanessa (ao contrário da tonta Faye e de Alissa, com suas covinhas) raramente sorrisse durante o ato, ela com freqüência ria, uma risada áspera, grave, rouca. Com as roupas que costumava usar, feitas de tecido grosso, largas nos ombros, tanto a bunda quanto o peito pareciam achatados, mínimos; nua, exibia encantos razoáveis. Seu corpo, nem gordo nem ossudo, revelava abaixo do rosto moreno a lisura de uma escultura de gesso, um tom uniforme que não era interrompido de modo muito brusco nem pelos mamilos vermelho-escuros nem pelos pêlos pubianos castanho-claros. Ela encarava o sexo com um ludismo sério; tal como um homem, estava disposta a considerar o evento acima de tudo pelo aspecto físico, uma espécie de refeição; e, como uma boa cozinheira, tinha consciência de que variedade era essencial. Com a mão graciosa, de unhas curtas, segurava o pênis ereto de Owen como se fosse o pé de uma taça de vinho enorme, pousando o mindinho esticado nos pêlos crespos da base, fazendo cócegas, e examinava aquele tronco cheio de veias azuis, com sua glande arroxeada, a alguns centímetros de distância, pensando no que fazer com ele. Como uma boa artesã, pensava em sua tarefa mesmo quando não estava diante da bancada, para que pudesse recebê-lo no encontro seguinte com uma idéia nova: "Eu estava pensando, hoje você podia gozar entre os meus peitos, se primeiro você me fizer gozar com a boca".

"Uma programação divina, Vanessa. Mas quando é que eu vou penetrar você?"

"Penetrar onde, meu amor? Há várias opções."

"Ah, meu Deus, você me enlouquece com as suas opções. Por que você não me curra logo de uma vez?"

O lado feminino que ele havia reprimido no dia em que Buddy Rourke rejeitou aquela sua preparação sofisticada do jogo de Banco Imobiliário estava voltando à tona sob a tutela de Vanessa. Disse ela: "Essa é uma das vantagens de ser homem — não tem como você ser currado. É possível excitar você contra sua vontade, mas não há como currar você sem o consentimento do seu pau". Vanessa entendia tudo sobre as vantagens de ser homem, e freqüentemente as mencionava.

"Só se for", observou Owen, "pela entrada dos fundos."

"Ah. É." Pensou por um momento. Quando pensava, seus olhos, cor de âmbar como os de uma leoa, escureciam um pouco, tal como as íris de um azul gasto dos olhos de Alissa quando ela fazia amor. Vanessa não proporcionava a Owen aquela sensação que lhe dava Alissa, de um lugar infinitamente macio e peludo e úmido onde ele podia se esconder, um lugar sujo e protegido onde uma tensão terrível era resolvida; era capaz, porém, de improvisar rapidamente todo um bufê de outras iguarias. "Isso excitaria você?" A voz dela estava mais rouca, gutural.

"Acho que não", disse ele, e sua própria voz lhe pareceu aguda e frágil. "E você?"

Owen nunca tivera, no momento da adolescência em que teria sido útil para seu crescimento, um amigo homem com que pudesse discutir o sexo e todos os seus mistérios, mesmo que ambos fossem ignorantes. Agora, com um atraso de vinte e cinco anos, Vanessa era esse seu amigo franco. Após pensar, ela respondeu: "Não achei nenhuma maravilha, as poucas vezes que experimentei. Dava a impressão de estar na contramão. Mas isso também tem lá seu atrativo, imagino. Andar na contramão é mais emocionante".

Owen ficou excitado. Vanessa sabia mais do que ele; ainda havia tempo de aprender. "Então deixa eu fazer com você."

"Está bem", disse ela. "Só pra você experimentar como é. Se você deixar eu fazer primeiro em você."

"Com o quê?", ele perguntou, temeroso.

"Com a língua?", sugeriu Vanessa. "Depois um dedo, com uma luva cirúrgica. Depois... a gente vê."

"Essa conversa", Owen teve de admitir, "está ficando meio repugnante."

"E no entanto, meu amor, olha como você está duro! Tão duro que está todo dobrado pra trás, olhando pro umbigo."

"Me chupa", ele implorou.

"Talvez. Talvez não." Sua boca séria formou um biquinho, uma *moue*, tal como Phyllis fazia antigamente. "Primeiro vamos pensar no que você pode fazer por mim."

Sua boceta, aquelas rugas lívidas que pareciam dobras de lava, estavam expostas para ele contemplá-las, manuseá-las, abrindo as pétalas de modo a ver o lado interior, rosado como uma peônia, e aproximando a boca do clitóris, para bafejar sobre ele, correr a língua por aquele calombo úmido e reluzente. *Não pega nisso. Não me diz onde que eu tenho que pegar.* Entre as pernas, o corpo de Vanessa, branco como o gesso, ganhava cor e perdia aquela imponente uniformidade de tom. O rosto severo suavizou-se quando ela, sentada na beira da cama, começou a brincar com o cabelo de Owen, aquele cabelo castanho macio, cabelo de menino, que fio por fio estava se tornando grisalho. Então, como se numa entrega súbita, jogou-se para trás naquela cama de motel, com uma violência que o levou a imaginar de súbito o que ela estaria vendo de seu ponto de vista — através da janelinha turva acima da cama, folhas verdes de cabeça para baixo, como se num furacão. Ela pousou as coxas, uma de cada vez, nos ombros de Owen, fechando os olhos, para estar a sós com suas sensações, enquanto ele, ajoelhado, a seu serviço, concentrava-se num transe de atenção crescente. Por fim Vanessa emitiu um rosnado gutural e, num espasmo, apertou sua cabeça entre as coxas tal como Elsie fizera uma vez; Owen sentiu seu rosto quente ficar tão embebido com os sucos dela que por vinte e quatro horas evitou aproximar-se de Phyllis, até mesmo para dar um beijinho de boa-noite. Não havia quantidade de sabão ou loção pós-barba que conseguisse impedir que uma mulher sentisse o cheiro de outra.

Ela já tivera experiências com mulheres, confessou para Owen. Com sua melhor amiga no colegial fizera algumas coisas, e houve outras no ano em que estudou na universidade estadual de Storrs, até que as finanças da família — Vanessa tinha irmãos que necessitavam mais do dinheiro que ela gastava com os estudos — obrigaram-na a passar para um curso de secretariado, em Hartford. Tornou-se assistente de uma gerente do departamento em que trabalhava Henry. Aprendeu a ser eficiente. Naquela época, era raro uma mulher ocupar o posto de gerente; sua chefe havia tentado convencê-la a não se casar com Henry e ir viver com ela. Mas não, Vanessa sabia que precisava de homens, por mais desajeitados e simplórios que fossem. Precisava de um casamento, para ter uma base. Sua intuição lhe dizia que sempre seria possível contornar Henry. Ele era mais velho; ele a aceitaria nos termos que ela determinasse. Henry jamais a tomou por uma daquelas moças bonitinhas e grudentas que ele poderia facilmente ter conquistado. Vanessa lhe devia um filho — que acabou sendo um filho homem, tal como era desejado — e depois disso o marido lhe concedeu seu espaço próprio. Não queria saber o que ela fazia durante o dia. Nos fins de semana, Vanessa lhe pertencia.

"Como é que é?", Owen perguntou. "Fazer com outra mulher."

Percebeu uma alteração nas íris âmbar de Vanessa, à medida que eram ativadas pelas imagens que se sucediam no interior. "É como fazer com um homem fraco", explicou ela. "Qual é a graça de usar uma imitação fraca quando você pode ter a coisa autêntica? Porque no fundo", prosseguiu Vanessa, talvez ecoando, de modo inconsciente, aquela Bíblia internalizada que a gente nunca consegue remover no cérebro por completo, "a questão é *conhecer*. A gente quer que alguém conheça a gente melhor do que a gente se conhece."

"Você me mata", disse ele, "quando menciona da maneira mais *blasée* as outras pessoas com quem você já transou. Eu quero que você seja toda minha."

"Não, Owen, não quer, não. Você é igual a todos nós. Você gosta da lama e da confusão."

"Qual foi a última vez que você transou com uma mulher?"

"Isso eu acho que não vou te dizer."

"Então foi recente."

"Sem comentários, meu amor."

"Ela é daqui? Deve ser. Você tem que me dizer. Posso assistir? Será que a gente podia transar os três juntos?"

Ela contemplava seu pênis ainda importuno e, numa atitude de indulgência bem-humorada, deu-lhe uma rápida lambida na cabeça. Sua língua, Owen pensava, era mais áspera do que a das outras mulheres, e mais triangular, terminando numa ponta mais musculosa. "Acho que não", respondeu ela. "Se você quer fazer com três, você vai ter que achar a terceira. Mas você está me saindo um tarado e tanto, hein, meu querido! Que engraçado. Você, que é tão *quietinho*."

Os Oglethorpe haviam comprado o casarão vitoriano dos Dunham, com suas balaustradas e paredes recobertas de ripas, por trás da cerca de madeira e pés de lilases, onde se instalaram com os três filhos e o que dava a impressão de ser, quando vinham todos saltando juntos pelo gramado inclinado, com patas desengonçadas, para farejar as virilhas dos recém-chegados, uma verdadeira manada de *golden retrievers*. Os Oglethorpe eram tão magros que chegavam a ser cômicos — ele, um sujeito troncho e simpático, que parecia fazer pouco de sua altura constrangedora (tinha um metro e noventa e três) com gestos confusos e gargalhadas nas horas erradas, e ela com trejeitos cativantes que lembravam Twiggy, exibindo as pernas um pouco tortas com vestidos curtos e diáfanos e roupas de botões grandes, que pareciam uniformes escolares, como se estivesse indo fazer compras com a mamãe. O cabelo era como um boné reluzente, cor de cedro, por vezes enfeitado com uma fita grande, com um laço. Os Oglethorpe recebiam quase tanto quanto os Dunham no tempo em que moravam naquela casa. Talvez o casarão exigisse muitas festas. Os cômodos vastos pediam criadagem, e a caldeira de vapor estalava com um ruído metálico, como se houvesse um louco preso nas paredes, a martelá-las. Atravessando aqueles aposentos bem conhecidos, agora reformados e mobiliados num estilo menos ousado e eclético do que o de Faye, Owen muitas vezes sentia-se pungido por uma lembrança dela. Era como se a visse passando alegre pela porta, usando um de seus trajes coloridos e improvisados, ou então se aproximando dele nua, com passos silenciosos e descalços, uma expressão menos sorridente, hesitante e assustada, saindo do banheiro dos fundos do segundo andar. Owen conhecia bem as manchas escuras em forma de lágrima na louça daquele pequeno banheiro, que remontavam à virada do século, e o chuveiro alto, de qualidade industrial, do tamanho de um girassol. O chuveiro, entre todos esses detalhes sentimentais, ele percebeu, dando uma escapulida até o segundo andar enquanto uma daquelas festas dos Oglethorpe rolava lá embaixo, havia sido cruelmente substituído.

Os Oglethorpe queimavam as calorias do álcool exercitando-se, levando os cães para passear ou jogando tênis. Era engraçado vê-los jogar, principalmente quando faziam dupla: eram tantos os ângulos de cotovelos e joelhos e pés calçados em tênis brancos, projetados como membros de cangurus enquanto eles pulavam de um lado para o outro, suas raquetes entrechocando-se de vez em quando. Trish foi a primeira mulher que Owen conheceu para quem correr era uma atividade cotidiana, e ele achava de algum modo excitante vê-la nos bairros mais diferentes da cidade, até mesmo na Partridgeberry Road, a nada menos que três quilômetros de sua casa. Quando chovia, ela usava uma capa amarela curta, sob a qual suas pernas nuas pareciam pender sob o asfalto como pernas de fantoche, e um chapéu grande que cobria suas costas, como aquele usado pela menina que aparece no rótulo de sal Morton. Quando Owen sugeriu Trisha a Vanessa, dando continuidade, de brincadeira, a uma fantasia que havia excitado a ambos, como uma possível terceira para um *ménage à trois*, sua amante retrucou: "Naqueles ossos não tem muita carne, como disse Spencer Tracy".

Tendo visto o filme muitos anos antes, no Scheherazade, Owen concluiu a citação: "Mas onde tem, é de primeira".

"Não sei, não, Owen. Se você quer tentar, tudo bem, mas quando eu converso com ela nunca consigo tirar muita coisa dali. A resposta vem depressa demais. Não tem muita profundidade."

"Mas pra que é que você precisa de tanta profundidade, sua gulosa? Eu até gosto do jeito como a resposta dela vem sempre meio torta, como se ela não tivesse ouvido direito e estivesse tentando desesperadamente imaginar o que é que você quer que ela diga. Eles dois têm uma necessidade doentia de 'estar por dentro'. Acho que ela é dadeira. É a impressão que dá. Ela se comportou a vida inteira, e acha que o que ganhou por isso foi pouco." Owen falava um pouco depressa demais, meio ofegante, como um oficial subalterno fazendo um relatório para seu superior. Talvez a expressão "dadeira" fosse ofensiva para uma mulher, por ser um termo claramente usado nas fofocas masculinas — jargão machista. Vanessa não disse nada; apenas fez que sim com a cabeça e deixou que ele continuasse a matraquear. "Por que é que eles grudam tanto na gente", perguntou Owen, "quando tem tantos casais certinhos bem da idade deles recém-chegados aqui na cidade? Como é mesmo que chamam essa gente agora? Yuppies. Brancos que estão fugindo das cidades grandes, gente que trabalha em Hartford ou Norwich. Não; os Oglethorpe estão procurando aventura. Pelo menos ela. Você não seria capaz de amar essa mulher, mais ou menos?"

"'É filé-mignon'", disse Vanessa. "Foi isso que o Spencer Tracy disse."

Carne não faltava nos ossos de Vanessa; ela tinha os ombros e a cintura largos, como um homem. De vez em quando, Owen era obrigado a conter o impulso de torcer-lhe os pulsos, bater nela, sabendo que Vanessa era capaz de agüentar. Tal como ele, aquela mulher fora pobre, e nela, como se num espelho implacável, Owen via o que havia de abjeto nas suas necessidades. Estava aprendendo a ressentir-se do poder que ela exercia sobre ele. Era possível, constatava, aceitar tudo que um corpo pode dar para outro e ao mesmo tempo sentir antipatia pela pessoa que habitava aquele corpo. Sentia uma ternura insuficiente em relação a Vanessa. Durante um ano, e depois por mais um ano, foi amante dela; sem dúvida, não foi o único. Os dias de Vanessa eram longos, por mais que ela os enchesse de atividades.

Owen arrependia-se de ter dito que Trish era dadeira. Sempre que se aproximava dela numa festa, tinha medo de derrubá-la. Aquele adjetivo grosseiro revestira interiormente sua boca de uma espécie de muco que tornava difícil falar-lhe de modo a conquistar sua confiança — com franqueza e humor, sem ir além do ponto até o qual ela estava disposta a segui-lo. "Então", disse Owen a Trish numa festa no outono, na casa de Roscoe e Imogene Bisbee, "o que é que você acha do seu novo presidente?"

"Ele parece ser bom, se bem que eu acho que não foi uma boa idéia ele perdoar o Nixon."

"Ah, mas todos nós precisamos ser perdoados, não é?"

"É mesmo?", perguntou Patricia, desviando a vista, como se alguma coisa estivesse acontecendo fora da varanda dos Bisbee, na escuridão de onde vinha o ruído de passos sobre o cascalho, gente indo e vindo dos carros estacionados.

"Talvez não *você*", disse Owen. "Mas falando sério, se ele não tivesse perdoado o Nixon, a confusão, o processo, ia consumir toda a nossa energia."

"Você tem razão", respondeu ela; parecia estar concordando depressa demais, para se livrar dele. Owen examinou-a. Vista de perfil, exibia narinas avermelhadas de irritação e um queixo proeminente que tinha o efeito de fazer o grosso lábio superior projetar-se, pensativo. Owen sentia haver nela a rachadura de alguma dor antiga, como uma xícara desbeiçada que ele levasse ao lábio. Estaria imaginando, também, certa impaciência, um excesso de desejo, que se manifestava, tal como em Faye, nas suas roupas?

"Eu vejo você em tudo que é lugar, correndo", disse ele. "Você fica muito bonita."

"Pára com isso", Trish exclamou rapidamente, contorcendo-se junto à grade da varanda como se presa de uma irritação incontrolável.

Ela o via — era o que sua reação indicava — como um homem perigoso. "Com aqueles tênis e calça de moletom", ele explicou mais que depressa. "Você não tem medo de ser atropelada?"

"Eu tento sempre usar alguma coisa branca. E os tênis de correr agora têm umas faixas que brilham quando o farol do carro bate nelas."

E os olhos de Trish, com cílios tão espaçados e longos que pareciam artificiais, brilharam como faróis. Ele a assustara, forçara a barra, avançara o sinal. "Ah, bem", disse rapidamente, recuando. Sua experiência lhe havia ensinado que o desejo de agradar é tão forte nas mulheres que se mantém mesmo depois de um insulto: Alissa havia saltado para trás, como se escaldada, dizendo *Ah, comigo, não*, e no entanto depois se entregara de modo maravilhoso. Owen disse: "Vamos mudar de assunto. O que você acha daquele cara lá na Califórnia que fez uma operação pra mudar de sexo e competir no tênis feminino?".

"Bom", reconheceu Trish, cautelosa, "é uma coisa inusitada."

Ela não era muito inteligente nem muito bonita. Por que Owen a estava importunando, puxando assunto, arriscando-se a cair em constrangimento, para realizar o estranho sonho de entregar essa mulher ingênua para Vanessa como se fosse uma corça viva jogada sobre seu ombro? Eles poderiam mordiscá-la cada um de uma ponta, encontrando-se no meio. As duas mulheres o adorariam e o disputariam, uma querendo ser mais escrava do que a outra. "Por falar em inusitado", insistiu Owen, "li outro dia que tem uma mulher trabalhando como carcereira numa prisão de segurança máxima em Iowa."

"O que é que tem?", indagou Trish, com uma faísca de belicosidade que iluminou a escuridão da varanda.

Ele recuou outra vez. "Não sei, isso e mais todas essas operações de mudança de sexo. A gente fica pensando... afinal, o que é uma mulher?"

"*É*", ela concordou. Era como se estivessem os dois debaixo de uma mesa procurando alguma coisa perdida — um brinco, uma lente de contato — e a tivessem encontrado. "Mesmo quando a gente é mulher", Trish prosseguiu, "a gente fica pensando."

A rachadura na xícara certamente teria a ver com sexo, e também com Dwight, aquele sujeito desengonçado e bobo, com aqueles pés de canguru e aquela gargalhada horrorosa e afeminada. "Às vezes", arriscou Owen, "vocês ficam irritadas. As mulheres estão ficando zangadas. Veja só a Patty Hearst, uma filhinha de mamãe que virou namorada de marginal."

"Ela sofreu lavagem cerebral", replicou Trish, com mais uma daquelas suas meia-voltas súbitas e inesperadas. "Foi seqüestrada e fizeram uma lavagem mental nela, e agora ela está sendo caçada. Depois dizem que as mulheres têm os mesmos direitos." Era um pouco mais jovem do que Owen, o bastante para ter sido doutrinada pelo feminismo; já as mulheres da idade de Owen tinham de inventar um estilo feminista por conta própria, cada uma à sua maneira pessoal.

Ele estava perdendo o gosto daquela conquista. Não gostava de mulheres politicamente ásperas; preferia as irônicas, distanciadas, dedicadas à esfera puramente pessoal, o privilégio do mundo livre. Perguntou a ela: "Você sabe do que foi que eu mais gostei até agora este ano?". Estava pensando na sonda espacial Viking que havia pousado em Marte, o qual, depois de um século de histórias de canais, acabou se revelando mais seco do que o Arizona.

"De o Evel Knievel não conseguir dar o salto dele", respondeu Trish com uma rapidez surpreendente, como se tivesse se concentrado nos processos mentais de seu interlocutor. Aquele toque de hostilidade era bom sinal; Owen estava começando a surtir efeito dentro dela. Viu, a uma distância de meio metro, como o rosto dela seria na cama, sobre o travesseiro; essa constatação o fez sentir um pouco cansado, com o esforço de viver em vários níveis diferentes. O rosto teria uma expressão irritada, Trish estaria ansiosa para extrair dele alguma coisa em troca de sua ousadia, do risco que ela correra.

"E por que é que eu ia gostar disso?"

"Você gosta de fracassos. Porque aí você se sente menos sozinho", disse Trish, dando um tapinha inesperado no peito de Owen e indo da varanda, pois era novembro e já começava a esfriar, para a sala, cheia de luz, calor e conversação.

Sua cela monástica na E-O, com a janela alta e suja, onde ele recebia visitas do mundo exterior em horários cuidadosamente marcados, agora estava sendo invadida a partir da fábrica. Uma programadora de baixo escalão, Karen Jazinski, contratada cerca de um ano antes, viera trazer um monte de papéis enviados por Ed — cópias impressas de códigos de máquina com problemas, contratos que Owen precisava rubricar, artigos de *Computing Tomorrow* em que havia trechos realçados com marca-texto amarelo. Karen teve de atravessar um trecho não utilizado do andar de cima da fábrica (este andar deserto era um sinal da estagnação recente da empresa, por ter a versão 2.2 do DigitEyes obtido pouco sucesso num mercado em que havia cada vez mais opções no campo da computação gráfica) e bater na porta de metal pintada de cinza que Owen mantinha trancada por dentro. Ao entrar pela primeira vez, ficou surpresa ao constatar que ele havia criado um ambiente aconchegante, quase doméstico, naquele espaço exíguo: um tapete oriental, um quadro de avisos de cortiça onde se viam memorandos e fotos de seus familiares presos com percevejos; prateleiras sustentadas em mãos-francesas cheias de catálogos e manuais de informática; lâmpadas fluorescentes no teto, suplementadas por luminárias de pé e lâmpadas encerradas em bolas de papel de palha de arroz; móveis de escritório de plástico moldado, ajustáveis, juntamente com uma espreguiçadeira forrada de veludo cotelê e mais o sofá de couro sintético, tornado mais macio por um cobertor listrado e várias almofadas gordas; os monitores CRT em mesas separadas, porém ligados por uma grinalda colorida de cabos multipares. Os olhos da moça brilharam; ela entendeu o que era aquela sala — um lugar para fodas, para fantasias binárias. Aliás, ela teria percebido isso mesmo se não tivesse havido ocasiões anteriores em que ela batera na porta e ele se recusara a abrir, e dentro e fora da sala todos prenderam a respiração.

Karen ficou imóvel, como um espectro; ela fora admitida na vida onírica de Owen. Entregou a ele a papelada de Ed e fugiu, atravessando o andar vazio. Porém houve um dia, um dia que ambos já previam, em que, depois que se fechou a porta espessa com um estalo, ela entregou a Owen, juntamente com os papéis, uma mensagem adicional: uma calcinha de náilon quente, embolada. Karen ficou parada, com olhos buliçosos, e levantou a saia, mostrando que a calcinha estava na mão dele, e não em seu corpo. "A gente não tem muito tempo", disse ela, com uma voz que traía um temor duplo — de que sua ausência fosse percebida no seu local de trabalho e de que ele a rejeitasse.

Era pequena e tinha traços bem marcados, cabelos duros e abundantes, e um ar preocupado de garota desnutrida. Era um dos milhares de jovens que se alimentavam dia após dia com a luz doentia de um tubo de raios catódicos. Ela atingiu Owen em cheio no coração. "Então não vamos desperdiçar tempo", disse ele, decidido.

Karen despiu a saia de flanela cinzenta e os mocassins pequenos, porém não tirou as meias soquetes nem a blusa de seda pérola. Se ele a beijou, foi só depois. Ao tirar os óculos com cuidado, ela apertou os olhos, e acima do queixo pontudo os lábios se afinaram, numa expressão habitual de concentração. Exclamou: "Epa, olha como o senhor está", ao perceber que Owen já estava mais do que pronto, tendo rapidamente despido a calça, mas em seguida foi surpreendentemente direta, dispensando as carícias preliminares. Tudo indicava que havia se excitado cada vez mais enquanto atravessava o andar vazio, apressada, pisando o assoalho velho e enegrecido, marcado por parafusos e cheio de cabeças gastas de pregos reluzentes, com a calcinha na mão. Ou a teria retirado diante da porta, num impulso? Muito corajosa a geração dela, que em pouco mais de dez anos havia se libertado de grilos seculares.

"Por que é que você quer fazer isso?", ele lhe perguntou num momento ofegante roubado de um dos seus encontros com ela.

Debaixo do corpo de Owen, as coxas abertas para abraçar suas ancas, Karen não teve medo de parecer demasiadamente franca. Explicou: "Com os caras da sua geração, sempre tem que negociar. Tem esse papo-furado de ter filho e se comprometer. Vocês se sentem presos pelo futuro e o que vocês fazem com ele. Com o senhor, não tem futuro. É só isso. Pimba, PT, saudações".

"Você é maravilhosa", ele começou.

"Corta essa, senhor Mackenzie. Não sou maravilhosa, não. Sou funcional e não chego a ser feia, mas é só isso. Vamos ser francos: pro senhor, eu sou só um rabo-de-saia."

"E eu, o que é que eu sou pra você?"

Karen calou-se. Owen sentia o tempo passando. Phyllis podia telefonar. Ou Ed. Ele havia prometido a Ed revisar o programa de seguro que precisava combinar as probabilidades atuariais com as taxas de juros variáveis das anuidades, calculadas com base nas taxas de juros do Banco Central, com algoritmos que incluíam funções log-log.

"O senhor... o senhor é um coroa lindo. Eu imagino o senhor garotão. Eu adoro o DigitEyes, o que o senhor conseguiu fazer naquela época com aqueles poucos quilobaites que havia.

Eu adoro brincar com o DigitEyes, quando começo a sentir saudade sua e querer mais."

"Então você realmente tem saudade de mim. Você quer mesmo mais."

"É claro; isso é pura biologia. A biologia é burra. Ela quer filho. Eu não quero filho. Ainda não. Só quero o seu pau dentro de mim de vez em quando."

Eles só conseguiam conversar assim naquele pequeno espaço fechado, tão bem isolado por aquelas paredes velhas e grossas quanto seu cérebro era isolado pelo crânio; ocupavam a sala como o murmúrio de pensamentos incessante dentro de uma cabeça.

"De vez em quando, como?", ele perguntou. "Quando é que você vem me visitar aqui de novo? Eu preciso saber, pra ter certeza de que vou estar aqui." Vanessa e ele poderiam ter programado alguma coisa; seus quatro filhos tinham seus compromissos — esportes, dentistas.

"Está vendo? Olha a negociação", disse Karen. "Eu venho quando quiser, quando puder. O senhor não pode esquecer que eu sou paga pra trabalhar aqui. As outras pessoas estão de olho no senhor. Elas percebem alguma coisa."

"É mesmo?"

"*Eu* percebi, não é? O senhor também. Não ficou tão surpreso quando eu levantei a saia pela primeira vez."

Ela tinha razão: até mesmo aquela pequena lembrança, aquela lembrança guardada com cuidado, revelando que Karen havia raciocinado e elaborado um plano de ação, era uma nódoa naquele relacionamento. Foi somente algumas semanas depois que ela voltou a sua sala, e mesmo assim envergonhada, como uma suplicante; havia se rendido ao desejo, e Owen não ficou muito satisfeito de constatar que havia adquirido aquele poder sobre ela. Obrigou Karen — embora ela dissesse que só tinha um minuto — a tirar a blusa e ficou brincando com aqueles peitinhos sapecas, tal como ela havia brincado com o DigitEyes. Aquele caso brotado de um impulso estava começando a ganhar contornos de política sexual e um amontoado de contas cuidadosamente anotadas, a serem cobradas um dia.

Owen já aprendera a fazer sexo sem bondade, sem uma gratidão grandiloqüente. Podia antipatizar com Vanessa ao mesmo tempo que a utilizava, extraindo dela revelações e sabedoria. Costumava fazê-la falar sobre as outras mulheres da cidade, especialmente as que ele conhecera, para revisitá-las de um ângulo diferente, a uma luz mais fria. "A Faye", disse Vanessa. "Eu adorava a Faye, aquela animação louca dela, mas ela realmente não sabia se vestir. Um verdadeiro espantalho, com aquelas saias compridas ridículas pra esconder as pernas tortas."

"Nunca reparei que ela tinha pernas tortas."

Vanessa riu, aquele rugido saído do fundo da garganta. "Mas como que você podia reparar, meu amor? Você só enxergava o que havia entre elas."

"Eu até hoje me sinto culpado por causa da Faye, por ter bagunçado a vida dela."

"A Faye era uma borboleta — borboleta não vive por muito tempo, só um ou dois dias. Ela nasceu pra ser vítima. Uma pessoa que fica casada com um alcoólatra *gosta* de ser vítima. Depois ela virou vítima de você, e você não foi o único, tenho certeza que ela lhe contou. Muita ingenuidade sua se sentir culpado."

"Alissa. Como é que você vê a Alissa?"

"Como é que *você* via a Alissa? E o que foi que você fez com ela?"

Vanessa referia-se ao bebê. Ele respondeu: "Não sei o que dizer".

"Claro que não sabe. Ninguém sabe. Silêncio."

"Só sei que ela é deliciosa, não é?"

"Desde que você tenha estômago pra gordura."

Ele pegou um punhado de carne macia na cintura imponente de Vanessa, acima do osso dos quadris, e apertou com força e crueldade. Ela fez uma careta, exibindo os caninos. Estavam na casa dela — uma ocasião rara e arriscada; se alguém acionasse a porta eletrônica da garagem de duas vagas, o Stingray vermelho de Owen seria visto lá dentro, como um pedaço de carne reluzente. A casa dos Slade, uma construção neocolonial dos anos 50, com garagem e jardim-de-inverno, numa das ruas mais novas de Middle Falls, abertas depois da guerra, irritava Owen por ser tão arrumada, cheia de sinais da perícia de Henry, que cuidava dos jardins e fazia ele próprio os móveis, da eficiência de Vanessa, uma dona de casa tradicional, e dos progressos exemplares de Victor na Choate School. O casamento dos Slade, de uma solidez pervertida, fundado em alguma base muda e imutável, também o incomodava. Seria possível que Henry não soubesse que sua mulher era uma vagabunda? Não, aparentemente tudo funcionava às mil maravilhas — as fotos de Victor, com molduras de prata, o prêmio do clube de jardinagem, a poltrona com seu escabelo, tudo estava em seu lugar, tal como aquelas casas de Willow que outrora ele invejava, com subsolos habitáveis.

"A!", exclamou Vanessa, mas sem raiva, aceitando a punição como merecida.

"Desculpa. Nunca achei que a Alissa fosse gorda."

"Pois dê uma olhada nela um dia desses. Ela até agora não perdeu os quilos que ganhou na gravidez, e a criança já está com quatro anos."

A criança, Nina, andava e falava, bonita porém melancólica, os níveis de sutileza feminina multiplicando-se nela, juntamente com suas pequenas qualidades e gracinhas; Owen tinha a impressão de que cada vez mais ela se parecia com as fotos dele tiradas na primeira série, aquela vontade de agradar combinada com algo de cético. Porém as pessoas continuavam dizendo que a menina se parecia com Ian: a testa quadrada, sempre franzida, o jeito de apertar os olhos. Enquanto ela cabia no carrinho, o suposto pai a levava para todos os lados, orgulhoso, apressado, o rosto vermelho acima do cavanhaque. As pernas magras e nuas foram ficando musculosas. Era com a paternidade e o exercício que Ian enfrentava a chegada dos cinqüenta anos. Aquela menção à criança teve o efeito de assustar Owen, o que Vanessa sabia que ia acontecer. "Você parece estar com ciúme", disse ele. "Você já teve... quer dizer, alguma coisa com a Alissa?"

"Tivemos umas conversas compridas de mulher, bebendo mais vinho branco do que a gente devia. O que você não entende, Owen, é que o prazer erótico se dá de várias maneiras diferentes, e não só quando a gente trepa. De vez em quando eu e Alissa ficamos de chamego."

"É por isso que as mulheres vão para a cama com os homens, pra chamegar?"

"Você vive perguntando isso. Em parte, sim."

"Quando você faz com outra mulher, o que é que acontece, mesmo? Vocês usam a boca, um consolo, como é? Me explica."

"Ah, meu querido, eu não lembro. Ou então vamos fazer de conta que eu não lembro. Você quer me comer outra vez antes de ir embora ou não? Você está murchinho, de tanto se preocupar com o que as outras pessoas fazem."

"Não esqueça", Owen disse àquela mulher nua e complacente, de cintura tão espessa e opaca quanto uma Vênus de gesso, "que você quer que eu traga a Trish Oglethorpe pra você."

"*Você* é que quer isso. Duas mulheres servindo a você."

"Na verdade, nas minhas fantasias... posso contar isso a você?"

Vanessa não disse nada.

"Nas minhas fantasias, é uma mulher com dois homens. Não sei se um homem consegue transar com duas mulheres, mas uma mulher certamente consegue com dois homens."

"E você quer ser essa mulher."

"*Ai*, essa doeu."

"Não devia, querido. É normal, uma anormalidade normal. Ser do sexo que a gente é acaba enjoando depois de algum tempo."

"Sua cara-de-pau. Você é incrível."

"E quem é que sabe", continuou ela, tranqüila, "onde é que um sexo termina e o outro começa? Quando a pessoa é um óvulo, ela é mulher, todo mundo é, só que um ou outro óvulo tem a sorte de ganhar aquele cromossomo Y que faz ele se transformar num girino com um pênis. É uma coisa meio gosmenta, que nem a minha boceta neste momento. Mas vem, querido, por favor. Me fode até arrebentar."

"Vanessa, você é incrível. Você é capaz de dizer qualquer coisa."

"Bom, pelo menos consegui endurecer você outra vez."

O sexo era mais fácil de manejar dentro da cabeça de Owen, longe de todo aquele mobiliário, aquelas nojentas marcas matrimoniais, a luz ameaçadora que entrava pelas persianas, os sinos da cidadezinha dando as horas, chamando as crianças para a escola e de volta para casa. O que Owen mais gostava de ver em Middle Falls era a cena que ocorria entre as sete e meia e as oito da manhã, as crianças indo para a escola, andando em bandos ou reunidas nos pontos de ônibus com as mães, com mochilas e roupas sintéticas coloridas cujo aspecto festivo não podia ser mais diferente dos calções feios e casacos de pano escuro que se usavam em Willow nos anos 30, quando as crianças pareciam estar indo para uma fábrica de graxa de sapatos. À noite, deitado na cama de casal ao lado de Phyllis, estando ela, a julgar por sua respiração profunda e regular, adormecida, Owen conseguia administrar a si próprio, Vanessa e Trish Oglethorpe, com seu corpo esquivo de corredora, aquele lábio superior que parecia uma flor de carne cuja função era atrair homens para a corrida. Sua intuição lhe dizia que Trish possuía uma dose extra da qualidade de ser maleável, perseguível; era algo associado ao cromossomo X. Ele e Vanessa poderiam amarrá-la, para que a coisa ficasse mais excitante. Owen imaginava bocas, e os orifícios inferiores, e trechos vetorizados de pele resistente, e três pares de olhos esbugalhados no meio da confusão e do espanto. Gosmento, como dizia Vanessa, gosma e lama, ela lhe dissera que ele adorava a lama e a confusão, todos nós amamos, a lama maternal. Então, com o cérebro perdendo e recuperando imagens e enquanto a mão se mantinha firme sobre o pau semi-adormecido, acariciando e depois apertando, Owen gozava sobre um lenço aberto no lugar calculado para que sua ejaculação o atingisse. No auge da sensação, suor brotando dos poros, admitia que o calor e a proximidade de Phyllis faziam parte da coisa, da lama, do aconchego, o chamego, e sua respiração leve e ritmada — leve, tal como sua fala, sem querer se impor de modo grosseiro ao mundo — não dava sinal de perceber que Owen chegara ao clímax. Porém ela estava lá, tal como a soma finita de uma das séries infinitas de Euler.

"Por que é que a gente nunca mais faz amor?", Phyllis perguntou um dia.

"Não? Eu tenho impressão que a gente faz."

"Já tem semanas. Será que estou com mau hálito, alguma coisa assim?"

"De jeito nenhum. Você só tem cheiro de hortelã e chá de camomila."

"Então vamos. As crianças ficam na escola das oito até as três e meia. Por que você não vem almoçar em casa ao meio-dia? Não falo de manhã porque eu sei que você detesta acordar."

"Você quer *hoje*?" Owen tentou se lembrar se havia marcado alguma coisa com Vanessa; quanto a Karen, era impossível adivinhar quando ela ia aparecer. "O que deu em você?", perguntou, para ganhar tempo.

Phyllis não se ofendeu com a pergunta, embora ficasse vermelha — aquele movimento de sangue abaixo dos malares acentuados que o fazia pensar na princesa estudante, oferecendo-se para ser levada. "Nada", ela respondeu. "Só afeto. Você anda tão bonito ultimamente."

Owen viu ali uma boa oportunidade de discutir. "Ah, quer dizer que antes não, não é?"

"Antes, sim, mas, sem querer parecer o Ian, você tinha um ar de nerd, como se seus olhos doessem quando você desviava a vista do computador — como se todos nós fôssemos um pouco irreais pra você. Agora você está menos assim."

"Ah, muito obrigado pelo elogio."

Dessa vez ela se ofendeu. "Esqueça tudo que eu disse. Estava só tentando ser sua esposa. Eu sou humana, sabe."

"Meu bem!" Owen aproximou-se dela, atingido de repente. Uma imagem que existia em apenas duas dimensões em sua mente de uma hora para outra adquirira a terceira; ele havia se esquecido de que Phyllis era humana, de tanto que a admirava abstratamente, como uma imagem de seu passado, um caminho já percorrido que o trouxera até o presente. Abraçou-a; o rosto dela, quase à altura do seu, estava quente; os dois estavam à beira das lágrimas. "Você é mais que humana, é *sobre*-humana", disse ele, tentando fazer eles dois rirem. Como não conseguiu, acrescentou: "Vamos combinar um dia. Acho que hoje não vou poder; tenho que verificar minha agenda lá no trabalho".

"Você não quer", disse Phyllis, com razão, como sempre. "Eu não sou super-humana, sou um fracasso sob todos os aspectos, a única coisa em que eu não fracassei foi ter quatro filhos saudáveis. Mas até mesmo com eles não me saí muito bem. Estamos deixando as crianças crescerem como se fossem ervas daninhas."

Nisso também havia verdade, porém Owen poderia ter citado como argumentos contrários os incontáveis gestos que todos os pais repetem habitualmente: eles ajudavam as crianças a fazer o dever de casa, levavam-nas para a cama à noite, rezavam com elas de modo rotineiro para que suas alminhas ansiosas encontrassem conforto até a manhã seguinte, viajavam com elas para Nantucket, Disney World, a Expo 67 de Montreal, alugavam uma casa de veraneio em Maine, pagavam uma infinidade de aulas, jantavam com elas uma infinidade de noites, num clima de quase hilaridade. Vistos de fora, pelas janelas da casa bem aquecida e cara na Partridgeberry Road, a julgar pelos balanços do quintal, os patins de hóquei, as casas de boneca e os tacos de golfe guardados no subsolo, Owen e Phyllis davam todos os sinais de que eram bons pais, porém não haviam, como alguns pais — os de Owen, talvez —, *vivido* através dos filhos, escapando de seus próprios egos para a cadeia do DNA. Ian e Alissa, por exemplo, depois daquele período difícil, haviam mergulhado nas necessidades e realizações de Nina e seus dois irmãos mais velhos. Owen e Phyllis tinham em comum o fato de que o filho preferido de ambos era a criança interior, que continuava pedindo atenção. "Amanhã", ele prometeu. "Eu acabei de lembrar, hoje tenho que almoçar com o Ed. Ele anda muito pra baixo."

"Amanhã é o dia em que eu vou jogar tênis no clube com a Alissa, a Vanessa e a Imogene. Aliás, a Imogene não vai poder ir e chamou a Trish para jogar no lugar dela."

"Então depois de amanhã", disse Owen, "ou à noite, depois que Floyd e Eve forem para a cama." Gregory estava no segundo ano da Brown, e Iris era caloura na Smith.

"De noite eu fico muito caída", retrucou Phyllis. "E daqui a dois dias eu já me esqueci de toda essa história."

"Mas que história?", ele perguntou.

"Que eu te amo?", arriscou ela, tímida.

Ele transformou a pergunta numa afirmação: "E eu te amo também". Pensou: *estou arrasando a vida dessa mulher.*

"É essa cidade desgraçada", disse ela, com irritação. "Todo lugar aonde você vai, lá está ela, atrapalhando."

"É uma cidade como qualquer outra", ele argumentou.

"Não, Owen. Não é, não. As pessoas aqui não têm o que fazer, por isso fazem bobagem."

"Bom, prosperidade é assim mesmo", retrucou ele. "Você preferia o comunismo?"

Já havia algum tempo que Owen andava pensando em terminar com Vanessa antes que a coisa viesse à luz e se repetisse a confusão com Faye. Não conseguia imaginar o que aconteceria com o estranho casamento dos Slade a longo prazo, porém acreditava que, tal como seu casamento, não resistiria a uma infidelidade escancarada. Afinal, não viviam numa comunidade hippie, nem num clube de suingue de republicanos em algum cafundó gelado no norte do Meio-Oeste. Ali no Leste havia toda uma rede discreta de atrações e ligações não declaradas que unia as pessoas. Mais recentemente, Owen vinha se sentindo atraído por Imogene Bisbee, uma mulher que bebia bem, tinha uma voz rouca de bebedor de uísque e cabelos bem negros, já começando a ficar grisalhos, escovados para trás, partidos exatamente no meio, como num daguerreótipo de uma ancestral. Tinha sangue azul e uma graça danificada. Sua família tinha o dinheiro que sustentava as parcas atividades de advocacia de Roscoe, negócios de testamentos de amigos, e alguma influência, obtida após muitos anos de moradia, sobre os negócios da prefeitura. Uma vez, num final de festa, Imogene começou a esfregar-se nele. Chegou a agarrá-lo pelos polegares perguntando, com aquela voz rouca e comovente: "Por que é que você não gosta de mim, Owen?".

"Não", respondeu ele. "Quer dizer, não é verdade que eu não gosto de você. E então, o limpa-neve novo do Roscoe está funcionando direitinho?"

Trish Oglethorpe aproximou-se deles, intrometendo-se de modo possessivo, embora Owen nunca tivesse dormido com ela e suas visões de forçar um *ménage à trois* com ela e Vanessa estivessem esmorecendo. Mas alguma pós-imagem de seus flertes, algum eco distante de suas fantasias masturbatórias, projetando-se para o outro lado da cidade, por entre tantas antenas de televisão adormecidas, fazia com que ela se sentisse atraída por ele, permanecendo a seu lado, atenta, como se aguardando seu próximo passo. Disse ele: "Vou deixar vocês duas conversar sobre tênis", e foi se afastando; encontrou Phyllis na cozinha, empoleirada num banquinho alto de madeira, a conversar com Ed e Henry Slade, tal como antigamente, no MIT, ele a encontrava no restaurante chinês enfumaçado com Jake Lowenthal e Bobby Sprock.

Se Owen estava mesmo interessado em Imogene, teria de terminar com Vanessa. Mas como ele poderia encontrar outra mulher como ela, com tamanha camaradagem sexual, com uma atitude tão desabrida, uma pele tão fosca e imperturbável, um clitóris que funcionava como um pau, partindo para o ataque no lugar dele? Aquela mesma temeridade e energia tornavam Vanessa onipresente na cidade; era co-presidente (o termo usado era esse) do movimento de arrecadação de fundos para construir um anexo — mais salas, menos para os médicos do que para os administradores e contadores do seguro de saúde, cada vez mais numerosos — no United Falls Hospital, que ficava em Middle Falls mas também atendia o vilarejo decrépito de Lower Falls e os moradores do semi-subúrbio de Upper Falls que não estavam dispostos a ir de carro até Hartford. Quase todo mundo queria que a instituição sobrevivesse e florescesse, numa época em que os custos médicos e as economias de escala estavam esvaziando os hospitais locais — as mesmas tendências econômicas que estavam exterminando os cinemas, bancos independentes, papelarias, lojas de brinquedo e pequenas livrarias nas cidadezinhas. Agora todos faziam compras nas áreas entre as cidades, em grandes shoppings que engoliam várias fazendas de uma vez só. Até mesmo a Woolworth's, com letras douradas na fachada, aquela loja abarrotada com todo tipo de mercadoria na River Street, representante de um império comercial que parecia ser tão duradouro quanto a Ford Motor Company e a American Tel and Tel, tinha virado um lugar deprimente: restavam apenas uns poucos periquitos e canários a resmungar, desmoralizados, na seção de animais de estimação, outrora tão ruidosa quanto uma selva, com cheiros pesados de alpiste e titica e os ruídos dos gerbos girando suas rodas em seus ninhos que cheiravam a aparas de madeira.

O hospital, tal como a escola secundária de Middle Falls, que ainda não fora integrada no sistema escolar regional, guardava recordações para os cidadãos. Ali nascera a caçula dos Mackenzie, a melancólica e sensível Eve, e quando Phyllis, aos quarenta anos, teve uma ameaça de câncer (um cisto benigno que foi removido, não deixando quase nenhuma cicatriz) e Gregory, aos catorze, quebrou o tornozelo, e Owen, aos trinta e quatro, quase teve um apêndice supurado, o hospital os acolhera e cuidara de suas dores e temores. O intenso envolvimento mútuo da rede de amigos dos Mackenzie não os impedia de se identificar com a comunidade maior. Owen amava o velho centro comercial da River Street e via sua empresa como um capítulo da história industrial da cidade. Ele e Phyllis haviam muitas vezes, com a desculpa de um de seus filhos estar jogando, participado como espectadores entusiasmados dos eventos esportivos do colegial. Um dos gritos de torcida, acompanhado de movimentos vigorosos de pernas e braços das chefes de torcida, todas de meias brancas, era assim: "Nem muito longe nem muito perto, Middle Falls é o lugar certo! Nem tanto ao mar nem tanto à terra, com Middle Falls" — indicadores levantados, balançando-se — "você" — apontando para a platéia — "não erra!". No tempo em que Owen era adolescente, aluno da Willow High, aqueles lascivos movimentos de dança, um legado dos anos 60, ainda não haviam se insinuado entre os saltos e gestos exortativos daquelas jovens mênades de saias plissadas e suéteres volumosas, porém Owen surpreendia-se ao constatar o quanto eram essencialmente conservadores aqueles rituais da juventude — os mesmos gritos amortecidos pelo espaço aberto, o mesmo cheiro melancólico de terra rasgada que vinha da quadra esportiva e chegava até o público, a mesma esperança tribal de que a vitória de hoje implicaria vitória para sempre, no grande jogo da vida.

A campanha de arrecadação de fundos dera certo, ganhando o apoio de todas as classes sociais da cidadezinha. No fim, houve uma festança triunfal no pátio do hospital, num dia de abril em que felizmente fez sol. Fora um risco programar para um local ao ar livre aquela festa para os participantes da campanha e os contribuintes mais importantes; mas era muita gente, e o salão poeirento do segundo andar da prefeitura emprestaria um ar excessivamente oficial e formal à comemoração, e os salões do térreo da mansão de três andares do início do século onde funcionava a sociedade histórica seriam um cenário elitista demais. No meio da multidão, ao sol de fim de tarde, Owen logo de saída encontrou Trish Oglethorpe. No momento em que se virava para evitá-la, ela veio apressada em sua direção. "Owen! Eu nunca mais que te vejo!"

"Eu estou sempre por aí."

"Eu digo pra *conversar* com você."

Em tom de desculpas, Owen explicou: "Acho que nós ficamos meio ilhados nesse inverno". *Nós*: ele e Phyllis, marido e mulher, mais e menos do que uma pessoa concreta.

"Foi terrível! Quanta neve. O Dwight acha que a gente devia se mudar pras Carolinas. Principalmente agora que estão levando tão a sério essa história de cachorro só poder andar na coleira." Os *golden retrievers* da família, todo mundo sabia, andavam matando os gatos da vizinhança e invadindo um estábulo a mais de um quilômetro da cidade, para comer a ração dos cavalos.

Trish estava com um penteado novo, meio descabelado; faíscas de luz solar se refletiam nos fios avermelhados de seu cabelo. O vestido com estampado de bolinhas era curto, ousado de um modo um tanto antiquado; as pernas finas terminavam em escarpins de bico largo de verniz branco. Ela sempre dava a impressão de ter fugido de uma história em quadrinhos, e Owen sempre gostara de histórias em quadrinhos. "Por que é que você está aqui?", ele perguntou.

"Você não sabia? A Vanessa me convenceu a substituir um membro da comissão dela, a de doações especiais, que renunciou. Ela põe todo mundo para trabalhar, falando sério."

"É o que dizem."

"Por outro lado, ela também é uma mãezona. É incrível como ela consegue fazer tanta coisa."

"É verdade", concordou Owen, tentando imaginar exatamente a que ela se referia. Relembrando a conversa que tiveram na casa dos Bisbee no outono, uma conversa que aparentemente Trish estava querendo continuar agora com um entusiasmo que não havia manifestado na época, Owen observou: "Por falar em mulheres trabalhando como carcereiras, agora temos uma mulher mandando num partido".

"É", disse ela. "Pena que é tão conservadora."

"Então agora você é contra os conservadores."

"Só quando a conservadora em questão é chata e filha de comerciante", retrucou Trish, virando a cabeça para que ele a visse em perfil, prognata e sexy. O lábio superior quase parecia preênsil. Pelo menos seu jeito de falar agora estava mais solto.

"Por falar em conservadores chatos, coitado do Ford. O problema não é só o Vietnã", disse Owen, sem saber exatamente como estimular aquela nova Trish, sutilmente radicalizada.

Ela ignorou o comentário. "Owen", disse, dando-lhe um tapa forte no peito. "Você *tem* que ver um filme chamado *Xampu*, com o Warren Beatty. Eu e o Dwight *amamos*. É mesmo uma *loucura*!"

Aquele comentário era mais característico da Trish antiga, rígida, desajeitada. No entanto ela exalava aquele perfume natural, aquela animação espontânea, aquela sensação de quem restabelece uma conexão sem nenhum esforço, que assinala as mulheres com quem a gente já dormiu. Teria Owen dormido com ela num sonho? Seria possível que suas fantasias de uma suruba a três de algum modo tivessem chegado até ela pelo sistema circulatório da cidadezinha? Com aquelas roupas de boneca, ela parecia exultante de autocomplacência, parecia estar prestes, com aqueles olhos a brilhar, a provocá-lo, como as garotas que caminhavam com ele para a escola primária. Owen foi obrigado a recuar e considerar aquele novo fator nas equações sexuais que tanto complicavam sua vida. Teria Vanessa, percebendo que sua frágil iniciativa não dera em nada, seduzido ela própria aquela recém-chegada sapeca, e estariam as duas à espera, nuas porém recatadas, como as irmãs Poitier no retrato duplo de Clouet, esperando o momento em que ele as encontraria? Nas cidadezinhas existem recantos, porões, sótãos onde colchões com cobertas de riscado aguardavam tranqüilos a hora da orgia.

O ruído da multidão beneficente aumentava à medida que

mais champanhe barata era consumida diante da imagem fálica de cinco metros de altura, uma pintura exibida havia meses na fachada do hospital, de um termômetro cuja coluna vermelha, que indicava o montante das contribuições, tinha por fim chegado ao ponto mais alto. Owen localizou o rosto melancólico de Imogene Bisbee, com seu penteado à Emily Dickinson, vasculhando ansiosamente a multidão à procura de alguém que desse algum sentido romântico à sua existência. Ela teria de esperar, Owen pensou, pois não havia mais espaço na sua vida, já que Trish, pelo visto, ainda estava pendente. Examinou todos os rostos dos doadores, pálidos e tontos naquele suave banho de sol primaveril, na esperança de não encontrar Karen Jazinski entre eles. Ed, que fizera uma doação polpuda a partir dos fundos da empresa, talvez a tivesse trazido em seu *entourage* da E-O, e se algum par de olhos sensíveis se fixasse em Owen e Karen juntos perceberia a corrente magnética, a eletricidade reveladora, unindo seus corpos.

Mas ele não a viu. Quem se aproximou foi Ian Morrissey, o cavanhaque mais branco e o cabelo mais comprido, em coerência com sua decisão recentemente tomada de se tornar um pintor "artístico", de cavalete, e se dedicar às ilustrações apenas nas horas vagas — só aceitaria as comissões realmente tentadoras, vangloriava-se ele, oferecidas por velhos amigos seus do ramo. Ian anunciou: "A Alissa está presa lá em casa com a Nina, trinta e oito graus de febre, passou metade da noite vomitando".

"Que idade ela está agora?", indagou Owen, por polidez.

"Cinco, meu Deus. A gente fica se sentindo tão velho."

Owen, irônico, sugeriu: "Você devia ter trazido ela aqui pro pronto-socorro".

Ian só percebia a ironia quando era ele mesmo quem ironizava. "Não, ela tem uma saúde de ferro. Essa menina é uma mula de tão forte. Está ficando a cara do meu pai, cuspido e escarrado. Ele era pedreiro, não tenho vergonha de dizer." Seu hálito tinha cheiro de champanhe velha, bolhas explodidas.

Owen sentiu uma pontada ao imaginar Alissa, a menininha e aquele fanfarrão flatulento, os três juntos, uma santíssima trindade, tal como ele com os pais naquelas caminhadas dominicais em Willow. "Vamos torcer pra ela melhorar", disse a Ian.

"Vai melhorar, sim. É como eu disse, essa é dura na queda. Tanto meu avô paterno quanto o materno emplacaram noventa anos."

"Diz pra Alissa que todos nós sentimos a falta dela." Bastava pronunciar o nome de Alissa, com aquela sibilante que lembrava um beijo, para que Owen sentisse uma espécie de solavanco suave na mente e lhe viesse a imagem de umas costas bem forradas de carne, divididas por uma espinha com extremidades delicadas. Foi dominado por uma sensação de companheirismo, irmanado aos outros veteranos da mesma campanha, enquanto caminhava pelo meio da multidão, seus concidadãos havia quinze anos, um sentimento de amar e ser amado que lhe inspiravam não apenas as mulheres que ele conhecia, mas também os comerciantes do centro, com seus ternos de poliéster escorregadio, o joalheiro e o dono da loja de bebidas, o telhador, aquele homem de passos tão firmes, agora atuando como barman diante de uma mesa coberta com uma toalha branca, e a enfermeira, uma mulher robusta, já aposentada, que oito anos antes, quando Owen tivera sua apendicite, vinha a seu leito, altas horas da madrugada, lhe conferir a bênção de mais uma dose de Demerol. Os serventes e recepcionistas do hospital contribuíam para aquela festa com rostos negros e pardos. Owen não conseguia encontrar Phyllis, embora sua cabeça loira normalmente pairasse alguns centímetros acima da maioria das outras. Ele a amara, de início, por ser alta — alta e mulher e jovem. Aquela curiosa ausência, se de fato ela estava ausente, provocou em Owen uma pontada de culpa premonitória; sentia que não merecia sua felicidade, que ela o confundia. Essa felicidade culposa é a vida?

As sombras se alongavam. O ar começava a ficar frio. Vanessa, que na qualidade de co-presidente já havia feito um discurso eficiente, distribuindo agradecimentos para todos os lados através do sistema de som portátil defeituoso, que apitava a toda hora, aproximou-se dele. Estava com um terninho de seda iridescente verde-azulado, e a seu lado vinha um homem bonitão, com colarinho clerical. "Owen, meu querido, não sei se você já foi apresentado ao reverendo Arthur Larson. Ele ainda é novo na igreja da Epifania, mas ajudou muito com os contribuintes especiais da congregação dele. Foi graças ao reverendo que conseguimos pegar vários."

O ministro apertou a mão de Owen. Seu aperto de mão, Owen pensou, seria sutilmente ajustado ao sexo e tamanho da pessoa por ele cumprimentada, bem como a sua importância econômica na cidade e sua proximidade presumível à influente Vanessa. Owen recebeu um aperto cálido, porém não fervoroso. A beleza do reverendo Larson parecia ter sido conferida a ele via spray, numa camada uniforme e à prova d'água, desde o brilho acetinado de seus sapatos negros e estreitos até o rosto castigado pelo vento, luzidio como couro, rosto de homem que passa muito tempo ao ar livre. A camisa que se via por debaixo do colarinho não era negra como carvão, como seria de se esperar, porém tinha um tom suave de cinza; os cabelos abundantes, encaracolados, formando uma tessitura espessa, faziam Owen pensar num cachorro de tamanho médio, de dorso felpudo e cauda enrolada. Larson ainda estava na faixa dos trinta e tinha um jeito firme, porém modesto. Era um homem perfeitamente bem encaminhado nos rumos do Senhor.

"Owen", disse ele, repetindo o nome que fora pronunciado por Vanessa, como se para fixá-lo numa lista mental. Seus olhos brilhavam, simpáticos, cercados de rugas que já se esboçavam. Owen gostou dele; gostava da maioria dos clérigos, que mantêm à distância o impensável enquanto nós saracoteamos pela vida afora.

Larson deu meio passo para o lado, revelando a mulher que o acompanhava, e que por uma questão de tato havia permanecido um pouco atrás, do lado oposto do de Vanessa. Era compacta e sedosa, como Elsie, e tinha um pouco de queixo duplo, porém também irradiava a vitalidade inescrutável, um pouco séria demais, que Owen conhecera e admirara pela última vez em Ginger Bitting. Seu aperto de mão o surpreendeu, aqueles dedos finos e femininos enfiando-se tranqüilos dentro de sua mão. Os olhos dela tinham o tom vivo de azul-marinho dos copos de vinho de vidro colorido lá de Willow, e também dos pratinhos de balas com bordas recortadas que as tias e as vizinhas mais velhas, donas de casa orgulhosas, colocavam sobre o caixilho inferior da janela, baixado, para pegar luz. Com sua voz orgulhosa e trabalhada de barítono, que saía de um lugar um pouco mais fundo de seu peito do que o estritamente necessário para fins de comunicação, o ministro anunciou a Owen: "E esta é minha boa esposa, Julia".

13. Melhor você nem saber

Em Haskells Crossing, as pessoas morrem. Elas mostram como é que isso se faz. Morrem escondidas, entre enfermeiras profissionais e criados fiéis, normalmente, embora em alguns casos raros caiam mortas sem aviso prévio, por exemplo, na hora de subir a ladeira no décimo terceiro buraco do campo de golfe, ou durante um cochilo após um almoço de domingo fartamente regado a álcool. A morte jamais deixa de ser inesperada. A vida não a espera; a mente viva não pode concebê-la. Alguns cidadãos morrem logo depois de uma cirurgia estética complexa, ou de um implante de safena múltiplo mais complicado, ou de uma dispendiosa reforma da casa, preparando-se para o futuro; morrem assim mesmo.

Na igreja, que Owen e Julia freqüentam com regularidade — embora, no caso dela, menos do que no tempo em que era casada com um ministro —, o processo pode ser acompanhado passo a passo. Os moribundos a cada domingo estão mais hesitantes e escaveirados quando se afastam da mesa da comunhão com olhos desafiadores, ainda mastigando. Depois, já não podem mais chegar à mesa de comunhão, ou não conseguem ajoelhar-se, por estarem com hidropisia no joelho ou dor nos quadris, e recebem a hóstia em pé, como se fossem católicos ou luteranos, ou então — a etapa seguinte — o ministro e seu acólito levam a hóstia a eles depois, no banco onde estão sentados. Durante essa interrupção da cerimônia costumeira, o único ruído que se ouve é o murmúrio do ministro, o único movimento que se vê é a cabeça trêmula e encanecida da comungante, se ela é uma episcopaliana tradicionalista, fazendo o sinal-da-cruz após receber o pão e o vinho. Os homens vão perdendo a cor do rosto, que assume um tom cinzento de pedra à medida que os olhos afundam nas órbitas; as mulheres, que mesmo nas últimas etapas da vida podem recorrer à maquiagem cor da pele, exibem um olhar fixo e faces cavadas, porém vermelhas. A morte tem um efeito positivo sobre algumas mulheres, acentuando a austeridade e a bravura que sempre as caracterizaram. Outras, como a riquíssima Florence Sprang, tornam-se figuras grotescas, pintadas, com roupas excessivas, que sobem a nave mancando, entre uma bengala e uma criada, para receber seu quinhão do corpo e do sangue de Jesus Cristo.

Por fim, até mesmo o mais estóico e decidido comungante não consegue mais ir à igreja no domingo, porém se faz presente apenas como um dos nomes incluídos nas orações, um dos muitos nomes — nomes até demais, comenta se em cochichos — lidos com uma voz neutra pelo leitor do dia, após a fórmula *pelos idosos e inválidos, pelos viúvos e órfãos, pelos doentes e pelos que sofrem, oremos ao Senhor*. Ou então, usando-se o Rito III, *tende compaixão dos que sofrem qualquer dor ou angústia*. Na ladainha de nomes que se segue, "Florence" aparece democraticamente misturada com toda uma série de outros doentes e ameaçados, Erin e Jameeka, Shonda e Lara, Dolores e Jade, Bruce e Hamad e Todd, os quais, embora jamais a tenham conhecido, estão incluídos no programa da igreja que visa ganhar adeptos entre os moradores do centro de Cabot City, que sofrem, em abrigos e apartamentos subsidiados, os efeitos devastadores das drogas e do álcool, da obesidade e da AIDS, da promiscuidade e do distúrbio bipolar. Em seguida, o nome de Florence, agora acompanhado do sobrenome, figura por algum tempo na lista que vem após as palavras rotineiras *por aqueles que morreram na esperança da ressurreição e por todos os que partiram, oremos ao Senhor*. A congregação responde, dirigindo seu apelo à imensa entidade hipotética que paira sobre toda essa atividade da cidadezinha, *Senhor, tende piedade*, ou, tratando-se dos que já se foram, tranqüilos em seus caixões e urnas, *que a luz eterna brilhe sobre eles*.

A luz eterna, num universo onde, segundo as mais recentes conclusões da ciência, a expansão, impelida por algum fator desconhecido denominado força escura, está se acelerando a tal ponto que as estrelas um dia não serão mais visíveis umas das outras. Outras leis comprovadas determinam que elas terminarão por se extinguir e ficarão vagando no espaço como montes de cinzas sem sentido, matéria inerte para todo o sempre. Ninguém acompanha as últimas novidades da cosmologia empírica com mais atenção do que o ministro da cidadezinha, esperando encontrar, virada a esquina de alguma equação misteriosa, um vislumbre da misericórdia divina. Um dos fardos que, pensa Owen, pesam sobre o ombro do crente moderno é o contexto temporal monstruosamente amplificado. São Paulo achava que as trombetas do fim seriam ouvidas por alguns que já estavam vivos em seu tempo — "Eis que vos digo um mistério: na verdade, nem todos dormiremos, mas todos seremos transformados; num momento, num abrir e fechar de olhos, ante a última trombeta" — e na Idade Média os homens ainda imaginavam seus esqueletos intactos, sorrindo sem gengivas, emergindo de suas covas. O outro mundo estava bem próximo, era quase possível visitá-lo, como as tumbas embaixo do assoalho da catedral. Agora é necessário relegá-lo a uma outra dimensão, tal como aquelas cordas subatômicas cuja invenção matemática talvez possa resolver por fim o enigma da existência: por que motivo o nada, o som fundamental da realidade cósmica, o substrato que perdura para sempre, resolveu se dar o imenso trabalho de violar-se a si próprio e parir alguma coisa? Num recuo estratégico, a Igreja abandona o cosmos para a física e refugia-se no pessoal — o cosmos da frágil e evanescente consciência. Nesse mundo de sombras, infinitamente prolongado, Florence e Jameeka e Lara e Bruce estão em comunhão, banhados no amor indiscriminado de Deus, e juntos vão subindo mais e mais. *Se, como homem, combati em Éfeso contra as bestas, que me aproveita isso, se os mortos não ressuscitam? Comamos e bebamos, que amanhã morreremos.* No versículo seguinte, Paulo acrescenta, ameaçador: *Não vos enganeis: as más conversações corrompem os bons costumes.*

Owen e Julia, por acaso, fizeram amizade principalmente com casais mais velhos quando se mudaram para Haskells Crossing. Os de sua faixa etária, ao constatar que aquele casal de meia-idade não bebia nem conhecia as fofocas locais, de modo geral só os convidavam para a primeira festa. Os mais velhos, porém, que — por motivo de doença ou por influência dos Alcoólicos Anônimos — haviam aberto mão de alguma coisa também, achavam aquele novo casal "jovem" interessante e educado, e assim Owen e Julia viam-se convidados para festas em que, tirando os netos que brincavam no chão, eles eram as pessoas mais jovens presentes. Em meio àquela multidão animada de gente velha, cheia de conhecimentos que já se tornavam obsoletos, a grande ceifeira começava a atuar. Os enterros se sucediam — segundo o ritual episcopaliano, modificado de modo a acomodar reminiscências informais, por vezes mesmo irreverentes e hilariantes, de velhos amigos e filhos já entrados em anos. Havia sempre no serviço um folheto, com um poema insosso no verso, os números dos hinos e orações no meio, e na capa uma foto fascinante do falecido quando na flor da idade, pilotando seu iate em Maine, ou posando ao lado de uma roseira em flor, rindo, à luz de raios de sol cujos neutrinos já deviam ter chegado à estrela Vega àquela altura, ou segurando o bridão de um cavalo também já falecido, com um olho assustado e uma narina brutalmente escancarada. Era fascinante para Owen verificar o que constituía, para os ricos, os momentos mais alegres da vida, aqueles que a resumiam. Prazeres campestres: milhões de dólares gastos na busca da pureza, da inocência aborígine. Raramente era escolhida uma foto tirada dentro de casa, ou no decorrer de um dia de trabalho ou de uma cerimônia, um aniversário de quarenta anos ou uma suntuosa festa de aposentadoria. Se a imagem representava a juventude do recém-falecido, com a pele ainda lisa, era quase sempre numa pose esportiva — todo de branco ao lado de uma rede de tênis, ou levantando um troféu de prata com um sorriso tão brilhante quanto o metal. A vida além-túmulo — essas imagens pareciam indicar — era uma espécie de country clube. Após a cerimônia religiosa, a viúva ou viúvo ou filho mais velho que ainda morasse na cidadezinha dava uma festa, na ampla casa do falecido ou no iate clube ou no country clube, onde a lembrança do morto logo era substituída por uma alegria despreocupada e por comentários veementes no sentido de que os cidadãos de Haskells Crossing que eram proprietários e pagavam os impostos sempre levavam a pior em seus embates contra os políticos — corruptos, ou simplesmente indiferentes, mas sempre mesquinhos — que se aboletavam nos centros de poder de Cabot City. A festa, se era numa casa particular, sempre incluía a vista de uma fatia reluzente do mar, aquela imagem onívora e imperturbável da eternidade que aguarda cada conviva, cada sobrevivente.

Um dos primeiros conhecidos dos novos Mackenzie — Mackenzie II, se um casamento é um filme ou, se é um programa de computador, Mackenzie versão 2.1 — fora Bumpy Wentworth, uma mulher pequena e gorducha com cabelos azulados já ralos e um talento para a imitação. Recebera o apelido de Bumpy, "Bolota" mas também "Turbulenta", ainda na infância, conferido por um irmão mais moço irritado com o qual ela repartia, juntamente com uma governanta substancial, o banco de trás do Peerless do pai. Fotografias tiradas em 1925, quando Bumpy estava com dez anos, de fato confirmam ter sido ela uma irmã bem volumosa e dura na queda. Tornou-se uma mulher simpática, de proporções razoáveis, porém o nome a acompanhou da família nuclear para o externato, de lá para o internato e a escola para moças, chegando até o casamento. Seguindo a tradição conservadora da região, em que um machismo benigno dava apelidos às fêmeas da tribo como se elas fossem animais de estimação, "Bumpy", com sua dupla conotação, pegou para sempre. Como também pegaram, entre as outras mulheres de Haskells Crossing, as designações Muffin, Jonesie, Snuggles e Bunch: todas essas eram senhoras dignas, de posses, na faixa dos sessenta ou setenta.

Ora, se Julia tinha uma fraqueza, era pelas amizades femininas alegres. Ela havia passado diretamente das mãos do pai, um banqueiro de New Haven, da ala mais tradicionalista da Igreja episcopal, cujos três outros filhos eram varões, para as do marido, recém-saído da faculdade de teologia, como mulher exemplar: de filha-modelo e aluna-modelo passou a ser esposa e dona de casa perfeita, sem interrupção. O único deslize de sua vida fora se apaixonar por Owen, episódio reconfigurado por ela depois como o ato de salvá-lo de uma vida terrivelmente imoral. Owen estava disposto a ser salvo, mas Julia não estava disposta a se tornar a figura central de um escândalo e ser evitada não apenas pelos membros horrorizados da paróquia de seu ex-marido, mas também, com uma indignação ostensiva, pelas mulheres respeitáveis de Middle Falls, como Vanessa Slade, Imogene Bisbee, Trish Oglethorpe e Alissa Morrissey. Assim, foi para Julia um alívio e uma delícia fazer amizade, num lugar a cento e cinqüenta quilômetros a nordeste de Middle Falls, com pessoas como Bunch Hapgood, trêmula e espirituosa; Jonesie Wilkins, magra e tranqüila; e Bumpy Wentworth, bondosa e sensata. Entre taças de xerez, a mulher mais jovem ria até as lágrimas quando as outras imitavam, com os sotaques apropriados, as empregadas irlandesas e jardineiros italianos que trabalhavam para seus pais, ou até mesmo os sócios comerciais, formais e avarentos, de seus queridos falecidos maridos. Julia era, para elas, praticamente uma menina, e a sra. Wenthworth fazia questão de que ela, com Owen atrelado, conhecesse as pessoas certas e, com o tempo, entrasse para os clubes certos. Enquanto as estações do ano da Nova Inglaterra se sucediam sem pressa em Haskells Crossing, e os problemas da meia dúzia de filhos dos Mackenzie — quatro dele, dois dela — eram discutidos e depois postos de lado com palavras tranqüilizadoras e risadas suaves durante o chá, e enterro após enterro despachava conhecidos comuns, Bumpy estava sempre presente. Em meados dos anos 80, começou a perder peso e enfraquecer a olhos vistos; a alopecia obrigou-a a usar uma peruca, que era para ela pretexto para muitas chacotas; perguntava a Julia se a cor mais adequada seria pêssego ou damasco. Até mesmo quando foi levada para o hospital, com dificuldade de respirar, a anciã não perdeu o bom humor; quando Julia foi visitá-la pela última vez, Bumpy conseguiu fazê-la rir de modo descontrolado do lado cômico de uma tempestade em copo d'água ocorrida na associação beneficente da igreja, que Julia, um de seus membros mais importantes, estava levando demasiadamente a sério. À medida que a luz morria nas janelas do hospital, Bumpy afundava no travesseiro e acariciava a mão de Julia com a sua, toda encarquilhada. Prometeu à amiga que estava gostando do novo remédio e que ia se recuperar no centro de reabilitação, que ficava do outro lado de Cabot City. Tivera um pouco de depressão, mas sentia que sua animação estava voltando.

Assim, foi com a voz indignada e perplexa de uma criança ludibriada que Julia, ao pôr no gancho o telefone após receber uma ligação de manhã bem cedo no dia seguinte, voltou para o quarto e disse a Owen: "A Bumpy morreu!". As lágrimas em seus olhos destacavam seu tom de azul-marinho. Julia era uma mulher que, mesmo nas piores circunstâncias, não chorava.

Middle Falls já vira outros escândalos e separações, mas isto era algo inédito — a esposa de um ministro e uma dupla separação friamente decidida. O terceiro filho de Owen, o segundo varão, com quinze anos de idade, Floyd — o mesmo nome do avô contador — chegou da escola com a notícia de que o reverendo Larson e sua esposa, imaginem só, estavam se separando. Jennifer Pajasek, uma garota de sua série que às vezes trabalhava como baby-sitter para eles, disse que andavam brigando muito e que as crianças — um menino e uma menina — estavam muito nervosas.

Floyd não percebia, ao contar essa notícia para o pai, com uma voz de inocência perplexa e excitada, que ela dizia respeito a ele próprio, que era o primeiro sinal de uma catástrofe prestes a desabar sobre sua própria cabeça. Na residência do pároco, a três quilômetros dali, uma cadeia de acontecimentos tivera início. Owen estava sendo arrastado para dentro daquele poço de fatalidade cuja borda fora assinalada, tantos anos antes, pelo estampido do Colt 38 do pai de Danny Hoffman, que puxou o gatilho antes de o sol nascer, a duas casas de distância do lar de Owen na Mifflin Avenue. Agora eram quatro e meia da tarde, num dia ensolarado de setembro, à mesa da cozinha da casa dos Mackenzie, seis quartos e quatro banheiros, na Partridgeberry Road, mas a esfera era a mesma, a esfera dos danos graves e irremediáveis. Owen era o carrasco de seu próprio filho. A arma continuava escondida atrás de suas costas, mas alguns dias depois seria necessário pegá-la e dar o tiro. Seu filho, tal como Buddy Rourke, deixaria de ter pai, por ter seu pai se desencaminhado. Phyllis já sabia. Toda a cidadezinha em breve saberia. Não havia como se esconder, voltar atrás. Do lado de fora das janelas da cozinha, a vida pura entoava suas canções, tão distanciada da culpa humana como um sonho — estorninhos que se reuniam, formando um bando, para o vôo migratório, insetos invisíveis a cricrilar enquanto o verão se aprontava para partir.

Foi Julia quem deu o primeiro passo — a primeira a abrir o jogo, a primeira a se separar, a se divorciar. Embora Owen a desejasse, e visse nela sua oportunidade de refugiar-se na concupiscência e obediência do estado conjugal, teria prolongado aquela situação indefinidamente, mantendo as mulheres no ar como se fossem as bolas coloridas de um malabarista, se Julia não o fizesse envergonhar-se de sua passividade. O choque de sua própria queda a eletrizara; o ímpeto que adquirira no tempo em que era virtuosa suprimia toda e qualquer dúvida. Ela jamais olhou para trás, e ele, hesitante, seguiu-a.

Contar tudo para os filhos; mudar-se para um apartamento nos prédios maltratados que ficavam em frente ao velho moinho, do outro lado do rio; conversar com um advogado especializado em questões de divórcio, um profissional de Hartford impassível, que não julgava ninguém — Owen fez todas essas coisas como se debaixo d'água. Caminhava anestesiado por uma selva de sofrimento alheio, quase sem conseguir reconhecer a si próprio. Nesse meio mais denso, sentia-se curiosamente leve. Havia a sensação de que, ao penetrar nesse elemento drástico — a fatalidade que ele confundia com o terreno baldio ao lado de sua primeira casa, onde seus óculos, dentro do estojo molhado de orvalho, lhe foram milagrosamente devolvidos, convencendo-o de que sua vida era encantada —, Owen havia por fim entrado na idade adulta. Largar Phyllis, quando estavam ambos na faixa dos quarenta, foi o primeiro ato adulto de sua vida. Ser adulto é ser assassino. Os pacifistas e não-combatentes estão apenas enganando a si próprios, deixando que os outros façam o trabalho sujo.

Vanessa, encontrando-se com ele no centro da cidade ao meio-dia, à porta do Ugly Duckling, disse apenas, sem sorrir: "Bom pra você, querido", mas seguiu em frente. Alissa, atravessando a Branch Street em direção à escola primária, com a pequena Nina a reboque, perguntou à criança: "Quer mostrar ao senhor Mackenzie o lugar onde o dente caiu?". Karen Jazinski havia batido uma vez, naquele verão, à porta da cela de Owen na E-O; como Julia estava com ele no sofá, parecendo, com sua tez bem morena, menos a *Olímpia* de Manet do que a *Maja desnuda* de Goya, ele não abriu a porta, e Karen, talvez percebendo que duas pessoas prendiam a respiração do lado de dentro, não voltou a procurá-lo. Trish Oglethorpe, por algum motivo estranho, foi quem liderou as forças locais da indignação e passava por Julia no supermercado como se a outra fosse uma cabeça de alface murcha. Roscoe e Imogene Bisbee deram um gelo no novo casal no Silver Spoon, um restaurante excessivamente caro, iluminado por velas, em Upper Falls, onde Owen e Julia imaginaram que ninguém os reconheceria, em meio àqueles suburbanos sem rosto.

Esse ínterim de disjunção se arrastou por um ano, e então a coisa piorou. Melhor você nem saber. Os jornais e noticiários da televisão estão cheios de separações e assassinatos domésticos. No interior dos lares desfeitos houve entrevistas com pessoas sofridas, olhando para trás, por vezes pontuadas por confissões movidas a álcool e hilaridade amarga. Numa etapa posterior, de caráter legal, houve conflitos acirrados em torno da divisão de propriedade — principalmente para os Mackenzie, que haviam se tornado prósperos quase sem querer, e mais que depressa transformaram a prosperidade em artefatos culturais. Cada tapete oriental, pintura abstrata e livro de arte de cinqüenta dólares havia sido escolhido pelos dois membros do casal, ou então, no caso dos livros, ganho num aniversário ou no Natal com uma dedicatória amorosa. Um exemplar de *Finnegans wake* dado por Phyllis a Owen quando ele fez vinte e cinco anos — um volume alto, de lombada quadrada, a primeira e a quarta capas da sobrecapa idênticas, com a lista de erros tipográficos que Joyce acrescentara ao texto de 1939, quinze páginas de correções — desencadeou uma briga particularmente feia, embora nem ele nem ela tivessem lido mais do que cinco páginas do texto. Ambos imaginavam que o livro seria mais matemático do que era na verdade, pois seu autor era um dos poucos escritores cujo cérebro podia ser comparado ao dos grandes matemáticos; porém o livro sagrado era só música, a música da língua falada em transcrição fonética, cheia de erros de ortografia, com um sotaque irlandês carregado e trocadilhos que costuravam toda a Europa. Na época em que namoravam e quando se casaram, esse livro representava o ápice da cultura — fanaticamente elaborado, distante como um monólito.

Para os Larson, levantava-se também o problema da residência paroquial. Julia e os filhos precisavam da casa, porém ela era propriedade da Igreja, e o uso do imóvel fazia parte do pagamento de Larson. O Natal, na hora mais inoportuna, aproximava-se, com todo o seu aparato de comemorações, desde grupos de jovens até reuniões de idosos, tradicionalmente presididas pela mulher do pastor. Naquela idade das trevas, era uma das incumbências do pároco ter uma esposa apresentável, com capacidade e disposição para cumprir seus deveres com tanta perfeição que jamais deixasse cair um copo de ponche, jamais permitisse que o membro do corpo juvenil ficasse sem sua cota de gemada e biscoitos de gengibre, tudo isso enquanto Owen, em seu apartamento bagunçado na Covenant Street, a aguardava na cama. Quando por fim chegava, ainda com seu casto vestido de tricô cinzento de anfitriã da residência paroquial, Julia explicava: "As mulheres estão acostumadas a viver em diferentes níveis. Dividir-se em compartimentos faz parte da biologia feminina. Não é hipocrisia; é só uma questão de decência, a gente não pode se mostrar por inteiro em nenhum momento. Mas você é um namorado muito exigente e ciumento, Owen! Pra mim é emocionante conviver com uma pessoa tão inocente".

"Depois do Arthur, é isso que você quer dizer?"

"Bom... não quero magoar você, amorzinho, mas é difícil escandalizar um ministro. Ele ouve as piores coisas, todos os dias. As pessoas adoram contar pra ele, sei lá por quê."

Talvez remontassem a esse período, em que Julia ainda mantinha as aparências de que vivia com o marido, já inteiramente desiludido, os pesadelos que viriam a torturar Owen vinte e cinco anos depois, em que Julia escapulia dele por entre as malhas da tessitura social da cidade, sonhos em que ela simplesmente o perdia enquanto executava suas tarefas rotineiras de esposa fiel do pároco.

Foi a própria Igreja, em sua sabedoria, que fez com que o ministro se desse conta do incômodo da situação, e que encontrou a solução: o chefe do conselho paroquial, banqueiro aposentado, originário de Providence, viúvo, ocupava uma mansão grande demais para ele em frente ao rossio de Middle Falls; o reverendo Larson poderia muito bem ficar morando com ele enquanto a sra. Larson e seus filhos não encontrassem uma casa adequada, de preferência numa outra cidade. Quando finalmente terminou o ano escolar, em junho do verão do bicentenário da independência, Julia, o pequeno Tommy e Rachel foram ficar com a irmã de Julia em Old Lyme. Essa temporada de separações, durante a qual a amante comprometida de Owen, mantida sob o olhar reprovador de sua irmã, só conseguiu lhe escrever algumas cartas apressadas, talvez tivesse também contribuído para a persistência daqueles pesadelos em que ele a perdia, em que a conexão entre os dois simplesmente se desfazia, instaurando-se o silêncio, tal como ocorria com aqueles primeiros cabos telegráficos frágeis estendidos sobre o fundo pedregoso do oceano Atlântico. As cartas de Julia, datilografadas de modo impecável em papel de carta azul com uma máquina elétrica, eram tão alegres e relaxadas que o preocupavam; não havia hesitação nem arrependimentos confessados, nenhuma ambigüidade cuidadosa. Julia adorava estar de novo morando junto ao mar. O rio e as cachoeiras eram agora coisa do passado. Rachel estava aprendendo a montar e estava adorando; Tommy, que antes tinha tanto medo da água, agora atravessava a nado de ponta a ponta a piscina do pequeno clube que havia na praia. Arthur, que vinha visitá-los com freqüência, já não sabia bem se, depois disso tudo, ia continuar no ministério. A igreja da Epifania, embora não dissesse nada por uma questão de delicadeza, não via a hora de ele ir embora. Embora são Paulo fosse contrário ao matrimônio, os pastores divorciados, naquela etapa da história, tinham dificuldade de achar emprego, até mesmo numa paróquia nos bairros mais pobres das cidades grandes. Um dos membros do conselho paroquial, um negociante aposentado, dissera a Arthur que havia muitas oportunidades maravilhosas para ex-pastores, desde que ele estivesse disposto a ir morar mais perto de Manhattan, nas áreas de relações públicas e gerência de pessoal.

Os Mackenzie, agarrando-se aos destroços de seu casamento arrasado, viam com espanto o mar se abrir para Julia atravessá-lo: ela caminhava para a margem oposta pisando uma terra milagrosamente seca. Até mesmo vivendo em casas separadas, Owen e Phyllis habitavam o mesmo espaço mental, uma espécie de espaço estudantil que remontava a uma casa grande construída num terreno pequeno numa rua de Cambridge utilizada como atalho entre a Garden Street e a Massachusetts Avenue. Uma espécie de boemia educada, que prolongasse até o final da vida a busca acadêmica do saber, fora o ideal comum. Colin Goodhue tornara-se professor de línguas neolatinas em Cornell. Casara-se com uma francesa, e todos os anos em agosto iam para a Provença. A mãe e o pai de Phyllis tinham morrido recentemente — com um intervalo de apenas alguns meses, o que por vezes acontece com casais que estão juntos há muito tempo — e o fato de Phyllis ter sido reduzida à condição de órfã fora uma das justificativas para Owen não ter apressado o processo de divórcio, que envolvia tantas figuras desagradáveis: advogados, homens da empresa de mudança, psicólogos infantis.

Uma névoa de intenções adiadas havia se instaurado em sua mente. Daquele prolongado interregno, em que ele zanzava entre a casa da Partridgeberry Road que fora abandonada pelo chefe da família e o esquálido apartamento de solteiro do outro lado do Chunkaunkabaug, num prédio de quatro andares condenado pelo corpo de bombeiros, habitado por velhos viúvos poloneses e mães solteiras obesas, Owen não se lembrava de quase nada. Com a mente entorpecida, enfrentava a indiferença fingida e emburrada dos dois filhos universitários e o afeto espantado, ansioso, porém sutilmente retraído, dos dois menores sempre que ele chegava, em seu Stingray agora amassado e barulhento, para dar uma olhada nos deveres de casa ou levá-los ao cinema. Embora sua formação religiosa tivesse sido parca, Owen ouvia as preces dos dois filhos menores, pedindo que ele voltasse, a pairar acima dele como se fossem o bater de asas de andorinhas presas na chaminé da velha casa de fazenda. Phyllis ora sucumbia ao desânimo, ora manifestava uma coragem ostensiva em seu estado de abandono; tal como ele, sentia estar vivendo um ínterim irreal. Nunca havia se integrado bem em Middle Falls, encarando com desdém aquela sociedade medíocre, manifestando a polidez superficial de uma filha de acadêmico, porém algumas das mulheres da cidadezinha tornaram-se suas defensoras, e nem todas eram mulheres com que Owen havia dormido, embora fossem essas as que mais a procuravam para falar mal de Julia. "Ela realmente não entende, parece uma marciana... Aqueles olhos dela, só de ver eu fico arrepiada... Desfilando pelo supermercado como se me desafiasse a dar um gelo nela... O marido dela, coitado, esse vai acabar virando santo, o Roscoe ficou horas conversando com ele e não conseguiu arrancar dele nenhuma palavra contra ela": Phyllis repassava fragmentos como esses para Owen, como se essas fofocas, que outrora eram para ele uma espécie de música, um murmúrio de iniciação, pudessem fazê-lo voltar. Era verdade que Owen acordava em seu quarto sórdido — sentindo os cheiros dos fogões dos vizinhos atravessando as paredes, ouvindo os berros das crianças sem pai — com a mesma sensação de saudade do lar no fundo do estômago que o devorara naqueles primeiros meses no MIT, a pairar no espaço por efeito das implacáveis leis do crescimento, do envelhecimento. Porém naquele tempo, tal como agora, ele tinha uma missão: antes, sobreviver, não voltar para a Pensilvânia, conquistar um diploma, uma carreira e, como acabou acontecendo, aquela moça alta que ele vislumbrava nos corredores. Agora, tal como antes, sua missão não era de todo egoísta, e envolvia Phyllis; ele queria libertá-la dele, tanto quanto se libertar dela. Sua vida com Phyllis, Julia lhe havia explicado, se transformara numa degradação mútua. Se ficasse com ela, não estaria lhe fazendo nenhum favor. Essas palavras faziam sentido, Owen pensava, para pessoas que tinham padrões morais elevados, frutos de uma retidão habitual; porém elas deixavam de lado os pedidos de piedade que faziam parte de certa frouxidão humana. Ele e Phyllis tinham em comum uma tendência característica dos anos 50, uma imprudência cega. Entre eles dois, parecia a ele agora, sempre houvera algo errado desde o início. Owen fora ambicioso e imaturo, e a havia usado. Agora queria desfazer a presunção que o levara a seqüestrar aquela princesa; queria lhe dar tempo para que ela se convencesse de que ele tinha razão e o ajudasse a pedir o divórcio, para que o divórcio se tornasse uma idéia dela, tal como o casamento havia sido. Ao menos Phyllis aceitou consultar um advogado em Hartford, um sujeito baixinho, bem vestido, que falava depressa e a fazia rir — o homem fora recomendado tanto por Roscoe Bisbee quanto por Henry Slade. Chamava-se Jerry Halloran e falava com Phyllis num idioma matemático de dólares e centavos.

Durante esse período de espera, os filhos de Owen inventaram uma forma de protesto, uma caricatura automobilística das perturbações dos adultos. Floyd, que acabara de completar dezesseis anos e tirar carteira de motorista, saiu na Partridgeberry Road com a caminhonete Volvo da mãe e, na sua inexperiência, virando demais para a direita para evitar uma picape que se aproximava, atrelada a um trailer que continha um cavalo, enfiou-se numa vala cheia de neve. O Volvo virou e bateu num muro de pedra, a uma velocidade razoável. O menino nada sofreu, mas do carro não restou nada. Com o dinheiro do seguro, os Mackenzie compraram uma caminhonete Falcon da Ford, usada, em bom estado, embora menos sólida do que o carro sueco destruído.

Gregory, que estava estudando na Brown University e viera passar as férias de primavera em casa, pediu emprestado o Stingray do pai para sair com uma garota que ele queria impressionar, coisa que seria impossível com aquela "Falcon velha vagabunda". Embora não gostasse do tom exigente do filho e considerasse seu conversível vermelho-batom um tesouro, por mais velho que estivesse, Owen sentia-se culpado demais para dizer não ao menino. Foi acordado à uma da madrugada por um telefonema histérico de Phyllis. Numa estrada secundária do outro lado do Heron Pond, onde havia um lugar muito freqüentado por casais de namorados munidos de automóveis — um lugar a que, anos antes, ele e Faye, inocentemente, haviam recorrido —, o Stingray por algum motivo havia se desgovernado, só parando após derrubar quatro ou cinco estacas de alumínio. O motor foi parar quase no banco da frente, mas nem Gregory nem sua acompanhante se machucaram. Ele assumiu a responsabilidade, como um homem, dizendo que estava tentando mexer no rádio, que não conhecia bem, enquanto dirigia, porém contou ao irmão, que por sua vez contou à mãe, que por sua vez contou a Owen, que fora a garota, uma moça da pá virada da Eastern Connecticut State University, quem estivera dirigindo — ou melhor, quem estivera com as mãos no volante ao mesmo tempo que se apertava contra Gregory. Sem dúvida, a substância proibida que havia embalado o namoro à margem do Heron Pond ainda continuava atuando em seus cérebros no momento do acidente. Owen, lembrando que não muitos anos antes havia atravessado o deserto de Nevada a toda velocidade, com os cachos oxigenados de Mirabella roçando em seu ventre, e que muitos anos antes saíra de marcha a ré de uma floresta ameaçadora enquanto Elsie se vestia às pressas a seu lado, não conseguiu indignar-se. Aqueles danos à sua propriedade eram merecidos.

O que o irritava mais, à distância, eram as dificuldades que Iris estava tendo em Massachusetts com o pequeno AMC Pacer duas portas que ele lhe dera para ela levar para Smith: a menina vivia amassando o pára-lama nos estacionamentos do campus, e toda semana era multada pela polícia de Northhampton. Owen começou a achar que aquilo era proposital, o que lhe doía em particular porque Iris — a única que herdara o cabelo avermelhado de sua mãe — era a filha com que ele se sentia mais à vontade, menos imbuído do papel de pai. Tinha a impressão de que Iris lhe dedicava, sem qualquer esforço, o respeito irônico e coquete que toda filha deve manifestar em relação ao pai.

Durante esse período de acidentes, Ed começou a conversar com ele, durante o almoço que tinham juntos toda semana, sobre a possibilidade de a E-O Data projetar um PC que seria fabricado por uma empresa em New Hampshire. "O PC não é mais uma coisa do futuro, ele já chegou", insistia Ed. "Daqui a dez anos, toda família vai ter. Vai acontecer o mesmo que aconteceu com a televisão. O que está em jogo é coisa de bilhões de dólares. Pensa só na Apple."

"Ed, o nosso negócio é software, e não hardware."

"E faz tanta diferença assim? É que nem ovo e galinha: quem sabe cozinhar um sabe cozinhar o outro. Afinal, você se formou em quê, lá no MIT, hein? Engenharia elétrica. Pelo amor de Deus, vamos começar a atuar em engenharia. A gente tem um andar inteiro vazio, pros protótipos e analisadores lógicos, assim que a gente passar pela etapa do projeto. Veja só a Apple. O 141 tinha que ser conectado a um aparelho de tevê; um ano depois o 169 já tinha cor e som e aceitava jogos. Já tem milhares desses computadores espalhados por aí, usando software que nós não produzimos."

"Ed, eu estou velho demais para essas merdas que você quer inventar. Deixa isso para essa garotada esperta que você atraiu da Rensselaer ou sei lá de onde. Esses já nasceram sabendo essas coisas. O que pra mim era uma aventura, pra eles é eletrodoméstico."

"Não está velho porra nenhuma; o problema é que você vive se metendo em merda. Você não sabe se tem duas mulheres ou se não tem nenhuma. Entra na linha, O., senão o seu cérebro vai acabar virando mingau."

"Já virou. Me desculpa, Ed. Sei que você esperava muita coisa de mim. Acho que perdi o rumo."

A consciência ia mal, a memória também. Mas Owen jamais se esqueceria — ele relembrava todos os dias — da manhã ensolarada de final de outubro em que, para levar uma versão atualizada dos dados referentes à sua renda a Phyllis, que depois a entregaria ao seu advogado em Hartford às dez da manhã, foi direto de sua *garçonnière* na Covent Street a sua antiga casa na Partridgeberry Road. O Halloween se aproximava; nas entradas das casas viam-se abóboras, e em alguns dos gramados tinham sido colocados bonecos recheados com palha, cavaleiros sem cabeça e fantasmas com lençóis, formando cenas elaboradas. Na infância de Owen, o Halloween não era uma festa pagã tão complicada, e sim apenas uma travessura que os adultos reprovavam. Aquele dia, que não passava de uma desculpa para travessuras e chantagens infantis, à medida que os feriados religiosos foram perdendo a credibilidade foi se transformando num pseudo Natal inofensivo.

Havia chovido durante a noite, e a chuva dera brilho às ruas e um ar de coisa lavada a tudo o mais. As folhas estavam caindo, e os pneus do carro passavam por cima de massas úmidas aqui e ali. O Stingray fora totalmente destruído, e o Ford Mustang que Owen havia comprado com o dinheiro do seguro nunca o agradara; recusava-se a pegar em dias úmidos e não colava na pista como fazia o velho Corvette. Os bancos eram recobertos por uma espécie de vinil preto fosco, enfeitado com um padrão ridículo de marcas de gado; sempre que olhava para aqueles desenhos Owen sentia-se um homem medíocre de meia-idade.

Floyd e Eve estavam na escola. Daisy, a cadela labrador amarela, veio recebê-lo à porta da cozinha sacudindo a cauda. Os dois gatos se esfregavam em seus tornozelos, ronronando. Phyllis já havia se levantado; estava com um terninho azul-marinho, uma blusa branca lisa e sapatos de salto médio; parecia pouco à vontade, como uma freira moderna que ainda não se acostumou a andar sem o volumoso hábito tradicional. Sua tez estava avermelhada. Encarava seu advogado como uma espécie de professor a lhe ensinar as realidades legais da vida; suas faces estavam coradas de expectativa, como se fosse uma aluna prestes a fazer uma prova. Phyllis continuava esguia, com uma postura ereta. Não tentava pintar os fios grisalhos que haviam surgido junto às têmporas, misturando-se ao louro cor de areia como restos de neve na praia. Tirando os animais e os pássaros não migratórios a chilrear lá fora, estavam sozinhos na casa, eles e os móveis que haviam comprado juntos, já quase todos velhos, mostrando sinais das economias que outrora praticavam, uma mistura de peças antigas com modernas, acrescidas, Owen via da cozinha, dos móveis que Phyllis herdara das duas residências de seus pais, a casa vitoriana de Cambridge e a casa de veraneio, mais leve e frágil, em Cape Cod.

"É horrível", disse ela, acompanhando o olhar de Owen. "Meu irmão diz que não tem lugar nenhum lá em Ithaca pra pôr os que ele herdou. Você sabe o que isso quer dizer — a Francine não quer saber deles. A gente economiza pra comprar móveis", generalizou ela, "e então, quando a casa está cheia, os pais da gente morrem e toda a tralha deles vem parar na nossa mão. Se bem que", acrescentou depressa, como se tivesse feito um comentário indelicado, "a sua mãe ainda está viva."

"Obesa, com pressão alta e tudo mais", ele concordou, num tom cômico. "Esses fazendeiros de antigamente são duros na queda." Owen ia perder, pensou, uma esposa que conhecia sua mãe problemática — mais de vinte anos de relacionamento difícil, para o bem ou para mal. Julia, é claro, ainda não fora levada à Pensilvânia para conhecer aquela velha difícil. "A maior parte das coisas que ela tem", ele prosseguiu, "ninguém vai querer. Quando a gente se mudou de Willow, não sei por quê, a mobília da varanda foi colocada na sala, e nunca mais saiu de lá." Então era para isso que ele tinha vindo, para conversar sobre mobiliário? "O problema todo das coisas", acrescentou, para harmonizar-se com as generalizações de Phyllis, "é que elas duram mais que as pessoas." Essas conversas com a mulher de quem ele havia se separado lhe davam uma sensação doentia, tensa, como se ele voltasse a seus sentimentos de amor impotente do tempo em que ainda não a conhecia — a outra ponta da curva normal.

Phyllis percebeu que Owen sentia vontade de perambular por aqueles cômodos tão conhecidos, em meio a consertos e reformas que ele próprio fizera, e perguntou, desviando a vista: "Você tem tempo pra um café? Na sala? Acho que ainda tem espaço pra gente sentar".

"Não, obrigado, Phyllis. Eu realmente estou com pressa, e você também. É só pra você entregar isso aqui ao Halloran; é o que ele pediu. Ele e o Davis podem discutir e chegar a um novo valor." Davis era o advogado de Owen, um homem cínico, que — ele pensava — sabia levar a melhor nas negociações; fizera questão de que Owen entendesse que, mesmo quando a culpa não era da mulher e não fora ela quem pedira o divórcio, era o homem quem ganhava o pão, e por isso era importante ele não ser financeiramente prejudicado. Phyllis se tornaria uma espécie de empregada de Owen, recebendo um salário mensal fixo, com um ajuste anual de custo de vida. Suas obrigações eram criar os filhos e não se meter na vida privada dele. A casa passaria a ser dela, porém o capital de Owen, e a capacidade de gerar mais, deveriam continuar a ser dele. Querendo pedir desculpas por essa desigualdade, mas sem querer entregar o jogo de seu advogado, Owen permanecia imobilizado no meio de sua antiga cozinha, ao lado da mesa com tampo dobrável que tinham comprado em Nova York, movidos por um impulso, na Seventh Avenue, em Greenwich Village, e que em Middle Falls era pequena demais quando as quatro crianças estavam em casa, de modo que nunca se sentavam em torno dela todos juntos, no café-da-manhã ou no almoço, e sim se revezavam, ou então comiam um sanduíche em pé no balcão da cozinha. Owen lembrou-se disso agora com arrependimento. Havia mais de um ano que ele entrava nessa casa de manhã cedo. O sol nascente lançava um raio largo de luz por entre os lilases quase sem folhas, cegando o mostrador de plástico do relógio elétrico na parede. Deslocando a cabeça para o lado, constatou que eram vinte para as nove. Abaixo do relógio, Phyllis havia afixado na parede, com fita adesiva, fotos coloridas recentes de Floyd e Eve, tiradas na escola; pareciam aquelas esculturas hiper-realistas irônicas, feitas de fibra de vidro esmaltada.

Phyllis colocou na mesa as folhas impressas por computador, com um gesto de desprezo, como se espantasse uma mosca. "Obrigada", disse ela. "Ele é muito ligado nesses detalhes."

Owen imaginava que ela se referisse a Halloran. "O Davis também", admitiu.

"A sensação que eu tenho é que estamos passando por uma linha de montagem."

"É isso mesmo, meu bem. Estão nos vendendo, e querem o melhor preço." Achou que o comentário não tinha saído em tom de brincadeira e resolveu esclarecer: "Eles são leiloeiros, e querem nos vender logo, porque tem mais um lote de escravos esperando a vez".

"O meu", disse ela, após pensar por um momento, "não entende por quê. Por que estamos fazendo isso." Seu jeito de desviar a vista, olhando para o canto da mesa, era algo que Owen conhecia bem, tal como o gesto que ela fez em seguida, de ajeitar uma mecha atrás da orelha; era assim que Phyllis assinalava um comentário importante. Ela aceitara casar-se com Owen dessa maneira indireta.

"A razão mais simples, mais antiga de todas", disse ele rapidamente. "Outra mulher." Era importante ser brusco. Era importante atravessar aquela névoa de sentimentos múltiplos, o velho fascínio turvo que Phyllis projetava através da timidez.

"É difícil pra mim", ela confessou, hesitante, "acreditar em Julia. Ela parece falsa."

"Não é falsa, não, no que diz respeito a mim."

"Na cama? É isso que você quer dizer? Uma mulher de pastor?"

Owen não disse nada, se perguntando se a coisa seria mesmo tão simples assim, e se a vida não seria igualmente simples.

Phyllis prosseguiu, após esperar uma resposta: "Me desculpa se eu te decepcionei quanto a isso. Você dava a impressão de esperar demais, era assustador. Esperar demais de algo que, no final das contas, é só uma das coisas que as pessoas fazem. Acho que fiquei com medo de ser o centro das atenções."

"Você era, você é linda", ele afirmou, numa tentativa de despedida. "Quando você fazia um esforço, por menor que fosse."

Ela recebeu o comentário em silêncio e voltou a falar sobre Halloran. "Ele diz que a gente parece se gostar tanto. As crianças dizem a mesma coisa, e elas conviveram conosco."

"Por favor", ele implorou. "A gente já não disse tudo isso antes? Faz um ano que a gente fala sobre isso."

"Eu sei, estou sendo uma chata. E má perdedora. Mas me incomoda saber que você, o homem que criou o DigitEyes, não consegue enxergar o que todo mundo na cidade vê, que ela é uma vigarista." Ela riu uma única sílaba suave, retraída com uma inspiração rápida, como se estivesse prestes a chorar. "E não só porque foi casada com o vigário", acrescentou.

Owen foi obrigado a sorrir do trocadilho — sentia-se lisonjeado por ver que ela o julgava capaz de aceitar um trocadilho num momento como aquele — porém protestou: "Todo mundo na cidade, como você diz, tem seus motivos pra pensar assim, todo mundo quer preservar seus hábitos. Eles gostam de nós tal como somos, nós somos parte da mobília deles. Mas *eu* não gosto de nós como nós somos. Não gosto do que este casamento está fazendo com *você*".

"Quer dizer, deixando de lado as suas namoradas? Eu sei que a Faye não foi a última. Mas eu encarava esses casos como castigo pelas minhas limitações — minhas recusas, como você diria — e, por mais horrível que seja admitir, eu não me achava tão culpada assim. Achava que em parte era só porque os homens são assim mesmo."

"Exatamente", ele apressou-se a concordar, vendo que havia lágrimas nas faces reluzentes de Phyllis, e odiando a idéia de que ela se sentia culpada de alguma coisa, ela que sempre estivera acima de tudo. "Você tem sempre razão."

"Não, não tenho, e dizer isso é uma desculpa. Mas uma das coisas que tornam você encantador, Owen, é que você nunca cresceu. Você era tão inteligente que não precisou crescer. Você conseguiu permanecer na adolescência e assim mesmo funcionar como adulto. Até recentemente, segundo o Ed."

Owen ignorou aquela menção a Ed. Ela o havia irritado, ou então era ele que queria irritar-se. "Está bem, se você diz que é, se você sabe exatamente quando é que termina a adolescência e começa a idade adulta. Mas eu estou *tentando* crescer. Estou tentando sair dessa fase em que a gente empacou. Por você tanto quanto por mim. Você pode não entender, mas isso de eu não conseguir amar você direito, de amar todo mundo mais ou menos, isso está fazendo mal, minha querida. Você não entende, e é simples demais pra explicar."

"Eu nunca", disse ela, para si própria, mas deixando que Owen ouvisse, "devia ter dito a você que ainda não te amava."

"A propósito, isso mudou? Você nunca me disse que havia mudado."

"Eu tentei mostrar que tinha mudado."

O comentário fez com que ele começasse a chorar. "*Não*", disse Owen, a voz arranhando a garganta. "Vamos só fazer o que tem que ser feito. Estão aí os dados que o Halloran pediu. Eu disse ao Davis pra aceitar praticamente tudo que o outro sugerisse. Vou ser generoso, você sabe disso. As crianças já estão praticamente criadas, e os dois menores nós vamos acabar de criar juntos. Agora, pára de tentar me fazer mudar de idéia. Antes eu precisava de você, e agora preciso dela. Depois disso não vou querer mais nada; minha cota já está preenchida."

"A Vanessa diz que o Larson vive se oferecendo pra aceitar a Julia de volta. E procurar outra paróquia, é claro."

"A Vanessa! Se eu fosse você, não confiava nela. Ela devia ter nascido homem. Ela quer mandar em *tudo*."

"Ela vive no mundo real, coisa que nem eu nem você nunca fizemos. Se você quer saber o que eu acho da Julia, ela me lembra a minha mãe", prosseguiu Phyllis, passando de uma mulher para a outra. Seus malares ardiam. "A esposa do professor, a esposa do pastor, tudo só fachada. Me ofende intelectualmente, falando sério, você não enxergar isso."

"Eu enxergo muita coisa", ele retrucou, aliviado de constatar que agora estavam em conflito. "Mas quem vê demais acaba paralisado. Olha aqui, Phyllis. É agora ou nunca. Você ainda é bem jovem, saudável e linda..."

"Só você é que me acha linda. Jake Lowenthall me achava uma careta rígida. Ele ria de mim — do meu desligamento, das minhas inibições."

"Não vamos ficar falando sobre o Jake Lowenthall a essa altura dos acontecimentos."

"Bem jovem, e ainda posso fisgar outro marido, é isso que você ia dizer? Fisgar quem? Quem, nessa cidade claustrofóbica? O Ed? O Ed deve estar pesando uns cento e cinqüenta quilos. Ele não precisa de mulher. Quem me disse isso foi a Stacey. Ele só gosta de comer, mexer em computador e ganhar dinheiro. Ela só conseguia fazer ele se interessar por sexo..."

"Não me diga. Melhor eu não saber. Está bem, o Ed não. Ninguém, se você não quiser. Eu é que não posso viver o resto da sua vida por você. Estou só tentando viver a minha."

"A minha, o meu, *eu* — olha só o filho único falando! Você não é a única pessoa no mundo. Pra começo de conversa, eu existo, e os seus filhos também. Não, Owen! Eu não quero passar por isso, não *quero*. Não acho isso *direito*. Não vou deixar você fazer papel de bobo com aquela vigaristazinha de queixo duplo, que você deve achar uma gracinha. Na Idade Média, achavam bonito queixo duplo." O pai de Phyllis, com sua erudição sobre o passado, estava tentando levantar-se dos mortos e falar através dela. Eles dois estavam mergulhados em fantasmas até a cintura.

Constrangido, Owen explicou: "Phyllis, eu estou tentando me corrigir. A Julia quer me salvar...".

Parou de repente. Não devia ter dito aquilo. Os olhos de Phyllis faiscaram; seus lábios pálidos perderam a imobilidade de estátua; ela empertigou-se toda, espichando-se ao máximo, com seu terninho azul-marinho de ir falar com o advogado. "*Salvar* você!"

"Não é esse o termo que ela usa", tentou corrigir-se. "Ela diz que é como se você fosse a minha mãe e eu estivesse desafiando você..."

"Ah, não me venha com psicanálise de botequim, me *poupe*! Imagino ela dizendo isso, com aquela vozinha de santa dela. Hoje quem vai dar uma de salvadora sou eu, Owen. Vou pegar o carro, vou até Hartford dizer ao Halloran pra ele parar de cooperar. Estou com quarenta e quatro anos e não agüento mais ser otária. Eu não vou conceder o divórcio. Eu investi muito sofrimento nesse casamento, muita humilhação."

"Você não devia se sentir humilhada. As outras mulheres tinham ciúme de *você*, porque eu era sempre leal a você, mesmo quando não era muito fiel..."

Ela gritou, ou emitiu um ruído estridente e inarticulado que era o som mais próximo de um grito que ela era capaz de produzir.

"Como eu já disse", Owen prosseguiu, "você não parecia muito interessada..."

"Você tinha obrigação de me fazer interessar. Isso você não fez."

"Olha, Phyllis, está bem, está bem, não vamos discutir, a culpa é toda minha, eu sou um idiota, mas quando um não quer..."

"*Não!* Nada feito! Você e ela que vão pro inferno! Juntos, e já vão tarde!"

Aquele acesso de fúria em parte o aliviava. Para ele, ter Julia como esposa — aquele corpo compacto, sedoso, de formas perfeitas, aqueles olhos limpos que não desconfiavam de nada, tão impressionantes que às vezes ela esboçava com uma das mãos o gesto de cobri-los, como uma mulher que tenta minimizar os seios bastante generosos — sempre lhe parecera bom demais para ser verdade. E sentia-se lisonjeado de ver que Phyllis estava disposta a lutar por ele; não se lembrava de ter jamais visto uma demonstração de paixão como aquela. Mas ele já tinha ido longe demais. Julia já estava do outro lado do mar Vermelho, os pés secos, livre, em Old Lyme, onde já estava ficando frio e as crianças estavam matriculadas em escolas novas, e ele continuava se debatendo na sua antiga cozinha, sob os olhares esgazeados das fotografias de seus filhos. "A coisa já foi longe demais", disse ele, sem convicção, enquanto o mundo exterior era inundado de sol frio de outono, após uma noite de chuva. Owen ouviu um pássaro ranzinzando, e um carro passando na curva úmida.

Phyllis aproximou-se dele, meiga; seu hálito estava quente, um hálito de louca. "Você não quer passar por isso", disse ela. "Eu percebo pela sua voz. Você caiu numa armadilha, Owen. Você não teve culpa, você é assim mesmo. Você é bom demais com as pessoas. Eu vou tirar você disso, prometo. Não se preocupe com ela, pra ela tudo vai acabar bem. Você fica quietinho aí. Talvez fosse bom você viajar por uns tempos."

"Não!" Agora era sua vez de gritar, agora que sua visão de um futuro organizado, ortodoxo, com uma sensualidade normal, estava sendo engolida pela convicção — não de todo infundada — daquela mulher alta e loira de que ela tinha para ele uma realidade inigualável. "Eu quero me divorciar. Quero, mesmo."

"*Ela* é que quer que você se divorcie. Não é a mesma coisa", disse Phyllis, com a complacência de um Q.E.D. Seu sorriso suave, aquela certeza firme em seus olhos cinzentos — seria sua memória que acrescentava aqueles detalhes ou estariam eles de fato presentes naquela manhã? Owen não estava mais acostumado a olhar para sua esposa; sobre ela descera o mesmo véu que outrora cobria a nudez de sua mãe. "Estou de saída, meu bem", disse Phyllis. "Vou chegar lá atrasada, até eu conseguir encontrar uma vaga." Deu um beijo molhado, à força, em Owen, um beijo cada vez mais profundo, que parecia vir de suas entranhas e chegar até as dele, aquelas vísceras viscosas que só não escondemos dos cirurgiões. Satisfeita com sua eficiência tão rara, Phyllis afastou-se dele e limpou as marcas das lágrimas. Abriu a bolsa para ver se não estava esquecendo nada — chaves, carteira, lenços de papel, batom. "Fica quietinho aí e não se preocupe", disse ela a Owen. "A gente vai tirar você dessa. Não precisa trancar a casa. Deixa a Daisy entrar, ela estava correndo atrás dos carros."

Phyllis saiu pela porta da cozinha, e seus passos ressoaram na varanda lateral até sumirem; só então Owen se deu conta de que ela havia esquecido na mesa as folhas com dados financeiros que ele trouxera. A porta da Falcon bateu; os pneus rangeram sobre o cascalho da saída da garagem. Owen ficou perplexo ao constatar que era como se Phyllis tivesse levado embora seus planos e seus problemas ao sair de casa. O gosto terrível da fatalidade, metálico e letal, que havia entrado em sua boca no dia em que, em torno daquela mesma mesa, Floyd inocentemente contou a ele a fofoca que ouvira na escola, parecia estar atenuado. *Para ela tudo vai acabar bem. Fica quietinho aí.* Os gatos voltaram de fininho, para se esfregar nos seus tornozelos. Owen endireitou a posição dos papéis sobre a mesa e pensou em deixar um recado para Phyllis, porém achou que a presença deles ali já dizia o suficiente. Em vez de sair na mesma hora, atravessou a copa, a sala de visitas e a sala da frente para ver que mudanças Phyllis fizera na casa recentemente, agora que era uma mulher descasada. Viu muito poucas mudanças — apenas os móveis adicionais e as falhas nas estantes, correspondentes aos livros que ela o deixara levar. Pensou em roubar *Finnegans wake*, mas acabou achando que não era uma boa idéia. Ia parecer uma espécie de flerte, passando a ela a mensagem errada.

Tentou imaginar como seria voltar para essa casa, mas não conseguiu, de todo. Depois que vamos embora de uma casa, ela parece muito pequena para nós: um truque de perspectiva. Saiu pela porta da frente. Lembrou, tarde demais, que na Pensilvânia diziam que dava azar entrar por uma porta e sair por outra. Era uma casa bonita, pensou, do lado de fora, olhando para as paredes revestidas de madeira branca, para as águas-furtadas com suas telhas, as persianas pretas, a trepadeira sinuosa; porém aquele lugar por tanto tempo lhe parecera uma prisão, uma concha para onde ele voltava após trair sua aparência de domesticidade, que era como se as janelas o olhassem com um ar ressentido, como um animal de estimação abandonado.

Entrou no Mustang e foi para o centro da cidade, chegando na E-O mais cedo do que de costume. Entrou pela escada dos fundos e foi direto para sua cela privada. Precisava meditar. Pensou em telefonar para Julia, lá em Old Lyme, para lhe falar sobre o novo estado de espírito de Phyllis. Mas não, isso teria apenas o efeito de afligi-la, e se ela tentasse reagir à nova situação talvez terminasse fazendo mais mal do que bem. Já havia energias demais em atuação; melhor deixar que as coisas se resolvessem por si só, tal como ele encontrara seus óculos daquela vez, no terreno baldio coberto de orvalho, ou como descobrira, ao desenvolver os algoritmos do DigitEyes 2.1, que por mais transformações tridimensionais que houvesse, uma se ramificando da outra, era possível especificar o último espaço coordenado em termos do primeiro, bastando para isso um único vetor de deslocamento e três vetores de base — apenas doze escalares a calcular. As etapas intermediárias podem ser relegadas ao vazio. O que mais o intrigava não era a possibilidade de surgir um obstáculo aos procedimentos legais — no fundo, Phyllis era uma pessoa racional, e acabaria cedendo quando Halloran conseguisse arrancar mais concessões de Davis —, mas a paixão por ele que ela havia demonstrado, tarde demais. Ou seria apenas paixão por si própria, tal como era antes, inteligente, descuidada, bela — aquele eu de cuja memória Owen havia se tornado o curador, agora que seus pais não estavam mais vivos para darem seu testemunho? Não que eles, ou o irmão mais moço dela, conseguissem ver aquilo que os que a conheceram antes viam — a impressão súbita e impactante que nos causam as pessoas que são nossos possíveis futuros cônjuges. Ocorria-lhe que a paixão de Phyllis jamais havia se concentrado nele. Orgulho ferido, segurança ameaçada, preocupações com os filhos — foram essas as coisas que a haviam motivado. A velha pergunta continuava sem resposta: por que é que as mulheres vão atrás dos homens? Talvez fosse apenas uma questão de engenharia elétrica: num mundo de plugues, a natureza precisava fornecer tomadas.

Alguém batia em sua porta trancada, mais alto do que Karen jamais batera. Owen gritou: "Vai embora, Karen. Terminou".

Mas uma voz de homem disse: "É o Ed, O. Melhor abrir. Temos um problema".

Ed parecia estar não apenas assustado, e sim apavorado, quando a porta cinzenta de aço se abriu e ele surgiu com um terno amassado, a pele inchada pálida como a carne de uma lesma. Respirava como se estivesse envenenado. "Ligaram pro seu número aqui na firma. A polícia. Não tinha ninguém na sua casa nem no seu apartamento novo. Eu disse que achava difícil que você estivesse aqui, mas, puta que o pariu, não é que você está aqui mesmo? Vamos. Melhor a gente ir juntos."

"Ir aonde, Ed?"

"A Upper Falls. A Old Country Road. Ela estava indo em direção a Hartford."

"Ela quem?" Mas ele sabia.

Ed fez que sim com a cabeça, seguindo em frente, passando pela porta, descendo as escadas em direção à rua, as escadas secretas agora tremendo ruidosas sob os pés pesados de Ed.

"O que aconteceu? Foi tão sério assim?", Owen perguntou, engolindo em seco, as palmas das mãos e os braços formigando, todo o seu corpo encontrando resistência nesse novo meio criado pelas circunstâncias. Dessa vez ele não podia simplesmente fechar os olhos, virar-se para o outro lado e dormir de novo. Sua mãe e seu pai não estavam no quarto ao lado.

Ed, seguindo apressado a sua frente, sacudiu a cabeça como se a pergunta fosse uma abelha ou uma mosca varejeira zumbindo em seus ouvidos. "Não disseram. Você sabe como é a polícia, eles escondem a burrice deles não dizendo nada. Disseram que foi um acidente, e queriam que você fosse pra lá."

Chegaram ao carro de Ed, um Mercedes novo, cor de bronze, parado na vaga numerada no estacionamento asfaltado da fábrica. Ed sempre tomava a iniciativa quando se tratava de assumir o papel de diretor da empresa; ele tinha uma imagem mental das recompensas e das responsabilidades. Owen sempre tentava escapar dessas coisas com um dar de ombros, andando no seu Corvette vermelho como se fosse um garoto. Porém o interior do Mercedes cheirava a pizza e comida pronta entregue em casa, além de couro e cola industrial.

O rosto de Owen estava quente, como se ele tivesse enfiado a cara dentro do forno. Argumentou: "Eu estava com ela agorinha mesmo, há vinte minutos. Ela tinha um compromisso em Hartford; estava atrasada".

"Com aquele advogado irlandês?"

Ed sabia que o advogado era irlandês. Phyllis contava tudo a Ed, ou quase tudo, e Owen não podia se incomodar com isso. "É." Ed era leal, Ed era grande. As mãos de Phyllis haviam se separado ao máximo quando ela falara no seu antigo namorado, Hank, dizendo que ele era "enorme". Para ela, Owen nunca fora grande o suficiente.

Ed estava dizendo: "Ela odiava esse cara. Um desses irlandeses que falam depressa, ela achava que ele estava tentando passar a perna nela. Todos esses irlandeses são machistas". Ele dirigia com velocidade, mas de modo cauteloso; o peso do carro fazia a viagem parecer tranqüila, seis quilômetros em menos de dez minutos. Aquela estrada secundária cheia de curvas, um atalho para Hartford que poucos conheciam, estava cheia de folhas úmidas, arrancadas das árvores pela chuva na véspera. De longe viam-se as luzes azuis, piscando, dos carros de polícia; o jovem policial que controlava o trânsito pela única pista aberta fez sinal para que eles seguissem em frente, até que Ed se dirigiu a ele, dizendo algo que Owen não ouviu. Ele sentiu um tamborilar dentro da cabeça. Já tinha visto a caminhonete Falcon perto da floresta, além do acostamento, com as rodas para cima.

Seu coração batia tão rápido que o fazia pular os acontecimentos, perdendo seqüências inteiras. Não viu Ed fazer a curva e frear; quando viu, o Mercedes já estava parado. Durante muito tempo, não conseguiu entender como abrir a porta: a maçaneta era menor e mais alta do que as dos carros que ele costumava usar. Viu que uma das portas da Falcon capotada tinha sido aberta à força, e que uma colcha cinzenta cobria uma forma alongada ao lado do carro.

O rosto quente, as pernas líquidas, Owen desprendeu-se do Mercedes e atravessou uma vala cheia de capim que fora aberta por algum objeto, marcas enlameadas, não muito profundas, deixadas por algum peso que por ali passara. Um outro policial, mais velho e mais sólido do que o homem com que Ed falara, o deteve quando ele se aproximava do lençol, estendido ao lado de um canteiro de vacínios cujas folhas haviam assumido um tom fosco de vermelho, junto a ásteres brancos que chegavam à altura dos joelhos.

O policial mais velho disse a Owen: "Parece que ela estava correndo, passou por cima de umas folhas molhadas, derrapou, caiu na vala e capotou".

Parecia um processo razoável, ordenado, não muito violento. "Então ela está bem?"

"Não, meu filho", disse o policial, embora não fosse muito mais velho do que Owen. "Não está, não. Ela estava sem cinto de segurança, e quando o carro capotou ela caiu de mau jeito e partiu o pescoço. É a impressão que a gente tem. O legista está vindo pra confirmar. Ela não está respirando, a gente usou um espelhinho. O que falta agora é a identificação definitiva." Tocou o braço de Owen acima do cotovelo, como se para impedir que ele flutuasse e desaparecesse. "Desculpa a gente ter que fazer o senhor passar por isso, senhor Mackenzie. Não seria melhor deixar o senhor Mervine fazer a identificação?" Ele sabia o nome de Ed e o de Owen, embora estivessem em Upper Falls.

"Não, eu faço." Deu os passos que faltavam com certa ansiedade, porque a colcha parecia muito solitária ali. Era como verificar se uma criança pequena está dormindo à noite, tão sozinha no berço ou na cama que a gente é tomada por uma sensação de pânico, até que ouve a criança respirando.

"Eu levanto a colcha. Me avisa quando estiver pronto."

"Estou pronto." Seus sapatos e tornozelos estavam ficando molhados. Os diferentes tipos de gramíneas, as folhinhas reluzentes dos vacínios, o cascalho e o saibro do acostamento, com embalagens e filtros de cigarro lentamente sendo absorvidos pela natureza: esses dados se impuseram às suas retinas como se para lhe dizer que tudo isso era ilusão, que o momento seria revertido e redimido, que ele estava se abaixando para pegar o estojo dos óculos, úmido de orvalho, no terreno baldio.

A mão do policial tremia quando ele levantou o pano. Talvez ele fosse mesmo mais velho do que Owen. A pálida Phyllis dormia, o cabelo cor de areia só um pouco despenteado, a cabeça aparentemente intacta. Os olhos ainda estavam abertos, o que o chocou, mas o rosto já começara sua transição ao inanimado, todas aquelas estruturas milagrosamente interligadas ainda perfeitas, porém faltando-lhes a faísca, a corrente que lhes dá significado e presença. A pele sensível dos malares perdera seu tom rosado. Parecia uma estátua; mas havia muito tempo que, para Owen, ela era uma estátua.

Owen sentiu um peso: era Ed que se apoiava nele, olhando por cima de seu ombro enquanto ele, ajoelhado na grama, olhava para Phyllis. O peso sobre suas costas cancelou o impulso que sentiu de se abaixar e beijá-la nos lábios, aqueles lábios que ainda havia pouco beijaram os seus com uma paixão retardada. Ed respirava atrás de seu ouvido, bem perto. "Foi você que fez isso, seu merda."

"Eu?", indagou Owen.

"Ela era a melhor mulher que eu já conheci", disse Ed, ainda jogando seu peso sobre Owen, como um lutador de luta livre. "Eu a amava."

"Eu também. Ed, me deixa levantar. Nós dois estamos em estado de choque, me deixa respirar."

"Pois sim que eu vou deixar você respirar", disse Ed, ameaçador, porém recuou para que Owen ficasse em pé. Com um espaço a separá-los, e a polícia escutando tudo, ele disse a seu sócio: "Entre nós agora não tem mais nada, meu chapa. Só de olhar pra você eu tenho vontade de vomitar. Eu ia me casar com ela, você sabe". O lábio superior fez aquele movimento de chimpanzé, como se para limpar os dentes, de pura agressão.

"Não, eu não sabia. A Phyllis sabia?"

A pergunta desconcertou Ed. "Eu não queria me precipitar, quando ainda havia uma chance de ela reatar com você. Ela adorava você, seu escroto filho-da-puta."

Owen teria se irritado com Ed por estar ele tentando roubar-lhe sua dor, ali na frente da polícia, mas estava pensando numa realidade maior: o abismo que se abrira ao lado das janelas de sua infância, o lago negro de possibilidades terríveis, havia se alargado de modo a engolir toda a sua vida. Mas ele ainda estava funcionando, seu cérebro continuava ativo, fazendo um número inimaginável de conexões por fração de segundo, reorientando-o em circunstâncias novas; suas percepções ainda estavam rápidas e secas dentro daquele lago, embora estivesse se afogando.

14. A sabedoria das cidadezinhas

A sabedoria das cidadezinhas recomenda que um prédio não tenha treze andares, nem uma *histoire* treze capítulos. Seus pronunciamentos tendem à cautela e ao conservadorismo: jogue uma pitada de sal por cima dos ombros e bata na madeira depois de dizer que sua saúde vai bem; guarde suas opiniões para si próprio e não tente se destacar na multidão. Haskells Crossing é um bom lugar para quem quer ficar quieto. É Julia quem se aventura a sair, para fazer compras e participar de grupos de mulheres, fazer massagens, ir à manicure, enquanto Owen se esconde em casa, explorando a internet — uma massa frustrante de conexões peremptoriamente interrompidas e desinformações redigidas por analfabetos, tudo oferecido num nível que seria bondade chamar de ginasiano — e fazendo pinturas a óleo. Ele começou a pintar. Tenta repetidamente captar com tintas a vista da baía de Massachusetts que se tem dali, com os teixos e pés de evônimos de seu jardim no primeiro plano, algumas ilhas e barcos a vela inclinados no plano médio e, ao longe, um horizonte onde uns poucos petroleiros transportam sua carga viscosa de importância geopolítica fundamental; porém, por mais que Owen combine as tintas em sua palheta para obter as cores exatas, mais atenuadas elas se tornam. O brilho atômico da realidade, e sua qüididade reservada, porém implacável como um *pop-up* — esse efeito a natureza reserva para si própria em caráter exclusivo. Tendo se livrado de suas últimas pequenas consultorias em Boston, ele e Julia vivem muito bem com o produto da venda da E-O Data, que Ed negociou em 1978 com a então nascente Apple, de Cupertino, Califórnia. O trabalho pioneiro de Owen na área de interface gráfica foi incorporado aos efeitos visuais, derivados da Atari, dos primeiros micros da Apple e à interface Alto utilizada no Macintosh, que teve êxito triunfal a partir de 1984. As ações que Ed Mervine aceitou como parte do pagamento também compartilharam esse triunfo; prudente, ele as vendeu na hora apropriada, e com uma nota seca aconselhou seu ex-sócio a fazer o mesmo. Owen, passivo como sempre, seguiu este sábio conselho; e o brilho da Apple em pouco tempo foi obscurecido pela sombra gélida projetada pela Microsoft em todo o mundo da informática. Como programa, o Windows era um verdadeiro Frankenstein que devorava a potência dos chips, porém seu domínio sobre a IBM e seus clones era impossível de ser vencido — tal como o teclado adotado pelas primeiras máquinas de escrever, que, embora fosse ineficiente e privilegiasse a mão esquerda, uma vez instalado em milhares de máquinas, jamais pôde ser substituído.

Owen chegou em sua nova cidadezinha como um desconhecido misteriosamente rico, que havia feito uma pequena fortuna nas primeiras etapas de um ramo de negócios cada vez menos exótico. Era encarado de modo supersticioso como uma espécie de alquimista, porém sabia que a alquimia de Babbage e Turing, Eckert e Mauchly e Von Neumann havia muito tempo se transformara em uma simples química, uma área de quantificadores mecânicos e cheiros desagradáveis. Durante algum tempo brincou com seu iMac personalizado e envenenado, na esperança de descobrir alguma outra coisa, talvez um novo programa de busca com novos atalhos engenhosos, embora soubesse, no fundo do coração, que estava apenas se divertindo; não havia mais espaço para a invenção individual num campo de exploração cada vez mais "maduro" e organizado, uma extensão praticamente infinita de correio eletrônico, pornografia, spam, dados mal organizados, fotos e vídeos digitais, música pirateada — todo o lixo popular importuno que, na juventude de Owen, era de modo geral confinado ao meio impresso, a fardos de jornais, revistas, catálogos e panfletos recicláveis. O tal ciberespaço estava sendo sufocado pelos apetites baixos que o capitalismo era obrigado a servir. Na engenharia como nas artes, o alvorecer, quando quase todos ainda não despertaram para as novas possibilidades, é o momento em que se dão os saltos criativos. As maravilhas da engenharia de computação, tal como as do automóvel no início do século agora findo, ficam enterradas sob uma avalanche de usos práticos: qualquer caixa de banco sabe consultar a Bolsa de Hong Kong, tal como qualquer motorista sabe pisar no acelerador para aumentar o suprimento de gasolina. E, como os países que instalaram maquiadoras roubaram as indústrias automobilística e têxtil do operário norte-americano, cada vez mais os programas de computador são feitos na Índia, na Rússia, na China, nas Filipinas. É uma tristeza. Mas o progresso é triste, a mudança é triste, a seleção natural é muito triste. Não admira que Owen, na velhice — agora que o último dos seis filhos, contando os seus e os de Julia, já não mora mais com eles —, tenha adotado a pintura, com seu silêncio, sua antiga associação ao sagrado, seu odor de essências e minerais pacientemente purificados.

Os filhos, como sempre, se adaptaram. Rachel e Thomas

Larson, que tinham nove e sete anos respectivamente na época do casamento (uma cerimônia simples e essencial na igreja universalista de Lower Falls), submeteram-se aos quatro Mackenzie cronologicamente acima deles; buscavam abrigo na presença da mãe, enquanto Julia aplicava a maior parte de sua energia materna — uma produção heróica de empatia, paciência e afeto — ao papel tradicionalmente suspeito de madrasta. Os filhos de Owen, dois na faculdade e todos os quatro imbuídos da sofisticação estóica de uma geração para a qual a família disfuncional é um personagem corriqueiro na televisão, não culpavam a madrasta pelo que estavam sofrendo. Apenas a pequena Eve se mantinha distante, nos primeiros anos. Então, quando a sexualidade a surpreendeu, não havia nenhuma mulher madura a quem recorrer senão Julia, e assim se tornaram, por pouco tempo, mais próximas, até que, aos dezesseis anos, a moça, por exigência da condição de mulher, passou a guardar seus segredos. É uma etapa da vida, refletiu Owen, em que nossos filhos nos ensinam a aceitar e a nos tornarmos mais sofisticados — a agüentar a parada.

Quem descobriu Haskells Crossing foi Julia. O primeiro emprego de Arthur, quando recém-saído do seminário Andover Newton, fora o de ministro assistente numa paróquia episcopal de Cabot City que estava em decadência; havia em Haskells Crossing uma outra paróquia, mais tranqüila e próspera, a de Saint Barnabas, que era invejada, como se fosse um irmão menor mais rico. Vista de Middle Falls — onde a velha fábrica de armas à beira-rio mais uma vez estava vazia, embora a placa da E-O Data permanecesse acima da plataforma de carga e uns poucos eleitos de seus empregados tivessem encontrado um lugar na Apple —, Haskells Crossing parecia uma espécie de abstração de conto de fadas, um lugar idealmente remoto e obscuro para o novo casal recomeçar a vida. Mas nenhuma cidadezinha é remota e obscura para si própria; seus habitantes ocupam o centro do universo. Vinte e cinco anos depois, Owen e Julia fazem parte desse centro. A relação entre eles é amorosa, porém atormentada. Ele pensa em Phyllis todos os dias, embora a imagem dela raramente se dê o trabalho de invadir seus sonhos; o que há é uma espécie de figura de esposa genérica onírica a qual, quando ele desperta, Owen não sabe mais se foi Julia ou Phyllis ou uma outra mulher. Às vezes ela administra uma casa cujos cantos, tábuas corridas, brinquedos espalhados e pratos desbeiçados são os da primeira casa, a casa de Isaac e Anna Rausch, na Mifflin Avenue, em Willow. Tudo nessa casa, cada objeto trivial, cada metro quadrado de carpete, era carregado de significado. Sua mãe existia naquela casa como lugar de necessidade — esposa, filha e mãe ao mesmo tempo, pairando entre a cabeça de Owen e o teto, uma voz constante a uma distância média, onde a vista da janela fazia fronteira com o papel de parede sujo.

Uma vez — lembrou-se disso por causa de um sonho passado nessa casa — sua mãe comprou um limpador de papel de parede que consistia numa espécie de massa rosada contida numa embalagem cilíndrica que lembrava a caixa de aveia Quaker. Owen e seu pai foram encarregados de esfregar uma bola dessa substância carnuda sobre o padrão já esmaecido de rosas amarelas grandes e caules espinhosos verdes na parede do quarto do casal; quando chegou a vez do menino, aquele trabalho lhe pareceu árduo e íntimo, obrigando-o a pôr o nariz perto demais da textura um pouco áspera, já descorada, daquela imensidão desanimadora de papel. Um pó de carvão invisível, vindo de milhares de chaminés, pouco a pouco tornava cinzenta a substância adesiva, de cheiro adocicado, que ele tinha nas mãos. Aquela tarefa, que representava para o pequeno Owen um passo em direção à vida adulta, permaneceu em sua mente como um exemplo do ardor de sua mãe — o atrito da resistência com que ela enfrentava as coisas tal como eram. Para Owen e seu pai, o papel de parede parecia razoavelmente limpo.

Owen se pergunta até que ponto o fim de Phyllis não teria sido uma espécie de suicídio. Ela se atrasara por conta daquela explosão dirigida a ele, estava correndo, é bem verdade, não tendo sequer parado para colocar o cinto de segurança; porém dar um jeito de derrapar em folhas molhadas, capotar e quebrar o pescoço parecia absurdamente preciso. E por que morrer quando tinha pela frente uma nova missão — salvar Owen de si próprio e de Julia? Não, o capotamento foi mesmo um acidente, uma confluência absurda de átomos no espaço-tempo, contra todas as probabilidades. E no entanto Phyllis havia se tornado um inconveniente para Owen, e desde cedo ele imaginava que sua vida era encantada, comandada lá do alto. Deus havia matado Phyllis, como um favor para ele: Owen tenta proteger-se desse pensamento blasfemo com a fantasia de que Phyllis, a linda estudante de matemática, havia se eliminado tal como um termo redundante é eliminado do denominador e do numerador de uma fração complexa.

Julia relegara a um armário escuro no terceiro andar as fotografias e slides que continham a imagem de Phyllis, captadas antes da era dos vídeos familiares, mas os quatro filhos de Owen tinham o direito de guardar fotos da mãe em seus quartos. Elas continuam lá. Owen muitas vezes fica a examiná-las — não apenas instantâneos coloridos, mas também retratos, tirados em estúdios, da Phyllis virginal, com um vestido de cintura de vespa e saia rodada bem da época, a franja muito bem escovada e certo olhar malicioso sugerido pelo fotógrafo brincalhão. Owen culpa o fantasma de Phyllis — que, não mudando jamais, vai ganhando força à medida que os vivos enfraquecem — por seus fracassos sexuais com Julia. Cinco anos mais moça do que ele, sua mulher ainda sente necessidade de sexo; é rara a noite em que ela não perturba seu adormecer com um abraço ou uma carícia provocante. No entanto, sempre acreditando que dormir é importante para a saúde, Owen põe de lado o cavalheirismo e se entrega ao sono que o domina. O fato de que em breve pode lhe advir um sono definitivo não o faz mudar de idéia. Seu coração continua batendo, sua próstata permanece intacta, porém os receptores voltados para os sinais emitidos por Julia estão degradados. Assim mesmo, aquela atenção frustrada da esposa lhe dá conforto e refrigério, e ele espera, todas as noites, quando o livro que lê antes de dormir vai ganhando peso e perdendo sentido em suas mãos, que consiga melhorar. Às vezes consegue, e os dois ficam muitíssimo gratificados. Como ela é linda, nua no escuro! De fato, os homens não merecem a beleza e a piedade das mulheres!

Recentemente, ele sonhou que, numa espécie de sala de aula, a professora o mandou entregar um lápis ou um livro a Barbara Emerich, que estava sentada sozinha num canto, numa daquelas cadeiras com um braço largo de madeira amarela em que se pode escrever. Quando Owen, obediente, lhe ofereceu o lápis ou o livro, ela reagiu se fechando ainda mais em si própria, permanecendo imóvel, inerte, de modo que ele foi obrigado a se aproximar mais, quando então sentiu, a partir daquele espaço sombrio entre o colo da menina e seu rosto virado para baixo, que ela estava disposta a aceitar um beijo seu. Barbara esperava o beijo, porém agia com base na expectativa de que isso se daria só se ela conservasse aquela imobilidade teimosa, mantendo fechada a boca, em vez de exibir aquele seu sorriso alegre, com um único dente cinzento. Ele sabe que Barbara Emerich tornou-se morbidamente obesa e aparece nas reuniões da turma mancando, com uma bengala; seu simpático dente cinzento há muitos anos foi substituído por uma ponte alva como marfim, muito pouco convincente; mas no sonho o corpo dela ainda era ágil, dentro do vestidinho de algodão com estampado de flores, abotoado na frente, como os que as meninas usavam na escola primária nos anos 30. Estava com um vestido de menina, porém era uma mulher madura, com pernas brancas compridas, um abdômen elástico e uma capacidade adulta de ficar imóvel, à espera. O espaço compreendido entre os seios e o colo estava na sombra, cheio de expectativas tensas; era uma poça em que ele ansiava por mergulhar o rosto, para ser recebido por lábios quentes. Ele acorda sabendo — sua ereção é prova disso — que continua sexualmente vivo, embora sua vida sexual com Julia seja obrigada a competir com seu desejo senil de sono.

O sonho com Barbara Emerich lhe trouxe de volta a aura, o *clima* de uma mulher, a nuvem que sua presença forma quando a gente caminha pela rua ao lado dela, quadril contra quadril, os cabelos compridos e a saia dela simbolizando a diferença primordial, uma diferença escondida pelas roupas ou pelas folhas de parreira, e no entanto anunciada por uma abundância de sinais externos, tal como a textura mais fina da pele, a voz mais leve e lépida. No MIT, em seu tempo de estudante, quando eram solteiros, ele e Phyllis, ambos cansados de estudar, às vezes resolviam ir ao cinema à noite, na Central Square ou na Washington Street de Boston, tomando o metrô T, e havia sexo nisso, aquela fuga improvisada, juntos, uma tentativa de estender a relação entre seus órgãos genitais que era buscada timidamente no contexto daquela cidadezinha em entretenimentos ao ar livre e vida de rua: ele a amava então, sentindo a atmosfera dela fluindo a seu lado na calçada, caminhando depressa para não chegarem atrasados, no silêncio consensual dela quando mergulhava a mão no balde de pipoca que compartilhavam — embora naquele tempo não se desse tanta importância à pipoca, os lucros da bonbonnière não eram tão cruciais para os cinemas — e deixava seu rosto atento ser lido pelas luzes elétricas faiscantes, como se fossem curtos-circuitos, de A *nave da revolta*, ou *Sete noivas para sete irmãos*, ou *Janela indiscreta*, ou A *estrada da vida*, ou As *férias do sr. Hulot*.

Um dado da sabedoria das cidadezinhas que Owen demorou a aprender é que o sexo é um feriado, uma atividade extraordinariamente breve dentro do orçamento de nosso organismo, se comparada com o sono, a obtenção de alimentos ou a construção de barreiras para a defesa própria, tal como a muralha da China. O homem e a mulher infiéis se encontram com um objetivo claro, perigoso e escandaloso, a pressão sanguínea elevada, as pupilas dos olhos dilatadas, as peles já coradas de amor: não haverá uma economia louvável nisso, em comparação com o sexo diluído pela exposição mútua interminável de um casamento?

Phyllis encontrara aquele trecho de folhas escorregadias na Old County Road para nele derrapar, capotando e indo parar junto à fronteira da mata fervilhante — esse ato lhe parecia dirigido a ele, como um daqueles olhares indiretos para trás característicos dela, muito embora Owen soubesse, com a fração racional de seu cérebro, que um acidente é um acidente e que só demonstra o absurdo e o vazio de tudo que existe. No entanto, tentamos impor padrões de significado ao que nos cerca, redes entrelaçadas cujos vetores apontam para o ego, *le point de départ* se não o ponto de apoio de Arquimedes que levanta todo esse mundo pesado, confuso e amontoado, conferindo-lhe uma forma esquemática que possamos manipular.

Middle Falls, nos anos em que Owen morava lá, era mapeada pela localização das casas das mulheres pelas quais ele se interessava. Nesta casa vivia uma com quem ele havia dormido; nesta outra, uma com quem ele fantasiava dormir; as casas que separavam uma da outra eram espaços vazios, desabitados, como os que apareciam antigamente no interior da África, e no deserto da Arábia, e no Pacífico Sul. Quando andava de carro ou a pé em Middle Falls, portanto, Owen experimentava a felicidade de sentir-se orientado, de estar sua posição sendo plotada numa cartografia específica, de estar *em algum lugar*. Há cada vez menos "alguns lugares" nos Estados Unidos, e cada vez mais "lugares quaisquer", localizados ao longo de estradas numeradas. Mesmo aqueles que vivem nessas estradas às vezes não conhecem o número. Embora Owen more em Haskells Crossing, andando a pé e de carro, há mais tempo do que em qualquer outro endereço, em sua mente a cidadezinha não tem mapa, ou tem apenas um mapa tão vago quanto era o das Américas no século XVI, um conjunto de portos com nomes, costas mal delineadas que continham esperanças enlouquecidas de eldorados, bem como muitos selvagens infiéis a serem exterminados.

Há um vazio cada vez maior na sua vida — talvez o fim que se aproxima. Julia não pode salvá-lo, embora toda vez que a veja, vestida ou nua, seu coração se anime. Ela não pode salvá-lo com seu corpo sedoso e acessível, seus olhos azul-marinho inescrutáveis, sua fé cristã inquestionável, que ele também abraçou, apesar de seus institutos científicos e sua formação religiosa aleatória. Seu avô lia a Bíblia no sofá de palhinha; sua avó acreditava em demônios e no mau-olhado. Seu pai servia os senhores do capitalismo local indo à igreja de modo convencional, no Natal, na Páscoa e em quase todos os domingos. A mãe de Owen é que era a questionadora cósmica, o Jó inconsolável; seu rosto às vezes ficava sujo de lágrimas quando ela manifestava sua infelicidade, cuja fonte o menino jamais conseguiu compreender muito bem. Não vemos nossos pais direito; eles são grandes demais e estão perto demais.

Em Haskells Crossing, e no trecho de Cabot City próximo da cidadezinha, há quadras de tênis públicas, usadas por aqueles que não têm quadras em casa nem têm acesso a clubes. Quando vê essas quadras públicas, Owen sente despertar em sua consciência uma lembrança que veio à tona depois de passar muito tempo reprimida: quando tinha nove ou dez anos de idade, sua mãe ruiva vestia um short que deixava nuas as pernas claras e rechonchudas e, munida de duas raquetes de madeira, caminhava com ele pelo quintal da casa de Mifflin Avenue, atravessava os fundos do colégio secundário, contornando a pista de corrida e as pequenas arquibancadas em torno do campo de futebol americano, e abria o fecho da porta que dava acesso às quadras públicas de Willow, cercadas por arame galvanizado grosso. Eles dois tentavam jogar. Jamais tinham tido aulas de tênis; era frustrante, pois muitas bolas iam parar na rede (feita do mesmo material pesado da cerca, que cantava quando golpeado) ou subiam e iam cair num lugar onde o outro não podia alcançá-las. Owen sentia vergonha das pernas nuas da mãe durante aqueles jogos solitários; o rosto dela ficava cada vez mais vermelho à medida que se prolongavam seus esforços desajeitados; enquanto isso, pela Alton Pike passavam bondes e carros perto o suficiente para que as pessoas olhassem para aquele menininho e aquela mulher adulta que tentavam jogar de um lado para outro uma bola pouco cooperativa. Só agora Owen se dava conta do objetivo de sua mãe: lutar contra a gordura que se acumulava nela e ajudá-lo a aprender algo que talvez lhe viesse a ser útil um dia. De fato, no ambiente lúdico de Middle Falls, ele veio a jogar muito tênis, embora nunca fosse muito bom em matéria de cortadas; desistiu cedo, nos primeiros anos de seu casamento com Julia, porque doía o rotador toda vez que dava o saque. Mas o jogo para ele sempre ficara marcado por aquela lembrança vergonhosa; aquele esforço em público com sua mãe, enquanto os passageiros dos bondes olhavam, tentando fazer a bola ir e voltar; havia uma sensação de impotência ridícula naquelas bolas felpudas — brancas, na época — a bater na grade da rede ou da cerca com um som triste que reverberava. Mãe e filho pareciam tão perdidos, eles dois ali no fundo do quintal do colégio, unidos por aquela tarefa tão difícil, tal como antes estiveram unidos durante o doloroso nascimento do menino.

Ela morreu, por fim, alguns anos após o casamento com Julia, tendo causado impacto ao surgir, com cabelos brancos e corpo volumoso, entre os poucos convidados à cerimônia naquele dia em Lower Falls. Não tinha mais energia suficiente para criar com Julia as tensões que existiram com sua primeira nora; simplesmente deixou que a mulher mais jovem a dominasse, submetendo-se até mesmo às massagens competentes que Julia lhe fazia nos ombros e no pescoço doloridos por efeito da osteoporose. Sua mãe nunca gostara de que a tocassem; ou pelo menos era o que ela pensava. "Julia", disse à sua segunda nora, "você tem um toque curativo. O Owen ficou com uma cara muito melhor agora que ele está com você. Antes ele tinha um ar meio doentio, suspeito, não era?"

"Eu sempre o achei muito bonito e honrado", foi a resposta irrespondível que Julia lhe deu, fechando os lábios com complacência. Foi tal como no dia em que Elsie veio à sua casa, encarando sua mãe com uma cortesia animada, afirmando seus direitos sobre o filho dela. As mulheres são possessivas. O mundo é subdividido em territórios femininos. Um sorriso semelhante ao de Elsie brotava nos lábios de Alissa quando, com o rosto suado a centímetros do dele, seus olhos de um azul fosco ficavam mais escuros. Dizemos que o homem possui a mulher, mas na verdade a possuidora é ela.

Sua mãe teve uma morte limpa e rápida, de infarto, em sua casinha no interior, depois de um esforço excessivo com os afazeres domésticos. O velho aspirador de pó Hoover ficou ligado até o motor se queimar, junto ao corpo dela sobre o carpete limpo. Os quatro adultos com que Owen vivera quando menino tiveram mortes limpas, distantes de seus olhos, como se para poupá-lo de qualquer cena desagradável e preservar a idéia, típica de filho único, de que sua vida era encantada.

E no entanto algo parece estar errado; alguma coisa dentro dele precisa relaxar. Sua realização com Julia, em que Owen chegou a um porto seguro de sentimentos conjugais e aposentadoria próspera, exige alguma atenção para se manter, o que não fora necessário para a preservação de sua insatisfação inquieta junto a Phyllis. Ele e Phyllis, quando se uniram, não haviam tensionado o mundo de tal modo que tivessem de ser perfeitos; estavam na idade certa de se casar e sair de casa e criar um outro lar, como mandava o costume. Já ele e Julia destruíram duas famílias existentes e causaram uma morte, embora nenhum tribunal pudesse condená-los por ela. Art Larson, tal como é conhecido agora, largou o ministério e ganha bem como relações-públicas em Nova York, mas quando aparece, para o casamento de um filho ou o enterro de um amigo do ex-casal dos tempos anteriores a Middle Falls, seu pescoço parece vulnerável sem aquele colarinho virado ao contrário. Seu cabelo não tem mais o vigor dos pêlos emaranhados de um cachorro. Sua voz, porém, continua tão ressoante, grave e melodiosa como sempre, e ele continua tratando Owen com a mesma simpatia que manifestou no primeiro encontro. Até mesmo os vestígios da fé conferem ao crente um fatalismo e uma disposição para perdoar que poupa energia.

Existem dois argumentos concretos, raciocina Owen, em favor das verdades da religião cristã: primeiro, nosso desejo de viver para sempre, por mais tediosa que fosse a experiência real da consciência eterna; segundo, nossa sensação de que há algo de errado — que houve um lapso ou uma falha no mundo, e as coisas não são tal como deviam ser. Sentimos que fomos feitos para um mundo melhor, e que a culpa é nossa, e que este mundo não é o Éden. O segundo argumento talvez seja o mais sólido, já que o horror à morte pode ser explicado, tal qual a dor, como um mecanismo de sobrevivência selecionado e refinado pela evolução darwiniana. Como tememos a morte, nos esforçamos mais para viver. Desde que nossos genes sejam passados adiante, a Natureza pouco se importa com nosso sofrimento.

Um terceiro argumento em favor do sobrenatural seria que a fé, com um grão de sal (ou seja, sem chegar à automutilação, ao martírio suicida ou ao assassinato dos próprios filhos como uma maneira garantida e de baixo custo de transportá-los para o céu), faz bem à saúde; vários estudos realizados no âmbito da medicina provam que isso é verdade. Uma fé que alivia a ansiedade leva à eficiência e ao sucesso no mundo: esse argumento lhe parece de um pragmatismo grosseiro. O otimismo tende a levar ao sucesso, mas isso refuta as verdades majestosas do pessimismo? O animal humano, que se desenvolveu nas árvores e em seguida desceu delas para correr pelas savanas do Quênia, chegou a uma posição de consciência elevada cujo mal-estar está além de todos os consolos da filosofia. Às três horas da madrugada, nossos cérebros fervem dentro do eu, tentando sair do que sabemos ser um navio que está afundando. Mas pular para fora do eu não é coisa que os ocidentais saibam fazer. As muralhas do crânio permanecem sólidas, mantendo-nos presos lá dentro junto com nossos temores.

Eles se apegam um ao outro, Owen e Julia, agora que estão chegando à senilidade. "Detesto", diz ela a ele, "quando você não está em casa, mesmo quando você só fez sair pra jogar golfe."

"Que amor, meu bem. Eu detesto quando você fica a tarde toda jogando bridge. A casa fica grande demais. Quando você está aqui, ela parece meio pequena."

O comentário não é de todo um elogio; Julia ri da indireta, reconhecendo que é verdade — sempre que ele está num cômodo, ela arranja uma desculpa para entrar lá; quando Owen está entretido com sua CPU murmurante, numa disputa intelectual com o circuito que processa um algoritmo a um ritmo de duzentos e vinte bilhões de ciclos por segundo, atravessando os operadores AND... OR até chegar ao IF... THEN... ELSE da conclusão, Julia entra com uma pergunta a respeito do seguro de saúde do casal ou dos teixos e evônimos que ele precisa podar, pois só ele sabe fazê-lo, com seu olho artístico — os garotos que cuidam do jardim simplesmente saem cortando, como barbeiros incompetentes. Eles não cortam o bastante; e também abrem buracos e deixam lugares vazios que nunca mais são preenchidos. Ou então Julia o perturba no terraço quando ele está tentando pela centésima vez reproduzir, em tons de branco, de chumbo, azul-cobalto, negro de marfim e um toque de ocre-romano, a aparência das nuvens de chuva que se aproximam do horizonte sobre o mar, aquela quase ausência de cor que chega a enlouquecer os pintores, com a presença simultânea de uma estrutura complexa e um vapor caótico, uma mera pincelada sobre papel úmido na aquarela, mas na pintura a óleo um trabalhoso acúmulo de toques tridimensionais mínimos que só ficarão secos amanhã. Desde a infância, Owen se protege da pressão e dos desequilíbrios da realidade focalizando a vista numa folha de papel, um recorte em compensado, um pedaço de massa ou, sob a orientação lacônica de Buddy Rourke, uma conexão de cobre dentro de uma trança de fios coloridos, cada cor tendo um significado. Julia cria um clamor humano contra a absorção completa de seu marido no inanimado.

Diz ele a respeito da casa, para provocá-la: "Acho que ela é grande demais. Talvez fosse melhor vender".

"Não me tortura; você sabe que eu adoro essa casa. E adoro você. Às vezes", diz ela, "eu olho pra você quando você não sabe que eu estou olhando e sinto um arrepio, um arrepio físico."

"Depois de tantos anos?", ele pergunta, tal como esperado. Aquele jogo infantil de toma-lá-dá-cá, palavra por palavra, forma uma música que jamais cansa, numa partitura com mil repetições.

"É, sim", ela responde, tal como esperado. "Mais até do que menos. Tem alguma coisa na sua expressão quando você acha que não tem ninguém olhando pra você."

"Então você não se arrepende... de nós?"

"Ah, não. Não, mesmo. Foi bom. Você não acha?"

"Claro", ele responde.

Porém cada vez mais, Owen percebe, ela encontra nele coisas que a fazem entrar em pânico. "Não come no meio do chão da cozinha!", ela grita de repente, como se tivesse levado um choque. "Come em cima da pia, se você não consegue parar de comer o tempo todo. Nunca vi uma pessoa comer o tempo todo como você; é por isso que os seus dentes estão sempre nojentos."

Quando criança, na Mifflin Avenue, ele temia que a comida acabasse, e andava pela casa roendo um pedaço de aipo ou uma cenoura suja que acabara de sair da horta. Phyllis, ao que parecia, jamais reparara em seu hábito nervoso de pegar *pretzels*, biscoitos, castanhas numa gaveta, para preencher um súbito vazio interior. Owen retruca: "Eu *detesto* comer em cima da pia, fico me sentindo um cachorro comendo numa tigela".

"Pois é, o chão está cheio de farelos, e as faxineiras acabaram de sair daqui." Aquelas brasileiras irrequietas e bundudas: quando as duas conversam, a língua em que falam é cheia de sons líquidos, como russo. Owen desconfia que os países grandes são mais infelizes do que os pequenos: têm mais responsabilidades.

"E não faz esse barulho", diz Julia quando ele toma sopa quente. Ela raramente serve sopa, como se para lhe ensinar uma lição. "Você foi *muito* mal criado. O que é que a sua mãe tinha na cabeça?"

"Ela tinha que improvisar. Nunca tinha sido mãe. Estava preocupada com coisas mais sérias, e não com as boas maneiras à mesa."

"As boas maneiras são o começo de tudo", afirma Julia, e Owen aceita a sabedoria que emana dessa mulher, que provavelmente será a última de uma sucessão de instrutoras suas. "Meu pai dizia que as boas maneiras são uma forma de cortesia, e cortesia é uma forma de bondade." Ela prossegue: "E é isso que eu digo aos meus netos. Observe as maneiras deles, Owen, que vai ser bom para você. Eles não fazem barulho quando tomam sopa".

Owen vasculha o depósito de informações soltas em sua mente para encontrar um argumento com que se defender. "Fica mais gostosa", ele explica. "Em algumas sociedades, quando a pessoa faz barulho tomando sopa, é uma maneira de elogiar os anfitriões."

"Ainda bem que a gente não vive numa sociedade como essa, não é? Outra coisa que você faz que é realmente horrível — percebi isso outro dia, quando a gente foi jantar com os Acheson. Você quebra o pão em pedaços grandes demais, e fica atacando eles com a faca de manteiga, tap tap tap. Eu fiquei tão enlouquecida que me deu vontade de arrancar o pão da sua mão."

"Pois bem", diz ele, "isso é que ia ser uma lição de boas maneiras pra todo mundo."

"Desculpa, mas eu gosto tanto de você que não suporto ver você comendo que nem um bicho."

"Grrr."

"Não tenta fazer graça, meu bem. Não tem graça nenhuma. É o seu único defeito. E por favor, olha pra mim quando eu estou falando com você." Se ele desviava a vista — por exemplo, para o jornal sobre a mesa da cozinha, com suas manchetes horrorosas sobre tragédias internacionais e nacionais — era por um bom motivo: estava realizando operações multitarefa, tal como faziam os computadores mainframe no auge do *time-sharing*. Realmente, ele tem a impressão, enquanto Julia lhe dá os detalhes referentes ao seguro de saúde ou à viagem que vão fazer à Europa, que a sintaxe dela é elaborada demais, capaz de expandir um pensamento simples, que a mente pode apreender em alguns bilionésimos de segundo, num parágrafo que se prolonga por alguns minutos. Um dos meninos mais velhos do que Owen, lá em Willow, provavelmente Marty Naftzinger, que estudava essas questões, lhe confidenciou esta pérola de sabedoria de cidadezinha: "Quanto mais a garota fala, mais ela fode. A boca e a boceta", teorizava Marty, "são ligadas por um nervo comprido que desce pela espinha".

Sua experiência comprovara essa afirmação. Phyllis falava com relutância, como se o idioma dos números dominasse sua língua, ou como se a imprecisão fundamental da linguagem a incomodasse; Julia, na primeira vez em que conversaram, durante a comemoração do levantamento de fundos do hospital, deslumbrou-o com a excelência de sua pronúncia e com suas frases muito bem acabadas. Falar era para ela, tal como para seu marido, um prazer, uma maneira de deleitar-se consigo própria em público, e Owen não entendia como um casal tão perfeito havia se permitido desfazer-se. Mas a perfeição em si se torna, para um casal, um motivo para insatisfação e revolta. Os americanos precisam sentir que há espaço para melhorar, para o progresso.

Olhando para trás, Owen fica emocionado ao pensar que suas duas esposas lhe deram absolutamente tudo que ele queria delas. Phyllis o alçara até Cambridge e o esnobismo da vida intelectual, e Julia o levara para Haskells Crossing e a vida do descanso burguês. Se as duas vidas não chegavam a ser completas — não chegavam a ser o que sua mãe, que exagerara suas capacidades, desejava para ele — então é porque a vida em si é incompleta, não é mais que uma aproximação apressada. É um ensaio tosco, não uma produção bem acabada.

O mundo tende a nos dar o que queremos, mas o que recebemos sempre vem com as imperfeições do mundo.

Owen relembra sua vida em Middle Falls com nostalgia, como uma exploração mágica de sua natureza masculina, porém se esquece do outro lado, o lado sórdido — o medo de ser descoberto, a brevidade e a afobação dos encontros, a culpa que roía suas entranhas, gerando gastrite, as conseqüências desastrosas. No caso de Faye, houve ameaças de processos; no de Alissa, uma gravidez. Uma vez ele e Alissa tentaram se encontrar na reserva florestal de Whitefield's Rock, no bosque onde ele e Faye foram naquela maravilhosa primeira vez, e os mosquitos do verão se regalaram com a pele exposta de Alissa. Ela ficou em pé sobre Owen, oculta pela mata, enquanto ele puxava para baixo sua calcinha; suas pernas, tão lindas e rechonchudas, mais que depressa ficaram peludas de tantas criaturinhas frenéticas a lhe chuparem o sangue. Movido pela piedade, passado um minuto ele disse: "Vamos cair fora daqui". Owen se esquece cada vez de mais coisas, mas ainda lembra suas tentativas de espantar os mosquitos das coxas da amante, enquanto ela olhava para ele insegura, como se a lhe cobrar iniciativa e estimulação sexual, um lugar protegido onde os dois pudessem ser quem eram.

As crianças se foram, mas Julia e Owen vivem com uma outra presença na casa — suas mortes cada vez mais próximas.

E, antes dela, se tiverem azar, o mal de Alzheimer, aquela morte em vida idiota. Os dois vivem se esquecendo das coisas, ela das tarefas que tem de cumprir, ele dos nomes, especialmente dos amigos do casal em Haskells Crossing e Haven-by-the-Sea. Os nomes que se instalaram no cérebro bem cedo parecem durar mais; uma foto já amassada e frágil da segunda série na escola de Willow lhe evoca todos os nomes, fileira após fileira, sem uma única falha; já o amigo com quem jogou golfe na véspera, quando se encontra com ele na rua, não lhe traz à mente nome algum, embora Owen relembre seu *swing* — primeiro se curva como um abutre, depois a bola descai para a esquerda, espetacular — perfeitamente. O ex-presidente Reagan é uma presença forte no milênio recém-nascido: aquele ator de voz turva, aquele espertalhão que convenceu os pobres a votar com os ricos, como se de fato fossem também ricos, tornou-se uma névoa de pura existência, livre do peso de qualquer lembrança de sua vida cheia de acontecimentos, sequer do nome da esposa fiel, estando seu próprio nome, por obra de seu partido agradecido, associado ao aeroporto da capital e a um imenso prédio no centro da cidade, cujo objetivo, muito apropriadamente, é um tanto vago. Reagan alerta toda a nação — essa cidadezinha enorme — do que pode acontecer com qualquer um, mesmo os que mais praticam jardinagem e andam a cavalo e dormem bem à noite. Na Pensilvânia, dizia-se que os velhos "davam pra trás" — ou seja, tornavam-se bebês outra vez. Owen e Julia já estão seguindo nessa direção, balbuciando sílabas carinhosas, tocando um no outro como se para se orientarem no escuro, trocando farpas como um casal de tucanos numa floresta tropical e depois voando juntos, perfeitamente unidos e esquecidos.

A velha pergunta de Owen — por que motivo aquela mulher anônima e paradigmática se permitiu posar para aquele desenho obsceno no fundo do galpão do playground — ainda não foi respondida a seu contento. Talvez pertença àquela esfera não científica das perguntas que não merecem resposta, como: *Por que é que existe algo em vez de nada?* ou O *que é a gravidade?*. Julia tem uma opinião de um realismo aterrador: as mulheres são as escravas do mundo, e em última análise têm de fazer tudo que os homens exigem. Como observou Alissa, ninguém jamais pergunta: *Por que os homens fodem?*. A pergunta de Owen — *Por que as mulheres fodem?* — talvez tenha surgido em sua mente a partir de uma visão exagerada, formada na infância, da distância entre as mulheres e os homens. Ele não teve irmãs; o fervor de sua mãe o assustava; no playground de macadame em torno da escola primária de Willow os sexos eram separados por uma larga calçada central. Décadas depois, Owen leu que, num experimento com ratos brancos segregados por sexo, com uma cerca elétrica no meio, os machos recuam após levarem o primeiro choque, enquanto as fêmeas continuam investindo contra a cerca, até que todas sejam eletrocutadas.

A natureza das mulheres, Owen percebeu desde pequeno, as impele a procurar sexo em meio aos perigos do mundo, apesar de todos os sensatos desestímulos impostos pela sociedade. A força que as faz abrir as pernas é mais poderosa que o pudor, a prudência e o bom senso. As mulheres fodem — era esta sua conclusão provisória — porque elas, tal como os homens, estão presas num universo biológico em que as espécies que não se propagam desaparecem; as características que marcam os sobreviventes — concupiscência, velocidade, esperteza, camuflagem — estão impregnadas desses desaparecimentos, dessas mortes multiformes. O sexo é um delírio programado que faz recuar a morte utilizando-se da própria matéria da morte; é o espaço negro entre as estrelas que recebe uma substância doce nas nossas veias e nos recantos de nossos corpos. Aquelas partes da nossa anatomia que a decência convencional rotula de vergonhosas na verdade são exaltadas. Dizem-nos que brilhamos, que somos esplêndidos, e os corpos nus que ganhamos no instante sangrento em que nascemos contêm todas as respostas que um outro, o Outro, deseja, agora e sempre.

Às três da madrugada, estrebuchando sobre os lençóis amarrotados, incapaz de encontrar a porta que dá para o bálsamo do auto-olvido, tão perto da morte quanto estava seu avô na Mifflin Avenue, só que mais cético e menos habituado a ler a Bíblia, Owen vê, como quem olha dentro de um poço subitamente iluminado, que sua vida encantada foi um prolongado tormento de medo, desejo, ambição e culpa. Relembrando seus tempos em Middle Falls, não consegue imaginar o que o levou a correr tantos perigos, a assumir tantas posições contorcidas: ele era uma marionete cujas cordas a velhice cortou. Mesmo suas tentativas de se masturbar agora dão em nada; na sua imaginação ele evoca as imagens daquelas imersões na carne úmida, aquelas grotescas posturas de submissão, mas, quando está prestes a conseguir, a temperatura ou a tensão ou lá o que seja de repente se desfaz. A mistura de mecânica bruta com ilusão sentimental, que detona o processo, se dissipa. O segredo escapa. Cai o sistema. Os parâmetros de trabalho, antes tão largos que davam bastante margem para a fadiga e a ambivalência, se retraem. Na extremidade oposta de sua peregrinação, os orgasmos auto-induzidos da adolescência recuam. Ele nunca mais conseguiu provocar um que fosse tão intenso, uma fuga tão absoluta, como os daquele tempo. Do mesmo modo, ele contempla os conteúdos, a mobília de qualidade e a louça reluzente, da excelente casa branca em que mora à beira-mar e não consegue investi-los do brilho natalino, a vibração metafísica, que as coisas velhas e desgraciosas da casa de seu avô — os candelabros de latão e caminhos-de-mesa bordados, os parcos livros e brinquedos e vasos — irradiavam à pálida luz de inverno que entrava pelas janelas.

O que lhe restam são momentos de contemplação terna, na nudez ou a caminho dela. Vanessa sempre chegava ao orgasmo, mas havia algo de apressado, até mesmo desrespeitoso, no modo como ela o atingia, em comparação com os gemidos de Alissa, a chupar os dedos e dissolver-se em ondas sucessivas de sensação que lhe proporcionavam, ao que parecia, uma surpresa sempre renovada. Sua querida Faye, imaginava ele, flertava na superfície, mas com uma alegria contagiante, inocente, que tornava fácil amá-la. Karen fora quem lhe dera menos problemas; para as mulheres de sua geração não havia nada de mais na coisa, era como uma pausa para tomar um café, ou um espasmo de exercício depois de ficar muito tempo sentada dentro de um avião. Não, ele está sendo injusto. Ela, também, e Jacqueline e Antoinette e Mirabella, especialmente Mirabella, com seu cabelo de algodão-doce, emprestavam um valor transcendente ao ato, a suprema interação. As pessoas têm de ser românticas, senão não conseguem elevar-se acima do nível da copulação apática dos carneiros e esquilos. A permissão impaciente de Phyllis, naquela casa de praia em Cape Cod cheirando a maresia e seiva de pinheiros — *Vamos logo com isso* —, estabeleceu um desagradável tom de má vontade, talvez, mas por outro lado abriu-lhe as portas de um reino no qual sua própria existência misteriosa não precisava ser explicada. As coisas, por um momento, ficam claras. O passado de Owen assemelha-se a um lenço de papel azul-escuro que é levado para perto de uma lâmpada, fazendo brilhar os furos feitos nele com um alfinete: essas estrelas são as mulheres que se deixaram ser comidas por ele.

Foi um celibatário que morava numa cidadezinha quem escreveu: "Não sabemos onde estamos. Ademais, dormimos profundamente quase metade de nosso tempo. No entanto, julgamo-nos sábios e instauramos uma ordem na superfície". Essa ordem na superfície possibilita as combinações humanas e os momentos de contemplação terna. Estar vivo é uma loucura. As cidadezinhas existem para moderar essa loucura — para escondê-la das crianças; para engarrafá-la para uso individual; para domar seus imperativos, transformando-os em hábitos; para proteger-nos da escuridão exterior e da escuridão interior.

ESTA OBRA FOI COMPOSTA PELO GRUPO DE CRIAÇÃO EM
ELECTRA E IMPRESSA PELA GEOGRÁFICA EM OFSETE
SOBRE PAPEL PÓLEN SOFT DA SUZANO PAPEL E CELULOSE
PARA A EDITORA SCHWARCZ EM DEZEMBRO DE 2008